BASTEI
LÜBBE

Weitere Titel der Autorin:

15790 Die Venezianerin 1. Band
15939 Die Tochter der Venezianerin 2. Band

3. Band →

Über die Autorin:

Christa Kanitz studierte Psychologie und lebte längere Zeit im Ausland, bevor sie sich in Hamburg niederließ, um als Journalistin für den Südwestfunk Baden-Baden sowie verschiedene Zeitungen zu arbeiten. Nach dem Erfolg ihrer Romane über die hanseatische Kaufmannsfamilie Stelling folgt nun die Gewürzhändler-Saga um die Hamburger Familie Iserbrook, deren erste beiden Bände, DIE VENEZIANERIN und DIE TOCHTER DER VENEZIANERIN, ebenfalls in der Verlagsgruppe Lübbe erschienen sind.

Christa Kanitz

DAS VERMÄCHTNIS DER VENEZIANERIN

Die Gewürzhändler-Saga

BASTEI LÜBBE

BASTEI LÜBBE TASCHENBUCH
Band 16350

1. Auflage: November 2009

Vollständige Taschenbuchausgabe

Bastei Lübbe Taschenbücher in der Verlagsgruppe Lübbe

Titelillustration: Elegant lady with a bouquet of roses,
Vernon, Emile (1872–1919) / Private Collection / © Gavin Graham Gallery,
London, UK / The Bridgeman Art Library / © akg-images
Umschlaggestaltung: Gisela Kullowatz unter Verwendung eines Entwurfs
von Wolfgang Heinzel
Satz: Ina Hesse
Gesetzt aus der Sabon
Druck und Verarbeitung: GGP Media GmbH, Pößneck
Printed in Germany
ISBN 978-3-404-16350-2

Sie finden uns im Internet unter
www.luebbe.de
Bitte beachten Sie auch: www.lesejury.de

Der Preis dieses Bandes versteht sich einschließlich
der gesetzlichen Mehrwertsteuer.

Erstes Kapitel

Mit der letzten Kraft, die sie noch hatte, klammerte sich Rebekka Jenfeld an den schmiedeeisernen Pfosten der Laterne auf dem Jungfernstieg. Der furchtbare Sturm, der über Hamburg tobte, drohte sie mitzureißen, mitten hinein in die Strömung des überschäumenden Alsterkanals. Die Schleuse am Reesendamm war den heranstürzenden Fluten nicht mehr gewachsen, und das gelbgraue Wasser schoss ungehindert in den Alstersee und in die angrenzenden Straßen.
Die Männer der Bürgerwehr waren die halbe Nacht lang durch die niedrig gelegenen Stadtviertel gelaufen, um die Anwohner vor dem Unwetter zu warnen, aber jetzt kam kein Mensch mehr zu Fuß hindurch, alle Straßen waren überschwemmt. Und der Sturm trieb immer mehr Wasser von der Nordsee her in die Elbe, und der Fluss ergoss sich über die Deiche hinweg in die Niederungen und in die Hafenstadt. Das Hochwasser stieg von Stunde zu Stunde.
Voller Angst sah Rebekka hinauf zur St.-Petri-Kirche, die auf dem Berg stand und die Hamburger Innenstadt himmelhoch überragte. Bis zu ihr würden die Fluten nicht gelangen. Es ist gar nicht weit, dachte die junge Frau, nur ein paar Hundert Meter und ich wäre in Sicherheit. Aber von dieser Sicherheit trennt mich das reißende Wasser und der starke Sturm, der sich mir entgegenstellt.
Als das Wasser bedrohlich näher kam, kletterte sie auf den breiten Sockel der Laterne. Aber ihre Hände waren klamm von der Kälte und drohten gefühllos von dem Eisen abzugleiten. Tränen der Angst, der Verzweiflung und der Enttäuschung liefen ihr über die Wangen. Was für ein schrecklicher Tag, mit dem das

neue Jahr heute anfängt, dachte sie traurig, und ich hatte mich so sehr auf dieses kommende Jahr gefreut. Ängstlich klammerten sich ihre Arme um die Laterne, und dann legte sie weinend ihren Kopf an das eiskalte Eisen.

Plötzlich hörte sie eine Männerstimme in einer sehr vertrauten Sprache. »Hee, Kleine, wat machste da? Willste etwa baden?« Gleichzeitig klopfte etwas Hölzernes an ihre Laterne. Erschrocken riss sie die Augen auf und starrte in die Wassermassen zu ihren Füßen.

»Hier bin ick, hinter dir!«, rief diese Stimme wieder. Vorsichtig drehte sie den Kopf. Tatsächlich, in einigem Abstand von der Laterne saß ein Mann in einem Kahn und klopfte mit dem Paddel an den Pfosten. »Komm runter, 's is zu kalt zum Baden.«

»Aber der Sturm reißt mich fort, wenn ich loslasse«, rief sie ängstlich zurück.

»Na, warte, ick hol dir.« Der Mann in der Uniform eines Bürgerwehrsoldaten band sich den Strick, an dem das Boot sonst am Anlieger befestigt wurde, um den Arm, stieg aus, fluchte, weil das Wasser oben in seine Stiefel schwappte, und kam mit wankendem Schritt zur Laterne. Er musste sich mächtig gegen den Sturm stemmen, aber dann hatte er, das Boot im Schlepptau, den Pfosten erreicht und klammerte sich ebenfalls daran fest. »Na, da haste aber 'ne mächtig kleine Insel erwischt«, grinste er und reichte Rebekka seine Hand. »Komm, halt dir dran fest, wir schaffen das schon.«

Vorsichtig löste Rebekka einen Arm von der Laterne und reichte dem Mann die Hand, die er mit festem Griff packte. »So, nu die andre Hand, mir kannste vertrauen, ick lass dir nich wegfliegen.«

Und Rebekka vertraute ihm wirklich, ließ die Laterne los und warf sich an die breite Brust ihres Retters. »Na siehste«, rief der Mann, von dem Aufprall leicht aus dem Stand gebracht, schlang seinen Arm um die schmale Taille der jungen Frau und hob sie ins Boot, das er gleichzeitig vom Bürgersteig weg in das tiefere Wasser beförderte. Dann stieg er hinzu und paddelte gegen den Strom, um aus der gefährlichen Nähe der Schleuse zu kommen. »Wo willste denn hin, bei dem Wetter?«

Rebekka, vor Kälte zitternd, umklammerte ihren nassen Mantel und sah den Mann ratlos an. »Ich bin fremd hier, aber ich wollte in den Herrengraben.«

»Nee, da kannste heute nich hin. Da steht das Wasser meterhoch, und es steigt immer noch.«

»Vielleicht könnte ich da oben in der Kirche warten? Da sieht es doch noch trocken aus.«

»Ja, da kannste warten, da biste ziemlich in Sicherheit. Was willste denn im Herrengraben?«

»Ich will da eine Stelle als Gesellschafterin antreten. Eigentlich sollte ich heute früh anfangen, aber ich habe den Weg nicht gefunden, weil alles überflutet ist.«

»Aber im Herrengraben is es noch schlimmer, der is näher zum Hafen hin, und da tobt das Unwetter besonders stark. Ick würde dir ja dahin bringen, aber mit meinem Kahn schaff ick dat nich.«

»Danke, das ist sehr nett von Ihnen. Aber ich kann wirklich in der Kirche warten. Und wenn das Wasser fort ist, laufe ich hinüber.«

»Weißte denn, wo der Herrengraben is?«

»Ich habe eine Zeichnung geschickt bekommen, und ich sollte mir eigentlich eine Droschke nehmen, aber es gab keine Fuhrwerke mehr, als ich am Bahnhof ankam. Da habe ich es zu Fuß versucht.«

»Und, haste kein Gepäck?«

»Das habe ich am Bahnhof gelassen, es war zu schwer zum Tragen.«

»Das is vernünftig. Ick bring dir jetzt zur Kirche, da wirste nich die Einzige sein, die da wartet. Kirchen sind für so was da. Ick muss nämlich zurück zum Dienst. Ick dachte nur, 'ne Menschenrettung is wichtiger als die Arbeit, aber nu muss ick zurück.«

»Hoffentlich haben Sie keine Schwierigkeiten, wo arbeiten Sie denn?«

»Ick bin bei der Bürgerwehr, da is Rettung unsere Pflicht«, grinste er und paddelte zum Berg, der eigentlich nur eine kleine Erhebung war, bis das Boot auf die nicht überfluteten Straßensteine stieß. Als er ihr beim Aussteigen half, fragte Rebekka dankbar: »Wie heißen Sie eigentlich, ich würde mich gern noch einmal bei Ihnen bedanken.«

»Ick bin der Knut Brauer vom Specksplatz, aber mir kennt kaum einer, weil ich aus Berlin stamme.«

»Danke, Herr Knut, ich bin Rebekka Jenfeld, und wir sehen uns sicher einmal wieder.«

»Na, na, Fräulein, das glaube ick man kaum, aber alles Gute für Sie.«

Rebekka lief mit nassen Schuhen die wenigen Schritte zur Kirche hinauf. Wild peitschte ihr der Sturm den Regen ins Gesicht. Schützend hielt sie die Hände vor die Augen. Als sie das große Gotteshaus betrat, sah sie, dass Knut recht hatte. Überall in den Bankreihen saßen, standen oder lagen Menschen, die das Unwetter hierher getrieben hatte. Vorne im Altarraum hatten Männer ein Feuer entzündet, das etwas Wärme verbreitete und Wasser erhitzte, mit dem die Menschen Tee aufbrühten.

Rebekka setzte sich in der Nähe des Feuers auf eine der Altarstufen. Sie war so durchgefroren, dass sie kaum die Knöpfe ihres feuchten Mantels öffnen konnte, um die Wärme des Feuers auch auf ihrer Haut zu spüren. Eine Frau kam und brachte ihr einen Becher mit Tee. »Sie sehn sehr erfroren aus, Fräulein, trinken Sie den Tee, dann wird Ihnen gleich wärmer.«

Rebekka bedankte sich und wärmte zuerst die klammen Finger an dem heißen Becher. Dann trank sie Schluck für Schluck den Tee. Lindenblüten, schmeckte sie, und erinnerte sich an ihr Zuhause in Berlin, wo die ganze lange Straße von Lindenbäumen gesäumt war.

Ach, zu Hause, dachte sie, was hat mich nur von Daheim weggetrieben? War es die Lust auf Erlebnisse in einer fremden Welt?

War es die Sehnsucht, der Enge der großen Familie in der kleinen Wohnung zu entkommen, in der man nie eine winzige Ecke für sich allein hatte? War es der Wunsch, einmal mehr zu sein als eine Arbeiterin in einer großen Fabrik oder eine Hausfrau mit sieben Kindern, die immer am Rande der Armut lebten? Oder war es ganz einfach der Traum, sich irgendwann einmal im Leben klug, attraktiv, geliebt oder erwünscht zu fühlen? Zu Hause war sie immer nur ein Rädchen im Getriebe, eine begehrte Hilfe bei der vielen Hausarbeit und ein unnützer Esser, der anderen den Platz wegnahm. Es war richtig, dass sie sich endlich entschlossen hatte, diesem armseligen Leben den Rücken zuzukehren und auf eigenen Füßen zu stehen.
Rebekka trank den letzten Schluck Tee aus dem Becher und brachte ihn der fremden Frau zurück. »Vielen Dank, das war wunderbar. So gut hat mir Lindenblütentee noch nie geschmeckt.«
»Ja«, lächelte die Frau sie an, »im Sommer stehen hier die Straßenbäume voller Blüten, die braucht man nur zu pflücken und hat den ganzen Winter kostenlos etwas Warmes zu trinken. Sie sind wohl nicht von hier?«
»Nein, ich bin heute früh in Hamburg angekommen, da hatte das Unwetter anscheinend gerade angefangen.«
»Nein, es ging schon gestern Abend los. Aber dass es so schlimm werden würde, hat keiner geahnt. Noch nie ist das Wasser bis hier in die Straßen gekommen. Wir haben so etwas alle noch nicht erlebt. Bloß gut, dass uns die Bürgerwehr aus den Häusern getrieben hat, sonst wären bestimmt viele ertrunken. Manche Häuser sollen einfach fortgespült worden sein, und am Hafen sind ganze Straßen verschwunden.«
»Mich hat auch ein Mann von der Bürgerwehr gerettet. Ich bin auf eine Laterne geklettert, als das Wasser über den Reesendamm geschossen kam.«
»Dann hatten Sie aber Glück.«
»Ja, das hatte ich.«
Rebekka ging an ihren Platz zurück und legte den Mantel über

eine Banklehne zum Trocknen. Dann dachte sie an die Leute im Herrengraben, die sie als Gesellschafterin engagiert hatten. Hoffentlich ist denen nichts passiert, überlegte sie, der Graben mündet direkt am Hafen in die Elbe, hatte Knut gesagt, und wenn dort etwas passiert ist, dann habe ich keine Arbeit und keine Unterkunft. Dabei habe ich mein ganzes Leben lang immer nur gelernt, um einmal irgendwo eine gute Stellung zu bekommen. Und nun sitze ich hier auf den Altarstufen einer fremden Kirche, in einer fremden Stadt, habe das wenige Geld, das ich verdient hatte, für die Reise ausgegeben und weiß eigentlich gar nicht, wie es weitergehen soll. Sie legte ihren Kopf auf die angezogenen Knie und weinte leise vor sich hin.

Der Sturm tobte mit unverminderter Gewalt über Hamburg. Es war der Neujahrsmorgen 1855, und der Orkan aus Nordwest drückte die Fluten in die Stadt, deckte Häuser ab, warf Schornsteine vom Dach und schwemmte Häuser fort.
Von dem Chaos draußen wusste Rebekka wenig. Sie hörte nur das tosende Unwetter, das an den Dachbalken der Kirche zerrte, ab und zu eines der Fenster eindrückte und Steine, Scherben und Mörtel über die Böden und Bänke verteilte. Hin und wieder ertönte der dumpfe Schlag einer Kirchenglocke, die der Wind zum Schwingen brachte. Rebekka zog sich in eines der Seitenschiffe zurück. Die fremde Frau, die ihr den Tee gebracht hatte, folgte ihr. »Ich glaube, hier ist es etwas sicherer. Wenn das Dach einstürzt, hat man etwas Schutz durch die Säulen«, erklärte sie und setzte sich neben Rebekka auf eine der Bänke und deckte sich mit ihrem Mantel zu.
»Ich bin heute erst angekommen.«
»Wo wollen Sie denn hier hin?«
»In den Herrengraben, ich sollte heute meine Stellung antreten.«
»Und als was wollen Sie arbeiten?« Skeptisch sah die Frau ihr Gegenüber an. Die junge Frau sah nicht nach einer Küchenhilfe oder nach einer Reinemachfrau aus. Sie wirkte ärmlich, aber gescheit.

»Ich bin als Gesellschafterin engagiert.«
»Ach, ja? Was muss man denn da machen?«
»Man muss einer anderen Frau Gesellschaft leisten, sie unterhalten, ihr vorlesen und sie bei Besorgungen begleiten und beraten.«
»Und das können Sie alles? Wo lernt man denn so etwas?«
»Na ja«, lächelte Rebekka, »es gibt teure Schulen, in denen Frauen darin unterrichtet werden.«
»Und so eine Schule haben Sie besucht?«
»Oh, nein«, Rebekka schüttelte den Kopf bei der Erinnerung an ihre schwere Lehrzeit. »Dafür hatten meine Eltern kein Geld. Aber ich wollte es zu etwas bringen und habe hart gearbeitet, um alles allein zu schaffen.«
»Na, so was. Wie haben Sie das denn gemacht?«
»Ich habe die kostenlose Schule für arme Kinder besucht und Lesen, Schreiben und Rechnen gelernt. Und dann habe ich in einem Hotel Fußböden gespänt, dabei habe ich gut aufgepasst und gesehen, wie sich Damen benehmen, wie sie gehen und stehen, wie sie sich begrüßen und sich unterhalten.«
»Na, und dann? Das ist ja richtig interessant.«
»Dann habe ich in einem Restaurant gearbeitet und den Kellnern geholfen, da habe ich genau geschaut, wie man sich am Tisch benimmt, welche Gabeln, Messer und Löffel man bei den verschiedenen Gerichten benutzt, wie man Gläser mit einem Stiel hält und Servietten faltet.«
»Fabelhaft. Und wie hält man Gläser mit einem Stiel?«
»Immer am Stiel«, lächelte Rebekka.
»Und was können Sie noch?«
»Na ja, ich habe in einem Modesalon geputzt, aber dabei habe ich gelernt, wie man Stoffe aussucht und bearbeitet, welche Farben zueinander passen und welche Accessoires man zu welcher Kleidung braucht. Und weil ich mich geschickt angestellt habe, durfte ich später auch beim Nähen helfen. Da habe ich mir eingeprägt, welche Kleidung man zu welcher Gelegenheit trägt. Und zum Schluss war ich bei einer Modistin. Da habe ich ge-

sehen, wann eine Dame welchen Hut trägt, wie sie frisiert wird und welches die neueste Mode ist.«

»Mein Gott, und das alles haben Sie so ganz allein und nebenher sich angeeignet?«

»Es war für mich die einzige Möglichkeit. Und etwas Geld musste ich ja auch verdienen. Ich brauche schließlich selbst eine gute Kleidung, wenn ich mich um eine Stelle bewerben will.«

»Und wie haben Sie die Stellung in Hamburg gefunden?«

»Durch eine Vermittlungsstelle in Berlin, die jungen Frauen in solchen gesellschaftlichen Kreisen Arbeit verschafft.«

»Und dann sind Sie einfach hergekommen.«

»Ich habe mich beworben und die Dame im Herrengraben hat mich genommen. Und nun das Pech mit diesem Wetter. Hoffentlich ist das Haus nicht auch fortgeschwemmt worden.«

»Das glaube ich nicht. Am Herrengraben wohnen nur wohlhabende Leute in festen Häusern aus Backsteinen, die sind auf Pfählen gebaut und schwimmen nicht so schnell fort wie die leichten Fachwerkhäuser.«

»Pfahlbauten? Am Wasser? Das gibt es doch gar nicht mehr.«

»Oh doch, halb Hamburg ist auf Pfählen gebaut.«

»Und die halten ein Haus aus?«

»Natürlich, es sind ja Hunderte, bei großen Gebäuden sind es sogar Tausende von Pfählen, die in die Erde gerammt werden und auf denen dann ein Haus gebaut wird. Wenn wir ein neues Rathaus bekommen, werden viertausend Pfähle gebraucht, habe ich in einer Zeitung gelesen.«

»Hamburg braucht ein neues Rathaus?«

»Ja, das alte ist beim großen Brand vernichtet worden.«

»Ein großer Brand?«

»Hm, vor dreizehn Jahren ist die halbe Stadt abgebrannt.«

»Wie schrecklich.«

»Ja, es war ganz furchtbar. Hunderte sind umgekommen damals.«

»Gibt es denn auch gute, angenehme Zeiten hier, in denen man keine Angst vor Feuer oder Wasser haben muss?«

»Aber ja, Hamburg ist der schönste Ort, den es gibt. Der große See mitten in der Stadt, die neuen Straßen, die nach dem Feuer angelegt wurden, die eleganten Häuser und die vielen Ausflugslokale, Hamburg ist die großartigste Stadt, die ich kenne.«
Rebekka lächelte heimlich. »Wie viele Städte kennen Sie denn?«
»Sie können ruhig Luise zu mir sagen«, umging die Frau die direkte Antwort.
»Danke, Luise, ich bin Rebekka. Waren Sie schon einmal in Berlin?«
»Nein, wo denken Sie hin, eine Frau wie ich kann doch nicht in der Welt rumreisen.«
»Was machen Sie denn?«
»Ich bin Weißnäherin.«
»Wie praktisch, dann können Sie sich ja die schönste Wäsche für Ihren Haushalt selber nähen.«
»Ach nein, so einfach ist das nicht. Ich gehe in feine Häuser und nähe dort die Wäsche für die Herrschaften. Im Herrengraben war ich auch schon mal.«
»Dann treffen wir uns vielleicht einmal wieder?«
»Zu wem gehen Sie denn im Herrengraben?«
»Die Familie heißt Iserbrook und betreibt einen Gewürzhandel.«
Luise schüttelte den Kopf. »Nein, dahin werde ich niemals kommen.«
»Warum denn nicht?« Rebekka war enttäuscht. Da hatte sie endlich jemanden kennengelernt, und nun sollte es kein Wiedersehen geben?
»Die Familie lebt vollkommen isoliert, da kommt niemand Fremdes hin.«
»Ja? Aber warum denn?«
»Das weiß ich nicht so genau. Die Leute erzählen sich, dass es da mal eine, nein, zwei Entführungen gab, seitdem ist das Haus für Fremde verschlossen.«
»Aber mich wird man doch hineinlassen?«
»Natürlich, man wird Sie genau überprüft haben, bevor man Sie eingestellt hat. Das geht schon in Ordnung.«

»Na, hoffentlich.«
»Ich kann mir gut vorstellen, dass die Leute hinter ihren zugeschlossenen Türen gern eine Gesellschafterin einstellen, um etwas Abwechslung zu haben. Das Leben muss schrecklich langweilig da drinnen sein«, überlegte Luise.
Nachdenklich geworden starrte Rebekka vor sich hin.

Im Kirchenschiff wurde es laut. Eine ganze Gruppe atemloser Menschen, alte Männer, junge Frauen und kleine Kinder, kamen herein. Alle waren durchnässt, viele Kinder hatten keine Schuhe an und weinten, und die alten Männer schleppten sie keuchend und fluchend nach vorn in die Nähe des Feuers.
Draußen wütete der Sturm in unverminderter Stärke. Sobald jemand die Kirchentür öffnete, krachte sie mit lautem Getöse wieder zu, und jedes Mal rieselten Kalk und Mörtel auf die Bänke.
»Wenn das so weitergeht, kommt der ganze Putz herunter«, flüsterte Luise.
»Kann man denn nichts dagegen tun? Eine Bank in die Tür klemmen?«
»Ich weiß nicht, ob man das so einfach darf?«
»Wer hat denn hier das Sagen?«
»Na, der Pastor, denke ich mal, aber ich habe ihn noch nicht gesehen. Er ist sicher in seiner Gemeinde unterwegs, um den Leuten zu helfen.«
»In Berlin gibt es in jeder Kirche einen Küster, der sorgt für die Sauberkeit und den Blumenschmuck und dass am Sonntag die Kerzen auf dem Altar brennen und die Nummern der Gesangbuchlieder an den Tafeln stehen.«
»Ich weiß nicht, ob es den hier auch gibt, ich gehe selten in eine Kirche, ich habe keine Zeit dafür.«
»Ich glaube, hier gibt es keinen, er hätte bestimmt das Feuer da vorn verboten. Ein Feuer in der Kirche, das ist bestimmt nicht erlaubt.«
»Ach, Sie haben ja keine Ahnung, Rebekka. Als die Franzosen

die Stadt besetzt hatten, haben sie die Kirchen als Pferdeställe benutzt. Da standen in unseren schönen Kirchen Hunderte von Pferden mit allem, was dazugehört, mit Futter, mit Stallknechten, mit Einstreustroh, und Wagen waren auch manchmal mittendrin. Und dann der ganze Mist.«

»Du meine Güte. Ich glaube, dann ist es vielleicht erlaubt, wenn wir eine Bank zwischen die beiden Türflügel klemmen, denn mit jedem Schlag kommt mehr Mörtel von den Wänden.«

Die beiden Frauen liefen zum Kircheneingang und versuchten, eine der kleineren Bänke am Ende der Sitzreihen zwischen die Türflügel zu klemmen. Aber ihnen fehlte die Kraft, die schwere Tür zu öffnen, während der Sturm dagegen drückte. Erst als zwei Männer ihnen zu Hilfe eilten, gelang es, das Zuschlagen des Portals zu verhindern. Gleichzeitig aber entstand ein Durchzug, der das Feuer vor dem Altar zu löschen drohte. Wütende Männer riefen durch die Kirche und verlangten, die Tür sofort wieder zu schließen, die Wärme sei schließlich wichtiger als der Knall der Tür. Beschämt zogen die beiden Frauen die Bank wieder zurück und begaben sich auf ihre Plätze im Seitenschiff. Den Zorn aufgeregter Männer wollten sie sich nicht zuziehen, und ein bisschen Wärme für die Kinder, die rund um das Feuer kauerten, war an diesem eiskalten Wintertag wirklich wichtiger als der Kalk, der von den Wänden rieselte.

Am Nachmittag kam Knut Brauer in die Kirche. Als er Rebekka sah, winkte er mit einem Leinenbeutel und kam mit schnellen Schritten durch das Kirchenschiff auf sie zu. »Da, Fräulein, ick hab was zu essen dabei.« Mit freundlichem Grinsen überreichte er ihr den Beutel. »Draußen is alles unverändert, und da dachte ick, Sie haben bestimmt Hunger, wo doch Ihr ganzes Gepäck noch auf 'm Bahnhof is.«

Rebekka war aufgesprungen und lief ihm entgegen. »Danke, Herr Knut, das ist aber nett von Ihnen. Kann ich immer noch nicht in den Herrengraben laufen?«

»Nee, nee, auf keinen Fall, das Wasser steigt noch, weil der Sturm jetzt mit der Springflut zusammengestoßen is.«

»Was ist das denn, eine Springflut?«

»Na, das hat was mit Sonne und Mond und mit ’m Wasser zu tun. Und wenn so ’n Sturm auf die Flut trifft, die gerade mal hoch ist, dann isses gefährlich.«

»Und das ist heute passiert?« Auch Luise war neugierig hinzugekommen.

»Na, ja, man sagt so was. Aber wenn die nächste Ebbe kommt, wird’s besser.«

»Und wann kommt die?«

»In sechs Stunden.«

»Kann ich dann bis in den Herrengraben gehen?«

»Nein, dann isses dunkel und dann sehn Se nichts. Wenn das Wasser wirklich abfließt, sind die Straßen kaputt oder verschlammt, da kommen Se nich durch.«

»Aber wie lange soll ich denn dann warten?«

»Erst muss der Sturm abziehen. Bleiben Se man hier, ick hol Se ab, wenns so weit is.« Der Bürgerwehrsoldat nickte ihr aufmunternd zu, dann drehte er sich um und verließ die Kirche wieder. Mit lautem Knall schlug die Türe hinter ihm zu. Das Brot und die Äpfel, die er mitgebracht hatte, teilten sich Rebekka und Luise mit den Kindern, die am Feuer kauerten und seit Stunden nichts gegessen hatten.

Draußen wurde es dunkel. Und auch in der Kirche breitete sich die Dämmerung immer weiter aus. Vorn am Altar brannte eine einzelne Kerze.

»Was glauben Sie, wie lange es noch dauert, bis wir hier wieder herauskönnen?«

Luise zuckte mit den Schultern. »Jetzt kommt erst mal wieder die Flut, dann dauert es wieder sechs Stunden bis zur nächsten Ebbe, das wäre morgen früh. Vielleicht gehts dann.«

Rebekka schüttelte den Kopf. »Dann komme ich aber mit sehr viel Verspätung in den Herrengraben.«

»Ach, wissen Sie, die Leute dort werden andere Sorgen haben. Irgendwie müssen die auch mit dem Wasser kämpfen. Vielleicht ist es in die Wohnung gelaufen, und bestimmt sind die Keller voll, da denkt man nicht an eine zu spät kommende Gesellschafterin. Außerdem sehen Ihre Herrschaften doch auch, wie es auf den Straßen zugeht. Da machen Sie sich mal keine Sorgen, morgen früh klappt es dann bestimmt.«

»Hoffentlich.« Rebekka hüllte sich in den noch immer feuchten Mantel und legte sich auf eine der Bänke. Aber schlafen konnte sie nicht, zu stark rüttelte der Sturm an dem Kirchengemäuer.

Zweites Kapitel

Im Palais am Herrengraben herrschte ein unübersehbares Durcheinander. Das Wasser im Kanal hatte einen Höchststand erreicht wie nie zuvor und überschwemmte die Straße und die Hauseingänge, die Gärten, die Remisen und die Ställe, weil der Graben kein Kanal war, sondern eine Sackgasse mit nur einer Öffnung zur Elbe. Und durch die neu eingebaute Kanalisation drang das Grundwasser als stinkende Brühe bis in die Wirtschaftsräume und Vorratskammern der edlen Villen in dieser bevorzugten Wohngegend.

Robert, der Hausherr, mit seinen einundsiebzig Jahren ein wohlbeleibter alter Mann, stand dem Chaos hilflos gegenüber und ekelte sich bis zum Erbrechen vor dem Gestank, der aus den Kellerräumen in die Wohnräume drang. Bestürzt von der eigenen Hilflosigkeit schickte er Hubert, den neuen Hausdiener, nach draußen zu den Pferdeställen, um ihm sein Reitpferd zu holen, mit dem er hoffte, trockenen Fußes in die Lagerhäuser zu gelangen. Dort wollte er den Zustand seiner kostbaren Gewürze überprüfen.

Aber Hubert kam unverrichteter Dinge zurück. Die Pferdeknechte hatten einen Zettel an das Stalltor genagelt, den Hubert nun dem Hausherrn übergab. »Haben die Pferde zum Michaelis-Kirchplatz gebracht, da stehen sie im Trockenen«, war darauf zu lesen, und Robert Iserbrook fluchte ganz ungeniert: »Verdammt, und wie komme ich hier weg?"

Hubert, nass bis zu den Hüften, sah seinen Herrn unsicher an. »Manche Leute fahren mit Kähnen, Herr, soll ich einen Kahn besorgen?«

Erleichtert nickte der alte Mann. »Ja, hol mir einen Kahn, viel-

leicht kann man das Boot mit einem Ruderer zusammen mieten. Ja, geh und hol den Kahn«, und an seinen alten Butler gewandt: »Ludwig, sag Madame Iserbrook, ich werde in den Lagerhäusern nach dem Rechten sehen.«
»Jawohl, Herr, aber was passiert hier im Haus? Die Köchin ist hysterisch, weil alle Vorräte verdorben sind, die Mamsell weint, weil die Parkettfußböden und die Teppiche unter Wasser stehen, und die Haushälterin ist weggelaufen, als man das noch konnte.«
»Was? Wieso ist sie weggelaufen? Ihr Platz ist hier.«
»Sie hat gesagt, ihre Schwester in St. Georg habe sechs Kinder und da stehen die Straßen auch unter Wasser, wenn die Alster überläuft, und sie müsse helfen, die Kinder zu retten.«
»Unglaublich. Hier hat sie ihre Aufgaben, hier bekommt sie ihren Lohn. Sie kann was erleben, wenn sie zurückkommt!«
»Wenn sie zurückkommt! Die Mamsell hat gesagt, ihre Sachen sind alle weg.«
»Dann soll sie bleiben, wo der Pfeffer wächst. Denk daran, eine neue zu besorgen, wenn das Hochwasser zurückgegangen ist.«
»Jawohl, Herr. Aber was sollen wir jetzt machen?«
»Frag meine Frau, sie wird sich auskennen, in Venedig hat man alle paar Wochen Wasser in der Wohnung.«
»Wie schrecklich.«
»Ja, aber man gewöhnt sich daran. Wo sind eigentlich all die anderen? Wenn Hilfe gebraucht wird, ist keiner da.«
»Der Doktor Lukas war gestern den ganzen Tag bei Patienten, und dann standen die Straßen unter Wasser, und er ist nicht mehr in seine Praxis zurückgekommen. Er ist sicher gleich zu seiner Wohnung gegangen. Und der junge Herr Alexander ist mit dem Benno oben in seinen Räumen.«
»Ja, da sollen die beiden auch bleiben. Gerade, wenn in der Stadt alles drunter und drüber geht, ist die Gefahr für Alexander am größten.«
»Ja, Herr, aber das wissen die beiden auch.«
An der Haustür klopfte es. Hubert kam mit einem Kahn und

einem Ruderer zurück. »Ich habe das Boot besorgt, Herr, Sie können gleich fahren.«
»Danke.« Und zu Ludwig gewandt: »Also pass mir auf das Haus und seine Leute auf. Nicht öffnen, wenn Fremde vor der Tür stehen, und alle Fenster geschlossen halten.«
»Aber dann ist der Geruch unerträglich, Herr.«
»Dann lüfte nur in den oberen Etagen, hier unten bleibt alles geschlossen.«
»Jawohl, Herr. Hubert sollte Sie begleiten.«
»Kannst du ihn hier entbehren?«
»Ja, Herr.«
Robert ließ sich in den pelzgefütterten Paletot und in die Stiefel helfen. Dann begleitete der Butler seinen alten Gebieter nach draußen, reichte ihm seinen Arm als Stürze, als er in das Boot stieg, und sah ihm einen Augenblick traurig nach. So ein Pech aber auch, dachte er, der Handel läuft nicht besonders gut, das Weihnachtsgeschäft war wenig erfolgreich, die Lager sind voll unverkaufter Waren und nun diese Katastrophe. Wer weiß, wie mein alter Herr die Lagerhäuser vorfindet und ob überhaupt Arbeiter da sind, um die Gewürze zu retten. Nur gut, dass ich ihm den Hubert mitgegeben habe.
Die Befürchtungen des Butlers bewahrheiteten sich. Im Erdgeschoss der Lagerhäuser unten am Hafen herrschte das Chaos. Nur mit Mühe ließen sich die verquollenen Türen öffnen. Sogleich schwappte das kniehohe Wasser den beiden Männern von außen und innen um die Beine, als Robert mit einiger Mühe das Schloss geöffnet hatte.
»Himmel noch mal, ist hier keiner?«, rief er in die menschenleeren Hallen. Eine Antwort bekam er nicht. Mühsam bahnte er sich seinen Weg durch herumschwimmende Teekisten und Fässer mit Paprika und Ingwer. Fassungslos stieß er die Kisten und Fässer zur Seite und stieg die Treppe hinauf. Zum Glück haben wir die wertvollsten Waren auf den oberen Böden gelagert, überlegte er erschüttert. Es wäre verheerend, wenn unsere Vorräte an Weihrauch und Nelken, an Pfeffer und Kümmel und

Safran und Zimt Schaden genommen hätten. In den drei oberen Böden roch es zwar auch noch leicht nach Feuchtigkeit und Fäulnis, aber der Duft von Zimt und Kakaobohnen überwog. Hätte ich damals bloß auf meine Frau gehört und die Lagerhäuser am oberen Teil vom Baumwall gekauft. Aber nein, ich musste darauf bestehen, sie so dicht wie möglich am Hafen zu errichten, und nun habe ich dieses verdammte Hochwasserproblem. Erst das Feuer in der Deichstraße mit den riesigen Verlusten für uns und nun das Hochwasser hier. Und warum das alles? Nur weil die Fuhrkosten für den Transport angeblich zu hoch waren. Unten am Wasser konnten die Transportschuten die Waren direkt von den Schiffen zu den Lagerhäusern bringen. Alle haben es so gemacht, nur meine Frau war dagegen. Weiter entfernt hätten wir extra Pferdefuhrwerke gebraucht, und die kosteten Geld, zu viel Geld, wie ich damals meinte. Nun habe ich die Misere. Silvana hat wieder einmal recht behalten.
Wütend stampfte er über die Böden, kontrollierte Säcke und Fässer und Kisten und versuchte, die großen Ladeluken in den Mauern aufzustoßen, um frische Luft in die Hallen zu bringen. Aber der Sturm drückte dagegen, und fluchend gab Robert seine Bemühungen auf. Mürrisch stieg er die Treppen wieder hinunter. »Nicht einmal lüften kann man da oben«, schimpfte er, »und von den Arbeitern ist auch keiner zu sehen. Na, die können was erleben.« Verärgert schob er die schwimmenden Teekisten mit den Füßen hin und her, verscheuchte ein paar Ratten, die sich auf die Kisten gerettet hatten, und ging zurück zu dem gemieteten Kahn. »Nichts kann man da unten retten, gar nichts«, schimpfte er, ließ sich von dem Hausdiener wieder in das Boot helfen und befahl: »Fahren Sie mich zum Schoppenstehl, ich muss im Kontorhaus nach dem Rechten sehen.«

Der Schoppenstehl mit seinen Kontorhäusern, ebenfalls in Hafennähe, stand genauso unter Wasser wie die angrenzenden Straßen. Aber der Kahnfahrer ruderte bis an die Eingangsstufen, und so konnten der alte Mann und der junge Hubert trockenen

Fußes die Diele erreichen. Zum Glück war es hier nicht feucht, weil sich die Eingangshalle im Hochparterre und die Büros in den darüberliegenden Etagen befanden. Aber auch hier war niemand zur Arbeit erschienen. Na, ja, dachte Robert Iserbrook, vielleicht kann man es wirklich keinem Menschen zumuten, bei dem Sturm und dem Hochwasser zur Arbeit zu kommen.
»Schau nach, ob in den Büros alles in Ordnung ist, und dann warte hier auf mich. Ich habe oben in meinem Kontor zu tun«, befahl er dem Hausdiener und stieg erschöpft die Stufen hinauf. Das Treppensteigen fiel ihm schwer. Er hatte wieder zugenommen, und die Beine waren müde geworden. Etwas atemlos ließ er sich in seinen Sessel fallen. Er hatte nicht vor zu arbeiten, er wollte nur nachdenken und in Ruhe überlegen, wie es nach diesem Chaos und den Verlusten in den Lagerhäusern weitergehen sollte.
Von seiner Frau konnte er keinen Rat erwarten, Silvana war an den Gewürzen nicht mehr interessiert. Für sie existierten nur noch die Düfte und die Aromen, die sie aus den Gewürzen entwickelt hatte. Und in diesen Duft gehüllt, verließ sie ihre Gemächer kaum noch. Ich habe in dieser Familie keine Unterstützung mehr, dachte Robert erzürnt. Die Söhne seines älteren, verstorbenen Bruders, die einmal die Firma zum großen Erfolg führen sollten, haben sich als Medikus und Advokat niedergelassen, und Theresa, ihre jüngste Schwester, die so interessiert am Gewürzgeschäft ist, hat längst ihr eigenes Geschäft in Lübeck, ohne daran zu denken, dass ich ein alter Mann bin und Hilfe brauche. Mit einundsiebzig habe ich weiß Gott ein Alter erreicht, in dem ich mich zurückziehen darf. Und was mache ich stattdessen? Ich kämpfe mich durch Hochwasser, durch Sturm und Gestank und bekomme wahrscheinlich bei alledem noch eine Lungenentzündung.
Robert stand auf und holte sich einen Cognac aus dem Schrank. Für was und für wen plage ich mich eigentlich, sinnierte er. Da ist nur noch Alexander, und der sitzt im goldenen Käfig, weil alle Angst haben, er könnte von den Angehörigen seiner Mutter

immer noch nach Oman entführt werden. Aber muss man wirklich nach vierundzwanzig Jahren noch damit rechnen?
Er nahm einen Schluck und fühlte sich gleich etwas besser. Na schön, sie haben mit seinem Vater diese böse Erfahrung gemacht, aber der war damals ein Schuljunge, und letzten Endes ist er ja wiedergekommen. Da muss man diese Ängste doch nicht gleich auf seinen Sohn übertragen. Robert seufzte. Statt mich zu unterstützen, mit mir zu reisen, meine Mühsal mitzutragen und meine Verantwortung zu übernehmen, langweilt sich der Bursche im Palais, hadert mit seinem Vater, weil der ihn eingesperrt hält, und kommt auf die unmöglichsten Gedanken, um zu entwischen.
Robert grinste bei dem Gedanken, dass ihn ein Pferdeknecht neulich dabei erwischt hatte, wie er sich an einem Betttuch aus seinem Fenster abseilen wollte, nur um eine Nacht lang durch die Stadt zu streifen. Aber zum Glück war das Tuch zu kurz, er musste schließlich mühsam daran zurückklettern und das Gelächter des Knechts ertragen.
Courage hat der Bursche, überlegte Robert, aber den Mut sollte er für das Geschäft entwickeln und nicht für nächtliche Eskapaden. So eine Gewürzdynastie braucht richtige Männer, sonst haben Generationen von Iserbrooks umsonst gearbeitet.
Robert leerte ein zweites Glas und schüttelte traurig den Kopf. Seit einiger Zeit führte der Alkoholgenuss bei ihm zu Depressionen statt zu Entschlossenheit und Mut.
Verdammt, schimpfte er vor sich hin, ich muss mich aufraffen, ich muss wieder auf die Beine kommen, ich muss einfach wieder die Ärmel hochkrempeln und die Arbeit anpacken. Wer weiß, wie lange ich's noch kann. Mühsam raffte er sich aus seinem Sessel hoch. Aber mit Alexander muss sich etwas ändern, und dafür werde ich jetzt sorgen. Silvana hat sich eine Gesellschafterin bestellt, um sich unterhalten zu lassen, ich als Ehemann genüge ihr anscheinend nicht mehr, aber ich werde dafür sorgen, dass meine Frau keine Gesellschafterin braucht, und dann wird die junge Dame Alex zur Verfügung stehen. Mal schauen, ob sie

ihn nicht besänftigen kann. Er soll sich nicht nach Eskapaden sehnen, sondern nach Kontobüchern und nach Gewürzen. Lange Zeit habe ich den Burschen den Erziehern und Lehrern und Leibwächtern überlassen, viel zu lange, aber das wird sich ab heute ändern.
Vorsichtig stieg er die Treppe wieder hinab. Die Augen machten ihm Probleme und die Stufen sah er nur noch undeutlich, und nach dem Alkoholgenuss musste er besonders vorsichtig sein.
Gebrochene Knochen sind das Letzte, was ich mir leisten kann, dachte er betrübt und packte einen Berg von Kontobüchern auf Huberts Arme. »Die müssen mit ins Palais«, erklärte er dem verblüfften Hausdiener, »ab heute wird auch dort gearbeitet.«

Der Tag neigte sich dem Abend zu, und der müde Ruderer hatte Mühe, den Kahn gegen den Sturm, gegen die erneut steigende Flut und die hereinbrechende Dunkelheit bis zum Herrengraben zu rudern.
Nach einer knappen Stunde erreichten sie die Stadtvilla. Müde stieg Robert aus und befahl Hubert, die Geschäftsbücher in sein Büro zu bringen. Der Butler nahm ihm den Paletot ab, half ihm aus den nassen Stiefeln und versicherte ihm, dass frische Kleidung in seinem Schlafzimmer bereitliege.
»Bring mir heißen Tee mit Rum nach oben«, befahl er dem Butler, aber der schüttelte den Kopf. »Tut mir leid, Herr, aber die Küche steht noch unter Wasser, da kann man keinen Tee zubereiten.«
»Dann entfacht, verdammt noch mal, ein Feuer hier im Kamin. Und wenn kein trockenes Holz da ist, genügend Stuhlbeine werden wohl zu finden sein. In zehn Minuten steht der Tee für mich bereit.«
»Hier in der Halle sollen wir Tee kochen?«, fragte der erschrockene Butler. So verärgert hatte er seinen Herrn selten erlebt. Seit mehr als zwanzig Jahren bediente er seinen Chef, doch ungerecht behandelt hatte der ihn noch nie.

Aber Robert war bereits auf der Treppe zu den oberen Etagen, wo die Familie ihre Wohnräume hatte. Wie leer das Haus geworden ist, dachte er traurig. Silvanas drei Kinder sind längst ausgezogen und führen ihr eigenes Leben. Nur meine Frau, ihr geliebter Enkel Alexander und ich bewohnen dieses riesige Haus. Und das Personal natürlich. Aber wenn wir jetzt Verluste erleiden, wird sich einiges ändern müssen. Ich werde Silvana bitten, gewisse Einschränkungen zu organisieren. Ganz egal, ob ihr das zusagt oder nicht, sie wird sich damit abfinden müssen. Drei Personen und ein mehrgeschossiges Wohnhaus mit einem Dutzend Angestellter, das ist pure Verschwendung.
Er ging in sein Bad und wollte heißes Wasser einlaufen lassen, aber heraus kam nur eine kalte, stinkende Brühe, und er drehte die Hähne schnell wieder zu. Verteufelt, selbst hier hatte die Überflutung nicht haltgemacht. Endlich waren Wasserleitungen und Abflüsse in die Häuser der wichtigsten Hamburger Straßen eingebaut worden, und nun dieses Dilemma. Missgelaunt zog er sich um, trank den Tee, den Ludwig tatsächlich pünktlich serviert hatte, und ging hinüber in die Gemächer seiner Frau. Nach einem artigen Handkuss setzte er sich ihr gegenüber in einen Sessel. Er war immer wieder erschrocken, wie sehr sich seine attraktive, energische und weltgewandte Silvana in den letzten Jahren verändert hatte. Aus der schlanken, eleganten Dame ist eine müde, beleibte, desinteressierte Matrone geworden, dachte er. In ihrem schwarzen Kleid sieht sie blass und erschöpft aus, und ihre Hände sind die einer alten Frau. Das sehe ich natürlich, auch wenn sie bei jeder Gelegenheit versucht, sie in Handschuhen zu verbergen. Fünfundsiebzig ist Silvana jetzt, ja, das Alter hat kein Erbarmen mit ihr, und er erinnerte sich gleichzeitig an die lebenslustige, resolute Frau, die er nach dem Tod ihres Mannes kennen- und lieben gelernt hatte.
»Wie geht es dir, Silvana?«, versuchte er ein Gespräch zu beginnen.
»Danke, du siehst es ja.«
»Du siehst müde aus.«

»Das Wetter erdrückt mich. Ich sehne mich nach meiner Heimat und nach der Sonne Venedigs.«

»Liebling, auch in Venedig ist jetzt Winter und mit Sicherheit auch Hochwasser.«

»Aber die Menschen dort haben die Sonne in ihren Herzen, hier riecht alles nach Trauer und Vergänglichkeit.«

»Du irrst dich, du gehst zu wenig aus dem Haus.«

»Und wohin bitte soll ich gehen? In Venedig feiern die Menschen jetzt Carnevale, und was feiert man hier?«

»Wir könnten ein Theater besuchen oder ein Konzert.«

»Ich mag nicht so lange unter fremden Menschen sitzen.«

»Wir könnten Lukas besuchen oder Markus.«

»Meine Söhne haben es vorgezogen, ihr eigenes Leben unabhängig von mir zu leben, warum sollte ich sie stören?«

»Du störst sie nicht, und das weißt du ganz genau.«

»Liebster Robert, höre auf, mich zu bedrängen. Ich fühle mich hier in meinem Haus, auch wenn es sehr still geworden ist, wohl, und ich gedenke nicht, das zu ändern.«

»Wie du meinst«, sagte Robert und fuhr mürrisch fort, »aber denke daran, es ist unser gemeinsames Haus, und im Übrigen, und deshalb bin ich hier, ist es viel zu groß geworden für uns drei.«

Verärgert sah Silvana ihren Mann an. »Was soll das heißen, zu groß für uns drei? Wir müssen repräsentieren, wie müssen einen gewissen Lebensstil pflegen, wenn Besucher kommen. Und wir müssen das Haus für meinen geliebten Enkel bewahren.«

»Wir müssen uns einschränken, liebe Silvana.«

»Wie stellst du dir das vor? Ich weiß, du bist immer für Sparsamkeit, und manchmal hast du auch recht gehabt, aber dieses Haus verkörpert unseren Wohlstand, es zeugt von Erfolg und Unabhängigkeit. Mein Enkel wird es einmal übernehmen und damit nicht nur den guten Ruf unseres Gewürzimperiums, sondern auch die jahrhundertealte Tradition der Familie Iserbrook. Dieses Haus wird nicht verkauft.«

»Aber Liebling, was nützt Alexander dieser große Backsteinkasten, wenn er keinen einzigen Pfeffersack im Lager hat?«

»Dazu wird es nie kommen. Wir haben so manchen Rückschlag erlitten, aber wir haben ihn immer überwunden. Und wer redet jetzt überhaupt von Rückschlag oder Verlusten? Wir haben erst gestern ein hervorragendes Geschäftsjahr abgeschlossen.«

»Das Hochwasser fügt uns großen Schaden zu, in den Lagerhäusern werden die Gewürze feucht.«

»Unsere Lagerhäuser haben bis zu sechs Etagen, und du kannst mir nicht erzählen, dass auf allen Böden Hochwasser steht.«

»Nein, natürlich nicht. Aber vieles leidet durch die Feuchtigkeit.«

»Das ist in jedem Jahr so. Das war in Venedig so, und das ist in Hamburg so. Das geht vorbei. Also schlag dir Einschränkungen aus dem Kopf, die wird es in dieser Familie, solange ich lebe, nicht geben.«

»Silvana, ich bitte dich, denke doch nur einmal an die vielen leer stehenden Zimmer hier im Haus. Sie müssen beheizt und belüftet und gesäubert werden. Ich möchte das Haus auch behalten, aber könnten wir nicht die obere Etage schließen und uns auf das erste Stockwerk beschränken?«

»Und das Personal? Wir brauchen die Dachkammern, und wie sollen wir die erreichen, wenn die Zwischenetage geschlossen wird?«

»Und wozu brauchen wir so viel Personal? Braucht die Köchin zwei Küchenmädchen, um drei erwachsene Personen zu beköstigen? Wozu brauchen wir eine Haushälterin und eine Mamsell, um drei Hausmädchen zu beaufsichtigen?«

»Aber deinen Butler wirst du behalten wollen!«

»Selbstverständlich, genauso, wie du deine Zofe behalten wirst.«

»Und wo willst du dann sparen?«

»Wir behalten die Köchin und die Mamsell, ein Mädchen zum Reinigen der Räume, den Butler, die Zofe, den Hausdiener und Benno, den Leibwächter von Alexander. Alle anderen werden gemietet, wenn einmal Bedarf für mehr Personal ist, und ein Lehrer für Alex kann täglich herkommen, der braucht nicht hier zu wohnen.«

»Und die Erzieherin? Und meine neue Gesellschafterin, die heute bereits eintreffen sollte, was wird mit denen? Und was passiert, wenn wir Gäste bewirten müssen, Feste veranstalten?«

»Ach, mein Liebling, wann haben wir zuletzt Feste gefeiert? Wann Gäste bewirtet? Die Zeiten der großen Empfänge sind vorbei für uns, die müssen wir jetzt deinen Kindern überlassen.«

»Du machst mich sehr traurig.«

»Aber du musst den Tatsachen ins Gesicht schauen, meine liebe Silvana. Unsere Zeiten sind vorbei.«

»Ich kann das nicht glauben, Robert.«

»Du willst das nicht glauben, meine Liebe. Aber wir gehören nicht mehr zu den exquisiten Gastgebern dieser Stadt, die wir einmal waren, wir sind alt geworden und wir müssen uns damit abfinden.«

»Das klingt so endgültig, ich will das nicht hören.«

»Ich weiß.« Robert seufzte: »Ich möchte es auch nicht hören, aber wir müssen mit dieser Wahrheit leben, und wir sollten das Beste daraus machen.«

»Und was ist das Beste?«

»Wir schränken uns ein, wir genießen einen friedlichen, ruhigen Lebensabend in dem bescheidenen Wohlstand, der uns ausreichen wird. Und dazu gehören nicht leere Zimmer und unnützes Hauspersonal, das ist nur Ballast, sondern unsere Gemeinsamkeit, unser gegenseitiges Vertrauen, die kleinen Freuden, die das Leben so reich machen können.«

»Ich weiß nicht, ob ich das kann. Ich möchte auf keinen Fall auf diese Gesellschafterin verzichten, sie ist jung, sie ist gebildet, ich hoffe, sie frischt mein Leben auf, berät mich und hilft mir, wenn ich mutlos werde.«

»Ich möchte sie im Hause haben, aber sie soll sich auch um Alexander kümmern.«

»Um Alexander? Wie kommst du denn auf die Idee? Mein Enkel ist jung, gesund, tatkräftig und fröhlich, der braucht doch keine Gesellschafterin an seiner Seite.«

»Der Junge braucht eine, sagen wir einmal, er braucht eine

Freundin. Er ist ein Mann geworden, und wir behandeln ihn immer noch wie einen kleinen Jungen. Er will raus hier, er will unter Menschen, und irgendwann bricht er wirklich aus. Wir müssen für sein Wohl sorgen, und dazu gehört nun auch der Umgang mit einer Frau, sonst verlieren wir ihn.«

»Der Umgang mit einer Frau, aber er hat doch mich, ich verstehe mich glänzend mit ihm.«

»Willst du mich nicht verstehen oder kannst du es nicht? Alex braucht eine Frau.«

»Oh Gott, nein, er ist doch noch so unerfahren, so jung.«

»Eben, deshalb. Er muss ganz bestimmte Erfahrungen machen, um ein Mann zu werden.«

»Aber wir können doch nicht einfach eine Frau in seine Arme treiben.«

»Nein, so ein Verhältnis muss sich langsam entwickeln. Es soll ja auch nicht von Dauer sein, aber Erfahrungen muss er jetzt sammeln, nicht erst, wenn er kein Interesse mehr an dem anderen Geschlecht hat.«

»Du meine Güte, woran du so alles denkst«, meinte Silvana fast vorwurfsvoll.

»Wir haben doch auch unsere Erfahrungen gebraucht und gesammelt, so ist nun mal der Lauf des Lebens. Alexander wird bald vierundzwanzig Jahre alt, höchste Zeit, dass er lernt, wozu ein Mann fähig ist, wo seine Stärken liegen – und seine Schwächen.«

Drittes Kapitel

Mit dem ersten Licht des neuen Tages kam Knut Brauer in die St.-Petri-Kirche. Und er kam zu Fuß. »Frollein Rebekka, ick will Se nu zu ihre Herrschaften bringen«, begrüßte er die junge Frau, die sich mit schmerzenden Knochen von der harten Kirchenbank erhob.

»Danke, Herr Knut, oh Gott, mir tut alles weh. Wie ist denn heute das Wetter?« Rebekka reckte sich und dehnte ihren Körper, um ihre Müdigkeit zu vertreiben.

»Den Rest vom Sturm ham wa noch, aber 's Wasser is zurück, wo 's hingehört. Aber nu sind die Straßen mächtig dreckig, und ick werd Se 'n paar Mal tragen müssen, denn mit diese Schuhchen kommen Se nich weit.« Grinsend besah er sich die geschnürten Stiefelletten, »aber ick mach das schon gern. Sie sin ja man bloß 'n Federjewicht.« Er zog ein Päckchen aus der Manteltasche. »Da, Se ham sicher Hunger, is 'n Leberwurstbrot, ick hab 'n Fleischer bei die Hand, der gibt mir oft die Reste vom Tag, schmeckt gut, seine Wurst.«

Rebekka war wirklich sehr hungrig. Sie hatte am Tag vorher morgens während der Bahnfahrt eine Scheibe Brot gegessen und dann nur noch abends einen Apfel und ein Stück von dem Brot, das der Bürgerwehrsoldat in die Kirche gebracht hatte. Sie bedankte sich artig bei Knut, packte das Brot aus, brach es in zwei Teile und gab einen davon ihrer neuen Freundin Luise, die amüsiert den Mann und die junge Frau beobachtete. »Bitte, Luise, Sie haben auch noch einen weiten Weg vor sich, und wer weiß, wie Sie Ihr Haus antreffen. Der Herr Knut hat bestimmt nichts dagegen, wenn ich das mit Ihnen teile, was er mir mitgebracht hat.«

»Nee, hatta nich. Lassen Se sich das Brot man schmecken«, nickte er den beiden Frauen zu und beobachtete, wie die anderen Kirchengäste langsam das Gotteshaus verließen; zögernd die einen, weil sie nicht wussten, was sie daheim vorfinden würden, fröhlich ein paar andere, weil sie endlich das kalte Gebäude verlassen konnten und gespannt darauf waren, was der Sturm alles verwüstet hatte. Alle aber waren müde, durchgefroren und hungrig.

Dann drängte auch Knut Brauer zum Aufbruch. »Ick will ja nich drängeln, aber ick muss um acht bei die Bürgerwehr sein, da wird's Zeit für uns, Frollein.«

Rebekka nickte: »Ja, natürlich. Auf Wiedersehen, Luise, wir werden uns bestimmt einmal treffen, Sie wissen ja, wo ich bin. Ich würde mich wirklich freuen.«

»Na, da bin ich nicht so sicher«, erwiderte Luise. »Das sind komische Leute, zu denen Sie gehen, Rebekka, aber wenn Sie mal Hilfe brauchen, finden sie mich hinterm neuen Bahnhof am Rautenplatz, da kennen mich die Leute und zeigen Ihnen meine Kammer.«

»Danke, Luise, auch für den heißen Tee gestern, der hat mich wieder lebendig gemacht.«

Knut Brauer öffnete die Kirchentür. Noch immer drückte der Wind dagegen, aber für den großen Mann war es nicht schwer, sie aufzustemmen. »Geben Se mir man Ihre Hand zum Festhalten, sonst wehen Se mir noch davon«, erklärte er lachend, nahm gleich ihren ganzen Arm und führte Rebekka den kleinen Berg hinunter zur Knochenhauerstraße, in der die Schlachter ihre Geschäfte hatten und die nun schlammbedeckt vor ihnen lag.

»So, und jetzt nehm ick Se huckepack.« Er drehte ihr den Rücken zu, bückte sich und breitete die Arme aus. »So, nu zögern Se man nich, hopp und rauf.«

Rebekka nahm einen kleinen Anlauf, landete auf dem breiten Rücken und legte ihm die Arme um den Hals. Knut packte sie fest mit seinen Händen, was Rebekka erst etwas unangenehm

fand. Dann aber begannen sie mit ihrer Wanderung zum Herrengraben.
Überall waren Leute unterwegs und wateten durch Schlamm und angespülten Unrat. Manche zogen Handkarren mit ihren letzten Habseligkeiten hinter sich her, andere hatten die Arme voll nasser Kleidung, die sie noch im letzten Augenblick ergreifen konnten, bevor das Wasser ihre Stuben durchflutete. Ein paar Mal sahen sie Frauen mit Kinderwagen, die kaum vorankamen, wenn der Schlamm zu dick war, und einmal trafen sie auf einen Mann mit einem Karren voller Kaninchen in Kisten, die er anscheinend im letzten Moment vor dem Ertrinken retten konnte. Überall schaufelten Männer den zähen Schlamm von den Bürgersteigen, Frauen schoben mit Besen Wasser aus den Hauseingängen, und in den geöffneten Fenstern lagen nasse Federbetten und Läufer. Obwohl es an diesem eisigen Januarmorgen bitterkalt war, liefen viele Menschen barfuß herum, um ihre Schuhe zu schonen.
Rebekka, die sich aufmerksam umschaute, stellte bald fest, dass Knut Brauer sie durch sehr arme Stadtgegenden trug. Enge Gassen, dicht an dicht gebaute Fachwerkhäuser, sehr einfache Leute und herumstreunende Hunde gaben ihr einen ersten Eindruck von Hamburg.
Wenn ein Stück Straße begehbar war, setzte Knut seine lebende Last ab, und die beiden liefen nebeneinander her. »Ick muss 'n paar Umwege machen, sonst komm'n wir noch nich durch, aber die Gegend wird bald besser, dann stinkt's auch nich mehr so.«
Am Rödingsmarkt musste Knut Rebekka wieder tragen und auch da, wo einst die Herren des Rates ihre Gärten hatten. Als sie das Schaarthor hinter sich ließen und über die Schaarsteinwegsbrücke gingen, erklärte Knut: »Jetzt wird's besser mit die Gegend. Da hinten sehn Se die Elbe, dick und fett und gelb und immer noch viel zu voll, und das hier unten is der Herrengraben, auch der is noch mächtig angeschwollen. Da wird's Ärger bei die feinen alten Herren gegeben haben, die hier wohnen und die Fischereirechte besitzen. Und wo müssen Se nu genau hin?«
Rebekka holte den Zettel mit der Skizze und der Anschrift aus

ihrer Tasche und zeigte sie dem Mann. »Ein Stückchen nach rechts müssen wir gehen, dann stehen wir vor dem Palais.«

»Dann komm'n Se man wieder huckepack, sonst sind die Schuhchen verdorben. Das Stück schaff ick auch noch.« Und mit einem kleinen Sprung nahm Rebekka wieder auf dem breiten Männerrücken Platz und ließ sich dankbar bis vor die Haustür tragen. »Na, hier war's Wasser man auch drin in die Räume«, stellte Knut sachlich fest und entließ seine Fracht auf die oberste Stufe des Eingangs. Bevor sie den Türklopfer bediente, reichte Rebekka ihrem Lastenträger die Hand und bedankte sich. »Ohne Sie, Herr Knut, hätte ich das nie geschafft. Ich würde Sie ja gern bitten, hereinzukommen, aber ich kenne die Herrschaften nicht und möchte nicht sofort aufdringlich erscheinen.«

»Is schon in Ordnung, ick muss ja auch weiter. Ick warte nur noch, bis Se drin sind, dann bin ick beruhigt.«

Rebekka betätigte den Türklopfer, der in Form eines kleinen schmiedeeisernen Löwenkopfes an einem der beiden Türflügel befestigt war. Kurze Zeit später wurde in der Tür ein kleines, vergittertes Fensterchen geöffnet. Eine alte Männerstimme fragte: »Ja, bitte, was wollen Sie?«

»Guten Tag, mein Herr, ich bin Rebekka Jenfeld, die neue Gesellschafterin von Frau Iserbrook. Mich hat das Unwetter aufgehalten, sonst wäre ich gestern pünktlich eingetroffen.«

»Und wer ist der Mann?«

»Das ist Herr Brauer von der Bürgerwehr, er hat mich hergebracht.«

»Zu Fuß?«

»Ja. Als ich gestern an dem neuen Bahnhof eintraf, gab es wegen des Hochwassers keine Pferdedroschken mehr zu mieten. Da habe ich versucht, zu Fuß zu Ihnen zu gelangen, aber der Sturm war zu stark. Ich musste in der St.-Petri-Kirche übernachten. Und heute hat mich Herr Brauer freundlicherweise hierher gebracht.«

»Einen Augenblick.«

Das Fensterchen wurde geschlossen, aber nach einer Weile wurde die Haustür geöffnet. Neben dem alten Butler stand ein junger Hausdiener, als müsse er helfen, den Eingang zu bewachen. Der alte Mann reichte dem Bürgerwehrsoldaten zwei Silbermünzen. »Die Herrschaften danken für Ihre Hilfe. Guten Tag.« Damit entließ er Knut Brauer, Rebekka durfte eintreten, und der Hausdiener verschloss die Tür wieder, legte oben und unten einen Riegel vor, und Rebekka dachte an die Worte von Luise, die das Haus als Festung bezeichnet hatte. Etwas unsicher folgte sie dann dem Mann in die obere Etage. Während sie hinaufgingen, fragte er: »Haben Sie kein Gepäck?«
»Ich musste es auf dem Bahnhof in Verwahrung geben, zu Fuß und bei dem Sturm konnte ich den Koffer nicht mitnehmen.«
»Ist gut, er wird später abgeholt. Ich bin Ludwig, der Butler. Wenn Sie Fragen oder Wünsche haben, wenden Sie sich bitte an Fräulein Dana, sie ist hier die Mamsell.« Er öffnete eine kleine Tür. »Hier ist ein Raum zum Waschen und Kämmen. Fließendes Wasser haben wir im Augenblick nicht, die Siele müssen erst gereinigt werden, das kann ein paar Tage dauern. Wenn Sie sich frisch gemacht haben, läuten Sie hier mit dieser Klingelschnur. Die Mamsell kommt dann und holt Sie ab. Die gnädige Frau wird Sie zu sehen wünschen.« Damit ließ er Rebekka allein zurück und schloss die Tür.
Sie sah sich um. Eine Kommode mit einer Schüssel und einer Kanne Wasser, ein paar Handtücher, ein Spiegel, ein Kamm und eine Haarbürste lagen neben der Schüssel. Im hinteren Teil des kleinen Raumes gab es eine Toilette und ein Waschbecken, beide waren mit Tüchern abgedeckt – ein Zeichen dafür, dass man sie nicht benutzen durfte. Rebekka nahm ihre Haube ab und wusch sich Gesicht und Hände. Dann bürstete sie ihr hellblondes Haar, bis es sich leicht um ihren Kopf legte, setzte die Haube wieder auf und verschloss sie mit einer Schleife unter ihrem Kinn. Danach verließ sie den Waschraum, klingelte nach der Mamsell und wartete. Endlich hörte sie Schritte auf der Treppe, und eine Frau in einem hochgeschlossenen weißen Schürzen-

kleid begrüßte sie. »Guten Tag, ich bin Dana, die Mamsell. Wie mir der Herr Ludwig erzählte, sind Sie die Gesellschafterin für die gnädige Frau. Ich werde Sie jetzt zu ihr bringen. Eigentlich erwarteten wir Sie bereits gestern.«

»Das Unwetter hat mein Eintreffen verzögert, ich musste die Nacht in einer Kirche verbringen.«

»Das tut mir leid, aber wir haben alle unter dem Wetter gelitten. Kommen Sie jetzt bitte.« Dana führte Rebekka die Galerie entlang zu einem anderen Teil des Hauses. »Hier befinden sich die privaten Räume der Familie. Die dürfen Sie nur betreten, wenn Sie gerufen werden. Die Herrschaften legen großen Wert auf ihre Privatsphäre und möchten nicht gestört werden.«

»Selbstverständlich.«

»Wir Angestellten benutzen sonst nur die hintere Treppe, aber die ist gesperrt, weil das Hochwasser noch dort im Keller steht, wo sie endet.«

Während Dana an eine Tür klopfte und auf das »Herein« ihrer Herrin wartete, schaute Rebekka von der Galerie hinunter in die große Eingangshalle, in der drei Hausmädchen damit beschäftigt waren, Schlamm- und Sandrückstände von den schwarzweißen Marmorkacheln zu schrubben. Ein Mann goss eimerweise Wasser auf die Fliesen und auf die nackten Füße der Mädchen, die ihn mit ihren Besen bedrohten. Sonst war es absolut still im Haus. Man hörte weder ein Lachen noch ein Kreischen noch Zurufe.

Endlich ertönte das »Herein« aus dem Zimmer, vor dem sie warteten.

Dana öffnete die Tür, knickste und sagte leise: »Gnädige Frau, Ihre Gesellschafterin ist eingetroffen. Darf sie eintreten?«

»Ja, Dana, lass sie herein, ich warte schon ungeduldig.«

»Jawohl, gnädige Frau.« Dana knickste wieder, trat zur Seite, ließ Rebekka eintreten und schloss die Tür hinter ihr.

»Guten Morgen, gnädige Frau, ich bin Rebekka Jenfeld aus Berlin.«

»Sie kommen spät, meine Liebe.«

Und Rebekka erzählte ihr von dem Unwetter und den letzten vierundzwanzig Stunden und bat noch einmal um Entschuldigung. Wenn das so weitergeht, komm ich aus den Entschuldigungen gar nicht mehr heraus, dachte sie unzufrieden, schließlich bin ich nicht für dieses Hamburger Wetter verantwortlich.
Silvana Iserbrook betrachtete die junge attraktive Frau einen Augenblick, dann sagte sie lächelnd: »Kommen Sie näher und setzen Sie sich, und ab sofort sage ich ›Du‹ zu dir. Das macht mir den Umgang mit dir leichter, denn wir werden viele Stunden gemeinsam verbringen. Und mich kannst du einfach ›Madame‹ nennen.«
Rebekka ging ein paar Schritte näher und nahm in einem kleinen Sessel Platz.
»Nun erzähle mir von deiner Reise, von deinem Leben in Berlin und von deiner Familie, damit ich dich richtig kennenlerne.«
Und Rebekka begann: »Ich bin das älteste von sieben Kindern. Mein Vater ist Eisengießer in einer großen Fabrik und meine Mutter arbeitet als Reinemachefrau bei einem Doktor. Ich habe morgens die Schule besucht und nachmittags musste ich auf meine Geschwister aufpassen. Nachdem ich die Schule beendet hatte, habe ich mit Arbeiten angefangen, bei denen ich viel lernen konnte, so habe ich mir eine Bildung angeschafft, die für eine Prüfung als Gesellschafterin reichte. Diese Prüfung habe ich bei einem Vermittlerbüro abgelegt, und weil sie gut ausgefallen ist, hat man mir sehr schnell eine Stellung als Gesellschafterin angeboten. Und nun bin ich hier.«
»Ja, nun bist du also hier. Was erwartest du von deiner Arbeit bei mir?«
»Ich freue mich, bei Ihnen sein zu dürfen, Madame. Und ich hoffe, dass ich alles zu Ihrer Zufriedenheit machen werde.«
»Das hoffe ich auch. Was weißt du über das Leben außerhalb eines Hauses wie diesem hier?«
»Ich habe in einem Hotel, einem Restaurant, einem Modegeschäft und bei einer Modistin gearbeitet. Ich weiß, wie man sich in einer fremden Umgebung verhält, ich kann mit Menschen

umgehen und mich höflich benehmen. Ich bin zum ersten Mal mit der Eisenbahn gefahren, und ich habe meinen Weg hier in Hamburg auch ohne eine Mietdroschke gefunden. Ich glaube, ich weiß, wie es draußen zugeht, und ich habe keine Angst vor fremden Menschen und unbekannten Situationen.«

»Dann bist du ein mutiges Mädchen, das gefällt mir. Jetzt werde ich dir erzählen, was dich hier erwartet, denn du musst uns ja auch kennen: Wir sind hier drei erwachsene Personen, das Dienstpersonal wirst du später kennenlernen. Hier leben mein Mann, er ist Gewürzhändler, mein Enkel, er ist etwas älter, als du es bist, und ich hier. Ich habe früher mit Gewürzen gehandelt, jetzt bin ich schon seit langem Parfümeurin, mache aus Gewürzen wohlriechende Düfte.«

»Das muss eine wunderbare Arbeit sein, wenn ich das sagen darf.«

»Du darfst immer sagen, was du denkst, und du hast recht, es ist eine angenehme Arbeit, wenn man sie erlernt hat. Aber bis ich es konnte, habe ich lange daran arbeiten und so manches Missgeschick erleiden müssen.«

»Ich wusste gar nicht, dass man aus Gewürzen Parfüms herstellen kann.«

»Es gibt kaum ein Parfüm, in dem keine Gewürze vorkommen. Jedes Gewürz hat seinen eigenen, unwiderstehlichen Duft, und diesen dann mit Blütenölen und Kräutern zu verbinden, ergibt die herrlichsten Nuancen. Aber wir wollen jetzt nicht über meine Arbeit sprechen, sondern über dich und dieses Haus. Wir sind eine sehr alte Gewürzhändlerfamilie. Die Iserbrooks haben einmal ganz klein und bescheiden mit einem Bauchladen angefangen. Dann reichte es zu einem Handkarren und dann zu einem Fuhrwerk. So ist daraus ein Unternehmen geworden, das heute in ganz Europa bekannt ist. Der älteste der beiden Iserbrooksöhne, der damals in Venedig arbeitete, hat mich geheiratet, deshalb nennen mich viele ›die Venezianerin‹. Dann ist mein Mann bei einem Schiffsuntergang umgekommen und ich bin mit meinen drei kleinen Kindern hierher gezogen, weil meine Söhne das

Geschäft einmal übernehmen sollten. Aber dann starb der alte Herr Iserbrook, der Großvater meiner Kinder, und ich musste sehen, wie ich allein hier in der Fremde zurechtkam. Aber ich hatte keine Angst vor der Arbeit und genoss meine ersten Erfolge, als der Bruder meines verstorbenen Mannes nach Hamburg kam und die Geschäfte übernahm. Zuerst gab es viel Ärger, dann haben wir uns versöhnt und schließlich geheiratet. Meine Söhne hatten kein Interesse an Gewürzen, einer ist Arzt geworden – sein Sohn, also mein Enkel, wohnt auch im Haus –, der andere ist Advokat geworden, und nur die Jüngste in der Familie handelt mit Gewürzen, sie lebt in Lübeck. Mein Enkel hat ein schweres Schicksal. Seine Mutter, eine Araberin, hat meinen ältesten Sohn gegen den Willen ihrer Familie geheiratet und nach Hamburg begleitet. Kaum war Alexander geboren, wurde sie von ihrer Familie aus unserem Haus entführt und nach Oman zurückgeholt. Wir wissen bis heute nicht, wie das geschehen konnte, aber es muss auf eine sehr grausame Weise passiert sein. Und nun droht ihre Familie, auch den Sohn, also meinen Enkel, zu entführen. Aber Alexander gehört zu uns, und wir sind in großer Sorge um ihn. Er darf das Haus nie verlassen, er hat keine Freunde und er leidet sehr unter dieser Einsamkeit. Deshalb habe ich die Hoffnung, dass du, Rebekka, dich auch um ihn kümmern wirst.«

»Aber wie könnte ich das?« Rebekka schüttelte energisch ihren Kopf. »Ich bin keine Erzieherin und keine Lehrerin, und bewachen kann ich ihn auch nicht.«

»Das ist auch nicht nötig, denn er hatte die beste Erziehung und die beste Schulbildung hier im Haus. Wir hatten immer Lehrer und Gouvernanten, die bei uns lebten und ihn förderten, und einen Leibwächter hat er auch. Mein Enkelsohn ist klug und gebildet, aber er hat keinen Umgang mit Menschen außerhalb dieses Hauses.«

»Aber warum haben Sie ihm denn keine Freunde ins Haus geholt?«

»Junge Menschen mögen diese Absonderung nicht. Wir haben

es versucht, aber sie haben uns immer wieder verlassen, wenn Alexander gerade begann, sie zu mögen.«

»Wie schrecklich.«

»Ja, wir sind sehr besorgt, und ich habe größte Befürchtungen, dass er hier vereinsamt und dass sein Herz verarmt.«

»Will er denn nicht selbst hinaus und die Welt kennenlernen?«

»Er hat ein paarmal versucht wegzulaufen, aber wir konnten das nicht erlauben, ständig sind arabische Schiffe hier im Hafen, wie schnell könnte er entführt werden.«

»Aber wie sollte ich ihm helfen können, Madame? Ich sehe mich überfordert, ich kann das nicht. Ich bin hergekommen, um Sie zu unterhalten, Sie zu begleiten, zu beraten und in ihrer Nähe zu sein. Aber ich kenne mich überhaupt nicht mit einem Mann aus, der auch noch vier Jahre älter ist als ich.«

»Ich weiß, Rebekka, und ich weiß auch, dass ich viel von dir erwarte. Aber könntest du es nicht wenigstens versuchen?«

»Und wie sollen diese Versuche aussehen?«

»Ich weiß es nicht, Rebekka, aber ich denke, eine junge Frau wie du wird intuitiv das Richtige tun, wenn sie ihm gegenübersteht.«

Aber Rebekka schüttelte den Kopf. »Madame, ich denke, ich muss diese Art von Arbeit ablehnen.« Ohne eine Antwort abzuwarten, stand sie auf, knickste höflich und verließ den Salon der Venezianerin.

Viertes Kapitel

Silvana Iserbrook war verblüfft. Sie war zwar auch verärgert, aber vor allem war sie verblüfft, dass eine fremde, auf Arbeit und Unterkunft angewiesene junge Frau es wagte, sich ihr zu widersetzen. Diese Rebekka hat Courage, dachte sie, und das ist gut so, denn in diesem Haus braucht man Courage, um sich durchzusetzen. Niemand wusste das besser als sie selbst. Todesängste hatte sie in diesem Hause erlitten, Gemeinheiten und Intrigen, Krankheiten und Nöte und vor allem immer wieder Verzweiflungen, die kein Ende nehmen wollten. Ja, dieses Haus, von mir so geliebt und dennoch voller Tücken, dieses Haus lehrt uns, mit dem Leben fertig zu werden. Sie lächelte, als sie die Klingelschnur bediente. Sie wird es schaffen, sie wird mit diesem Haus zurechtkommen.

Leicht verwirrt betrat Dana den Salon. »Gnädige Frau, vor der Tür steht ...«

Silvana nickte. »Ich weiß, Dana, zeigen Sie meiner Gesellschafterin ihr Zimmer, sorgen Sie dafür, dass ihr Koffer geholt wird, und sagen Sie ihr, wann und wo wir heute zu Mittag speisen. Sie wird immer mit der Familie zusammen essen.«

»Jawohl, gnädige Frau.« Mit einem Knicks verließ die Mamsell den Salon.

Silvana dachte daran, wie sehr sie einst um dieses Haus gekämpft hatte, als die alten Iserbrooks sie zwingen wollten, mit den Kindern in ihrem Haus am Neuen Wall zu leben, und wie sehr sie um ihre Selbstständigkeit gerungen hatte. Aber sie hatte sich durchgesetzt und dieses Haus bekommen.

Ein sehr großes Haus, das sie jahrelang mit Kaufleuten geteilt hatte, die sich keine eigenen Kontorhäuser leisten konnten und ihr Miete zahlten. Diese Mieten waren ihre ersten Einkünfte, bis sie den Gewürzhandel so weit beherrschte, dass sie damit ihren Unterhalt und den der Kinder bestreiten konnte. Und dann starb der alte Iserbrook, ohne ein Testament zu hinterlassen, das alle ihre Rechte geregelt hätte. Und dann kam Robert, der Bruder ihres verstorbenen Mannes, und wollte ihr alles wegnehmen, das Haus, den Handel und am liebsten auch die Kinder. Ja, dieses Haus hatte Kämpfe erlebt und Siege, kleine und große, denn sie hatte Robert besiegt, indem sie ihn geheiratet hatte. Das war vor mehr als zwanzig Jahren gewesen. Sie hatten gute und schlechte Zeiten erlebt, aber sie hatten sie immer zusammen bewältigt.

Und dann wurde Lukas entführt, ihr über alles geliebter ältester Sohn wurde von der Schule weg verschleppt und kam erst nach zehn Jahren zurück. Nach zehn Jahren voller Angst und Sorge um ihn, denn kein Mensch wusste, ob er noch lebte oder nicht längst tot war. Und er brachte Alinia mit, seine junge Frau aus Oman, die fast noch ein Kind war und in diesem Hause ihren Sohn auf die Welt brachte. Alexander, ihren über alles geliebten Enkel, um den sie alle vom Tag seiner Geburt an Angst hatten, weil die arabische Familie seiner Mutter ihn heimholen wollte in die Armut eines omanischen Dorfes ganz im Süden der arabischen Halbinsel.

Ja, dachte Silvana, dieses Haus ist ein Teil meines Lebens geworden. Hier lebe ich, hier habe ich meine Kinder großgezogen, hier habe ich meine Laboratorien für die Parfümentwicklung, hier hat Robert, nachdem wir die fremden Kontore geschlossen haben, seine eigenen Geschäftsräume. Hier habe ich geweint und gelacht, geliebt und gekämpft.

Viele Jahre lang hatte Silvana sich nach ihrer Heimat gesehnt, nach Venedig, dieser wundervollen Lagunenstadt voller Freunde und voller Freude. Venedig, wo sie ihren ersten Mann kennen- und lieben gelernt hatte. Damals war Moritz Iserbrook der bekannteste Gewürzhändler der Stadt und einer der reichsten Männer im Mittelmeerraum, bis ihn der Tod ereilte, und bis diese ihr fremde Hamburger Familie sie zwang, mit den Kindern, den Erben der Gewürzdynastie, nach Hamburg zu ziehen. Immer hatte sie sich zurück in ihr Venedig gesehnt, aber ihr Zuhause war dieses Palais am Herrengraben geworden.

Silvana stützte sich mit den Händen an den Armlehnen ab und stand auf. Viele Bewegungen fielen ihr schwer, und sie litt darunter, nicht mehr so beweglich zu sein wie früher. Immer war sie schlank und lebhaft und geschäftig gewesen, aber in den letzten Jahren zog sie die Bequemlichkeit vor. Es fiel ihr schwer, die Treppe zu benutzen. Also richtete sie ein Speisezimmer im gleichen Stockwerk ein, in dem sich auch die Räumlichkeiten der Familienmitglieder befanden. Ihre Laboratorien hatte sie ebenfalls nach oben verlegt und ihr persönliches Kontor auch.

Im Erdgeschoss gab es nur noch die Empfangsräume für Gäste, die Ballsäle, den großen Speisesaal und die Büroräume von Robert. So konnte sie bequem darauf verzichten, die Treppe zu benutzen, und wenn sie wirklich einmal nach unten gehen musste, um auszufahren oder einen Besucher zu begrüßen, dann tat sie das in großer Ruhe und sehr vorsichtig, um ihre Beine nicht zu strapazieren und die Knie zu schonen, denn Lukas, ihr Mediziner-Sohn, hatte sie vor Arthritis gewarnt.

Silvana lächelte, als sie an den besorgten Lukas dachte. Er ist ein guter Arzt geworden, seine Lehre bei dem alten arabischen Medikus damals in Oman und seine Kenntnisse der modernen Medizin hier in Hamburg haben ihn zu einem umsichtigen, geschickten und beliebten Mediziner in dieser Stadt gemacht. Nur schade, dass er nicht noch einmal geheiratet hat, dachte sie traurig, er hätte eine liebende Frau und eine fröhliche Kinderschar verdient. Aber der Junge fühlt sich immer noch an Alinia gebunden. Sie ist und bleibt meine Frau, hat er gesagt, als ich ihn gebeten habe, diese kurze Ehe annullieren zu lassen. Obwohl er wusste, dass sie in Oman einen alten, von der Familie ausgesuchten Mann ehelichen musste, hielt er zu ihr. Ihre verbrecherischen Brüder hatten sie entführt, damit sie diese Zwangsehe eingehen konnte, und nun versuchen sie seit Jahren, auch Ale-

xander zu rauben. Aber Lukas bleibt ihr treu und verzichtet auf ein eigenes Eheglück, überlegte sie traurig und ging hinüber in die Zimmer ihres Enkels.
Im Salon traf sie nur Benno, den Leibwächter, der seit vielen Jahren hier im Hause lebte und Alexander beschützte. »Wo ist mein Enkel?«
»Alexander ist in seiner Bibliothek«, Benno zeigte auf die offene Tür, »er wollte ungestört sein.«
»Danke.« Silvana ging in den Nebenraum. »Hallo Alex, wie geht es dir?«
Der junge Mann legte eine Mappe voller Landkarten zur Seite und trat auf sie zu. »Gut, wenn du da bist, Mama.«
Silvana lächelte. Er nannte sie schon sein ganzes Leben lang »Mama«. Als ganz kleines Kind fiel es ihm zu schwer, »Großmama« zu sagen, und so blieb schließlich dieses »Mama« übrig. Es störte sie nicht, im Gegenteil, sie freute sich darüber, schließlich war sie in all den Jahren seine Ersatzmutter gewesen.
»Du studierst die Karten der Welt?«
»Irgendwann werde ich all die Länder sehen, die darauf eingezeichnet sind. Irgendwann werde ich reisen, das verspreche ich dir, Mama.«
»Du weißt, was es heißt, dieses sichere Haus zu verlassen.«
»Mach dir keine Sorgen, ich werde eines Tages ein Mann sein, dem niemand nahe kommen darf, ich werde auf mich aufpassen und ich werde stark sein.«
»Und ich werde immer Angst um dich haben.«
»Oh nein, du bist eine kluge und couragierte Frau, du wirst wissen, wann meine Zeit gekommen ist, und dann werde ich gehen und keiner wird Angst um mich haben müssen.«
»Und wohin wirst du dann reisen?«
»Ich will in die Länder, aus denen die Gewürze kommen, die wir hier verkaufen. Ich will sehen, wie sie wachsen, wie sie geerntet und bearbeitet werden. Robert will, dass ich mich mit ihm zusammen um die Geschäfte kümmere, aber es macht keinen Spaß, hier im Kontor zu sitzen und staubige Geschäftsbücher zu

lesen, ich will hinaus ins Leben, und das wisst ihr beide ganz genau.«

»Wir wollen das Beste für dich, Alex, und noch ist die Geborgenheit dieses Hauses das Beste für dich.«

Silvana war entsetzt, aber sie zeigte es nicht. Alexander wurde zornig, wenn er zu sehr spürte, wie sehr sie ihn hier festhalten wollten. Sie wusste, dass sie und Robert sehr diplomatisch mit ihm umgehen mussten. Straffe Zügel würden ihn nur reizen, sie abzuwerfen und davonzulaufen. Nein, nein, schalt sie sich im Geheimen, ich muss ihn mit Liebe überzeugen, hierzubleiben. Und zu dieser Liebe gehört in Zukunft Rebekka Jenfeld.

»Ich habe eine Überraschung, Alex.«

»Ach ja?«

»Du wirst dich wundern, sie ist sehr hübsch.«

»Hübsch?«

Silvana lachte. »Ja, und sie ist fast so groß wie du, sie hat blonde Locken, kann laufen und reden und sieht sehr nett aus.«

»Jetzt machst du mich neugierig. Sei endlich ernsthaft, wenn du mit mir sprichst. Nie weiß ich, was du wirklich sagen willst.«

»Ich habe eine Gesellschafterin für mich engagiert, für mich, möchte ich betonen, aber wenn sie dir gefällt, darf sie auch dir ab und zu Gesellschaft leisten.«

»Also Mama, jetzt bin ich wirklich interessiert.«

»Du lernst sie heute Mittag beim Dinner kennen.«

Verwirrt sah Alexander seine Großmutter an. »Du meinst das wirklich ernst?«

»Natürlich.«

»Hm, dann muss ich wohl meine besten Manieren aus der Schublade holen?«

»Es wäre angebracht.«

»Dann darf ich also nicht schlürfen, nicht den Arm aufstützen und nicht dazwischenreden?«

Silvana tat sehr entrüstet. »Untersteh dich, Alex, ich habe für teures Geld die besten Erzieher für dich engagiert, du wirst mich doch nicht enttäuschen?«

»Aber jetzt einmal ernsthaft, Mama, wozu brauchst du eine Gesellschafterin?«
»Weil ich mir Gesellschaft wünsche, ganz einfach Gesellschaft. Ich bin zu oft allein, ich gehe nur noch selten aus dem Haus, ich möchte mich mit einer Frau unterhalten können. Meine Augen werden schlecht, mir fällt das Lesen von Büchern schwer. Sie soll mir aus meinen Lieblingsbüchern vorlesen. Ich weiß nicht, wie es draußen mit der Mode aussieht, ich möchte in modischen Fragen beraten werden.«
»Aha, und so etwas kann eine Gesellschafterin alles?«
»Ich hoffe es, ich habe sie heute auch zum ersten Mal gesehen.«
»Woher hast du sie denn?«
»Sie kommt aus Berlin, ein Vermittlungsbüro hat sie mir empfohlen.«
»Aus Berlin? Wunderbar, hoffentlich kann sie viel von Berlin erzählen. Manchmal steht etwas über diese Preußenstadt in der Zeitung, da würde ich gern mehr erfahren.« Enttäuscht zuckte er mit den Schultern. »Und dabei kenne ich nicht einmal Hamburg.«
»Sie kann dir sicher von Berlin berichten.«

Aber dazu kam es nicht. Als die Mamsell Rebekka zum Mittagessen abholen und in das Speisezimmer begleiten wollte, war die junge Frau nicht in ihrem Schlafraum. Die Mamsell suchte sie im ganzen Haus und ging schließlich ins Esszimmer, wo sich die kleine Familie inzwischen versammelt hatte. »Gnädige Frau, ich kann Ihre Gesellschaftsdame nirgends finden«, erklärte sie kleinlaut, »ich habe überall nach ihr gesucht.«
»Aber das gibt es doch gar nicht.« Silvana stand auf und war sehr ungehalten. »Robert, wo ist der Butler, bitte kümmere dich um das Verschwinden der jungen Frau.«
Robert ließ den Butler rufen und der holte schließlich den Hausdiener, der eingeschüchtert erklärte: »Die junge Dame hat schon heute Vormittag das Haus wieder verlassen. Und ihren Koffer, der gerade gebracht wurde, hat sie auch mitgenommen.«

Wütend schlug Silvana mit der Hand auf den Tisch. »Aber das ist doch unmöglich, wie konntest du sie gehen lassen? Sie gehört hierher, ich habe sie extra aus Berlin kommen lassen.«

»Sie sagte, sie gehe in Ihrem Einverständnis, gnädige Frau, da konnte ich sie doch nicht festhalten.«

»Und wohin ist sie gegangen? Sie ist doch fremd hier, sie kennt doch niemanden. Und Geld für die Rückreise hat sie auch nicht, das weiß ich.«

»Sie hat nicht gesagt, wohin sie geht«, gestand der Diener. »Sie ist einfach die Straße entlang und dann über die Brücke gegangen.«

Jetzt war auch Robert aufgestanden. Zornig fragte er: »Habe ich nicht deutlich angeordnet, kein Mensch betritt oder verlässt dieses Haus ohne meine Einwilligung? Ludwig, wie konnte das passieren?«

Eingeschüchtert schüttelte der alte Mann mit dem Kopf. »Ich habe es auch soeben erst erfahren.«

»Dann kümmere dich wenigstens jetzt darum, dass die Dame wieder gefunden wird.«

»Aber Robert«, mischte sich nun auch Alexander ein, der dem Streit interessiert gefolgt war. »Wie soll Ludwig denn eine junge Frau in dieser großen Hafenstadt finden?«

»Sie wird zum Bahnhof gegangen sein oder zu dieser Kirche, in der sie die letzte Nacht verbracht hat. Bitte, Robert, schick ein paar Knechte oder Lagerarbeiter auf die Suche.«

»Und wie sollen die sie finden? Eine fremde Frau, die keiner kennt?«

»Sie ist hochgewachsen, hat lange blonde Haare, ein dunkelviolettes Kleid an und eine dazu passende Haube auf dem Kopf«, erklärte Silvana, und die Mamsell fügte hinzu: »Und sie hatte einen feuchten, schwarzen Mantel an.«

»Na großartig«, rief Robert verärgert, »das ist eine Beschreibung, die so ziemlich auf alle Damen dieser Stadt zutrifft.«

»Trotzdem, bitte, Robert, schick ein paar Männer los, ich habe doch eine Verantwortung für die junge Frau.«

»Irgendetwas muss vorgefallen sein, sonst wäre sie nicht weggelaufen. Worüber hast du mit ihr gesprochen? Was hat ihr nicht gefallen?«

»Wir haben uns ganz normal über ihre Aufgaben hier in diesem Haus unterhalten, und sie schien mit allem einverstanden zu sein.«

»Dann begreife ich nicht, warum sie einfach weggegangen ist.«

»Vielleicht gefiel ihr das Haus einfach nicht«, mischte sich Alexander ein. »Ich meine die vergitterten Fenster, die strenge Kontrolle beim Eintreten, sie muss doch schon beim Empfang gespürt haben, dass Fremde hier nicht willkommen sind.«

»In jedem Haus werden fremde Besucher zunächst einmal skeptisch betrachtet, das ist doch ganz normal«, erklärte Silvana aufgebracht.

»Aber hier ist das alles übertrieben vorsichtig«, mischte sich Alexander wieder ein. »Hier lebt man wie in einer Festung, das wird sie gespürt haben.«

»Ich habe ihr erklärt, weshalb das so ist.«

»Na also«, Robert setzte sich wieder, »dann wissen wir jetzt jedenfalls den Grund. Sie will nicht in einer Festung leben, was ich sogar verstehen kann.«

»Bitte, Robert, schick die Männer auf die Suche. Sie ist doch erst zwanzig Jahre alt und ganz fremd hier.«

»Mit zwanzig ist man alt genug, um zu wissen, was man tut«, erklärte er mürrisch. »Die Männer haben den ganzen Tag geschuftet und die Hochwasserschäden beseitigt und nun müssen sie auch noch eine Schicht einlegen.« Und nach kurzem Zögern: »Also gut, Ludwig, schick die zwei Knechte zum Bahnhof, aber zu Fuß, damit sie auch in die engen Gassen gehen, und die zwei Kutscher in die Kirchen.«

Der Butler hob seine Hand ein wenig, ein Zeichen, dass er auch etwas sagen wollte, und als Robert ihm zunickte, räusperte er sich. »Ich möchte noch sagen, dass die junge Dame heute Morgen in Begleitung eines Bürgerwehrsoldaten hier ankam, vielleicht ist sie ja auch zur Bürgerwache gegangen.«

»Die Männer der Bürgerwache leben in Privatquartieren, wo sollen wir denn da mit der Suche anfangen?«

»Sie versammeln sich manchmal auf dem Großneumarkt.«

»Dann sollen sie es dort versuchen. Und jetzt möchte ich endlich essen.« Robert setzte sich wieder, und die Mamsell begann, das Essen aufzutragen. Es gab nur kalte Speisen, weil die Küche noch nicht gesäubert war und die Köchin sich weigerte, in dem nach Unrat und Fäkalien riechenden Raum im Souterrain zu kochen.

Fünftes Kapitel

Rebekka Jenfeld lief über verschlammtes und glitschiges Straßenpflaster und versuchte sich an den Weg zu erinnern, den Knut Brauer vor weniger als zwei Stunden mit ihr eingeschlagen hatte. Bürgersteige gab es nicht. In der Mitte der Straßen verlief eine Rinne, in der Regen und Haushaltsabwässer abfließen konnten. Steinerne Prellböcke schützten die Eingänge der Häuser vor Beschädigungen durch Pferdekutschen und Lastenwagen.

Mühsam schleppte Rebekka ihren Koffer mit sich, mühsam, nicht weil er zu schwer war, sie war arm und besaß nicht viel Kleidung, sondern weil der aus Bast geflochtene und mit Lederbändern zusammengehaltene Koffer so umständlich zu tragen war. Einmal nahm ein Fuhrwerker sie ein Stück mit, ein anderes Mal durfte sie den Koffer auf die Karre eines Abfallsammlers stellen.

In den Fleeten hatte wieder der normale Betrieb begonnen. Das Wasser hatte seinen Normalstand erreicht, und die Schuten drängten sich an den Anlegepfählen, wurden beladen oder entladen, Schiffer und Arbeiter riefen sich Kommandos zu. Die fertigen Schuten wurden zu ihren Zielen gestakt, rieben sich aneinander und lösten sich wieder und glitten unter den Brückenbögen hindurch, die oft so niedrig waren, dass die Staker sich bücken mussten. Das geschäftige Treiben der Stadt hatte wieder begonnen, und am liebsten hätte Rebekka, an eines der Brückengeländer gelehnt, stundenlang zugeschaut.

Aber sie wollte zurück zu der Kirche, in der sie die Nacht verbracht hatte, und von dort aus zum Bahnhof. Den Weg kannte sie. Aber was wollte sie dort? Geld für die Rückreise nach

Berlin hatte sie nicht und außerdem schämte sie sich, plötzlich wieder an die Tür der elterlichen Wohnung zu klopfen. Sie war mit so viel Zuversicht aufgebrochen, hatte sich den Ärger der Mutter zugezogen, die von ihr verlangte, in Berlin zu bleiben und sich an den Kosten der Haushaltsführung zu beteiligen, und den Zorn des Vaters, der von ihr erwartete, bei den Eltern zu wohnen, bis sich ein geeigneter Ehemann finden ließ. Er hatte da einen ganz gewissen Eisengießerkollegen im Sinn.

Allen hatte sie widersprochen und den eigenen Kopf durchgesetzt, und nun sollte sie reumütig wieder daheim anklopfen? Rebekka schüttelte den Kopf. Nein, das war keine Lösung. Reisende soll man nicht aufhalten, hatte die Mutter ihr wütend nachgerufen, als sie gegangen war, um nun, nur wenige Tage später, wieder um Einlass zu bitten? Nein, das war die schlechteste aller Möglichkeiten.

Sie lief durch die Große Bäckerstraße und durch die Kleine Johannisstraße. Dicht an dicht drängten sich hier die Geschäftshäuser. Fest und starr aneinandergebaut, stützten sie sich gegenseitig, und die Portalverzierungen über den Eingangstüren reichten oft bis an die oberen Etagen. Die Giebel überboten sich mit Schmuck und Ornamenten. Geschäftsschilder ragten bis weit in die Straßen hinein, und an den Ecken standen gusseiserne Laternen, solche eben wie die eine, an die sie sich geklammert hatte, als das Hochwasser sie mitzureißen drohte. Es roch nach gekochtem Essen und Holzkohlenfeuer, nach Kohl und Kartoffeln und nach Nässe.

Von all dem hatte Rebekka auf dem Weg mit Knut Brauer nichts gesehen und gerochen. Da war sie nur darauf bedacht gewesen, so leicht wie möglich auf seinem Rücken zu sitzen und sich die Schuhe nicht zu beschmutzen, wenn sie neben ihm herging und versuchte, mit seinen Bewegungen Schritt zu halten.

Endlich hatte sie St. Petri erreicht. Diesmal ließ sich die Kirchentür problemlos öffnen. Der Sturm war vorbei, die Kirche menschenleer, und auch das Feuer vorn am Altar war verlöscht. So war es bitterkalt in den hohen Gewölben und noch immer

feucht von dem Wasser, das die Menschen mit ihrer nassen Kleidung hereingetragen hatten. Müde setzte sich Rebekka auf eine der hintersten Bänke. Erst einmal ausruhen, dachte sie, erst einmal durchatmen, erst einmal überlegen, was nun werden soll. Müde von den durchwachten Nächten vorher, legte sie sich auf die Bank, bettete den Kopf auf den Koffer und schlief ein, bevor sie überlegen konnte, wie es weitergehen sollte.
So fand Luise sie, die mittags gekommen war, um als eine der freiwilligen Helferinnen bei der Reinigung der Kirche zu helfen. »Psst«, bedeutete sie den anderen Frauen und bat sie weiterzugehen, während sie sich zu Rebekka setzte und sie leise anstieß. »Mädchen, was ist denn passiert?«
Erschrocken richtete sich Rebekka auf. »Ach, Luise? Wo kommen Sie denn her?«
»Na, hör mal, wichtiger ist doch wohl, dass du mir sagst, was du hier machst. Hat dich dein Freund von der Bürgerwehr nicht in den Herrengraben gebracht?«
»Doch. Aber da konnte ich nicht bleiben. Das Haus ist wie ein Gefängnis. Die Fenster vergittert, die Türen verriegelt, Fremde dürfen nicht hinein und Mitbewohner nicht hinaus. Ich will doch keine Gefangene sein. Und dann sollte ich nicht die Gesellschafterin der gnädigen Frau werden, sondern mich vor allem um einen verstörten, deprimierten, eingesperrten jungen Mann kümmern, der das Leben in diesem Hause nicht mehr ertragen kann. Es ist alles anders, als ich mir das gedacht habe, und das gefällt mir überhaupt nicht. Da bin ich so schnell es ging wieder raus aus dem Haus, und bevor mich einer festhalten konnte, war ich fort.
»Du meine Güte, Rebekka, und was machst du nun?«
»Ich weiß es nicht. Ich bin erst einmal hierher gelaufen, um mich auszuruhen. Wie es weitergeht, weiß ich wirklich noch nicht. Nach Hause werde ich aber auf keinen Fall fahren. Ich schäme mich, weil meine erste Arbeitsstelle schon nach so kurzer Zeit geendet ist. Und Reisegeld habe ich auch nicht mehr.«
»Das ist ja wirklich schlimm. Na, erst einmal kannst du dich

hier ausruhen. Ich muss jetzt beim Reinemachen helfen, und dabei werde ich überlegen, wie es mit dir weitergehen soll. Irgendetwas wird mir schon einfallen.«

Rebekka legte sich wieder hin, um sich auszuruhen, war aber gleich darauf wieder eingeschlafen. Am späten Nachmittag weckte Luise sie. »Rebekka, wir sind mit der Arbeit fertig, und die Kirche wird jetzt zugesperrt. Du musst aufstehen.«

»Selbstverständlich«, Rebekka richtete sich auf, setzte ihre Haube wieder auf und zog ihren Mantel an.

Luise wartete einen Augenblick, bis sie sicher war, dass die junge Frau aus Berlin richtig wach und bei der Sache war, dann erklärte sie: »Hier ist ein junger Mann gekommnen, der dich gesucht hat.«

»Mich hat jemand gesucht?«

»Ja, er kommt aus dem Herrengraben-Palais und sagt, dass man dort sehr beunruhigt ist und auch traurig, weil du so schnell weggegangen bist.«

»Ja, ich wollte nicht in einem Gefängnis arbeiten.«

»Aber, gnädiges Fräulein«, unterbrach sie der Mann, der eine Kutscheruniform trug und nun neben Luise getreten war. »Die Leute dort sind wirklich sehr nett. Sie behandeln uns Angestellte anständig und gerecht. Wir bekommen pünktlich unseren Lohn und haben eine vernünftige Unterkunft.«

»Sie müssen auch wahrscheinlich nicht in einem Haus leben, in dem es Gitter und Riegel und lauter Verbote gibt.«

»Nein, aber diese Verbote und Riegel sind nur zum Schutz von dem Herrn Alexander da. Der soll entführt werden, und davor haben die Iserbrooks schreckliche Angst. Der Herr Alexander ist doch der nächste Patriarch in der Gewürzdynastie.«

Luise setzte sich neben Rebekka auf die Bank. »Willst du es dir nicht noch einmal überlegen? Es hört sich doch gut an, was der Herr hier erzählt. Und etwas Besseres ist mir auch nicht eingefallen. Versuche es doch wenigstens.«

»Und wenn ich dann nie mehr herauskomme aus diesem Haus?«

»Nein, nein, so schlimm ist es wirklich nicht. Sie können ganz bestimmt ein- und ausgehen, nur Fremde mag man nicht einlassen, das kann man ja auch verstehen.«

»Sie meinen, ich könnte das Haus verlassen, wenn ich will?«

»Na, sagen wir mal, wenn man Sie gut kennengelernt hat, dann bestimmt. Aber zuerst müssen die Herrschaften vorsichtig sein, das geht nicht anders.«

Fragend sah Rebekka die ältere Freundin an. »Luise, wenn Sie meinen, ich kann das Haus verlassen und Sie besuchen, dann geh ich mit ihm zurück.«

»Ich glaube das ganz bestimmt. Und wenn du nach vier Wochen nicht bei mir gewesen bist, dann komme ich mit deinem Bürgerwehrsoldaten und hole dich.«

»Versprochen?«

»Versprochen!«

Dankbar nickte Rebekka den beiden zu. »Also gut, ich versuche es noch einmal. Und wie ist dieser Herr Alexander so?«, wandte sie sich an den Kutscher.

»Er ist in Ordnung und er versucht immer wieder einmal, dem Familienclan zu entkommen. Er ist klug und unvernünftig, aber eines Tages wird er es schaffen, hat mir die Mamsell mal erzählt. Die Angestellten mögen ihn alle, weil er bescheiden und witzig ist. Er bringt sie oft zum Lachen.«

Den weiten Weg zum Herrengraben musste Rebekka heute nicht noch einmal laufen. Der Kutscher nahm, als sie die Kirche verließen, ihren Koffer, winkte eine Pferdedroschke herbei und half ihr beim Einsteigen. Dann befahl er dem Kutscher, wie er zu fahren hatte. Diesmal ging es nicht durch die engen, armen Gassen des Gängeviertels zurück, sondern durch die breiten, neuen Straßen, die nach dem Großen Brand angelegt worden waren und die inzwischen auch vom Hochwasser befreit waren. Rebekka sah den Jungfernstieg wieder, dann ging es durch den Neuen Wall, über die Ellernthorsbrücke und links herum in den Herrengraben.

Rebekka fühlte sich nicht wohl in der fremden Droschke, neben dem fremden Mann. Was sollte sie sagen, wenn sie in der großen Stadtvilla ankam? Wie sollte sie sich verhalten? Musste sie sich entschuldigen? Oder war es ihr Recht gewesen wegzulaufen, weil die Bedingungen anders waren, als sie es sich vorgestellt hatte? Auch körperlich fühlte sie sich nicht wohl. Sie war unausgeschlafen, ihre Kleidung war nicht mehr frisch, ihr Haar zerzaust und die Haube zerdrückt.

Rebekka war nicht verwöhnt, sie war in ärmlichen Verhältnissen aufgewachsen, sie kannte keine Badezimmer mit einer Wanne voll frischem Wasser, so wie es in den Hotels, in denen sie gearbeitet hatte, und in herrschaftlichen Häusern üblich war. In ihrer elterlichen Wohnung wurde am Sonnabend ein Holzzuber mit heißem Wasser gefüllt, und darin badete die ganze Familie, der Vater als Erster. Aber sie wusste, was es bedeutete, sauber und gepflegt zu erscheinen, und heute, das war sicher, roch sie nicht frisch, und gepflegt wirkte sie schon gar nicht.

Als die Droschke vor dem Haus der Iserbrooks anhielt, sah sie ihren Begleiter fragend an. Er schien ihre Gedanken lesen zu können, denn lächelnd sagte er: »Machen Sie sich mal keine Gedanken, Fräulein, die sind froh, dass Sie wieder da sind.«

Dankbar lächelte sie zurück. »Ich hoffe, Sie haben recht. Besonders wohl fühle ich mich nicht.«

»Ist alles halb so schlimm, Fräulein. Die Mamsell hat ein gutes Herz, die wird schon dafür sorgen, dass es Ihnen bald wieder gut geht.«

»Danke. Wenn Sie mir nicht Mut gemacht hätten, ich weiß nicht, ob ich mitgekommen wäre, nachdem die Kirche geschlossen wurde.«

»Na, Sie hatten da doch eine nette Freundin, die hätte Ihnen schon beigestanden.«

»Ach, die Luise, ich kenne sie doch auch erst seit gestern. Sie ist sehr hilfsbereit und nett, aber dass sie mir weiterhelfen könnte, glaube ich kaum.«

»Na ja, es ist eben nicht leicht, in einer fremden Stadt ein Zuhause zu finden.« Er stieg aus, reichte ihr die Hand, um ihr behilflich zu sein, nahm den Koffer, zahlte dem Kutscher sein Geld und betätigte den Klopfer an der Haustür. Gleich darauf öffnete sich das kleine Fensterchen, und als der Hausdiener sah, wer Einlass begehrte, öffnete er mit einem wohlgefälligen Grinsen die Tür.

Gleich darauf kam die Mamsell, nickte den beiden Bediensteten zu und bat: »Fräulein Rebekka, wenn Sie mir bitte folgen würden?«

Der Kutscher nickte ihr noch einmal aufmunternd zu und verließ das Haus, der Diener nahm ihren Koffer und folgte ihr, und die Mamsell brachte sie hinauf in ihr Zimmer, das sie nun zum ersten Mal sah. Es war ein ungeheizter Raum mit einer Dachschräge und einem Fenster, durch das sie über andere Dächer hinweg zum Hafen sehen konnte. Zahlreiche Masten ragten dort gen Himmel, und bunte Fahnen wehten von ihren Spitzen. Das Zimmer war klein und karg möbliert. Ein Bett mit einem bunten Überwurf, passend zu den kleinen Gardinen am Fenster, ein Paravent, der eine Kommode mit Waschschüssel und Wasserkrug verdeckte, ein kleiner Tisch, ein Stuhl und ein kleiner Schrank vervollständigten die Einrichtung. Es war ein kümmerliches Zimmer, aber es war das erste, das sie allein bewohnen würde. Ihr Zimmer!

Etwas ratlos sah sie die Mamsell an. Dana entließ den Hausdiener und wandte sich ihr zu. »Alles wird gut. Die gnädige Frau ist froh, dass Sie wieder da sind, und die Familie isst in einer Stunde zu Abend. Sie können Ihren Koffer auspacken, sich frisch machen und dann kommen Sie nach unten, wenn der Kirchturm von St. Michaelis achtmal schlägt. Sie essen mit den Herrschaften zusammen, hat die gnädige Frau gesagt.«

Rebekka sah sich etwas unsicher um. »Ich würde gern mein Kleid aus dem Koffer bügeln.«

»Das können Sie dort auf dem Tisch machen. Ich schicke Ihnen ein Hausmädchen mit ein paar Tüchern und einem heißen Kohleeisen herauf.«

»Danke.« Gleich darauf war Rebekka allein. Sie packte schnell den Koffer aus und legte das Kleid zurecht, das sie später anziehen wollte, denn wenn das Mädchen ein mit glühender Kohle gefülltes Bügeleisen brachte, musste sie sich beeilen, allzu lange hielt diese Hitze nicht an. Dann bürstete sie ihr Haar, bis es glänzte. Am liebsten hätte sie es gewaschen, aber es würde in dem kalten Zimmer nicht trocknen, und mit nassem Haar zum Essen zu gehen, war ganz einfach unmöglich.

Endlich kam das Mädchen mit dem Eisen und den Tüchern und Rebekka beeilte sich, die Knautschfalten aus ihrer Kleidung zu entfernen, bevor sie sich auszog, um sich zu waschen und frische Unterwäsche anzuziehen. Ganz besondere Aufmerksamkeit widmete sie ihren Händen, denn sie wusste, sie waren neben dem Gesicht das Einzige, was von den anderen am Tisch gesehen und geprüft wurde.

Draußen war es dunkel geworden. Rebekka zündete zwei Kerzen an, um sich in dem Zimmer zurechtzufinden. Als die Turmuhr achtmal schlug, verließ sie ihr Zimmer, ging nach unten und wartete, bis die Mamsell kam, um sie in das Speisezimmer zu führen.

Die vier Familienmitglieder hatten bereits Platz genommen, und Dana stellte sie den Herrschaften vor. Silvana, Robert, Lukas und Alexander nickten ihr zu. »Nehmen Sie Platz, Rebekka«, murrte Robert und zeigte auf den Stuhl neben sich. Silvana lächelte ihr zu. »Fein, dass wir dich gefunden haben. Du bist hier willkommen.« Und Alexander sah sie überrascht an. Mutters Gesellschafterin sieht wirklich sehr hübsch aus, dachte er und rückte sein Plastron gerade.

Rebekka nahm neben dem Hausherrn Platz. Sie wusste sich zu benehmen, saß nur auf der vorderen Stuhlkante, lehnte sich nicht an die Rückenlehne, berührte nur mit den Handgelenken den Tisch und saß kerzengerade. Ungewohnt war ihr, dass sie bedient wurde. Aber weil sie selbst schon bedient hatte, wusste sie, wie man sich verhält, wenn die Platten gereicht und die Teller entfernt werden. So bestand sie tadellos ihre erste Prüfung.

Am Gespräch der drei Iserbrooks beteiligte sie sich nicht, und da sie nicht gefragt wurde, schwieg sie und hörte nur zu. Aber sie hörte genau zu und merkte, dass der alte Mann zwar ziemlich mürrisch war, dass aber die gnädige Frau das Kommando hatte. Der junge Mann, der ihr gegenübersaß, verhielt sich ziemlich still. Entweder er ist verärgert oder er hat nichts zu sagen, dachte sie und nahm sich vor, die drei Familienmitglieder aufmerksam zu beobachten, um möglichst schnell herauszufinden, wer in diesem Hause den Ton angab, denn dass dieser Alexander weder schüchtern noch deprimiert war, sah sie sofort. Der ist schlau, der ist raffiniert, er spielt mit der Familie, er weiß genau, was er will.

Ja, Rebekka hatte ihre Erfahrungen mit Menschen gemacht. Als Kind musste sie sich zu Hause durchsetzen, als junges Mädchen bei ihren Arbeitgebern, und dabei hatte sie nicht nur ihre Arbeiten und Aufgaben kennengelernt, sondern auch die Eigenarten ihrer Arbeitgeber. Rebekka war eine Menschenkennerin geworden und verstand es, ihre Erfahrung einzusetzen.

Sechstes Kapitel

Alexander Iserbrook war ein intelligenter, cleverer junger Bursche, er war viel klüger und gewandter, als seine Großmutter oder ihr Mann, Robert Iserbrook, es ahnten. Er wusste seine Interessen und sein Wissen sogar vor dem Vater geschickt zu verbergen, wenn er den gehorsamen Sohn und Enkel spielte. Und er verstand es sehr gut, die Großmutter mit seinem Charme zu überzeugen und Robert zu täuschen.

Selbstverständlich ahnte er längst, dass sie ihn brauchten, dringend brauchten, denn außer ihm war kein Erbe für ihre Dynastie vorhanden. Sein Vater trauerte seiner Frau nach und dachte nicht daran, nochmals zu heiraten und weitere Nachkommen in die Welt zu setzen. Sein Onkel Markus hatte zwei Töchter, die in keiner Weise an Gewürzen oder Händlertätigkeiten interessiert waren.

Alexander spielte den gehorsamen jungen Mann, vertiefte sich auf Wunsch von Robert in die Geschäftsbücher, fragte den Vater nach seiner Arbeit, diskutierte mit der Großmutter die Probleme und Erfolge im Gewürzhandel und in der Parfümherstellung und verfolgte im Geheimen doch nur seine eigenen Pläne. Pläne, die er keinem Menschen verriet, zum einen, weil niemand da war, dem er seine Geheimnisse anvertrauen konnte, und zum anderen, weil er sie, einem Donnerschlag gleich, ganz plötzlich und unerwartet in die Tat umsetzen wollte, wenn die Zeit gekommen war.

Alexander hatte eine Kindheit hinter sich, die er hasste, die er genauso verabscheute wie dieses Haus mit allen Menschen, die darin lebten. Mit allen, denn es gab einfach keinen, den er lieben konnte. Mit einer Ausnahme vielleicht. Theresa, die Schwester seines Vaters, diese couragierte, selbstsichere, geschäftstüchtige Tante, die mochte und bewunderte er. Aber sie hatte sich vor langer Zeit nach Lübeck abgesetzt, wo sie einen eigenen Gewürzhandel betrieb und den gesamten Ostseeraum mit Iserbrook-Gewürzen versorgte. Sie war es, die ihm, solange sie im Hause war, Liebe geschenkt hatte und seine Verzweiflung über die Gefangenschaft, in der er leben musste, verstand.

Aber alle anderen, die Ammen und später die Kinderschwestern, die Erzieherinnen und danach die Gouvernanten, die Lehrer und zum Schluss die Professoren, die ihn betreut und unterrichtet hatten, sie alle verabscheute er genauso wie diesen Robert, der sich einst eingeschlichen hatte in die Familie seines Vaters – und wie die Großmutter. Ja, auch sie verachtete er. Denn niemand schenkte ihm die Liebe, die eine Mutter für ihn gehabt hätte. Niemand nahm ihn in den Arm, wenn er traurig oder verzweifelt war. Die Angestellten wollten bezahlt werden für das bisschen Fürsorge, das sie ihm entgegenbrachten, und die Verwandten hatten nur ein Ziel im Auge, und das war der Fortbestand ihrer Firma.

Die Großmutter, die er schon lange nicht mehr mit »Mama« bezeichnen wollte, wäre enttäuscht gewesen, wenn er plötzlich, und weil es angemessen gewesen wäre, »Großmutter« zu ihr gesagt hätte, und Benno, seinen Leibwächter, der sich »Beschützer«nannte, den hasste er am allermeisten, denn er war es, der ihn in all den Jahren niemals für einen Augenblick allein gelassen hatte. Dessen Fürsorge galt nicht dem kleinen Jungen oder dem jungen Mann, sondern einzig und allein sah er das Geld, das er in diesem Hause auf so leichte und einfache Art verdienen konnte.

Armer Alexander! Hass und Ablehnung bestimmten sein Leben! Aber er war klug genug, es niemandem zu zeigen. Er war gehorsam, er zeigte äußerlich Verständnis für seine absurde Situation. Er war der Liebling aller. Jedenfalls sagten sie ihm das ständig. Aber mit jedem Tag seines Lebens kam er seinen Plänen ein Stück näher.

Und nun hatte die Großmutter auch noch eine Rebekka eingestellt, die ihn vermutlich lehren sollte, wie man sich als Mann einer Frau gegenüber verhält, wie und woran man ihre Gefühle erkannte und seine eigenen Gefühle in Taten umwandelte. Mein Gott, dachte Alexander, eine Gespielin ist das Letzte, was ich brauche und ersehne. Mein Biologielehrer hat mich vor vielen Jahren aufgeklärt, er hat mir Bücher gegeben, ganz im Geheimen natürlich, die ich damals verschlungen habe, ich bin doch kein Dummkopf. Na gut, die praktische Erfahrung fehlt mir, aber die werde ich ganz bestimmt nicht mit Großmutters Gesellschaftsdame erproben.
Dennoch hatte er mit einiger Neugier den Auftritt dieser Dame beim Abendessen erwartet. Na schön, dachte er, sie sieht ganz hübsch aus. Sie weiß sich zu benehmen, sie ist bescheiden und sie ist couragiert, sonst wäre sie nicht weggelaufen, als sie spürte, dass in diesem Hause alles anders ist als in normalen Häusern. Hier gibt es keine weit geöffneten Türen, in denen Gäste ein- und ausgehen, hier gibt es keine offenen Fenster, die Licht und Luft und Freiheit hereinlassen, hier gibt es keine fröhliche Musik, die Freude ausdrückt, hier gibt es kein Lachen und kein Weinen, und es gibt keine Freunde. Das ist am allerschlimmsten. Sie wird schon merken, wo sie gelandet ist, dachte er, und ein wenig tat sie ihm sogar leid. Was er aber auch in ihrem Gesicht sah, war ein gewisser Stolz. Trotz der ärmlichen Kleidung, die sie trug, besaß sie die Würde eines Menschen, der von seinem Können überzeugt ist. Als Gespielin interessiert sie mich nicht, aber als Komplize könnte sie eines Tages vielleicht von Nutzen sein, überlegte er und beobachtete die kleine Runde am Esstisch mit einigem Interesse.
Die Großmutter duftet wieder nach einem neuen Parfüm, stellte er fest, und sie hat sich extra dieses Spitzenkleid angezogen, das sie sonst nur bei besonderen Anlässen aus dem Schrank holt. Sie muss sehr sicher gewesen sein, dass ihre Gesellschafterin gefunden und hergebracht wird. Robert ist schlecht gelaunt, er hat Ärger mit den Lagerarbeitern, na ja, dieser Ärger hört eben

nie auf. Robert ist zu genau, und die Männer sind zu nachlässig. Früher war das genau umgekehrt, da war Robert der Luftikus und Abenteurer, und die Arbeiter mussten ihn an seine Pflichten erinnern, heute kehrt er den Patriarchen heraus, und sie müssen nach seiner Pfeife tanzen.

Nach dem Essen bat Silvana Alexander und Rebekka in den Salon zu einem Mokka und einem kleinen Begrüßungsgespräch, während Robert sich mit einer Havanna in sein Kontor zurückzog. Silvana verabscheute den Zigarrenrauch und Robert den Mokka. So ging man täglich nach dem Abendessen getrennte Wege.

Im Salon brannte ein wärmendes Feuer. Eine Gruppe eleganter Biedermeiersessel war vor dem Kamin aufgestellt, und die Mamsell servierte in kleinen Tässchen duftenden Mokka aus der Türkei. In einer Schale hatte die Köchin appetitliche Leckereien angerichtet, und Silvana bot die Süßigkeiten an, als wolle sie sich für das einfache und kalte Abendessen entschuldigen.

»Ich möchte, dass ihr euch gut kennenlernt«, begann sie das Gespräch, »denn wir werden in hoffentlich langer Zukunft gemeinsam in diesem Haus leben. Rebekka, das ist Alex, mein Enkelsohn, der eines Tages unsere Geschäfte führen wird.« Und an ihren Enkel gewandt: »Alex, das ist Rebekka, meine Gesellschafterin, die mich in Zukunft begleiten, beraten und unterhalten wird. Und wenn du gern einmal mit einem jungen Menschen zusammen sein möchtest, wird sie auch dir bestimmt gern Gesellschaft leisten. Du bist hier immer nur mit uns Alten zusammen, ein bisschen frischer Wind wird dir guttun.«

»Danke, Mama, frischer Wind durch offene Türen und Fenster wäre mir lieber, und im Übrigen ist Fräulein Rebekka deine Gesellschafterin. Ich habe gelernt, ohne eine Unterhalterin, Begleiterin und Beraterin auszukommen.«

»Sei nicht so zynisch, mein lieber Alex, du weißt gar nicht, was du verpasst, wenn du auf eine so liebenswerte junge Dame verzichtest«, erwiderte Silvana leicht verärgert.

»Mama, sollten wir es nicht Fräulein Rebekka überlassen, zu

wem sie sich hingezogen fühlt?« Er nickte der jungen Frau aufmunternd zu. »Sagen Sie ruhig, was Sie möchten, damit wir gleich wissen, woran wir sind.«

Rebekka war errötet, weil sie dieses Streitgespräch um ihre Person mitanhören musste. Aber sie war auch mit diesen klaren Verhältnissen, die der junge Mann forderte, einverstanden und erklärte: »Ich habe die Arbeit als Gesellschafterin einer Dame angenommen, und ich gedenke, sie zur Zufriedenheit von Madame zu erfüllen. Von einer anderen Aufgabe ist mir vorher nichts mitgeteilt worden.«

Leicht irritiert schüttelte Silvana den Kopf. Warum sträuben die beiden sich? »Ich habe es nur gut gemeint mit der gegenseitigen Gesellschaft. Du weißt, Alex, dass wir in diesem Haus selten Gelegenheit zu geselligen Stunden mit jungen Menschen haben, da wäre ein freundschaftliches Verhältnis zwischen euch doch wirklich von Vorteil.«

»Mama, ich muss dich berichtigen, wir haben nie gesellige Stunden mit jungen Menschen. Oder vergisst du, wie schnell die sogenannten Freunde, die du für mich eingeladen hast, hier wieder verschwunden sind?« Und an Rebekka gewandt: »Sie brauchen keine Angst zu haben, das hier ist ein Haus mit angenehmen Menschen, man wohnt gut, man isst gut, man wird gut bedient. Wenn Sie das alles mögen, werden Sie sich hier wohlfühlen. Aber erwarten Sie keine Feste und keine Jubelfeiern, und laute Musik gibt es auch nicht. Wenn Sie darauf verzichten können, wird es Ihnen hier gut gehen.«

Rebekka wäre am liebsten geflüchtet. Sie mochte dieses Gespräch um ihre Person nicht, aber sie war auch wütend, dass man sich erlaubte, so über sie und mit ihr zu sprechen. So antwortete sie gereizt: »Herr Iserbrook, ich bin es nicht gewohnt, darüber belehrt zu werden, was mir gefallen darf und was nicht, was ich zu mögen habe und was nicht, was ich bevorzuge und was nicht. Sie können es gern mir überlassen, mich hier wohlzufühlen oder auch nicht. Und sollte es mir in diesem Hause nicht gefallen, bin ich bereit, es jederzeit zu verlassen.«

Silvana erkannte, dass es an diesem Abend zu keinem verständnisvollen Begrüßungsgespräch mehr kommen würde. Aus einem für sie unbegreiflichen Grund mochte Alexander die junge Dame nicht, und die spürte das genau und reagierte ablehnend und verärgert. So beschloss sie, diese kleine, wenig gesellige Runde abzubrechen, und erklärte: »Ich glaube, wir sind alle gereizt und müde. Die vergangenen Tage und Nächte mit dem Unwetter und dem Ungemach in den Häusern und auf den Straßen haben uns erschöpft. Ich wünsche euch eine gute Nacht, wir sehen uns dann morgen zum Frühstück.« Sie nickte beiden zu, klingelte nach der Mamsell und bat Dana dann, die junge Frau zu ihrem Zimmer zu begleiten, da sie noch fremd im Hause war. In Wirklichkeit aber wollte sie vermeiden, dass Rebekka noch einmal die Flucht ergriff.

Rebekka schlief schlecht in dieser Nacht. Alles war ungewohnt und fremd. Das Tuten der Schuten auf den Fleets weckte sie immer wieder. Es war noch dunkel, als ein Händler schreiend durch die Straße zog und seine frischen Fische anpries. Wenig später bimmelte der Milchmann und verkaufte Milch, Butter und Sahne an den Hintertüren, und als die Glocken von St. Michaelis um sechs Uhr läuteten, schepperten die kleinen Blechkanister auf dem Karren, als der Leinölmann von Haus zu Haus zog. Aber da wurde es Zeit für Rebekka aufzustehen, denn die Mamsell hatte ihr gesagt, dass die gnädige Frau morgens um sieben Uhr zu frühstücken beliebe.
Als Rebekka sich waschen wollte, stellte sie fest, dass das Wasser in dem Emaillekrug gefroren war. Notdürftig bekleidet ging sie über die Dienstbotentreppe nach unten, um sich Wasser in der Küche zu holen. Klara, die Köchin, war schon mit Eifer damit beschäftigt, das Frühstück zu richten. Es roch köstlich nach frischen Brötchen. Rebekka grüßte höflich, stellte sich vor und fragte: »Könnte ich hier wohl etwas Wasser bekommen, ich möchte mich waschen, und das Wasser in meinem Krug ist gefroren.«

»Aber ja doch, mein Fräulein, seit gestern Abend haben wir wieder frisches Wasser. Stellen Sie Ihren Krug für einen Augenblick auf den Herd, dann schmilzt der Eisblock, und Sie können sich noch etwas aus dem Becken da drüben holen. Es ist halt Winter, und die Dachstuben sind unbeheizt. Haben Sie denn gut geschlafen?«
Rebekka lächelte und schüttelte den Kopf. »Es gibt so viele ungewohnte Geräusche, an die muss ich mich erst gewöhnen.«
»Na ja, das geht jedem so, der in eine fremde Stadt kommt. Aber Sie werden sich schon einleben. Hier, kommen Sie, essen Sie ein frisches Rundstück, Butter gibt es auch, und dann werden Sie schon mal von innen warm. Es ist ja nicht immer leicht, sich in einer fremden Umgebung zurechtzufinden.«
»Danke«, Rebekka biss mit Genuss in das noch ofenwarme Gebäck. »Hm, schmeckt wunderbar. In Berlin heißen diese Brötchen ›Knüppel‹.«
»Wie seltsam, hier sagen wir Rundstücke dazu, obwohl sie gar nicht rund sind. Aber sie müssen mit Mehl bestäubt sein und dürfen weder einen Kniff noch eine Falte haben. Männer mögen sie am liebsten warm, mit Schinken oder mit Braten belegt und mit Soße überträufelt.«
Rebekka lachte. »Hört sich köstlich an.« Und erstaunt bemerkte sie, dass sie zum ersten Mal in diesem Hause lachte. Auch die Köchin spürte, dass sie mit ihrem kleinen Geschenk zum Wohlbefinden dieser fremden jungen Frau beigetragen hatte. »Wissen Sie was? Sie verraten mir jetzt noch Ihr Lieblingsgericht, und ich garantiere Ihnen, heute Abend steht es auf dem Tisch.«
»Aber ich bin gar nicht verwöhnt, bei uns zu Hause wurde gegessen, was auf den Tisch kam. Und nur am Sonntag gab es manchmal Fleisch.«
»Und was für ein Sonntagsgericht mochten Sie am liebsten?«
»Nudelsuppe mit Hühnchen.«

Siebtes Kapitel

Blass vor Zorn und unfähig, einen klaren Gedanken zu fassen, saß Theresa Iserbrook an ihrem Schreibtisch und starrte auf einen Briefbogen, der vor ihr lag. »Und dafür musste ich auch noch dem Taxis'schen Postboten in seinem Postbegleitbuch den Erhalt unterschreiben«, schimpfte sie laut vor sich hin. »Dieser Schurke, dieser unglaubliche Schurke wird sich wundern. Und den habe ich einmal geliebt, so sehr, dass ich fast meine Verlobung infrage gestellt habe. Und jetzt will dieser Erzlump mir alles nehmen, was ich in jahrzehntelanger Arbeit aufgebaut und erreicht habe. Nein, du Schurke, mit mir machst du das nicht, ich werde dir zeigen, mit wem du es zu tun hast, ich werde um meine Zukunft kämpfen, und wenn es das Letzte ist, was ich in meinem Leben tue, mich und meine Geschäfte bekommst du nicht.«

Wütend zerknüllte sie das Papier und warf es in den Abfallkorb, holte es dann aber wieder heraus und strich es glatt. Ich brauche es vielleicht noch als Beweisstück, überlegte sie. Wenn es hart auf hart kommt, muss ich es vielleicht bei einem Advokaten vorlegen. Noch einmal las sie die fünf Sätze, die sie so maßlos aufregten.

»Liebe Theresa, hiermit teile ich Dir mit, dass Alexander Iserbrook, der Sohn Deines Bruders Lukas, am 1. April 1855 die gesamten Geschäfte der Gewürzhandlung Iserbrook übernimmt. Er ist der Enkel und rechtmäßige Erbe der Dynastie und wurde von mir in aller Gründlichkeit auf seine Arbeit vorbereitet. Ich verlange von Dir, dass Du bis zum 31. März 1855 mit allen geschäftsmäßigen Unterlagen hier eintriffst und das

Geschäftshaus der Iserbrooks in Lübeck geräumt hast. In alter Verbundenheit, Dein Stiefvater und Vorgesetzter Robert Iserbrook. Hamburg, am 31. Januar 1855.«

Außer sich vor Wut starrte sie auf diese Zeilen. Wie kommt er dazu, mich um mein Erbe zu bringen, mir meine höchsteigenen Geschäfte zu zerschlagen. Kein Mensch hat sich je um meine Arbeit hier in Lübeck gekümmert, und nun soll ich sie einem jungen Mann überlassen, der keine Ahnung von den Schwierigkeiten und Intrigen des Gewürzhandels in diesem konkurrenzstarken Ostseeraum hat?

Robert ist ein seniler alter Mann, der seiner Arbeit in Hamburg kaum noch nachkommen kann, wie will er einen Burschen von fünfundzwanzig Jahren in die Schwierigkeiten meiner Arbeit einweisen können, die er selbst niemals kennengelernt hat? »So ein Blödsinn, so ein gemeiner Blödsinn«, rief sie entrüstet in den Raum.

Aufgeregt kamen Karl und Hanna Osterbeck aus dem Kontor und blieben betroffen in der Tür stehen. So aufgebracht hatten sie ihre Herrin, für die sie seit mehr als zwanzig Jahren arbeiteten, noch nie erlebt.

»Gnädige Frau, was ist passiert?«

»Man will mir alles nehmen, meine Arbeit, mein Können, mein Haus, meine gesamte Existenz, alles.«

»Aber das gibt es doch gar nicht! Kein Mensch kann und darf das.«

»Oh doch, dieser Robert Iserbrook, dieser alte, unfähige, intrigante Mann meiner Mutter, der sich schon einmal in unser Leben geschlichen und alles an sich gerissen hat, will, dass ich alles aufgebe und auch dieses Haus verlasse. Aber er wird sich wundern. Ich werde nichts aufgeben, ich werde nach Hamburg reisen und ihm meine Meinung sagen, und zwar so deutlich, dass er nie wieder auf den Gedanken kommt, mich zu erniedrigen.«

»Ja, ja, das müssen Sie tun. Niemand hat das Recht, Ihnen Ihr

Geschäft wegzunehmen, kein Mensch darf ihnen die Existenz rauben.«

Auch Hanna mischte sich nun in die erregte Diskussion ein. »Sie haben mehr als zwanzig Jahre hart gearbeitet, das kann Ihnen niemand wegnehmen. Sie haben meinem Mann und mir hier eine wunderbare Existenz ermöglicht, Sie sind so eine tolerante, hilfsbereite Vorgesetzte, wir werden immer zu Ihnen halten, da können Sie ganz sicher sein, gnädige Frau.«

»Ich weiß, dass ich mich auf Sie verlassen kann. Wir haben schließlich die Klippen gemeinsam umschifft. Sie brauchen keine Angst um Ihre Arbeit zu haben, ich lasse mir die Zügel nicht aus der Hand nehmen. Ich fahre morgen nach Hamburg, und ich werde alles in meinem Sinne regeln. Sorgen Sie dafür, dass es hier ohne Probleme weiterläuft, damit helfen Sie mir am meisten.«

»Soll ich irgendwelche Papiere oder Geschäftsbücher für Sie vorbereiten?«

»Nein, ich nehme keinerlei Unterlagen mit. Ich fühle mich dem sogenannten Geschäftsführer von Hamburg schon lange nicht mehr verbunden. Wir arbeiten auf eigene Rechnung und wir arbeiten gut, das muss er begreifen lernen.«

Theresa wandte sich wieder ihrem Schreibtisch zu, ein Zeichen für ihre Angestellten, dass sie entlassen waren. Als sie allein war, öffnete sie ein Geheimfach des Tisches und holte ein vergilbtes Blatt Papier heraus. Behutsam strich sie darüber hinweg. Es war das letzte Lebenszeichen ihres Verlobten, das er damals in Hamburg unter ihrer Tür hindurchgeschoben hatte, bevor er sie für immer verließ. Darauf stand:

»Mein Liebling, ich muss Dich verlassen, mein Stallmeister hat mir soeben durch einen Boten mitteilen lassen, dass meine Schwester Henriette damit gedroht hat, mein Gut zu vernichten. Leider muss ich diese Drohung sehr ernst nehmen und reise noch heute Nacht zurück. Meine Knechte begleiten mich. Wenn alles geregelt ist, komme ich zu Dir nach Lübeck. Bis dahin: Behalte mich lieb, so wie ich Dich lieb behalten werde. Und noch etwas: Hüte Dich vor diesem Robert Iserbrook, er will Dir alles fortnehmen, das hat er selbst zu mir gesagt. Nicht heute und nicht morgen, aber irgendwann. Sei sehr vorsichtig.

Dein Alain.«

Tränen traten ihr in die Augen, als sie diese letzten Liebesgrüße las. Und wie recht er hat, dachte sie. Vor mehr als zwei Jahrzehnten hat er mich gewarnt, und ich habe schon lange nicht mehr damit gerechnet. Und nun ist doch eingetroffen, was er befürchtet hat.

In Gedanken vertieft sah sie nach draußen, ein heftiger Schneesturm tobte um die Marienkirche. Und während die Flockenwirbel vor ihren Augen tanzten, dachte sie zurück an die Zeit, als sie Alain Defosier verlor. Sie war sofort aufgebrochen, gegen den Willen der Mutter und Roberts, aber sie wusste aus Erfahrung, wie ernst man die Drohungen der Gräfin Henriette nehmen musste. Beinahe wäre es der Schwester gelungen, durch Verleumdungen und Verleugnungen, ihren Bruder so zu diffamieren, dass die Familie Iserbrook einer Hochzeit nicht zugestimmt hätte. Und dann hatte Henriette gedroht, seinen Hof zu vernichten.

Theresa dachte daran, wie sie mit Mietdroschken hinter Alain hergereist war, so schnell die Pferde laufen konnten, und doch war sie zu spät gekommen. Als sie das gräfliche Anwesen bei Wismar erreichte, war von dem Schloss nur noch eine Ruine übrig. Der Stallmeister Heinz Faber, vollkommen fassungslos, hatte sie auf dem Wirtschaftshof empfangen und ihr erzählt, dass der Graf gekommen sei, als das Schloss lichterloh brannte. Er habe noch versucht, Papiere zu retten, aber dann hätten ihm brennende Balken den Ausweg versperrt, und mit letzter Kraft habe er ihm zugerufen, dass beim Anwalt Steinhoff in Wismar ein Testament läge, in dem alles niedergeschrieben sei. Dann sei der Graf bei lebendigem Leibe verbrannt.

Mit Wehmut und Trauer dachte Theresa an diese Zeit zurück. Gräfin Henriette hatte die Polizei in einem Waldstück gefunden und in der Irrenanstalt von Drellhof untergebracht. Sie selbst hatte von dem Advokaten das Testament überstellt bekommen, worin sie zur alleinigen Erbin der gräflichen Besitztümer ernannt worden war. Sie hatte dann mit dem Stallmeister gemeinsam überlegt, wie es weitergehen sollte, und war zu dem Schluss gekommen, dass dieser Stallmeister ein guter Verwalter sein könnte, und seitdem wurde der Hof von Heinz Faber geführt. Überhaupt hatte sie so wenig wie möglich an dem Gutsbetrieb geändert, sodass alle Angestellten ihren Arbeitsplatz behalten konnten. Einmal im Jahr bekam sie eine Abrechnung über Unkosten und Gewinne, und diese führte sie wieder dem Gut zu. Mein Gott, dachte sie, ich habe einfach keine Zeit, mich um ein so großes Gut zu kümmern. Allein die Zucht dieser wunderschönen Mecklenburger Warmblüter, vom gesamten Hochadel des Landes bevorzugt, war eine Quelle ständiger finanzieller Erfolge.

Es ist bestimmt in Alains Sinn, alles so zu belassen, wie es ist, überlegte sie damals, denn er hatte seine Angestellten geachtet und sein Gut geliebt. Aber jetzt wusste sie auch, irgendwann würde Heinz Faber der Arbeit nicht mehr gewachsen ein, dann müsste sie sich um einen neuen Verwalter kümmern. Hoffentlich hat er inzwischen einen guten Mann eingearbeitet, denn von einem Gutsbetrieb verstand sie nun wirklich nichts. Aber jetzt durfte sie nicht zurückdenken, sondern musste sich der Gegenwart stellen.

Theresa nahm das Blatt, von dem niemand in Hamburg etwas ahnte, und legte es zurück in das Geheimfach. Dann verschloss sie ihren Schreibtisch und stand auf. Ich muss mich auf die Abreise konzentrieren und darf nicht der Vergangenheit nachtrauern.

Sie rief Elsa, die sie seit vielen Jahren betreute und ihr den Haushalt führte. »Elsa, ich muss morgen in aller Frühe nach Hamburg reisen. Sag dem Kutscher Bescheid, ich fahre mit einer Kutsche und zwei Ersatzpferden, ich will nicht riskieren, unter-

wegs liegen zu bleiben. Die Straßen sind zwar besser geworden, aber ich erinnere mich mit Schrecken an Überfälle und Pannen, die dann eine Weiterreise unmöglich machten.«
»Jawohl, gnädige Frau. Welches Gepäck wünschen Sie mitzunehmen, wie lange gedenken Sie fortzubleiben?«
»Kleines Gepäck, ich komme sofort nach einer Aussprache zurück. Mir geht es einzig und allein darum, so schnell wie möglich nach Hamburg und zurück zu gelangen.«
»Jawohl. Ich sage auch der Köchin Bescheid, damit sie Proviant für die Reise vorbereitet.«
»Das ist nicht nötig. Die Pferde brauchen ihre Ruhepausen in den Umspannstationen, und dort kann ich speisen. Ich wünschte, die geplante Eisenbahnlinie zwischen Hamburg und Lübeck würde bald gebaut.«
»Eine Eisenbahnlinie?«
»Ja, zwischen Hamburg und Bergedorf und Berlin gibt es sie bereits, sie wäre eine riesengroße Erleichterung für Reisende.«
»Ich weiß nicht, ob ich mich jemals in so einen eisernen Wagen setzen würde. Stellen Sie sich vor, er fällt aus diesen Schienen und kippt um, und dann die furchtbare Geschwindigkeit, gnädige Frau.«
»Der Fortschritt hat auch seine Vorteile, Elsa. Ich wäre in wenigen Stunden am Ziel und ich könnte vielleicht sogar an einem einzigen Tage hin- und zurückreisen.«
»Ich hätte stundenlange Angst um Sie, gnädige Frau.«
Theresa lachte. »Na ja, noch ist es nicht so weit, ich glaube, in den nächsten Jahren brauchst du dich nicht zu sorgen, dass ich mit einer Eisenbahn umkippen könnte.«

Zwei Tage nach diesem Gespräch traf Theresa in Hamburg ein. Niemand erwartete sie, denn trotz verschneiter Straßen war sie schneller, als ein Bote es hätte sein können, und so hatte sie sich die Ankündigung ihres Kommens erspart.
Ohne den verdutzten Butler zu beachten, der sie nach diversen Vorsichtsmaßnahmen in das Haus gelassen hatte, ging sie sofort

in die Kontorräume ihres Stiefvaters und stand vor ihm, bevor der Butler sie anmelden konnte.
Robert Iserbrook stand langsam und behäbig auf. Schnelle Bewegungen ließ sein fülliger Körper nicht mehr zu. Erstaunt starrte er seine Stieftochter an, die er einst ausgebildet und zu dem gemacht hatte, was sie heute war. »Theresa, was verschafft mir die Ehre?«
»Dein Brief, den ich mit Verbitterung und Zorn gelesen habe«, erwiderte sie kurz und bündig.
»Aber du hättest dir Zeit lassen können, vor Ende März hätte ich dich doch gar nicht erwartet.«
»Du kannst froh sein, dass ich heute schon gekommen bin, denn hätte ich Zeit gehabt bis Ende März, hätte ich die Wochen genutzt, meinen Gewürzhandel im Ostseeraum ins absolute Abseits zu expedieren. Dann gäbe es den Iserbrooker Ostseehandel ganz einfach nicht mehr.« Sie war so nahe vor ihn hingetreten, dass er bis zu seinem Stuhl zurückweichen musste. Als er die Armlehne spürte, ließ er sich hineinfallen.
»Bist du verrückt? Was soll das denn heißen?«
»Dass ich meinen Gewürzhandel niemals aus den Händen gebe. Ich habe ihn seinerzeit gerettet, ausgebaut und zum Erfolg geführt, niemals gebe ich ihn her. Und wenn du mich dazu zwingst, dann wirst du ein totales Fiasko erleben.« Wütend blieb sie vor seinem Schreibtisch stehen.
»Du wirst das tun, was ich befehle«, presste er fast tonlos hervor.
»Du hast mir gar nichts zu befehlen. Meine Mutter hat mir den Handel übergeben, in ihrem Namen habe ich ihn vor zwanzig Jahren gerettet, und inzwischen ist er längst in meinen Besitz übergegangen.«
»Dieser Handel in Lübeck gehört unserer Hamburger Firma und sonst niemandem. Deine Mutter ist nur eine eingeheiratete Iserbrook, sie kann über gar nichts bestimmen.« Er schlug mit der Faust auf den Tisch. »Alexander, der Sohn deines ältesten Bruders, ist der rechtmäßige Erbe, und dabei bleibt es.«

»Robert Iserbrook, da irrst du dich gewaltig. Meine Mutter war es, die den Hamburger Handel gerettet hat, als du dich in der weiten Welt herumgetrieben hast. Mir kannst du nichts weismachen, denn du warst als Hallodri und Taugenichts bekannt, als wir nach Hamburg kamen und im Namen deines Vaters den Handel übernommen haben, einen Handel, der damals kurz vor dem Ruin stand. Und dann kamst du, hast die Wünsche deines eigenen Vaters mit Füßen getreten und unseren Handel an dich gerissen. Nein, mir kannst du nichts erzählen, ich war schließlich dabei, als das alles passierte.«

»Du bist verrückt, Theresa, total verrückt. Ich bin der rechtmäßige Erbe des Iserbrook-Imperiums gewesen, und nun bestimme ich meinen Nachfolger, und daran kannst du gar nichts ändern. Du bist nur die Tochter einer eingeheirateten Frau aus Venedig, du hast überhaupt kein Recht, hier aufzutrumpfen. Jeder Advokat wird das bestätigen.«

»Robert Iserbrook, ich warne dich. Ich werde um den von mir aufgebauten Ostseehandel kämpfen, selbst wenn ich ihn vernichten muss. Du und dein Alexander, ihr bekommt ihn nicht.«

Ohne ein weiteres Wort zu sagen, drehte sich Theresa um und verließ das Kontor. Draußen wartete die Mamsell. »Fräulein Theresa, wie schön, Sie zu sehen«, wollte sie die Frau begrüßen, die ohne sie zu beachten durch die Halle und die Treppe hinauflief.

»Ich habe keine Zeit. Weiß meine Mutter, dass ich da bin?«

»Jawohl, Fräulein Theresa, der Butler hat uns benachrichtigt.«

Silvana Iserbrook erwartete ihre Tochter in ihrem Salon.

»Komm herein, meine Liebe, was führt dich so plötzlich nach Hamburg? Warum hast du deine Ankunft nicht angesagt? Nun sind wir gar nicht vorbereitet.«

»Ich habe Streit mit Robert und hatte keine Zeit zu verlieren.«

»Und? Hast du den Streit beenden können? Um was ging es denn?«

»Robert will mir mein Geschäft wegnehmen, so wie er damals dir das Geschäft mit den Gewürzen weggenommen hat.«
»Robert ist mein Ehemann, vergiss das bitte nicht, wenn du von ihm sprichst.«
»Ein netter Ehemann, Mutter, der mich darauf hinweist, dass du nur eine eingeheiratete Iserbrook bist, die keinerlei Rechte an diesem ehrenwerten Handel besitzt.«
»Robert übertreibt, wenn er sich aufregt, du darfst seine Worte nicht wörtlich nehmen.«
»Ich nehme sie aber sehr wörtlich, Mutter. Am 31. März soll ich Haus und Handel und meine gesamte Existenz hier abliefern, denn am 1. April übernimmt Alex das Erbe der Iserbrooks.«
»Das glaube ich nicht. Alexander versteht doch gar nichts vom Geschäft. Robert holt ihn ab und zu in sein Kontor, aber da lernt der Junge doch kaum etwas.«
»Robert meint es ernst, Mutter, er will alles an sich reißen, und da kommt ihm Alexander gerade recht. Alain Defosier hat mich damals, als wir zu meiner Verlobung hier waren, vor Robert gewarnt und mir den heutigen Tag angekündigt. Dummerweise habe ich damals nicht darauf geachtet. Vor zwei Tagen bekam ich dann diesen Brief hier von Robert. Am 31. März soll ich ihm alles übergeben.«
»Ach, Gott, und was machst du nun? Ich kann mich doch jetzt in meinem Alter nicht mehr mit Robert streiten.«
»Aber ich kann es, Mutter, und deshalb bin ich hier. Für ihn bist du nur eine eingeheiratete Frau, die nichts zu sagen hat, also muss ich mich darum kümmern.« Sie reichte der Mutter den Brief, half ihr, das Lorgnon zu finden, und ließ die Mutter in Ruhe lesen.
»Aber irgendwie hat er recht, wenn er sagt, Alexander sei der rechtmäßige Erbe.«
»Ich habe auch nichts dagegen, wenn er hier sein Erbe antritt, obwohl ich meine, dass er gar nicht fähig ist, so eine Firma zu führen, aber meine Existenz in Lübeck lasse ich mir nicht fortnehmen, nie und nimmer.«

»Vielleicht könnte ich bei Robert ein gutes Wort für dich einlegen. Du weißt, wie wichtig mir die Harmonie im Familienleben ist.«

»Lass es sein, Mutter, mit Robert werde ich allein fertig. Ich bin nicht mehr das kleine Mädchen, das mit achtzehn Jahren Robert verehrt hat. Die Zeiten sind vorbei.«

»Aber was hast du vor?«

»Ich fahre morgen zurück und mache meine Arbeit, und sollte Robert kommen und mir alles wegnehmen, hinterlasse ich ihm in Lübeck ein Fiasko und fange in Wismar von vorn an, natürlich mit all meinen Kunden und Verbindungen.«

»Ich hoffe, so weit kommt es nicht. Aber ändern kann ich nichts, ich weiß, dass ich nur eine eingeheiratete Venezianerin bin, die zwar die Erben geboren hat, der aber keine Rechte zustehen. Mein Kampf damals gegen die Hanseaten war sehr schwer, heute kann ich ihn nicht mehr wiederholen.«

»Du tust mir leid, Mutter.«

»Vielleicht hätte ich mich früher durchsetzen müssen, jetzt ist es zu spät, und ich habe auch keine Kraft mehr dazu.«

»Was machen deine Parfüms und die Heilseifen und die Heilsalben?«

»Das Geschäft habe ich längst von der Gewürzdynastie abgekoppelt. Schon vor Jahren habe ich einen Geschäftsführer eingestellt, der für mich die Arbeit macht, sodass ich nur noch manchmal nach dem Rechten sehen muss.«

»Da warst du klüger als ich. Auch ich hätte auf meiner Selbstständigkeit bestehen sollen, jetzt droht mir Robert mit Advokaten.«

»So weit wird es nicht kommen.«

»Ja, Mutter, dazu wird er keine Chance bekommen. Ich weiß, was ich will, und ich werde mich gut darauf vorbereiten.«

Silvana lenkte von dem heiklen Thema ab. »Willst du Alexander begrüßen? Er würde sich freuen.«

»Ja, natürlich, wird er immer noch wie ein Gefangener behandelt?«

»Leider ja, wir haben doch Angst um ihn.«
»Und wie stellt sich Robert seine Geschäftsführung vor?«
»Das weiß ich natürlich nicht, aber er übt mit ihm in seinem Kontor.«
Theresa küsste die Mutter und drückte sie kurz an sich. Viele Zärtlichkeiten hatte es zwischen ihnen noch nie gegeben. »Ich gehe dann jetzt einmal zu ihm, und dann bitte ich die Köchin, mir ein Abendessen in mein Zimmer zu bringen.«
»Willst du nicht mit uns zusammen speisen? Es wäre so schön, dich wieder einmal mit am Tisch zu sehen.«
»Nein danke, Mutter, aber das musst du verstehen. Und morgen reise ich in aller Frühe wieder ab. Sei mir nicht böse, aber ich möchte die Geschäfte nicht länger als nötig aus der Hand geben.«
»Das verstehe ich. Alle meine guten Wünsche begleiten dich. Schreibe mir doch, wie es dir geht, bitte, wir hören so selten voneinander.«
»Ich verspreche es.«

Theresa ging nicht sofort in die Räumlichkeiten, die Alexander bewohnte. Sie ging zunächst in die Wirtschaftsräume und suchte den Hausdiener. Als sie ihn in der Küche gefunden hatte, bat sie ihn, in die Unterkunft der Kutscher zu gehen und ihren Leuten zu sagen, dass sie am nächsten Morgen um fünf Uhr abzureisen wünsche.
Als sie endlich bei Alexander in der Tür stand, sprang er auf, umarmte seine geliebte Tante, die er inzwischen um einen ganzen Kopf überragte, und wollte sie gar nicht mehr loslassen. »Mein Gott, Tante Theresa, wie ich mich freue. Wo warst du nur so lange, ich habe dich jeden einzelnen Tag vermisst, und das sind Hunderte von Tagen, wie du dir ausrechnen kannst.«
Lachend löste sich Theresa aus seinen Armen. »Jetzt bin ich ja da, und die Tante kannst du dir ersparen. Einem so ausgewachsenen Mann gegenüber bin ich nur noch die kleine Theresa. Ist das klar?«

»Ja, ja, natürlich, Hauptsache, du bist überhaupt gekommen!«
Dann nickte er Benno zu, der wie immer mit einer Zeitung versehen im Nebenzimmer saß. »Lass uns allein, Benno, und mach die Tür zu. Ich will mit meiner Tante Heimlichkeiten austauschen«, sagte er lachend und wartete, bis Benno missmutig die Tür geschlossen hatte. »Los, Theresa, komm und erzähle mir, wie es draußen in der Welt ausschaut. Du glaubst es nicht, aber ich habe noch immer keinen Fuß auf die Straße setzen dürfen. Nur im Garten darf ich bei gutem Wetter und unter Aufsicht von Benno spazieren gehen und Turnübungen machen.«
»Das ist einfach unmöglich, Alex, hast du denn nicht einmal versucht, auszubüxen, wenigstens für ein paar Stunden?«
»Versucht ja, aber geschafft habe ich es nicht.«
»Robert Iserbrook will dich zu seinem Nachfolger machen, wie soll das denn funktionieren?«
»Er studiert mit mir die Kontobücher, die Wareneingänge und die Warenausfuhr, aber alles muss von seinem Kontor ausgehen. Und dabei interessiert mich dieser ganze Handel überhaupt nicht. Mich interessieren zwar die Gewürze und wo sie herkommen, aber diese Geschäfte hier verlocken mich überhaupt nicht.«
»Was würdest du denn gern machen?«
»Vor allem will ich raus hier und tief Luft holen. Manchmal denke ich, ich ersticke in diesem Haus. Ich hasse es. Theresa, das sage ich ganz ehrlich. Mama hat eine Gesellschafterin und die erzählt mir manchmal, wie schön es draußen ist, heimlich natürlich, denn niemand soll mir von der Schönheit draußen etwas sagen, aber wenn wir mal kurz allein sind, spricht sie über Berlin und Hotels und Geschäfte und Restaurants, das muss einfach himmlisch sein. Und ich lese natürlich auch Bücher, die Geschichten aus der weiten Welt erzählen. Manchmal denke ich, es wäre besser, man entführt mich auch und bringt mich nach Oman, da hätte ich dann wenigstens die weite Wüste und den blauen Himmel und das unendliche Meer. Ich sehne mich so sehr

nach Freiheit, Theresa, ich würde alles tun, um dieses Haus zu verlassen.«

»Aber du bist der Erbe, Alex, Robert will dich zu seinem Nachfolger machen.«

»Das ist ja das Schreckliche, und ich will von diesen Geschäften nichts wissen. Sag mal, Theresa, als du so alt warst wie ich, oder noch ein bisschen jünger, da bist du doch ausgerissen und heimlich davongereist. Wie hast du das gemacht?«

»Und woher weißt du das?«

»Na, die Dienstboten tuscheln doch noch heute davon.«

»Ja, ich habe es geschafft, aber da war das Haus noch keine Festung, und ich hatte keinen Leibwächter.« Nachdenklich sah Theresa den blassen jungen Mann an, der so vor Leben sprühte. Und dann hatte sie eine Idee, eine ganz abenteuerliche Idee.

Achtes Kapitel

Robert Iserbrook war zutiefst empört über die Arroganz seiner Stieftochter. Wie konnte diese Frau, die ihre gesamte berufliche Existenz ihm zu verdanken hatte, so streitsüchtig und starrköpfig sein? Er hatte sie in den Reichtum der Gewürze eingeführt, er hatte ihr die wunderbare Welt der Aromen schmackhaft gemacht, er hatte sie eingeweiht in den Handel und ihr gezeigt, wie weltumspannend der Umsatz mit Gewürzen sein konnte, wenn man verstand, damit umzugehen. Wütend ging er im Kontor auf und ab.

Alles, was sie kann, was sie weiß, wozu sie heute fähig ist, hat sie von mir gelernt. Und nun wagt sie es, mir zu widersprechen, mich zu diffamieren und mit Füßen zu treten – verdammt, mit Füßchen, in die ich mich einmal fast verliebt hätte. Robert war außer sich.

Damals, als feststand, dass die Söhne seines Bruders, Markus und Lukas, niemals in den Gewürzhandel eintreten würden, war Theresa die Einzige gewesen, die sich für diese kostbaren Geschenke der Natur interessierte. Sie war es, die ihn in die Lagerhallen begleitete und wissen wollte, wo kommt der Pfeffer her, wie entstehen die Zimtröllchen, wo wächst die Vanille am besten und welche Muskatnüsse sind die schmackhaftesten.

Und dann hatte er mit ihr neben den Säcken und Kisten und Fässern gestanden und ihr auf Landkarten gezeigt, dass der Pfeffer aus Indien und Malaysia und Indonesien kommt, dass die Zimtröllchen aus den Rinden von Bäumen in China stammen und die Vanille die Frucht einer sehr wertvollen Orchidee auf der Insel Madagaskar und beinahe unbezahlbar ist. Mit glänzenden Augen und sprachlos vor Neugier hatte die junge Frau, die fast noch ein Kind war, damals sein Wissen in sich aufgenommen, und er war sicher gewesen, dass sie die einzige und rechtmäßige Erbin des Iserbrooker Gewürzhandels sein würde. Und dann war Lukas nach zehn endlos langen Jahren der Ungewissheit zurückgekehrt, und er brachte eine schwangere Frau mit, und sie gebar Alexander, den nun rechtmäßigen Erben der Dynastie. Das musste Theresa doch einsehen. Ein Mann gehörte nun wieder an die Spitze des Hauses, und dieser Mann hieß Alexander Iserbrook.

Robert dachte zurück an die Zeit, als er mit der kleinen Theresa die Welt der Gewürze erkundete. Einmal hatte sie gefragt: »Warum handeln wir nicht mit Salz und Zucker? Diese beiden Gewürze machen doch die Gerichte am schmackhaftesten.«

Und mit viel Geduld hatte er ihr erklärt: »Salz und Zucker sind keine Gewürze. Gewürze sind naturbelassene Teile von Pflanzen, also Früchte, Blüten, Samen, Blätter, Rinden und Wurzeln, und daneben gibt es dann noch die Kräuter. Alle sollten so wenig wie möglich behandelt werden. Man kann sie trocknen, mahlen, rebeln oder schroten oder als ganze Frucht verwenden. Salz und Zucker gehören also nicht dazu, Theresa.«

»Na ja, Salz wächst in der Erde, das ist keine Pflanze, aber Zucker wächst doch draußen in der Natur, das sind doch Pflanzen, die wie Schilf aussehen.«

»Aber ihre Stiele müssen mit Maschinen bearbeitet werden, und dann wird ihr Saft gekocht, verdünnt, wieder verdickt und technisch behandelt, wenn wir Zucker daraus gewinnen wollen. Nach der ganzen Prozedur ist er kein pflanzliches Gewürz mehr, sondern eine technische Errungenschaft.«

»Was du so alles weißt, Onkel Robert.«

»Lass den Onkel fort, Theresa, ich bin der Robert, Vater willst du ja nicht zu mir sagen.«

»Mein Vater ist tot.«

»Ja, ich weiß.« Seitdem nannte sie ihn Robert, und er war froh darüber, denn die Bezeichnung »Onkel« machte einen Mann alt und nebensächlich. Ein Vater, ein Bruder, ein Sohn, die stan-

den immer an erster Stelle in der Rangfolge, ein Onkel gehörte ins zweite Glied, und da wollte er nicht stehen.
Ich bin der Patriarch, mir gebührt die Ehre und die Hochachtung, so soll es auch in dieser Familie gehandhabt werden! Und jetzt wagte diese Frau ihm, dem Wissenden, dem Klugen, dem Herrn dieser Familie zu widersprechen? Ausgeschlossen! Er spürte seine Empörung.
Ich muss aufpassen, dass mir diese Familie nicht aus der Hand gleitet, überlegte er ernüchtert. Silvana hat sich mit ihren Parfüms und ihren Partnern, den Apothekern, die von ihren Heilseifen und Heilölen ganz hingerissen sind, sehr selbstständig gemacht, Alexander würde jede Chance nutzen, aus dieser Familie und diesem Haus auszubrechen, Lukas und Markus, die beiden Söhne Silvanas, sind schon vor mehr als zwanzig Jahren ausgebrochen, indem sie Arzt und Jurist geworden sind, und jetzt besteht diese Theresa mit ihrem Lübecker Gewürzhandel auch noch auf Eigenständigkeit, dachte er aufgebracht. Schön und gut, ich habe sie all die Jahre selbstständig handeln lassen, aber jetzt ist Schluss damit. Sie und ihr Geschäft sind Teil der Hamburger Firma, und diese Firma gehört in die Hände von Alexander.
Robert war noch immer aufgeregt und versuchte sich mit einem kräftigen Schluck Whisky zu beruhigen. Im Laufe der Jahre war ihm der Cognac zu weich erschienen, und er bevorzugte nun den kräftigen Malt-Whisky, der aus den schottischen Highlands kam, aus über Torffeuern geröstetem Gerstenmalz gebrannt wurde und einem schon beim ersten Schluck wohltat. Herrlich! Er nahm noch einen zweiten kräftigen Schluck und nickte sich selbstgefällig zu. Jawohl, dachte er, ich bin der Herr im Hause und ich werde es allen zeigen.
Ganz wohl aber war ihm bei dieser Selbstgefälligkeit jedoch nicht. Es gab Probleme im Handel, die er noch keinem verraten hatte. Die Konkurrenz wurde zunehmend größer, die Niederländer versuchten, in Norddeutschland Fuß zu fassen und den hiesigen Gewürzhändlern die Überseeverbindungen abzuschnei-

den. Sie haben inzwischen verdammt schnelle Schiffe und verdammt viele Kolonien und verdammt viele Monopole, sinnierte er. In Venedig werden wir die Niederlassung schließen müssen, weil selbst Sandro, der couragierte Sohn vom alten Renato Bernetti, diese idiotischen Bestimmungen von Einfuhrgenehmigungen und Ausfuhrbewilligungen, von Tauschzulassungen und Verkaufsapprobationen nicht mehr durchschaut. Venedig wird einfach von Rotterdam aus geschluckt, überlegte Robert erzürnt und nahm einen weiteren Schluck vom Malt-Whisky.
In der Halle erklang der Gong, der zum Abendessen rief. Robert strich sich über die Weste, die den rundlichen Bauch umspannte, streifte das Dinnerjacket über und sah in seinen Spiegel. Silvana legte Wert auf gepflegtes Aussehen und familiäre Harmonie beim Speisen. Er würde also heute Abend nicht mehr streiten, selbst wenn Theresa ihr unwilliges Gebaren nicht zügeln konnte.

Die Familie versammelte sich zum Abendessen im Speisezimmer. Zur Überraschung der Mutter kam auch Theresa, nickte ihr kurz zu und sagte: »Ich wollte mir diesen Familientreff doch nicht entgehen lassen, Mutter, in Lübeck muss ich immer allein essen, da wird es vielleicht amüsant, mit euch allen zusammen zu speisen«, dabei warf sie einen wütenden Blick auf Robert, der wie immer den Platz am Kopf des Tisches für sich beanspruchte und keine Ahnung davon hatte, was gleich auf ihn zukam.
Alexander, der wusste, dass ernsthafte Gespräche während des Essens unerwünscht waren, hörte dem seichten Geplauder zwischen Robert und Silvana zu, bei dem es um modernes Kutschendesign und neue Kutschermäntel und um Orientteppiche ging, die neu im Hafen angekommen waren. Er beobachtete Rebekka, die sich, wie immer, in diesem Kreise unwohl fühlte, und tauschte heimliche Blicke mit Theresa, die seinetwegen auf ihr Essen im Zimmer verzichtet hatte und nun hier mit Robert an einem Tisch saß, was sie eigentlich gar nicht wollte. Beim Dessert würde er etwas zu sagen haben, er konnte es kaum erwarten.

Als die Sahnebaisers mit dem Apfelkompott serviert waren und die Mamsell das Speisezimmer verlassen hatte, räusperte Alexander sich und stand auf, um allen zu zeigen, dass er etwas Besonderes mitzuteilen hatte. Als Robert und Silvana erstaunt schwiegen und zu ihm hinübersahen, weil so etwas noch nie vorgekommen war, erklärte er: »Verehrte Großmutter, lieber Vater, Onkel Robert, ich habe euch etwas Wichtiges zu sagen: Ich verlasse morgen früh dieses Haus. Ich werde Theresa nach Lübeck begleiten und von dort aus in eine entfernte Gegend fahren und endlich lernen, wie ein freier Mann zu leben.«

Schreckensbleich sah Silvana ihren Enkel an und hielt die Hand vor den Mund, um einen Schrei des Entsetzens zu unterdrücken. Lukas hob bestürzt und abwehrend beide Hände, Robert aber sprang so heftig auf, dass der Stuhl hinter ihm umfiel und der Butler erschrocken ins Zimmer kam, um den Stuhl aufzustellen.

»Nichts wirst du tun. Dein Platz ist hier, und hier wirst du bleiben und dich zu dem Mann entwickeln, der zu sein du anscheinend wünschst. Schluss, aus!« Schwer atmend fiel er in seinen Stuhl zurück.

Aber Alexander ließ sich nicht beirren. »Ich werde tun, was ich gesagt habe. Ich hätte in aller Heimlichkeit verschwinden können, die Möglichkeit dazu habe ich endlich, denn ich weiß jetzt, wie ich dieses Haus verlassen kann, ohne dass irgendjemand etwas merkt, aber ich halte es für toleranter, euch meinen Entschluss hier und heute mitzuteilen, damit sich keiner Sorgen um mich machen muss. Robert Iserbrook, du kannst mich nicht mehr aufhalten«, und das sagte er lächelnd und in aller Höflichkeit.

»Nichts wirst du tun.« Aufgebracht wandte sich Robert an Lukas und an Silvana. »Nun sagt ihr doch auch endlich etwas. Der Junge gehört in dieses Haus, und hier bleibt er.«

Silvana weinte, aber Lukas stand auf, trat zu seinem Sohn und legte ihm die Hand auf die Schulter. »Ich verstehe dich, Alex, und ich halte deinen Entschluss für richtig. Und wenn ich kann, werde ich dir helfen, ein Mann zu werden. Ich beglückwünsche dich zu deinem Entschluss, dieses Gefängnis hier endlich zu verlassen. Es ist eines Mannes unwürdig, so zu leben, wie du es hier tun musst. Ich hätte dir längst dabei helfen müssen.«

»Danke, Vater, aber es hat lange gedauert, dass du mir das zugestehst. Du warst immer mit diesen unmenschlichen Maßnahmen einverstanden.«

»Weil ich Angst um dich hatte, weil ich dich nicht auch auf dieselbe Weise verlieren wollte wie deine Mutter. Aber jetzt bist du ein Mann und musst lernen, wie ein Mann zu leben.«

Wütend schlug Robert mit der Faust auf den Tisch, dass die Gläser klirrten und ein Messer vom Tellerrand rutschte. »Halte du dich da raus, Lukas, spiele jetzt nicht den Vater, der du nie gewesen bist. Immer waren dir deine Patienten wichtiger als dein Sohn, immer hattest du für sie Zeit und Kraft und Geduld, nie für Alexander. Da warst du froh, dass wir hier im Haus die Verantwortung übernommen haben. Du wärst der rechtmäßige Nachfolger deines Vaters gewesen, aber du warst glücklich, dem Gewürzhandel den Rücken kehren zu können, und dein Sohn, der war dir nicht so wichtig. Also halte dich aus dieser Angelegenheit heraus.« Schwer atmend griff er nach seinem Weinglas und leerte es in einem Zuge.

Aber Alexander drehte sich von ihm ab, als hätte er gar nichts gesagt, und wandte sich an Silvana: »Großmutter« – plötzlich sagte er nicht mehr »Mama« wie all die Jahre, sondern schaute sie sehr ernsthaft an, »Großmutter, es ist jetzt an der Zeit, dass ich gehe. Du musst mich loslassen, damit ich irgendwann und gern zurückkomme. Aber wenn ihr mich zwingt hierzubleiben, werdet ihr mich für immer verlieren.«

Auch Rebekka weinte jetzt, und Theresa, die neben ihr saß, legte ihr schützend den Arm um die Schulter. »Alles wird gut, ich pass schon auf ihn auf. Und irgendwann kommst du nach, das verspreche ich dir«, flüsterte sie dem Mädchen ins Ohr. Sie hatte sehr wohl gemerkt, dass sich zwischen Alexander und Rebekka zärtliche Bande entwickelten, die aber von beiden fast noch unentdeckt waren.

Alexander aber ging zu Silvana, nahm sie in die Arme und tröstete sie. »Mir wird nichts geschehen, Großmutter, ich werde lernen, wie ein Mann zu leben, niemand wird mir Schaden zufügen. Als Erstes werde ich lernen zu jagen, zu reiten und zu kämpfen, all das muss ein Mann können, wenn er sich verteidigen will, und all das kann ich in diesem Hause nicht lernen. Und wenn ich weiß, wie ich mich behaupten kann, dann bin ich auch fähig, in ein Geschäft einzutreten und mich am Schreibpult zu bewähren. Eines hängt mit dem anderen zusammen, Großmutter, und beides zusammen macht dann einen Mann aus mir. Die Chance musst du mir geben.«

Silvana nickte schluchzend. »Aber wo wirst du sein, wo finde ich dich, wenn ich an dich denke. Du musst uns doch wenigstens sagen, wohin du gehst.«

»Nein, Großmutter, dieser Ort wird mich beschützen, weil er geheim ist. Seine Unerreichbarkeit ersetzt die vergitterten Fenster und die verriegelten Türen und die nicht erlaubten Gäste. Er verkörpert die gleiche Sicherheit, die mir hier in diesem Hause aufgezwungen wurde.«

»Aber wo ungefähr wird das sein?«, schluchzte Silvana, »sag doch wenigstens die Richtung, in die du reist.«

Alexander entgegnete vollkommen ruhig: »Großmutter, ich werde zwischen Lübeck und Riga leben, weit weg von euch, aber als ein freier Mensch, und das ist mir die Reise wert.«

Lukas, unbeeindruckt von den Worten Roberts, reichte seinem Sohn die Hand. »Ich weiß, mein Junge, dass du an einer schweren Last trägst, einer Last, die ich und mein Bruder Markus nicht gewollt und von Kindheit an abgelehnt haben, aber wenn du dich für den Gewürzhandel interessierst und wenn du eines Tages das Erbe der Iserbrooks antreten willst, sollst du alle Hilfe von uns bekommen, zu der wir fähig sind. Und diese Hilfe fängt hier und heute an. Geh mit Theresa, ihr kannst du vertrauen. Meinen Segen hast du.«

»Danke, Vater. Ich werde eines Tages in die Geschäfte der Iserbrooks einsteigen, Gewürze und Aromen interessieren mich,

und der Welthandel fasziniert mich, aber erst dann, wenn ich mich dazu fähig fühle. Deshalb reise ich morgen früh ab.«
Alle waren inzwischen aufgestanden und begannen sich zu verabschieden. Nur Robert nicht, er war zur Tür gelaufen und stellte sich breitbeinig davor. »Keiner verlässt dieses Zimmer, bevor nicht feststeht, wohin Alexander zu reisen gedenkt.
Du, Theresa, bist an allem schuld. Du bist hierhergekommen, aggressiv und intolerant, und hast Zwietracht in dieses Haus gebracht. Statt mir zu gehorchen und deine Geschäfte zu ordnen, bist du gekommen, um unsere Zukunft infrage zu stellen, indem du Alexander entführst. Ihn, der unsere Zukunft bedeutet. Ich bestimme, wer in diesem Hause aus- und eingeht, und du, Theresa, bist nunmehr unerwünscht. Ich bin der Herr des Hauses, mein Wort gilt.«
Leise lächelnd, aber mit Zorn in den Augen, trat Theresa vor ihn hin. »Öffne die Tür, Onkel, sofort. Du bist nicht der Herr dieses Hauses, es gehört meiner Mutter und ihrer Familie, in der du nur eine Randfigur bist. Ordne du deine Geschäfte, Onkel, denn die haben es bitter nötig, wenn du überhaupt noch etwas vererben willst.«
»Was fällt dir ein, was gehen dich meine Geschäfte an?«
»Ich habe mich erkundigt, Onkel, und ein beinahe verzweifelter Prokurist hat mir deine Bücher gezeigt, weil er Angst um seine Anstellung und um seine Mitarbeiter hat. Dein Gewürzhandel ist fast am Ende, also beeile dich, wenn du ihn retten willst. Geh weg von der Tür und an deinen Schreibtisch, da wartet nämlich Arbeit auf dich.«
»Was soll das heißen?«
»Was meinst du denn damit?«
»Um Gottes willen, ist das wahr?«
Alle riefen durcheinander, nur Rebekka und der Butler standen schweigend und erschreckt in der hintersten Ecke des Raumes.
Theresa sah sie alle an. »Es ist, wie ich gesagt habe, der Gewürzhandel der Iserbrooks liegt im Sterben, wenn nicht augenblicklich Hilfe kommt. Ich will dem Onkel nicht die alleinige

Schuld an der Misere geben, vielmehr ist es der Handel der Holländer, der uns zu schaffen macht, aber wenn hier nicht sofort tatkräftig eingegriffen wird, braucht sich Alexander nicht mehr auf ein Erbe vorzubereiten, dann ist nämlich nichts mehr da. Und jetzt, Robert, gib die Türe frei, damit ich hinausgehen und meinen eigenen Handel retten kann. Der ist zwar auch bedroht, aber mir nimmt keiner auch nur ein einziges Pfefferkörnchen weg. Das verspreche ich.«

Neuntes Kapitel

Theresa hatte niemandem verraten, wohin die Reise ging, selbst Alexander erfuhr es erst, als sie Lübeck hinter sich gelassen hatten. Sie hatten von Hamburg aus einige Umwege gemacht, da Lukas besorgt gewesen war, dass ihnen vielleicht ein arabischer Beobachter folgen könnte, denn die Schiffe aus dem Orient bevölkerten ständig den Hamburger Hafen. Erst als sie zwei Tage später in Lübeck das Holstentor passiert hatten, fühlten sie sich wirklich sicher.

In der alten Hansestadt legte Theresa eine Pause von zwei Wochen ein. Sie wollte sich um die eigenen Geschäfte kümmern, im Haushalt nach dem Rechten sehen und zwei Wagenladungen mit Gewürzen bereitstellen, die nach Wismar und Rostock geliefert werden mussten.

Alexander begleitete sie auf Schritt und Tritt. Er war fasziniert von ihren Plänen, ihrem Handeln, ihrem Wissen und von der Freiheit, die sie umgab. Ja, dachte er, so möchte ich eines Tages leben, frei und selbstständig, mutig und erfolgreich. Denn dass seine Tante ein florierendes Geschäft betrieb, das spürte er sofort. In ihrem Haus in der Engelsgrube gingen die Kunden ein und aus, der Geschäftsführer hatte seine Mitarbeiter fest in der Hand, die Lagerräume auf dem Hof waren gut sortiert, sauber und durchlüftet. Hier gibt es keine Ratten, dachte er, und keine Lagerarbeiter, die einfach faulenzen, wenn Robert nicht im Hause ist. Genauso sauber und aufgeräumt wie die Gewürzlager waren die Unterkünfte der Arbeiter, und sogar die Pferdeställe befanden sich in einem hervorragenden Zustand. Und das, obwohl die Hausherrin eine ganze Woche abwesend war und keinen Mitarbeiter zurechtweisen konnte.

Alexander war fasziniert und begeistert. Er lernte eine neue Welt kennen. Die ganze zweitägige Reise war ein einziges Abenteuer für ihn gewesen. Von Hamburg hatte er zwar nicht viel gesehen, denn sie waren morgens um fünf Uhr abgereist und der Tag hatte noch nicht begonnen. Aber dann, als es hell wurde, als er die Weite des flachen Landes sah, die riesigen Wälder, die Vogelschwärme am Himmel, die Bauern mit ihren Pferden auf den Feldern und die Hirten mit ihren Herden, die das erste Frühlingsgrün der weiten Wiesen genossen, erkannte er, wie arm sein Leben bisher verlaufen war. Sicher, er hatte Bücher gelesen und Bilder gesehen, aber sie rochen nicht nach Frühling, nach Grün, nach Vieh und nach Wind, Sonne und nach dem Himmel. Sie waren verstaubt und stumm.

Theresa, die genau spürte, was in dem jungen Mann vorging, ließ ihn gewähren und störte ihn nicht. Nur hin und wieder, wenn er sie nach Unbekanntem fragte, antwortete sie ihm, erklärte ihm die Windrichtung und die Wolkenwanderung, den Sinn der Wetterhähne auf den Kirchturmspitzen oder die Nutzung der Flügel an den Windmühlen.

Theresa freute sich, dass der Schneesturm kurz vor ihrer Abreise in Lübeck nur ein letztes Aufflackern des vergangenen Winters gewesen war, denn sie war eine Sommerfrau. Sonne und Wärme, das waren ihre Elemente, ein blauer Himmel und ein Meer von Sternen in der Nacht, das waren ihre Kraftspeicher. Sie vermisste Venedig mehr, als sie sich persönlich eingestehen wollte, sie war die Tochter ihrer Mutter, der Venezianerin, aber sie war vernünftig genug, ihre Wünsche als Träume zu sehen, und Träume hatten mit der Wirklichkeit nichts zu tun.

»Woran denkst du, Theresa? Du siehst so glücklich aus.« Alexander war ein guter Beobachter, die Einsamkeit hatte ihn gelehrt, die Nuancen in den Augen anderer zu sehen.

»Ach, Alex, ich habe mich an Träume erinnert, die einmal sehr schön waren.«

»Willst du mir davon erzählen?«

»Weißt du, sie sind wie Seifenblasen zerplatzt, kaum dass ich mich daran erfreuen konnte.«
»Aber warum hast du das zugelassen, Träume muss man doch festhalten.«
»Oh nein, die lassen sich nicht festhalten, sie kommen und gehen, sie machen glücklich und unglücklich, je nachdem, und so ist es mir mit meinen Träumen eben auch ergangen.«
»Du machst mich aber sehr neugierig.«
»Weißt du, ich träume oft von Venedig, aber ich weiß, dass ich niemals dorthin zurückkehren werde.«
»Das weißt du doch gar nicht. Vielleicht kannst du irgendwann hinreisen, und schon ist dein Traum in Erfüllung gegangen. Und wovon träumst du noch?«
Theresa seufzte. »Ich habe immer von einer glücklichen Familie geträumt, von einem liebenden Mann und von fröhlichen Kindern, die zu mir gehören. Und wo sind sie? Siehst du sie?«
Erschrocken nahm er ihre Hand, die klein und zierlich in ihrem Schoß ruhte. »Das wusste ich nicht. Ich hielt dich immer für die perfekte, zielsichere Geschäftsfrau mit den großen Erfolgen und der vollkommenen Selbstständigkeit.«
»Mir blieb nichts anderes übrig, als das zu werden, was du jetzt vor dir siehst, aber Träume hatte ich dennoch.«
»Erzähle mir davon.«
»Nun, es gibt nicht viel zu erzählen. Da war ein Polizeihauptmann in Lübeck, ein sehr netter, liebenswerter Mann, mit dem ich gern mein Leben verbracht hätte. Aber dann wurde er in eine entfernte Stadt versetzt, und es dauerte nicht lange, bis ich erfuhr, dass er dort eine Frau gefunden und geheiratet hatte.«
»So ein Betrüger.«
»Es war nicht seine Schuld, und er wusste nichts von meinem Traum.«
»Und dann?«
»Dann lernte ich einen anderen Mann kennen, einen wunderbaren Mann, und wir wollten heiraten. Aber er hatte eine

Schwester, die ihn hasste, weil er mich liebte und sie nicht mehr die Hauptperson in seinem Herzen war.«
»Und dann?«
»Sie zündete sein Haus an, und er verbrannte darin.«
»Wie grauenhaft. Was wurde aus ihr?«
»Sie lebt in einer Irrenanstalt.«
»Wohin sie auch gehört.«
»Ach, Alex, ich habe mir abgewöhnt, Menschen zu verurteilen. Sie war verzweifelt und wusste wahrscheinlich nicht mehr, was sie tat.«
»Und du, Theresa, gab oder gibt es noch einen vierten und einen fünften Traum? Oder noch mehr?«
Theresa lachte leise. »Sind drei nicht genug? Im Grunde war und ist es doch nur einer.«
»Ja? Und welcher?«
»Der Traum von einer glücklichen Familie. Weißt du, so eine, wie wir sie in Venedig waren.«
»Ich weiß nur wenig über diese Familie. Im Herrengraben war es ein ungeliebtes Thema, jedenfalls wollte Robert nichts davon hören.«
»Ja, das glaube ich, denn er spielte in dieser Familie keine Rolle. Gar keine!«
»Erzähl mir von eurer Familie in Venedig.«
»Wir waren eine sehr glückliche Familie, und wir Kinder wurden über alles geliebt. Unser Vater war natürlich der Herr im Hause, aber er las unserer Mutter jeden Wunsch von den Augen ab. Und Mutter war eine so fröhliche Frau. Sie genoss die vielen Feste in Venedig, sie hatte viele Freunde, sie und Vater wurden überallhin eingeladen, und Vater war ein sehr gut aussehender, erfolgreicher Mann«
»So kann ich mir Großmutter überhaupt nicht vorstellen.«
»Sie hat viele schwere Jahre durchlitten, nachdem unser Vater bei einem Schiffsunglück umgekommen ist. Sie musste mit uns Kindern in das kühle Hamburg ziehen, weil der Großvater das bestimmte, sie kämpfte um die Hamburger Geschäfte, weil es

sonst niemand tat. Dann kam Robert und nahm ihr alles weg, dann wurde dein Vater entführt, es waren furchtbare Jahre für sie. Aber sie hat sich mit allem arrangiert, und ich glaube, sie hat Robert sogar geliebt, sonst hätte sie ihn nicht geheiratet. Aber ich denke, diese schlimmen Zeiten haben sie hart gemacht. Nicht ungerecht, das meine ich nicht, sie war immer zu allen so tolerant, wie sie es mit ihren Prinzipien vereinbaren konnte, aber die Härte hat sie nie wieder abgelegt.«

»Und dann hat sie dich nach Lübeck geschickt.«

»Nein«, lächelte Theresa und drückte verstohlen die Hand des jungen Mannes, der die ihre immer noch festhielt. »Nein, ich bin ausgerissen.«

»Was? Warum denn das?«

»Ich war jung und ich war verliebt in Robert, und das war absolut unmöglich. Und ich wollte endlich selbstständig arbeiten, schließlich hatte ich bei ihm ja alles gelernt, was den Gewürzhandel betraf, und drittens stand das Geschäft in Lübeck vor dem Ruin.«

»Und da bist du bei Nacht und Nebel ...«

»Ja, da bin ich bei Nacht und Nebel nach Lübeck gereist. Und erst, als ich mich in Sicherheit wusste, habe ich meiner Mutter mitgeteilt, wo ich war. Und sie hat es tatsächlich akzeptiert.«

Alexander sah sie nachdenklich an. »Wenn in der Familie von dir gesprochen wird, dann immer mit großem Respekt.«

»Das freut mich, aber jetzt will Robert mir alles wegnehmen, was ich aufgebaut habe, und das lass ich mir nicht gefallen.«

»Das ist richtig so. Und nun zeigst du mir, wie es mit dem Geschäft gehen muss.«

»Noch nicht, Alex, ich bringe dich zu Freunden, bei denen du alles lernen kannst, was ein freier Mann wissen und können muss. Und wenn du damit fertig bist, hole ich dich nach Lübeck, und dann, mein Lieber, erobern wir gemeinsam Skandinavien mit unseren Gewürzen. Das ist dann mein letzter Traum.«

»Aber der wird wahr werden, Theresa, dafür sorge ich dann.«

»Ja, Alex, ich freue mich darauf.«

Die Kutsche und die Wagen mit den Gewürzen hatten Wismar erreicht.

Während die Lastwagenfahrer am nächsten Morgen zu ihren Kunden im Raum Wismar und nach Rostock weiterfuhren, brachte Theresa ihren Neffen zu dem Hof im Klosterwald. Nur ihr eigener Kutscher begleitete sie und wusste, wo der junge Herr absteigen würde. Theresa wollte kein Risiko eingehen und die Unterkunft von Alexander so geheim wie möglich halten. Der junge Mann sollte wirklich ungestört und ohne Angst leben können. Sie wollte auf keinen Fall riskieren, dass jemand von seiner arabischen Familie sein Domizil aufspürte.
Auch Alexander erfuhr nun erst, wohin sie ihn brachte. »Alex, dieses wunderschöne, große Gut, zu dem ich dich bringe, gehört mir. Ich habe es von Graf Defosier, den ich heiraten wollte und der dann auf so schreckliche Weise umgekommen ist, geerbt. Sein Verwalter, dem ich absolut vertraue, heißt Heinz Faber. Er ist ein älterer Mann, und er wird dir helfen, wie ein freier Mensch zu leben. Er weiß nicht, dass wir kommen, dafür ging in Hamburg alles viel zu schnell, aber er wird dich gern und mit väterlicher Güte aufnehmen.«
Alexander saß wie gebannt neben Theresa in der Kutsche und genoss die Schönheit des Landes: Heideflächen wechselten mit Waldgebieten ab, große Weidebereiche grenzten an Seen und kleine Bäche, einsame Sandwege durchkreuzten das Land, und auf einem von ihnen waren sie unterwegs. Alexander war rundum glücklich. Von so einem Land, von so einem Leben hatte er geträumt. Und nun wurde das alles wahr, er konnte es kaum fassen.
»Danke, Theresa, danke, ich weiß gar nicht, wie ich meine Freude ausdrücken soll. Jetzt geht mein Traum in Erfüllung.«
Theresa lächelte, sie wusste, wie schön dieses Land war, und auch sie freute sich, nach langer Zeit wieder einmal hier zu sein. Die Kutsche erreichte die lange Allee, die zum früheren Schloss führte. Damals, als sie in den Sommerwochen hier gewesen

war, hielten die dunklen Baumkronen den Weg im Schatten, jetzt waren die Bäume noch kahl und trotzten den letzten kalten Winden, die vom Meer herüberfegten. Dann erreichten sie das Rondell vor dem ehemaligen Schloss. Jetzt ragten nur efeuüberwachsene Ruinen aus der Erde, und Theresa bat den Kutscher: »Biegen Sie nach links zum Wirtschaftshof ab. Hinter dem Torhaus rechts liegt das Verwalterhaus, dort halten Sie bitte.«
Auf dem Hof herrschte emsiges Hin und Her, der Schmied fachte ein Feuer an, Pferde wieherten, im Zwinger bellten einige Hunde, denn Theresa hatte damals angeordnet, dass auch die Zucht der Deutschen Doggen fortgeführt wurde. Sie erinnerte sich, mit welcher Freude der Graf die Kraft und die Schönheit und den Stolz seiner Hunde gefördert hatte. Alles sollte so bleiben, wie er es gewünscht hätte, und Heinz Faber hatte sich genau an ihre Anordnungen gehalten.
Der Kutscher hielt vor dem Verwalterhaus. Alex stieg aus und half seiner Tante aus dem Wagen. Bevor sie klopfen konnten, öffnete sich die Haustür, und Heinz Faber kam heraus. »Gnädige Frau«, stammelte er, »welch eine Freude, und welch eine Überraschung.«
Etwas betroffen sah Theresa ihn an. Er war alt geworden, der einst so rüstige und vor Kraft strotzende Mann. Sein dichtes Haar war weiß und sein gepflegter Bart auch. Und klein ist er geworden, dachte sie traurig. Impulsiv, und wie es sonst gar nicht ihre Art war, umarmte sie den alten Mann. »Ich freue mich, Sie zu sehen. Wie geht es Ihnen? Das hier ist mein Neffe Alexander Iserbrook. Dürfen wir mit einer großen Bitte zu Ihnen kommen?«
»Aber immer, gnädige Frau. Kommen Sie herein, die Klara, Sie kennen sie doch noch, hat gerade das Mittagessen fertig.«
Er ging voraus und führte sie durch die Diele in das Esszimmer. Auch Bertha, die Magd von damals, war noch da und begrüßte freudig die Gäste. »Ich decke sofort den Tisch neu ein, wie schön, dass Sie uns einmal besuchen, gnädige Frau. Möchten Sie sich vielleicht zuerst etwas frisch machen? Da drüben ist ein

Raum dafür.« Sie ging voran und öffnete eine Tür zu einem schlichten Wasch- und Toilettenraum.
»Danke, das ist eine gute Idee, man wird doch staubig auf den langen Sandwegen. Ich werde mich frisch machen, mein Neffe ebenso.«
Wenig später saß sie mit Heinz Faber und Alexander zusammen am Tisch. Bertha servierte eine klare Hühnerbouillon mit Fleischstückchen und Eierstich und anschließend gebratene Forelle mit Kartoffelsalat. Als Bertha schließlich den Tisch abgeräumt hatte, stand Heinz Faber auf und bat: »Kommen Sie bitte mit in mein Büro, dort können wir alles besprechen, was Sie auf dem Herzen haben, gnädige Frau.«
Bertha stellte eine große Kanne Kaffee auf den Tisch, dazu frische Sahne, Zucker und selbst gebackene Plätzchen, und Heinz Faber fragte: »Darf ich meine Pfeife rauchen?«
»Aber selbstverständlich«, lachte Theresa, »Sie sind hier der Hausherr, und ich mag Pfeifenrauch. Leider gibt es in meinem Haus keinen Mann, der mich mit dem Geruch verwöhnen könnte.«
»Der Herr Graf hat auch immer gern ein Pfeifchen nach dem Essen geraucht.«
»Ich weiß«, sagte Theresa leise, »ohne seine Pfeife wäre das Essen nicht beendet gewesen.«
Bertha goss Kaffee ein, reichte Milch und Zucker herum und fragte: »Dürfte ich noch wissen, ob Sie hier übernachten wollen? Dann richte ich die beiden Gästezimmer für Sie, gnädige Frau.«
Fragend sah Theresa ihren Verwalter an. »Wird das möglich sein? Ich würde gern ein oder zwei Tage bleiben.«
»Selbstverständlich, ich würde mich sehr freuen, ich möchte Ihnen doch auch endlich einmal unsere Erfolge zeigen. Immer nur Zahlen, dass gibt doch keinen Einblick ins wirkliche Leben hier bei uns.« Er nickte Bertha zu. »Mach's unseren Gästen so schön wie möglich und sag auch der Klara Bescheid, dass sie sich auf Besucher einrichtet.«
Dann waren die drei allein, und Theresa sprach endlich ihre

Bitte aus. »Herr Faber, mein Neffe hat ein schreckliches Leben hinter sich. Er war immer eingesperrt in dem Palais der Iserbrooks im Hamburger Herrengraben.«

»Mein Gott, warum denn das?«

»Die arabische Familie seiner Mutter hatte eine Entführung angedroht, und davor wollte meine Familie ihn beschützen.« Sie lächelte Alexander zu und fuhr fort: »Jetzt ist Alex vierundzwanzig Jahre alt und will endlich frei sein. Aber er kennt das Leben außerhalb der Hausmauern nicht. Und da habe ich gedacht, vielleicht kann er hier von Ihnen all das lernen, was ein Mann im Leben wissen muss.«

»Du meine Güte. Und Sie glauben, ich kann ihm das alles beibringen?«

»Ich bin ganz sicher, dass Sie das können. Bei jedem Schritt, auf dem er Sie begleitet, wird er lernen. Ich kann mir keinen besseren Lehrer vorstellen.«

»Na ja«, Heinz Faber nahm einen tiefen Zug aus seiner Pfeife, »wir haben ja auch eine Menge junger Männer hier, die ihm alles Mögliche zeigen könnten.« Er wandte sich an Alexander: »Wollen Sie denn auch mitmachen bei der Arbeit oder lieber nur aus der Ferne lernen, gnädiger Herr?«

Alexander schüttelte den Kopf. »Ich bin kein ›gnädiger Herr‹, sagen Sie einfach Alex zu mir. Und natürlich will ich mitmachen, wie soll ich denn lernen, eine Mistgabel zu halten oder einen Baum zu fällen, wenn ich nur von Weitem zuschaue?«

Faber lachte. »Dann bin ich beruhigt, denn einen Zuschauer haben meine Männer nicht so gern. Bei ihnen zählt nur, wer mit ihnen zusammen in die Hände spuckt, die Ärmel aufkrempelt und sein Hemd durchschwitzt.« Er drehte sich wieder zu Theresa um. »Entschuldigen Sie die drastischen Worte, aber ich denke, Klarheit hilft uns am besten weiter.«

Theresa lachte. »Ich kann drastische Ausdrücke gut vertragen, was glauben Sie, wie oft ich schon in meinen Lagern in die Hände gespuckt, die Ärmel aufgekrempelt und mein Kleid durchgeschwitzt habe. Ich weiß, was körperliche Arbeit bedeutet.«

Jetzt lachte Alexander laut heraus. »Ich sehe schon, wir verstehen uns alle drei. Wo fangen wir mit der Arbeit an, Meister Faber?«
»Im Gestüt. Aber dort werde ich Sie dem Stallmeister übergeben müssen, um mit Pferden zu arbeiten, muss man Kraft und Courage haben. Die Courage hab ich zwar noch, aber die Kraft nicht mehr. Der Klaus ist ein sehr guter Pferdezüchter, wir haben große Erfolge.«
»Ich freue mich auf die Arbeit, aber bitte sagen Sie ›Alex‹ und ›du‹ zu mir.«
»Einverstanden. Kannst du reiten?«
»Und wo sollte ich das gelernt haben, in Großmutters Salon etwa?«
»Nein, natürlich nicht. Also dann, ich sehe schon, wir verstehen uns. Das Reiten werde ich dir beibringen, mein Junge.«
Und mit einem furchtbaren Muskelkater begann Alexanders neues Leben als freier Mann.

Zehntes Kapitel

Theresa wusste Alexander in besten Händen, als sie zwei Tage später den Hof verließ, um nach Lübeck zurückzukehren.

Sie hatte in diesen beiden Tagen beobachtet, dass Alex ein willensstarker Mann war, der es verstand, die Zähne zusammenzubeißen und sich einzuordnen. Er war weder eingebildet noch empfindlich, passte sich den Umständen an und versuchte mitzuhalten, wenn die Landarbeiter und die Pferdeknechte, die Waldarbeiter und die Viehhirten ihn zu irgendwelchen Arbeiten einsetzten. Er wurde nicht ausgenutzt, aber er wurde ernst genommen, und sehr schnell hatte er seinen Platz im Kreis der fremden Männer erobert.

Heinz Faber hatte ihn immer im Blick, er mischte sich nicht ein, aber er achtete darauf, dass er Arbeiten bekam, die er auch erledigen konnte, dass ihn niemand überforderte und dass sein guter Wille, alles richtig zu machen, anerkannt wurde.

So reiste Theresa mit dem Gefühl ab, die richtige Entscheidung getroffen zu haben, und als Alexander beim Abschied sagte: »Danke, Theresa, ich kann dir nicht sagen, wie froh ich bin, hier zu sein«, wusste sie, dass ihm das Leben wieder Freude machte.

Theresa reiste zunächst nach Rostock, um den Gewürzhandel zu kontrollieren. Die früheren Probleme mit ihrem alten Geschäftsführer, der versucht hatte, ihr mit Intrigen und Gewalttaten den Ostseehandel zu entreißen, hatten sich von selbst erledigt, als er bei einem Jagdunfall ums Leben kam. Damals konnte sie an den guten und bekannten Namen Iserbrook wieder anknüpfen und die alten Händler zurückgewinnen. Seitdem florierte der Handel und dehnte sich immer weiter aus. Wenn ich in Riga Fuß gefasst habe, gehört dieser Teil der Ostseeküste mir, dachte sie zufrieden und fuhr drei Tage später weiter, um in Wismar nach dem Rechten zu sehen.

Mit Wehmut dachte sie an den Plan von Alain Defosier, ihr ganzes Geschäft von Lübeck nach Wismar zu verlagern, wo sie dann ein gemeinsames Leben führen und eine Familie gründen wollten. Die alte eifersüchtige Gräfin hatte das vereitelt, und der Graf war ihr zum Opfer gefallen.

Theresa schüttelte den Kopf, als wollte sie die Erinnerungen abstreifen. Das alles war lange her, und ihr Leben ging weiter, auch ohne den Grafen und die Kinderschar, die sie so gern gehabt hätte. Auch seine Idee, von Wismar aus den Gewürzhandel zu führen, hatte sie aufgegeben. Wismar lag zwar direkt am Meer und war für den Schiffsverkehr leicht zu erreichen, während die Zufahrt über die Trave in den Lübecker Hafen langwierig und umständlich war, aber Lübeck war ihr zur Heimat geworden, und so blieb sie in der Engelsgrube.

Nachdem sie die Wismarer Händler besucht, Abschlüsse getätigt und ihre Lagerhäuser inspiziert hatte, freute sie sich nur noch auf ihr Zuhause. Fast drei Wochen war sie nun unterwegs gewesen, und sie wusste aus Erfahrung, dass es dem Geschäft nicht guttat, wenn sie so lange abwesend war. Sie hatte zwar mit Karl Osterbeck und seiner Frau Hanna zwei gewissenhafte und treue Mitarbeiter, aber größere Entscheidungen musste sie selbst treffen.

So mahnte sie ihren Kutscher zu einer flotten Gangart und zu nur kurzen Pausen, und als sie endlich in Lübeck vom Koberg abbogen und sie ihr weißes, gepflegtes Haus in der Engelsgrube sah, freute sie sich wie selten zuvor auf ihr schönes Zuhause.

Leider dauerte die Freude nur wenige Minuten, denn als die Kutsche vor der Haustür hielt, kam ihr Elsa mit verweinten Augen entgegen. Sie klappte den Fußtritt herunter, öffnete die Kutschentür und schluchzte: »Gott sei Dank, dass Sie wieder da sind, gnädige Frau.«

»Aber Elsa, was ist denn passiert?
»Es gibt eine schlechte Nachricht, gnädige Frau.« Und als Theresa im Hintergrund der Eingangshalle den alten Ludwig, Roberts Butler, sah, wusste sie, dass ihr Ärger bevorstand.
»Komm, Elsa, es gibt nichts, mit dem wir nicht fertig werden.«
»Ach, gnädige Frau, hier wohnt und bestimmt jetzt ein anderer. Die Osterbecks sind schon weggegangen.«
»Aber das gibt es doch nicht!«
»Sehen Sie selbst«, und verschreckt ging sie hinter Theresa ins Haus.
Hoch erhobenen Hauptes betrat Theresa die Diele, aber weit kam sie nicht. Auf der untersten Stufe der breiten Treppe, die zu ihrer Zimmerflucht führte, stand Robert Iserbrook, die Hände in den Hosentaschen, eine Zigarre im Mund. »Hallo Theresa, wohin, wenn ich fragen darf?«
Gelassen entgegnete sie: »In meine Wohnung natürlich.«
»Du meinst, in deine frühere Wohnung. Jetzt ist sie mein. Ich fürchte, du musst dir eine Unterkunft im Hotel suchen, oder noch besser, du fährst gleich zu deiner Mutter nach Hamburg. Dort ist ja dein angebliches Zuhause, dies hier ist eine Geschäftsadresse der Iserbrook-Gewürzhandlung, und hier logiere jetzt ich.«
Sie ging auf ihn zu und starrte ihn an, obwohl er über ihr stand und diese Überheblichkeit sichtlich genoss. »Du irrst dich. Das hier ist mein privates Haus, von mir renoviert, eingerichtet und auf dem Grundstücksamt eingetragen. Also verschwinde!«
»Für wie dumm hältst du mich, Theresa?« Seine Stimme bebte vor Übereifer, »das mit dem Grundstücksamt war meine erste Tätigkeit hier in meiner neuen Heimat. Da kommst du ganz gewaltig zu spät. Und wenn du deine privaten Sachen suchst, die Koffer stehen hinten in der Remise neben dem Pferdestall.«
Einen Augenblick lang war Theresa sprachlos, dann hatte sie sich gefasst. »Die Hamburger Niederlassung hast du also in den Ruin getrieben, jetzt soll Lübeck folgen, nein, Robert, ohne mich. Du wirst es nicht wagen, mich hier zu vertreiben. In die-

ser Stadt gibt es Gerechtigkeit, und ich habe eine Menge Freunde unter den Advokaten.«
»Dann zeig sie mir, ich bin gespannt, sie kennenzulernen.«
Theresa bemühte sich um Fassung. Das mit den Advokaten war nur eine Drohung, in Wirklichkeit kannte sie kaum jemanden, der ihr helfen konnte. Sie hatte immer sehr zurückgezogen gelebt und wenig Wert auf Kontakte gelegt, die nichts mit ihren Geschäften zu tun hatte. Aber sie gab nicht auf. Sie warf den Kopf zurück und erwiderte: »Du wirst dich wundern.« Dann wandte sie sich ab und ging zu ihrem Kontor hinüber, denn in ihrem Schreibtisch bewahrte sie die wichtigsten privaten und geschäftlichen Dokumente auf. Die brauchte sie jetzt. Aber die Bürotür war verschlossen. Erschrocken sah sie Elsa an. Die zuckte nur mit den Schultern. Robert aber lachte von der Treppe herüber und erklärte dreist: »Ja, Theresa, daran hättest du früher denken müssen. Auch die Kontore sind Geschäftsbesitz, zu ihnen hat nur der Geschäftsführer Zugang, und der bin ich.«
Zutiefst erschrocken drehte sich Theresa um. Wer konnte ihr jetzt helfen? Außer der weinenden Elsa war kein Mensch in der Nähe, der sie unterstützen konnte. Körperlich war sie dem Stiefvater nicht gewachsen, und auch mit seiner Gerissenheit konnte sie es nicht aufnehmen. Was sollte sie tun? Einen Kampf konnte sie nicht gewinnen, also musste sie erst einmal nachgeben. Nachgeben und nachdenken, dachte sie ernüchtert und verließ ihr geliebtes Haus mit hoch erhobenem Haupt, obwohl ihr eher zum Weinen zumute war.
In der Engelsgrube wartete ihr Kutscher neben seinen Pferden. Ein paar neugierige Nachbarn hatten sich eingefunden. Theresa sah Elsa neben der Haustür stehen. »Komm mit, Elsa.« Als aber Theresa die Kutsche besteigen wollte, erscholl von der Haustür her eine energische Stimme: »Nein, hiergeblieben. Die Kutsche ist Eigentum der Gewürzhandlung. Kutscher, bring die Pferde in den Stall.«
Aber der Kutscher kümmerte sich nicht um Roberts Befehl. Er stieg auf und fuhr mit den beiden Frauen davon. Die Nachbarn

klatschten Beifall, und ein paar riefen hinter ihnen her: »Bis bald. Auf Wiedersehen.«
Als sie die Straße am Hafen erreicht hatten, hielt er die Pferde an. »Wohin soll ich Sie denn jetzt fahren, gnädiges Fräulein? Die Pferde sind ziemlich müde nach der langen Tour heute. Wollen Sie in ein bestimmtes Hotel?«
»Ich weiß es nicht. Ich bin noch gar nicht zum Nachdenken gekommen, Hubert.«
»Darf ich einen Vorschlag machen?«
»Ja?«
»Ich würde sagen, wir fahren zum alten Hafenmeister. Wenn der Herr Iserbrook Ihren Prokuristen rausgeschmissen hat, dann sind der Karl und die Hanna bestimmt zu ihren Eltern geflüchtet. Und dann können die Ihnen erzählen, was eigentlich los ist.«
»Ja, Hubert, das ist eine gute Idee.«
Wenig später hielt die Kutsche vor dem kleinen Haus in der Ersten Ochsenkoppel hinter der St.-Gertrud-Kirche. Elsa stieg aus, um sich zu erkundigen, ob die beiden wirklich hier waren. Aber kaum hatte sie an die Tür geklopft, als Karl Osterbeck herausgelaufen kam und mit Tränen in den Augen rief. »Gott sei Dank, Sie sind wieder da.« Dann half er Theresa beim Aussteigen und rief seiner Frau zu: »Sie ist wieder da, sie ist endlich gekommen.« Der Kutscher band die Pferde an einen Straßenbaum, sicherte die Bremsen und folgte den anderen ins Haus.
Erschöpft und niedergeschlagen ließ sich Theresa auf einen Stuhl fallen. Karl lief in die Küche und holte eine Flasche Korn aus der Speisekammer. »Hier, trinken Sie erst mal, das hilft Ihnen wieder auf.« Er füllte ein kleines Glas mit der glasklaren Flüssigkeit und reichte es Theresa. Sie nahm es und trank den Korn in einem Schluck. Danach schüttelte sie sich, und dann lächelte sie alle an. »Danke, das war nötig, jetzt geht es schon wieder. Also, Karl, was ist passiert?«
»Ja, vor einer Woche hielt ein ganzer Tross von Pferdewagen vor dem Haus in der Engelsgrube. Eine Kutsche, zwei Lastenwagen mit Möbeln, zwei Lastenwagen mit Gewürzen und noch eine

sehr alte Kutsche mit ein paar Männern, das waren wohl die Diener. Als sie klopften, hat Elsa aufgemacht, wir dachten, da will jemand nach dem Weg fragen. Aber dann kam der Herr Iserbrook zu uns ins Kontor, stellte sich vor und sagte: ›Ich bin der neue Herr dieser Gewürzhandlung, hier ist mein Ausweis, und ich bestimme ab sofort, was hier gemacht wird.‹ Als ich protestieren wollte, hat er gleich gesagt: ›Halten Sie Ihren Mund, hier geschieht nur noch, was ich bestimme. Sie können gehen, ich brauche Sie nicht.‹ Da hab ich natürlich den Mund gehalten, ich wusste, was er Ihnen in dem Brief geschrieben hatte.«

Sprachlos hörte Theresa zu. »Und dann?«

»Na ja, seine Männer fingen gleich an, die Möbel auszupacken, Elsa musste Ihre Kleidung einpacken, und meine Hanna hatte eine gute Idee.« Liebevoll sah er seine Frau an. »Die hat nämlich gesagt, wir nehmen die wichtigsten Geschäftsbücher mit und alle Papiere von der gnädigen Frau. Das haben wir dann auch getan. Ich habe sogar – bitte entschuldigen Sie – Ihr Geheimfach in Ihrem Schreibtisch ausgeräumt und alle ihre persönlichen Papiere eingepackt.«

»Was? Woher wussten Sie denn …«

»Gnädige Frau, ein Prokurist muss alles wissen, aber ich habe es immer für mich behalten. Stellen Sie sich vor, es hätte mal gebrannt, da hätte ich doch auch Ihre Papiere retten müssen.«

»Gott sei Dank für einen so umsichtigen Prokuristen! Danke, Karl.«

»Na ja, und bei der Gelegenheit habe ich auch das gesamte Geld mitgenommen, das im Tresor lag.«

»Und mein Stiefvater hat nichts davon gemerkt?«

»Er hatte uns ja rausgeschmissen. Und so sind wir gegangen, während seine Leute noch Möbel geräumt haben und er selbst die Köchin bewacht hat, damit sie ihm ein ganz besonders feines Menü zubereitete. Und Elsa musste ihn dann bedienen. Und bei dem ganzen Durcheinander von den Möbelpackern hat niemand bemerkt, dass wir beide unter unseren langen Wintermänteln zwei große Kartons mit den wichtigsten Geschäftsbüchern mitgenommen haben.«

»Danke, Karl, ihr seid wirkliche Freunde.« Müde sah sich Theresa um. »Und was mache ich nun?« Ratlos starrte sie auf den Stapel Geschäftsordner, der sich vor ihr auf dem Tisch türmte. »Im Augenblick kann ich überhaupt keinen klaren Gedanken fassen. Alles kommt so plötzlich und so unerwartet.«

Mitleidig sah Karl Osterbeck sie an. »Hier, trinken Sie noch einen, der macht den Kopf wieder klar.« Hanna wollte ihn unterbrechen, aber Karl schüttelte den Kopf. »Lass mal, Hanna, die gnädige Frau braucht jetzt einen Schubs von innen, und dann hab ich eine Idee.«

Aufmerksam sah Theresa ihn an und trank das zweite Gläschen mit einem Schluck aus. »Was für eine Idee?«

»Wir fahren alle nach Hamburg, und Sie führen den Gewürzhandel von da aus. Hanna und ich, wir haben eine Menge Briefe während Ihrer Abwesenheit geschrieben. Wir haben die natürlich noch nicht abgeschickt, weil wir auf Sie warten mussten, aber wir haben darin alle Kunden benachrichtigt, dass der Gewürzhandel von Theresa Iserbrook ab sofort von Hamburg aus geführt wird.«

Theresa sah ihren Prokuristen fassungslos an. »Die Idee ist fabelhaft, aber leider nicht durchzuführen.«

»Aber warum denn nicht?«

»Hamburg ist bankrott, Karl, deshalb will Robert Iserbrook unsere Geschäfte. Die Lager sind leer, und was er noch retten konnte, hat er mit nach Lübeck gebracht. Wovon und womit sollen wir in Hamburg arbeiten?«

»Gnädige Frau, ich hab mich umgehört bei den Männern, die der Herr Iserbrook hierher mitgebracht hat. Die wollen nicht hier sein. Die wollen wieder nach Hamburg zurück. Die haben da Familien, die sie nicht mitnehmen durften, und sie haben Freunde dort, die Männer würden lieber heute als morgen zurückfahren.«

»Und was soll das bedeuten?«

»Wir fahren bei Nacht und Nebel alle zusammen nach Hamburg. Wir nehmen die Wagen und die Pferde und die Kutschen und die Gewürze mit zurück nach Hamburg. Und dann geht's da von Neuem los.«

»Karl, das wäre Diebstahl.«

»Nein, keineswegs. Alles gehört dem Iserbrook-Imperium, und nun sagen Sie nicht, Sie seien keine Frau Iserbrook.«

Jetzt lachte Theresa schallend. »Mein Gott, Karl, so kann man das natürlich auch sehen.«

»Die Arbeiter aus Hamburg warten nur auf ein Signal, gnädige Frau. Die haben noch nicht einmal die Gewürze abgeladen. ›Um so was kümmert sich unser Chef nicht‹, haben sie gesagt und die Wagen nur in die Schuppen gefahren und die Pferde gepflegt, damit sie sich erholen und für eine Rückfahrt bereit sind.«

Theresa schüttelte ungläubig den Kopf. »Ich kann es nicht fassen«, flüsterte sie, »ich kann es nicht fassen, aber es müsste gehen. Was muss als Erstes geschehen?«

»Sie unterschreiben die Briefe, in denen wir allen unseren Kunden mitteilen, dass der Handel ab sofort von Hamburg aus geführt wird, wir teilen gleichzeitig die neue Anschrift mit und sagen, dass wir wie gewohnt beste Gewürze pünktlich liefern werden. Und dass es in der Großhandlung eine Personalverschiebung gegeben habe.«

»Und das steht alles schon in den Briefen?«

»Ja. Hannas Vater, der alte Hafenmeister, hat uns bei der Formulierung geholfen. Es sind keine Fehler drin, Sie brauchen nur noch zu unterschreiben.«

»Und Sie haben die Briefe für alle unsere Kunden und Lieferanten geschrieben?«

»Alles ist schon fix und fertig, gnädige Frau, bis auf Ihre Unterschriften.«

»Dann ran an die Arbeit, wir wollen keine Zeit verlieren.«

Und während Karl und Hanna die Mappen mit den Briefen holten und Theresa sich am Küchenbecken die Hände wusch, meldete sich Hubert. »Gnädige Frau, ich kann ja die Eile verstehen, aber die Pferde draußen am Baum brauchen unbedingt einen Stall und mindestens einen Tag und eine Nacht Erholung, wenn Sie uns mit nach Hamburg nehmen wollen.«

»Würden Sie denn mitkommen?«

»Ich habe keine Familie hier, ich möchte sehr gern weiterhin bei Ihnen als Kutscher arbeiten, wo ich doch nun schon so viele Jahre für Sie fahre.«

»Danke, Hubert. Ich würde mich freuen, wenn Sie weiterhin für mich arbeiten würden. Nehmen Sie jetzt die Pferde und fahren Sie hinter das Burgtor an die Wakenitzmauer, da ist eine Umspannstation. Dort können Sie die Pferde und die Kutsche einstellen. Für die Kutscher gibt es Kammern zum Übernachten. Ich nehme mir eine Mietdroschke, wenn ich noch etwas erledigen muss, und morgen Abend sind Sie dann um sieben Uhr wieder hier.« Sie reichte ihm ein paar Silbermünzen. »Das dürfte für Sie und die Unterbringung der Pferde reichen. Und es wäre gut, wenn Sie niemandem von unseren Plänen erzählen würden, Hubert.«

Elsa legte ihr die Briefe vor, die Theresa unterschrieb, Hanna faltete sie zusammen und steckte sie in die Umschläge, und Karl versiegelte sie mit dem roten Siegel der »Gewürzhandlung Iserbrook–Hamburg«.

Als sie fertig waren, fragte Theresa: »Elsa, wollen Sie mit uns kommen oder lieber in Lübeck bleiben?«

»Wenn Sie mich mitnehmen würden, gnädige Frau, dann würde ich sehr gern mit Ihnen nach Hamburg kommen.«

»Und Sonja?«

»Ich glaube, die Köchin kann nicht mitkommen. Sie hat doch ihren Sohn hier, und der hat gerade eine Ausbildung als Tischler beendet. Sie wird ihn nicht allein lassen wollen, wo er doch jetzt eine neue Stellung bekommt und eine Freundin gefunden hat.«

Dann sah Theresa ihren Prokuristen und dessen Frau an. »Und Sie, Hanna, und Sie, Karl, wollen Sie denn mitkommen? Sie haben auch Ihre Familie hier. Der alte Hafenmeister und Ihr Sohn würden Sie vermissen.«

Aber Hanna schüttelte energisch den Kopf. »Mein Vater lebt doch nun schon so lange im Hermann-Stift. Der hat seine Freunde um sich und wird uns ganz bestimmt nicht vermissen, und Viktor fährt zur See, der ist viel öfter im Hamburger Hafen als in Lübeck, der wird sich freuen, wenn er uns dort antrifft.«

»Dann haben Sie also keine Probleme mit dem Umzug?«

»Nein, ganz bestimmt nicht. Aber wie ist das mit der Unterkunft?«

»Das Herrengraben-Palais ist ein sehr großes Haus mit einem Anbau, in dem früher ein paar Reeder ihre Kontore hatten. Die sind längst frei und stehen leer, da können Sie ungestört wohnen. Und Möbel gibt es mehr als genug.«

»Dann vermieten wir hier unser Häuschen, und Karl hat sogar einen Freund, der daran interessiert wäre.«

»Wie schön. Und wir können das alles bis morgen Abend regeln?«

»Ja«, stimmte Karl Osterbeck zu, »wir haben schon vorgearbeitet, nachdem Hanna diese Idee hatte. Und wir wissen auch, dass der Herr Iserbrook jeden Abend pünktlich zum Sechs-Uhr-Läuten in den Herrenklub an der Gröpelgrube geht und bis gegen Mitternacht dort bleibt. Da haben wir genug Zeit, die Lager und die Ställe in der Engelsgrube zu räumen. Ins Haus sollten wir aber nicht gehen, der alte Butler, den er da mitgebracht hat, der passt bestimmt ganz genau auf das Haus auf.«

Theresa nickte zustimmend. »Dann treffen wir uns also um sieben Uhr morgen Abend hier. Und jetzt, Karl, rufen Sie mir bitte eine Droschke, Elsa und ich suchen uns zwei Zimmer im Hotel und kommen morgen pünktlich hierher.«

Elftes Kapitel

Die Abreise am nächsten Tag gestaltete sich dann doch schwieriger als erwartet. Robert Iserbrook war zwar pünktlich in seinen Herrenklub gegangen, aber sein alter Butler, der treue Ludwig, hütete Haus und Hof wie ein Wachhund.

Theresas Kutscher Hubert fuhr als Erster von hinten in den Lagerhof des Hauses in der Engelsgrube. Er wollte so tun, als käme er, um die Koffer seiner Herrin aus der Remise abzuholen. In Wirklichkeit aber wollte er mit den Hamburger Arbeitern und Kutschern sprechen, um zu erfahren, wer von ihnen mit nach Hamburg zurückfahren würde und bei wem man befürchten musste, verraten zu werden. Wie sich sehr schnell herausstellte, wollte keiner der Männer in Lübeck bei dem unberechenbaren Robert Iserbrook bleiben. So weihte Hubert sie in die Abreisepläne ein, und Karl Osterbeck schlich sich in die Lager, um das Beladen der Lübecker Lastenwagen mit Theresas edlen Gewürzen zu überwachen. Dabei stellte er fest, dass der alte Butler immer wieder hinter den Fensterscheiben auftauchte, um zu beobachten, was im Hof vor sich ging. Das behinderte die heimlichen Arbeiten sehr, und Theresa beschloss schließlich, in die Engelsgrube zu gehen, um das Haus von vorn zu betreten und den Mann abzulenken. Außerdem wollte sie persönliche Kostbarkeiten zusammensuchen und mitnehmen.

Als sie endlich den Türklopfer bediente, musste sie eine ganze Weile warten, bis der Butler die Haustür öffnete – offenbar wollte er sich nicht von seinem Beobachtungsposten zurückziehen. Mit einem kurzen Nicken ging sie an ihm vorbei und zur Treppe, um nach oben in ihre privaten Räume zu gelangen. Verunsi-

chert kam Ludwig hinter ihr her. »Aber gnädige Frau, wohin wollen Sie denn? Der Herr Robert ist ausgegangen, und ich bin nicht befugt, irgendjemanden hereinzulassen.«
»Ludwig, vergessen Sie nicht, das hier ist mein Haus, und ich bin gekommen, um meinen privaten Besitz abzuholen.«
»Aber die Elsa hat neulich Ihre Garderobe eingepackt, und wir haben die Koffer in der Remise abgestellt.«
»Es gibt mehr Dinge, die ich mitzunehmen gedenke, und kein Mensch wird mich daran hindern.«
»Ach bitte, gnädige Frau, warten Sie doch, bis der Herr Robert von seinem Ausgang zurückkommt, ich weiß doch gar nicht, ob ich das erlauben darf.«
»Ludwig, niemand wird mich daran hindern, meine kleinen, persönlichen Kostbarkeiten mit nach Hamburg zu nehmen. Kommen Sie mit und überzeugen Sie sich, dass es sich ausschließlich um meine eigenen Sachen handelt, dann kann Ihnen mein Stiefvater keine Vorwürfe machen.«
»Na ja, wenn Sie meinen?« Und mühsam stieg er nach ihr die Treppe hinauf und ging mit in die vorderen Zimmer, deren Fenster zur Straße hinausgingen, sodass er den Hof nicht mehr überblicken konnte.
Und Theresa sammelte in aller Ruhe ihre kleinen Kostbarkeiten zusammen, unterhielt sich immer wieder mit dem alten Mann, zeigte ihm gläserne Schalen, die für sie einen großen Erinnerungswert besaßen, kleine Mosaiken, die ihr dankbare Händler aus fernen Ländern mitgebracht, silberne Vasen und Leuchter, die ihr einst Freunde geschenkt, Lithografien, die sie in antiquarischen Geschäften gekauft, und handgestickte Decken und Kissenbezüge, die sie an langen Winterabenden selbst gefertigt hatte. Das Tafelsilber, das sie einst aus dem alten, heruntergekommenen Haus gerettet hatte, legte sie zum Verpacken bereit, und zum Schluss ging sie zu ihrem heimlichen Safe, der hinter einem Bild in die Wand eingebaut war, und holte ihren Schmuck heraus. Als der Butler das sah, protestierte er lautstark. »Nein, gnädige Frau, das dürfen Sie nicht. Das wird der Herr Robert

nicht erlauben. Legen Sie die Preziosen doch bitte sofort wieder hinein. Das kann ich nicht dulden.«

Aber Theresa reagierte überhaupt nicht, öffnete ihre Handtasche und ließ Ringe und Ketten, Armbänder und Ohrgehänge hineingleiten und das Schloss der Tasche zuschnappen.

Von der Marienkirche läuteten die Glocken die elfte Abendstunde ein und Theresa wusste, dass die Männer auf dem Hof mit dem Verladen fertig sein und den Hof bereits verlassen haben mussten. Da ging sie hinüber in ihr Schlafzimmer, öffnete eines der Fenster und rief, wie es besprochen war, ihrem Kutscher zu: »Hubert, kommen Sie jetzt mit den zwei Kutschen, mit Elsa und den leeren Kisten zum Vordereingang, damit Sie meine persönlichen Sachen einladen können.«

Empört riss Ludwig ein anderes Fenster auf, um zu sehen, wer sich auf dem Hof aufhielt, aber der Hof war dunkel und verlassen und außer der letzten Kutsche, die nun gerade durch das Tor verschwand, war kein Mensch zu sehen. Verärgert lief er nach unten, um die Haustür abzusperren. Aber Theresa war schneller und hielt die Tür weit auf, um Elsa, den Kutscher, den Prokuristen und einen Arbeiter mit den Kisten hereinzulassen. »Elsa, die Sachen liegen oben im Salon auf den Tischen. Bitte beeilen Sie sich.«

Dann stellte sie sich neben die Haustür, und als der Butler mit Hut und Mantel vor ihr auftauchte, um seinen Herrn zu informieren, vertrat sie ihm den Weg. »Sie bleiben hier, Ludwig, bis wir das Haus verlassen haben.«

»Aber ich muss dem Herrn Robert sagen, dass er hier bestohlen wird. Er wird Alarm schlagen und die Polizei holen!«

»Zu spät, Ludwig, nichts dergleichen werden Sie tun. Ich bestimme noch immer, wer in meinem Hause aus- und eingeht, und wenn Sie später die Polizei alarmieren wollen, ist Ihnen das unbenommen. Ich nehme aus meinem Hause nur das mit, was mir gehört, und daran wird mich kein Mensch hindern können. Und was die Polizei betrifft, ich habe seit vielen Jahren gute Freunde bei der Polizei, die wissen genau, was mir gehört und dass ich es nicht nötig habe, meine eigenen Sachen zu stehlen, sondern mitnehmen kann, was ich will und wohin ich will. Und jetzt setzen Sie sich dort hinten auf den Stuhl und ruhen sich aus, denn ich möchte nicht riskieren, dass Sie vor lauter Aufregung einen Herzanfall bekommen.«

Auf der Treppe wurde es laut. Die Männer brachten die vollgepackten Kisten herunter, Elsa folgte mit einem kleineren Karton, und als sie unten waren, erklärte Hubert: »Wir haben alles eingepackt, was Sie bereitgelegt haben, gnädige Frau, wir können fahren.«

Theresa öffnete ihnen die Haustür, die Männer brachten ihre Lasten zu den Kutschen, und als alles verladen und die Leute eingestiegen waren, nickte Theresa dem Butler zu: »Bleiben Sie in aller Ruhe hier sitzen, Herr Iserbrook kommt in wenigen Minuten. Ich verschließe jetzt mein Haus.« Und sie nahm den großen Hausschlüssel von der Wand, steckte ihn ins Schloss, löschte die Kerzen in der Diele und verschloss von außen ihr Haus. Auf das empörte Klopfen des Butlers achtete sie nicht mehr. Sie setzte sich in ihre Kutsche und befahl: »Auf geht's.« Und in der Dunkelheit sah niemand, dass sie weinte.

Am Holstentor trafen die Kutschen auf die anderen Fahrzeuge, und als die Glocken die Mitternacht einläuteten, hatte die lange Wagenkolonne Lübeck bereits hinter sich gelassen.

Robert Iserbrook hatte im Klub dem Lübecker Rotspon tüchtig zugesprochen, und als es vom Glockenturm Mitternacht schlug, musste er von einem Dienstboten des Hauses in die Engelsgrube gebracht werden. Das geschah nicht zum ersten Mal, verwunderlich war diesmal nur, dass auf das Klopfen des Gehilfen niemand öffnete. Sonst stand der Butler immer schon neben der Tür, wenn sie eintrafen, und half ihm, den korpulenten Herrn Iserbrook die Treppe hinauf und in sein Schlafzimmer zu befördern. Diesmal hörte er nur die weinerliche Stimme des alten Herrn hinter der dicken Haustür. »Man hat mich eingeschlossen und den Schlüssel mitgenommen.«

»Aber was soll ich denn mit Ihrem Herrn machen? Ich muss wieder zurück in den Klub.«
»Bringen Sie ihn hinten herum auf den Hof, die Tür dort kann ich von innen öffnen.«
Aber es dauerte fast eine viertel Stunde, bis der Bursche Robert Iserbrook an die Hintertür gebracht hatte. Ludwig stand in der Tür und empfing die beiden. »Sie müssen mir schon helfen, den Herrn nach oben zu bringen, allein kann ich das nicht.« Und so brachten sie gemeinsam den neuen Herrn des Hauses in sein Schlafzimmer, legten ihn ins Bett, zogen ihm die Stiefel aus, und als der Butler über das, was er vorher erlebt hatte, reden wollte, schlief Robert Iserbrook bereits tief und fest. Und er schlief bis zum nächsten Mittag, und schuld daran war bestimmt auch die Stille des Hauses, denn Arbeiter, Dienstpersonal und Kunden gab es nicht mehr. Außer Ludwig natürlich, aber der schlief auch, denn er hatte mit schottischem Whisky den Ärger des letzten Abends hinuntergespült.
Als die beiden Herren endlich ernüchtert und hungrig erwachten, gab es keine Köchin, die ihnen ein leckeres Mahl zubereitete, keine Haushälterin, die für ein warmes Bad sorgte, keine Dienstboten, Arbeiter, Kutscher und auch keine Pferde mehr in den Ställen. Und die Wagenkolonne war bereits auf dem Weg nach Hamburg.

Theresa und ihre Leute hatten Reinfeld längst hinter sich gelassen und näherten sich Schlamersdorf, wo Hubert einen Bauern kannte, bei dem sie nächtigen wollten. Man hatte den Pferden unterwegs drei Pausen gegönnt und war trotzdem gut vorangekommen, denn die Tiere waren ausgeruht und hatten in Lübeck reichlich Hafer bekommen, sodass sie ganz von selbst ein flottes Tempo einhielten.
Theresa rechnete mit der Ankunft in Hamburg am nächsten Abend. Sie hatte unterwegs immer wieder zurückgeschaut, um festzustellen, ob Robert ihr nicht doch noch eine Polizeitruppe nachgeschickt hatte, denn sie rechnete eigentlich damit, dass

er sich nicht so einfach von seiner Herrschaft über Menschen, Waren und Tiere trennen würde. Sie wusste aber nicht, dass der Mann einen Rausch ausschlafen musste und zu solchen Aktionen gar nicht in der Lage war. Dennoch bevorzugte sie für die Übernachtung diesen abgelegenen Bauernhof und nicht die Umspannstation mit den zahlreichen Postkutschen, die in allen Richtungen unterwegs waren und leicht Nachrichten weitergeben konnten.
Als sie am nächsten Morgen in Richtung Oldesloe unterwegs waren, begann Theresa die Reise zu genießen. Zum dritten Mal in kurzer Zeit fuhr sie nun über diese Landstraßen, und wie wunderschön hatte sich die Natur entwickelt. Aus dem Wintergrau war ein bunter Frühsommer geworden. Die Wälder und Wiesen waren in saftiges Grün getaucht, in den Bauerngärten blühten Mohn und Margeriten, Kühe grasten auf den Weiden und Hühner suchten im Sand nach ihrem Futter. Theresa hatte das Dach ihrer Kutsche zurückgeschlagen und genoss den feinen Wind, der ihren Körper umschmeichelte. Gegen die Sonne schützte sie ein seidener Schirm und gegen den Staub der Schleier ihres Hutes.
Dann dachte sie an ihre Mutter. Wie werde ich sie vorfinden, so ganz allein in dem großen Haus, von dem sie sich unter keinen Umständen trennen will? Lukas hat kaum Zeit für sie, ihr Mann lebt nun in Lübeck, Alex habe ich auf meine Weise in die Freiheit entführt, und Markus ist schon vor Jahren nach Bremen gezogen. Es wird Zeit, dass ich zurückkomme. Drei Kinder und keines in ihrer Nähe, das geht wirklich nicht.
Und dann dachte Theresa an das Haus und wie sie es einteilen würde, um ihre Leute darin unterzubringen. Die Kutscher werden in der Nähe der Ställe wohnen, das war schon immer so, die Hamburger Lagerarbeiter haben ihre Familien, bei denen sie leben, aber für die Lübecker brauche ich Platz. Karl und Hanna Osterbeck bekommen eine Wohnung im angebauten Kontorhaus, und Elsa muss im Haupthaus leben, um in meiner Nähe zu sein.

Und die Gewürze? Sie lachte leise vor sich hin. Die wollen auch gut untergebracht sein. Die alten, muffigen, jedem Hochwasser ausgesetzten Lagerhäuser von Robert werden abgeschafft. Ich will trockene, gut durchlüftete, solide Backsteinhallen, die im Sommer kühl sind und im Winter warm. Die Gewürze sind das Wertvollste, was ich besitze, und sie sollen wie wirkliche Schätze behandelt werden. Menschen in fernen Ländern haben sie im Schweiße ihres Angesichtes angebaut, geerntet, bearbeitet und verladen, dann waren die wertvollen Güter den Launen des Meeres ausgesetzt, haben Stürme überlebt, kommen aus den heißen Tropen in diesen kühlen Norden und beschenken uns noch immer mit ihren Aromen, Gerüchen und mit ihrem Geschmack. Man muss sie lieben, diese wunderbaren Gewürze und sehr hoch achten. Und genau das werde ich tun.

Träumerisch schloss sie die Augen, spürte den Duft der Weihnachtsbäckerei, wenn es im ganzen Haus nach Zimt und Nelken, nach Kardamom und Pfeffer, nach Sternanis und Muskatnuss roch. Sie dachte auch an die einsamen Winterabende in Lübeck, wenn ein Glas Glühwein vor ihr stand und der feine Duft von Ingwer und Vanille, mit denen die Köchin den Wein verfeinert hatte, ihren Salon erfüllte.

Die Wagenkolonne, bestehend aus zwei Kutschen, sechs Lastenwagen und zwei Transportwagen für die Mitarbeiter, traf abends gegen sechs Uhr im Herrengraben ein. Sehr selbstbewusst befahl Theresa, dass die Wagen alle im Wirtschaftshof des Hauses, hundert Meter vom Palais entfernt, abgestellt und die Pferde versorgt wurden und dass die Männer sich im nächtlichen Wachdienst abzulösen hätten. Sie war sich ihrer Kompetenz sehr sicher – wer außer ihr hätte sonst die Arbeit, die Anweisungen und die Verantwortung übernehmen sollen? Es gab niemanden.

Silvana, die sehr verletzt war, weil ihr Mann sie so plötzlich verlassen hatte, lebte zurückgezogen in ihrer Zimmerflucht. Rebekka, die sich Sorgen um die alte Dame machte, gleichzeitig aber nicht wusste, wie sie ihr helfen konnte, hatte Angst, sie auch nur für kurze Zeit allein zu lassen. Eine Haushälterin gab es nicht, denn die hatte das Haus bei der großen Flut verlassen, und eine neue hatte Robert Iserbrook nicht eingestellt, weil er meinte, die Familie lebe auf viel zu großem Fuße. Und wenn Rebekka Hilfe bei der Köchin suchte, die doch schon so viele Jahre in diesem Hause arbeitete, bekam sie zu hören: »Lass mich mit den Allüren der Herrschaften in Ruhe. Mein Reich ist die Küche, und das langt mir. Sie hat doch dich.«

Und Lukas Iserbrook war selten im Hause. Wenn er es einrichten konnte, speiste er mit seiner Mutter zusammen, aber meist war er als Arzt unterwegs. Er hatte inzwischen Forschungsarbeiten zum Thema »Tropenkrankheiten« übernommen, da er nach dem langen Aufenthalt in den Tropen als kompetenter Facharzt für die Krankheiten angesehen wurde, die durch den wachsenden, weltweiten Schiffsverkehr in der Hafenstadt Hamburg immer häufiger vorkamen. So verbrachte er viel Zeit in einer Klinik am Rande des Hafens, wo man ihm einige Laboratorien zur Verfügung gestellt hatte.

Deshalb war Rebekka viel allein mit der Venezianerin, und aus dem ursprünglichen Dienstverhältnis wurde eine langsam wachsende Freundschaft zwischen der Fünfundsiebzigjährigen und ihrer zwanzigjährigen Gesellschafterin. Was die beiden besonders verband, waren die Heilseifen und Heilsalben, die sich aus der Parfümherstellung von Silvana entwickelt hatten. Die alte Dame, die nur noch in eingeschränktem Maße selbst damit arbeiten konnte, wurde nicht müde, Rebekka von den wundersamen Heilungschancen zu erzählen. Und die junge Frau tauchte mit Begeisterung in das Reich der Düfte ein und wurde ihrerseits nicht müde, zu fragen und zu diskutieren. Sie wollte genau wissen, warum eine Salbeisalbe Halsschmerzen lindert und warum die ätherischen Öle von Kamille, Thymian und Rosmarin Husten und Schnupfen vertreiben.

»Die Gewürze sind so vielseitig, dass man noch längst nicht alle Möglichkeiten ausgeschöpft hat«, erklärte Silvana. »Bis jetzt

habe ich mich vor allem auf ihre Öle konzentriert, aber ich denke, eines Tages werde ich die Gewürze in Tee umwandeln, ich weiß nur noch nicht wie.«
Besorgt sah Rebekka sie an. Wenn Silvana von Plänen sprach, die sie eines Tages verwirklichen würde, dann bekam die junge Frau Angst und fragte sich, wie lange die alte Dame noch in der Lage wäre, ihre wunderbaren Pläne auszuführen.
»Weißt du«, erklärte Silvana ihrer Zuhörerin, »ich habe mit dem Apotheker Borgmann schon seit einiger Zeit Gewürze zusammengestellt, die sich sehr eignen würden, als Tee bei Magen- oder Darmbeschwerden zu helfen, aber wir wissen nicht, wie wir die Mischungen dann verkaufen können. Sie verlieren ihr Aroma und ihre Wirkung, wenn sie nicht fachgemäß verpackt und aufbewahrt werden.«
»Vielleicht könnte man die Mischungen in kleine Blechdosen füllen und dann verkaufen«, riet Rebekka begeistert.
»Daran haben wir auch schon gedacht, aber Dosen sind teuer, und dann könnten sich nur wenige diese Arzneien leisten. Wir möchten, dass vor allem die einfachen Menschen, die ja auch am meisten von Krankheiten betroffen sind, sich diese Mittel besorgen können.«
»Und wenn wir kleine Beutel nähen?«
»Dann verlieren die Gewürze ganz schnell ihr Aroma, und ohne einen appetitanregenden Duft wird niemand den Tee trinken mögen.«
»Und wie ist es mit Gläsern?«
»Auch sie sind zu kostspielig. Wenn ich daran denke, wie teuer meine kleinen Parfümflakons sind, weiß ich, dass Glas nicht infrage kommt.«
»Aber, Madame, Ihre wunderschönen Flakons sind aus sehr wertvollem Glas, mit dem Mund geblasen und in Handarbeit gefertigt, die kosten natürlich sehr viel Geld. Gibt es nicht einfache Gläser, solche, wie sie in der Küche verwendet werden?«
»Du hast recht, da müsste ich mich einmal erkundigen. Danke, Rebekka, du bist mir wirklich eine große Hilfe.«

Plötzlich wurde es laut in dem stillen Palais. In der Diele läutete die Hausglocke, Stimmen schallten durch die hohen Räume, auf der Treppe knarrten die Stufen, und dann klopfte die Zofe an die Tür und sagte freudig: »Gnädige Frau, Ihre Tochter ist gekommen.«

Und gleichzeitig betrat Theresa den Salon, lachte ihre Mutter an, umarmte sie und erklärte: »Jetzt bin ich da, und du wirst mich nicht wieder los.«

Silvana traten Tränen der Freude in die Augen: »Mein Kind, mein liebes Kind, ich bin so froh, dich zu sehen. Es ist sehr einsam hier geworden.«

»Ich weiß, Mutter. Robert ist nach Lübeck gekommen, und ich habe das Haus räumen müssen. Aber ich habe alles mitgebracht, was er hier entfernt hat, und außerdem meine Papiere, meine Gewürze, meine Kunden und meine Mitarbeiter. Dein Haus wird wieder voll und dein Handel wieder blühen. Verlass dich auf mich, Mutter, alles wird gut.«

Zwölftes Kapitel

Während der Gewürzhandel in Hamburg langsam wieder erfolgreich wurde, kam er in Lübeck völlig zum Erliegen. Robert, der sich schämte, von einer Frau so übervorteilt worden zu sein, unternahm nichts, um die Geschäfte wieder zum Erblühen zu bringen. Er war zwar außerordentlich wütend, vor allem aber fühlte er sich diffamiert und erniedrigt und wusste, dass die Menschen hinter seinem Rücken über ihn redeten. Sein Zuhause wurde mehr und mehr der Klub der alten Herren, und eines Tages schickte er seinen Butler heim nach England, schloss das Haus in der Engelsgrube und bezog eine karge Kammer im Hospital zum Heiligen Geist. In einem Brief an seine Frau beklagte er bitter sein Schicksal und zögerte nicht, seiner Nichte Theresa die ganze Schuld an seiner Misere zu geben. Da er auf keinen Fall nach Hamburg zurückkehren wollte, schickte Theresa regelmäßig Geld an das Hospital, damit er dort gut versorgt wurde.

Theresa selbst arbeitete vom frühen Morgen bis zum späten Abend. Sie ließ neue Lagerhäuser bauen, richtete neue Kontore ein und stellte einen kompetenten Juristen ein, der die rechtlichen Belange des Geschäftes und die personellen Fragen in eigener Verantwortung übernehmen musste. Vor allen Dingen aber teilte sie die Geschäfte in drei Bereiche ein. Da war der Handel mit den Ländern an der Ostsee, der Hamburger Handel, der das Binnenland versorgte, und dann war da auch noch Venedig. Da Robert nach seinem Misserfolg damals, als er vor vielen Jahren auf die Ränkespiele von zwei Frauen hereingefallen war, sich kaum noch um die Geschäfte in der Lagunenstadt gekümmert hatte, war der Gewürzhandel der Iserbrooks dort fast zum Er-

liegen gekommen. Dazu kam die Konkurrenz mit den Niederlanden, die den Welthandel an sich zu reißen gedachten. Da konnte Theresa nicht tatenlos zusehen. So stellte sie für die Geschäfte im Ostseeraum und im Binnenland neue Prokuristen ein und nahm persönlich die Verbindungen mit Venedig wieder auf. Der alte und zuverlässige Renato Bernetti war verstorben, aber seine beiden Söhne, Lorenzo und Ernesto, waren aus den überseeischen Anbaugebieten zurückgekommen und hatten die Niederlassung übernommen. Ernesto, noch immer ein Weltenwanderer, den es in die Ferne zog, bemühte sich um den Einkauf der Gewürze, während Lorenzo den Verkauf und den Weiterversand der Waren von Venedig aus führte. Mit ihm wollte sich Theresa wieder intensiver in Verbindung setzen, denn auch hier hatte Robert die Zügel schleifen lassen und kaum noch Interesse an dem Gewürzumschlag gezeigt.
Es ist schwierig, mit Männern zu verhandeln, die man nicht kennt, dachte sie. Wenn ich hier Fremde einstelle, dann bin ich in der Nähe und kann ihnen auf die Finger schauen, ihre Bücher prüfen und ihren Charakter kennenlernen. Aber wie soll ich die Mitarbeiter in Venedig beurteilen? Kann ich mich auf sie verlassen, kann ich ihnen vertrauen, sind sie ehrlich?
Unruhig ging sie in ihrem Kontor auf und ab. Venedig war schon immer ein schwieriges Pflaster, überlegte sie. Damals hat man meinen Vater dorthin geschickt, weil die Niederlassung unser wichtigster Umschlagplatz ist. Und heute muss ich mich auf zwei fremde Männer verlassen, die keiner von uns kennt. Ich kann von Hamburg nicht weg, um an der Adria nach dem Rechten zu sehen, ich muss die Zügel hier in der Hand behalten. Am besten wird sein, ich bitte Lorenzo, nach Hamburg zu kommen. Und noch am gleichen Tag setzte sich Theresa an den Schreibtisch und schrieb an ihren Geschäftsführer in Italien.

»Sehr geehrter Herr Bernetti,
hiermit teile ich Ihnen mit, dass ich die Geschäftsführung der Gewürzhandlung Iserbrook für Hamburg, Lübeck und Venedig

übernommen habe. Da ich hier nicht abkömmlich bin, muss ich Sie bitten, nach Hamburg zu kommen, damit wir die Zusammenarbeit regeln können. Außerdem benötige ich eine Übersicht der Geschäfte und eine Einsicht in die Kontorbücher.
Ich erbitte eine unverzügliche Antwort und später Ihre möglichst genaue Ankunftszeit hier in Hamburg. Theresa Iserbrook.«

Noch am gleichen Abend schickte sie Karl Osterbeck mit dem Brief zur Post. »Bitte, Karl, der Brief muss noch heute als Depesche nach Italien aufgegeben werden. Der Taxis'sche Postdienst hat einen Depeschendienst eingerichtet, ich möchte, dass dieser Brief so schnell wie möglich nach Venedig kommt.«
»Ich reite sofort zum Taxis'schen Postgebäude in die Poststraße, und ich werde sagen, dass der Brief dringlich ist.«
»Danke, Karl.« Beruhigt lehnte sich Theresa in ihrem Stuhl zurück. Auf Karl Osterbeck ist immer Verlass, wie gut, dass er und seine Hanna mit nach Hamburg gekommen sind, dachte sie und fragte sich, was dieser Lorenzo wohl für ein Mann sein mochte. Hoffentlich auch einer, auf den man sich verlassen kann, seufzte sie und dachte an Venedig, an ihre Heimatstadt, an die sie sich kaum noch erinnern konnte.
Drei Wochen später bekam sie eine Antwort aus Venedig. Lorenzo Bernetti schrieb:

»Sehr verehrte gnädige Frau Iserbrook,
Ihren Brief habe ich bekommen. Ich werde Ihrem Wunsche entsprechen und nach Hamburg reisen, sobald mein Bruder Ernesto, der zurzeit die Ernte der Vanilleschoten auf Madagaskar überwacht, zurückkommt und mich hier in der Geschäftsführung ablösen kann. Das wird aber kaum vor dem Herbst möglich sein. Selbstverständlich bringe ich alle Geschäftsunterlagen mit.
Ich verbleibe in der Hoffnung, dass Sie mit unserer Arbeit hier zufrieden sind. Ihr ergebener Lorenzo Bernetti.«

Theresa war unzufrieden mit der Antwort. Drei oder vier Monate auf eine dringende Unterredung zu warten entsprach nicht ihrer Arbeitsweise. Ideen müssen angepackt werden, wenn sie da sind, wenn sie frisch im Kopfe sind, wenn man begeistert von ihnen ist, überlegte sie, wusste aber keinen anderen Ausweg als zu warten.

Und überhaupt, dachte sie, was für Ideen habe ich denn eigentlich mit der Niederlassung in Venedig? Unter Robert ist der Handel vernachlässigt worden, fast zum Erliegen gekommen, was also machen die Brüder Bernetti mit unseren Gewürzen? Ich habe keine Ahnung, und das muss sich so schnell wie möglich ändern. Ich muss wissen, wie die Dinge laufen. Wo und wie der Handel wieder ausgebaut werden kann, wie man den Umschlag erhöhen und den Niederländern mit ihren wachsenden Kolonien und dem damit verbundenen Reichtum an eigenen Gewürzen begegnen kann. Venedig ist und bleibt unser wichtigster Umschlagplatz, ich muss mich darum kümmern.

Dann verbannte sie die Gedanken an Venedig aus ihrem Kopf und beschäftigte sich mit einem Problem, das sie schon lange bewegte. Wir handeln mit den feinsten, den edelsten und teuersten Aromen, wir sollten uns mit den naheliegendsten Gewürzen beschäftigen. Es scheint wieder einen sehr heißen Sommer zu geben, und womit konservieren die Händler und die Bauern ihre Waren? Mit Salz. Ich muss endlich Salz in den Handel aufnehmen. Die Fischer salzen ihre Fische ein und machen sie in Fässern für viele Monate haltbar. Die Bauern salzen ihr Schlachtfleisch ein und legen die gekochten Eier in Salzwasser, um sie haltbar zu machen. Meine Aromen verfeinern den Geschmack, und scharfer Pfeffer lässt nicht spüren, wenn Fleisch zu riechen beginnt. Meine Gewürze sind wertvoll und wunderbar, aber erst das Salz macht das Essen genießbar. Warum also sollte ich nicht mit Salz handeln? Wir haben es praktisch vor der Haustür. Das Lüneburger Salz ist bekannt für seine Qualität, wir hätten keine weiten, komplizierten und gefährlichen Reisewege, wir hätten es praktisch gleich nebenan. Ich müsste meinen Handel in großem Maße umsortieren, aber entspricht er dann noch der Tradition der alten Iserbrooks? Ich werde mit Mutter darüber sprechen.

Theresa stand auf und schloss das Fenster ihres Kontors. Die Ebbe der Nordsee hatte eingesetzt, und die Kanäle der Stadt begannen zu stinken. Genau wie in Venedig, wenn die Sonne auf das abfließende Wasser brannte, dachte sie, es ist ein Geruch, den ich ein Leben lang mit der Lagunenstadt verbinden werde. Sie verließ ihr Büro und ging die Treppe hinauf. Jetzt ist Mutters Teezeit, jetzt darf ich sie stören, dachte sie und freute sich, dass Silvana trotz des Alters noch immer an ihrem Tagesrhythmus festhielt. Morgens die Zeit in ihrem Laboratorium, mittags das gemeinsame Essen, dann die Ruhezeit und danach die Zeit der Lektüren und Gespräche, wenn Rebekka ihr vorlesen durfte, weil die geschwächten Augen Unterstützung brauchten. Nur gut, überlegte Theresa, dass Mutters Geruchssinn noch unbeschadet ist, sie hat das feinste Gespür für unsere Aromen und ihre Düfte, und das ist für sie lebensnotwendig. Sie braucht ihre Aufgabe, und Gott schenkt ihr dazu die feinste aller Nasen in diesem Hause. Theresa lächelte und klopfte an die Salontür ihrer Mutter.
Rebekka öffnete und ließ dann die beiden Damen allein.
Theresa umarmte ihre Mutter und küsste sie auf die Wangen.
»Wie geht es dir, meine Liebe?«
»Danke, Theresa, wenn ich dich sehe, geht es mir immer gut. Es ist so schön, dass du zurückgekommen bist.«
»Das freut mich. Darf ich dich ein bisschen stören?«
»Immer, meine Liebe. Was führt dich zu mir?«
»Mutter, ich möchte dich nicht mit meinen Ideen überfallen, aber ich habe da eine grundsätzliche Frage, die ich gern mit dir besprechen würde.«
»Theresa, mein Liebes, du weißt, dass ich in geschäftlichen Dingen nicht mehr auf dem aktuellen Stand bin. Du machst das doch allein sehr gut.«

»Es geht weniger um das Geschäft, sondern mehr um die Tradition, und da kennst du dich besser aus als ich.«
»Erzähle mir, was dich bedrückt.«
»Es bedrückt mich nicht, Mutter, ich möchte einen geschäftlichen Wandel vornehmen, und ich weiß nicht, ob er der Tradition des Hauses entspricht.«
»Was hast du vor?«
»Ich möchte in den Salzhandel einsteigen.«
»In den Salzhandel? Aber wie kommst du denn auf diese Idee? Wir haben noch nie mit Salz gehandelt.«
»Aber es ist das älteste und früher war es das wertvollste Gewürz der Erde. Es wurde mit Gold aufgewogen.«
»Ja, ja, das ist schon richtig, aber es hatte nie etwas mit unseren Gewürzen zu tun.« Silvana schüttelte verständnislos den Kopf.
»Ja, das weiß ich natürlich, aber ich habe nie begriffen, warum nicht.«
»Das kann ich auch nicht erklären, aber es gehörte einfach nie dazu.«
»Und genau das verstehe ich nicht. Unsere Gewürze verfeinern die Speisen, das Salz aber macht sie erst genießbar. Und auch in den medizinischen Büchern steht, wie wichtig Salz für den Körper des Menschen ist. Wir könnten gar nicht leben ohne eine gewisse Portion Salz im Blut.«
»Damit habe ich mich noch nie beschäftigt. Es gibt doch genug Salzhändler in der Stadt, warum willst du nun in dieses Geschäft einsteigen?«
»Weil die Zeiten sich geändert haben, Mutter, und wenn der Sommer so heiß wird wie der letzte, dann brauchen wir dringend viel Salz, um die Speisen haltbar zu machen.«
»Haltbar?«
»Ja, pökeln nennt man das bei den Fleischhauern, und die gekochten Eier heißen Soleier, weil sie in Salzwasser eingelegt werden, und die Fischer salzen ihre Fische ein und verkaufen sie dann das ganze Jahr über, und der Käsehändler reibt den Käse

mit Salzwasser ein, damit er eine Schale bekommt und nicht verschimmelt.«
Überaus erstaunt sah Silvana ihre Tochter an. »Du hast dich ja gut informiert, Theresa.«
»Ich habe nur ein wenig nachgedacht.«
»Und du glaubst, man kann so einfach in das Salzgeschäft einsteigen?«
»In Venedig hat der Staat das Monopol für den Salzverkauf, aber damit haben wir hier nichts zu tun. Bei uns muss man besondere Steuern für den Handel mit Kochsalz bezahlen, aber das weiß ich noch nicht genau. Wir haben einen guten Juristen, er kann sich um diese Dinge kümmern. Nur, zuerst wollte ich mit dir darüber sprechen, eben wegen der Tradition.«
»Ich wüsste nicht, was gegen einen Salzhandel einzuwenden wäre. Du bist es, die die Tradition fortführen muss, und wenn du meinst, Salz passt in unsere Gewürzhandlung, dann wird es so sein.«
»Danke, Mutter, du hilfst mir sehr.« Theresa streichelte die Hand ihrer Mutter, die nachdenklich an ihrem Spitzentaschentuch zupfte.
»Wird sich denn nach außen hin an unseren Gepflogenheiten etwas ändern?«
»Wir werden Salz in unsere Angebotslisten und in die Preistabellen aufnehmen, und ich brauche passende Lagerhallen und Transportmittel für Salz. Ich muss mich natürlich informieren, wie Salz gelagert und transportiert wird.«
»Du hast große Pläne, mein Kind«, seufzte Silvana.
»Ich muss einfach mit der Zeit gehen, Mutter. Du weißt doch, ›wer rastet, der rostet‹, das hast du früher oft gesagt.«
Silvana lächelte. »Ja, mein Liebes, du hast recht.« Sie erhob sich aus ihrem Sessel und nickte der Tochter zu, »›wer rastet, der rostet‹, also komm mit, ich habe einen neuen Duft kreiert, du sollst die Zweite sein, die ihn riechen darf.« Und etwas schwerfällig auf das Geländer gestützt, schritt Silvana die Treppe hinunter und durch die Halle hinüber zur Tür, die in den Hausteil mit ih-

ren Laboratorien führte. »Warum bin ich die Zweite, die ihn riechen darf, und nicht die Erste?«, fragte Theresa und half der Mutter über die Schwelle, glücklich, dass Silvana so zufrieden mit ihrer Beschäftigung war. »Die Erste ist Rebekka, denn sie hilft mir mit Begeisterung. Ich bin sehr froh, dass sie Gefallen an meiner Arbeit findet, sie wird vielleicht einmal eine gute Nachfolgerin. Ich verrate ihr jedenfalls alle meine kleinen Geheimnisse, weil ich sie bei ihr gut aufgehoben weiß.«

Etwas erstaunt nickte Theresa. So ist das also, dachte sie leicht enttäuscht, da bahnt sich wirklich eine Freundschaft an, von der ich bisher keine Ahnung hatte. Aber das ist gut so, dachte sie im gleichen Augenblick, für die Feinheiten eines Parfümeurs habe ich keine Zeit und keine Geduld und auch keine Nase, und lächelnd sagte sie der Mutter: »Ich freue mich für dich.«

Dreizehntes Kapitel

Alexander Iserbrook war rundum zufrieden mit seinem Leben auf dem Hof. Er musste hart arbeiten, aber er spürte, wie gut diese Arbeit seinem Körper tat. Heinz Faber war ein einfühlsamer Lehrer. Er verlangte viel von seinem Schützling, aber nie mehr, als der zu verrichten vermochte. Faber wollte Alex nicht dem Gespött der anderen Arbeiter aussetzen und setzte ihn nur zu Arbeiten ein, die Alex zu leisten imstande war. Aber es wurden täglich mehr und bessere Leistungen, und mit der Freude an diesem freien Leben wuchs in Alex die Kraft, im Laufe der Zeit selbst Schwerstarbeit zu verrichten. Er war zu einem Kumpel der anderen geworden, die zwar keine Ahnung hatten, wer er wirklich war, die aber erkannten, dass sie einen Mann neben sich hatten, der zwar viel lernen musste, der jedoch auch bereit war, alles zu tun, was von ihm verlangt wurde.

Er lebte nicht in den Arbeiterhäusern, sondern im Verwalterhaus, und er lernte Reiten und Schießen, zwei Sportarten, die eigentlich nur den Herrschaften zugestanden wurden, aber er zeigte nie eine besondere Hochmut, und so akzeptierten sie ihn trotz seiner Reitstunden und des Schießunterrichts. Er stand im Morgengrauen mit ihnen auf, und er arbeitete bis zum Dunkelwerden, wie es üblich war auf den Gütern im mecklenburgischen Land.

Ganz besonders liebte Alex die Arbeit im Wald. Er konnte sich nicht sattsehen und -riechen an den riesigen Buchen, den verästelten Eichen, den duftenden Linden und den würzigen Kiefern. Mit Genuss lief er über den weichen Boden und horchte auf die Geräusche des Waldes, das Klopfen des Spechtes, das Rascheln

der Blätter, das Brechen eines Astes, wenn ein Fuchs durchs Unterholz strich oder ein Rehkitz der Mutter folgte. Er genoss den starken Geruch schwitzender Pferde, die gefällte Baumstämme aus dem Wald herauszogen. Ja, die Arbeit im Wald mochte Alex ganz besonders. Und wenn er abends mit schweißnassem Hemd, die Hände vom Harz verklebt, zurück in sein Zimmer kam, dann hätte er laut singen können, was er aber aus Rücksicht auf die Mitbewohner unterließ.
Die Arbeit auf den Feldern hatte er nicht so gern. Das Schwingen der Sensen war eine Kunst für sich, und er musste lange üben, bevor man ihm gestattete, in einer Reihe mit den anderen über die Felder zu schreiten und die Sensen im gleichen Takt zu schwingen. Etwas besser gefiel ihm dann schon das Zusammensein mit den Mägden, die hinter den Sensenmännern lachend und singend das Stroh zusammenharkten, es zu Garben banden und zu duftenden Bündeln zusammenstellten.

»Komm mit«, sagte Heinz Faber eines Morgens zu ihm. »Ab heute arbeitest du in der Viehwirtschaft. Kühe melken ist zwar die Arbeit der Mägde, aber es schadet nichts, wenn du es auch kannst. Ich stehe auf dem Standpunkt, was ich von anderen verlange, muss ich selbst am besten können. Also, auf geht's!« Faber zeigte ihm, wie man sich einen Melkschemel um den Bauch band und dann beim Melken darauf saß, ohne umzukippen. Alex lachte, als er die komische Holzscheibe mit dem einen Bein und den Lederriemen um den Bauch band, aber er lachte nicht mehr, als er mehrmals mit diesem seltsamen Schemel in den Mist fiel. Als er schließlich neben einer Kuh saß, ständig von ihrem Schwanz gestört wurde und den Händen des Heinz Faber zusah, die in sattem Strahl die Milch in den Eimer strichen, vergaß er das Lachen vollkommen. »Du musst oben drücken und nach unten streichen, und vor allem musst du keine Angst vor der Kuh haben. Die genießt es, wenn du richtig zupackst.« Aber es dauerte doch eine ganze Weile, bis Alex verstanden hatte, was Heinz mit »richtig zupacken« meinte, denn die Kuh trat ein

paar Mal heftig nach ihm, was ihn jedes Mal vom Hocker warf und ihn einmal auch die mühsam angesammelte Milch im Eimer kostete.
Alex lernte, Ferkel mit der Flasche zu füttern, nachts im Pferdestall zu wachen, wenn eine Stute Koliken hatte, und bei der Geburt verspäteter Kälbchen zu helfen. Er lernte es, den Ekel zu unterdrücken, wenn er die Schweinekoben mit Holzbürsten reinigte und den Mist aus den Kuhställen auf den Hof karrte, er lernte, ein Schwein zu schlachten und eine Henne zu köpfen, und manchmal, wenn er eine Pause einlegte, dann dachte er an seinen zukünftigen Arbeitsplatz in einem eleganten, holzgetäfelten Kontorraum, in dem er mit Zahlen jonglieren und mit duftenden Gewürzen handeln würde. Welch eine Vorbereitung, lachte er, spuckte in die Hände, griff erneut nach der Mistkarre und setzte seine Arbeit fort. Er fühlte sich wunderbar, und Heinz Faber sah mit Genugtuung, wie aus dem Jungen ein Bursche mit Muskeln und zupackenden Händen geworden war.
Den Abschluss des Sommers bildete das Erntedankfest, ein Fest, das lange vorbereitet und sorgsam geplant wurde. In der Mitte des Wirtschaftshofes wurde ein Mast errichtet, an dem die Erntekrone hing, die Tenne wurde zum Ballsaal hergerichtet und der große Speiseraum im Arbeiterhaus wurde als Kapelle geschmückt. Ganz früh am Sonntagmorgen fuhr Heinz Faber persönlich ins Kloster von Appendorf, um den Pater zu holen, der die Festtagspredigt halten würde, und in den beiden Küchen vom Wirtschaftshof und vom Verwalterhaus wurde seit Stunden gekocht und gebraten und gebacken. Die Erntedankfeste vom Hof waren bekannt für die Großzügigkeit des Verwalters, der genau wusste, was seine Arbeiter das Jahr über geleistet hatten und dass die wirtschaftlichen Erfolge des Gutes den Mitarbeitern zu verdanken waren.

Auch Theresa hatte einen arbeitsreichen Sommer hinter sich. Sie war mit Jan Petersen, ihrem Juristen, persönlich nach Lüneburg gefahren, um mit der Firma Meier & Söhne die Salzlieferungen nach Hamburg in die Wege zu leiten. Sie hatte sich über Lagerung und Transport von Kochsalz belehren lassen und eine neue Halle für die Salzlieferungen gebaut.

Aus Venedig bekam sie die Nachricht, dass Lorenzo Bernetti in der ersten Oktoberwoche in Hamburg eintreffen werde. Daraufhin beschloss sie, Alexander vom Hof zurückzuholen. Er sollte bei den Gesprächen mit dem Venezianer dabei sein, denn eines Tages würde er mit ihm zusammenarbeiten müssen.

»Mutter«, überraschte sie Silvana eines Abends, »ich werde Alex jetzt zurückholen. Ich brauche ihn hier, und ich denke, er hatte Zeit genug, sich auf seine Freiheit vorzubereiten.«

»Du hast mir nie gesagt, wohin du ihn damals gebracht hast.«

»Ich wollte ihn so lange wie möglich schützen. Man hätte dich erpresst, wenn du es gewusst hättest.«

»Man hätte mich auch erpresst, wenn ich es nicht gewusst hätte. Man hätte mir niemals geglaubt, dass ich nicht weiß, wo sich mein geliebter Enkel aufhält.«

»Es war besser so, Mutter, aber jetzt sage ich dir, dass er auf meinem Gut in Mecklenburg ist.«

»Dein Gut in Mecklenburg? Auch davon habe ich keine Ahnung. Was für ein Gut ist es?«

»Es ist der Hof von Alain Defosier, er hat ihn mir testamentarisch überschrieben. Ich wollte nicht, dass Robert davon erfährt, er hätte ihn mir weggenommen, wenn er es gewusst hätte.«

»Das wäre möglich gewesen, mein Liebling. Und nun war Alex dort?«

»Er sollte lernen, wie ein freier Mensch zu leben, er sollte bei Wind und Wetter arbeiten, Kräfte sammeln und sich zu einem gesunden Mann entwickeln. Die Luft hier im Hause hat einen beinahe verkümmerten Menschen aus ihm gemacht, er könnte nie unser Nachfolger werden, wenn wir ihn nicht aufgebaut hätten.«

»Und du glaubst, nun ist er geeignet?«

»Die Ausbildung in der Gewürzhandlung fängt für ihn erst an, aber er sollte mit Freude und Zufriedenheit mit diesem Lebensabschnitt beginnen.«

»Und was macht dich so sicher, dass dein Plan geglückt ist?«
»Er hatte auf dem Gutshof den besten Lehrer, den ein Mann sich wünschen kann.«
»Und nun willst du ihn zurückholen?«
»Ja, ich werde morgen nach Mecklenburg fahren, und ich wollte dich fragen, ob ich Rebekka mitnehmen darf.«
»Rebekka, wie kommst du denn darauf?«
»Mutter, deine Gesellschafterin ist eine zuverlässige, fleißige Frau, die seit vielen Monaten dein Vertrauen genießt und es niemals missbraucht hat. Ich denke, sie hat einen kleinen Urlaub verdient, und sie sollte etwas von der Gegend kennenlernen, in der sie hier lebt. Ich möchte ihr einfach eine Freude machen.«
»Dann muss ich hier auf ihre Gesellschaft verzichten, das passt mir aber gar nicht.«
»Mutter, wir würden nicht länger als eine Woche fort sein. Ich bitte meine Elsa, dir Gesellschaft zu leisten. Sie würde das gern tun, und sie kann auch wunderbar vorlesen, das habe ich schon von ihr erfahren.«
»Also, das ist eine große Umstellung für mich, ich weiß nicht, ob ich das wünsche.«
»Wie wäre es, wenn du deine Wünsche ein klein wenig zurückstellst? Rebekka bemüht sich Tag für Tag, dir dein Leben so angenehm wie möglich zu gestalten, hätte sie nicht eine kleine Belohnung dafür verdient?«
»Sie bekommt einen guten Lohn und angemessene Freizeit.«
»Die sie dann hier im Haus verbringt, weil sie niemanden in dieser Stadt kennt, denn ihre Freizeit ist so gering bemessen, sie reicht kaum, um von hier bis zur Michaeliskirche und zurück zu laufen.«
»Zu viel Freiheit kann nur schädlich sein, wer weiß, wohin sie laufen würde, wenn sie mehr Zeit dazu hätte.«
»Mutter, sei nicht so kleinlich.«
Leicht verstimmt nickte Silvana schließlich. »Ich merke schon, gegen dich kann ich mich nicht mehr durchsetzen. Ich erlaube Rebekka die Reise, aber nur ungern.«

Theresa lachte und umarmte die Mutter. »Ich wusste doch, dass ich mich auf deine Toleranz verlassen kann. Du wirst sehen, Rebekka dankt es dir, sobald sie wieder hier ist.«
»Das hoffe ich auch sehr. Wann wollt ihr reisen?«
»Morgen ganz früh. Wir brauchen drei Tage für die Hinfahrt, bleiben einen Tag dort und kommen drei Tage später wieder hier an. Wir sind also nur eine gute Woche fort.«
»So schnell sind die Pferde aber nicht, ich kenne die Entfernung nach Lübeck, und ihr wollt noch weiter von dort aus.«
»Wir lassen Lübeck links liegen, wechseln die Pferde an jeder Umspannstation, dann haben wir immer frische Tiere und kommen am Schluss mit unseren eigenen wieder zurück.«
»Du hast das alles genau überlegt.«
»Natürlich, Mutter, eine solche Reise muss richtig organisiert sein, dann klappt es auch mit der Zeit. Und Erfahrungen mit Reisen habe ich inzwischen genug gesammelt.«
»Ja, das hast du tatsächlich. Dann wünsche ich euch eine gute Fahrt und ein gesundes Zurückkommen. Weiß Rebekka schon Bescheid?«
»Nein, das wollte ich dir überlassen, Mutter, sag es ihr so, als käme die Idee von dir und sei als Dank für ihre Arbeit gedacht.«
»Du denkst wirklich an alles, mein Liebes. Ich werde ihr sagen, dass die Idee von dir stammt, dass ich ihr aber gern zugestimmt habe.«
»Was du ja auch getan hast.« Sie umarmten sich und lachten wie kleine Mädchen, die sich einen Streich ausgedacht haben.

Die Fahrt verlief problemlos. Rebekka war eine angenehme, stille Begleiterin. Sie sagte kein Wort, wenn sie nicht angesprochen wurde, aber sie glühte innerlich vor Freude über diese wunderbare Reise. Das Wetter war angenehm, nicht zu heiß, aber sonnig, und die Natur neigte sich dem Ende des Sommers entgegen. Die Bäume begannen sich mit buntem Laub zu schmücken, an den Wegrändern blühten herbstliche Blumen, und auf den Stop-

pelfeldern begannen die Bauern mit den Vorbereitungen für den Winter.
Theresa und Rebekka erreichten den Hof am Morgen des Erntedankfestes. Mitten auf dem Wirtschafshof stand der Mast mit der Kornkrone, und ihre bunten Bänder wiegten sich im leichten Wind. Vor der Tenne wurden Tische und Bänke aufgestellt, eine kleine Musikkapelle baute sich ein Podium zurecht, ein wunderbarer Duft von Spießbraten und süßem Gebäck lag in der Luft und alle Menschen waren festlich gekleidet. Leicht irritiert zog Hubert, Theresas Kutscher, die Zügel an, er wusste nicht, wo er halten durfte, und sah sich suchend um. Dann winkte ihn einer der Arbeiter zu den Ställen hinüber, wo er Kutsche und Pferde abstellen konnte. Lachend stieg Theresa aus. »Da sind wir mitten in ein Fest geraten. Komm, Rebekka, lass uns suchen, ob wir irgendein bekanntes Gesicht finden.«
Aber sie brauchten nicht zu suchen. Bevor Theresa sich umdrehen konnte, rief hinter ihr eine Stimme: »Theresa? Tante Theresa, bist du es wirklich, und Rebekka ist auch da?«
Theresa drehte sich um und stand vor einem braun gebrannten, großen Mann mit schwarzem Kraushaar und blitzenden blauen Augen, der sie einfach in die Arme nahm. »Alex, bist du das? Man erkennt dich ja kaum wieder. Und du sollst diese ›Tante‹ vergessen, die macht mich älter, als ich sein möchte.«
»Ach, Theresa, wie ich mich freue, euch zu sehen. Hallo Rebekka«, und mit einem fröhlichen Nicken begrüßte er die Gesellschafterin seiner Großmutter, an die er, das musste er sich selbst gestehen, so manches Mal gedacht hatte, wenn die Mägde um ihn herumscharwenzelten.
»Seid ihr gekommen, um unser Fest mit uns zu feiern?«
»Nein, mein lieber Alex, wir sind gekommen, um dich abzuholen. Ich brauche dich nun in Hamburg, und ich hoffe, die Monate hier auf dem Hof haben dir gutgetan. Auf jeden Fall siehst du großartig aus.«
»So fühle ich mich auch. Ich könnte Bäume ausreißen.« Er legte beiden Frauen die Arme um die Schultern und führte sie zum

Verwalterhaus. »Aber zum Feiern bleibt uns doch die Zeit?«, fragte er dann besorgt, als er sah, wie die Arbeiter und die Mägde in ihrer Sonntagskleidung zum Speisesaal im Arbeiterhaus gingen, wo, sobald der Verwalter mit dem Pater eingetroffen war, der Gottesdienst beginnen würde.
»Ich denke, wir reisen morgen ab. Deine Großmutter ist allein zu Hause, und ich möchte sie nicht so lange ohne unsere Unterstützung lassen.«
»Aber das Hauspersonal ist doch da?«, fragte er erschrocken.
»Ja, natürlich, aber uns wird sie vermissen.«
Alexander brachte seine Gäste zum Verwalterhaus. »Hier könnt ihr euch frisch machen, ich sage der Mamsell Bescheid, dass ihr gekommen seid, und warte draußen auf euch.«
Das Fest wurde ein voller Erfolg. Der Pater hielt eine Dankespredigt, der Verwalter eine Dankesrede und ein Knecht eine Dankesantwort. Dann wurde gegessen und getrunken – Apfelmost und selbst gebrautes Weizenbier kamen nun in großen Krügen auf die Tische und sorgten für eine ausgelassene Stimmung –, und dann begann die kleine Kapelle, die zum Gottesdienst Kirchenlieder, zu den Reden den jeweiligen Tusch und zum Essen Märsche gespielt hatte, mit der Tanzmusik.
Alexander tanzte mit seiner Tante, dann mit Rebekka und dann mit allen Frauen und Mädchen des Gutes. Zwischen jedem Tanz mit den fremden Frauen aber tanzte er mit Rebekka, sodass die junge Frau kaum zum Atemholen kam. Theresa beobachtete das mit großem Vergnügen, ging dann aber mit Heinz Faber ins Verwalterhaus, um über die Geschäfte des Gutes und die Heimkehr Alexanders zu sprechen.
»Ich bin überrascht und sehr glücklich, dass mein Neffe sich hier so wohlgefühlt hat. Es kommt mir sogar vor, als sei er fast noch ein Stück gewachsen«, lachte sie.
»Nein, nein«, schmunzelte der alte Mann, »er hat nur gelernt, den Kopf hoch zu tragen und den Rücken gerade zu halten. Er hat sich großartig entwickelt, und ich garantiere Ihnen, er hat gelernt, dem Leben zu trotzen. Den wirft nichts mehr so leicht um.«

»Das ist wunderbar und genau das hatte ich erhofft. Ich werde ihn nun mit nach Hamburg nehmen, ich brauche ihn.«

»Er wird Ihnen eine große Hilfe sein. Er hat gelernt, zuzupacken und sich durchzusetzen. Er ist ein starker, toleranter und selbstbewusster Mann geworden.«

»Danke, Heinz Faber, Sie haben sehr viel dazu beigetragen.«

Am Morgen des nächsten Tages traten Theresa, Rebekka und Alexander die Rückreise an, wobei Alexander sich wie selbstverständlich auf die Rückbank neben Rebekka setzte.

Vierzehntes Kapitel

Zwei Tage nach der Rückkehr trat das ein, was Theresa im Geheimen befürchtet hatte. Alexander kam und erklärte ihr: »Theresa, ich kann in dem Haus nicht leben. Ich ersticke hier.«

»Was ist passiert?«, fragte sie erschrocken, obwohl sie eigentlich schon wusste, was los war.

»Das Haus bringt mich um. Ich kann die Erinnerungen an meine Unfreiheit einfach nicht loswerden. Überall sehe ich Benno stehen, der auf mich und mein Leben geachtet hat, er war mehr ein Bewacher als ein Beschützer, und ich werde ihn hier im Haus nicht los. Wenn es an der Haustür klopft, dann höre ich immer noch die schweren Riegel, die zurückgeschoben wurden, um die Tür zu öffnen, und wenn ich aus den Fenstern schaue, sehe ich wie früher die Gitterstäbe vor mir. Theresa, mir fehlt die Luft hier zum Atmen.«

Theresa nahm die kräftige Hand des jungen Mannes in ihre Hände und sah ihn liebevoll an. »Ich habe es befürchtet, Alex, trotzdem habe ich gehofft, du könntest die Erinnerungen abschütteln. Wie ist es denn draußen auf der Straße, wenn du mit dem Pferd unterwegs bist?«

»Ich fühle mich unwohl, aber ich werde damit fertig. Da helfen mir Sonne, Wind und Wärme beim Luftholen.«

»Dann müssen wir ein anderes Haus für dich finden. Ich werde mit Silvana sprechen, denn sie liebt dieses Palais, weil sie so hart darum kämpfen musste, aber sie wird deine Probleme verstehen.«

»Danke, und du bist nicht enttäuscht?«

»Nein, dein Gefühl für dieses Haus kommt nicht überraschend

für mich. Hast du schon einmal überlegt, wo du wohnen möchtest? Die Suche wird nicht einfach sein.«
»Ich möchte hinaus, an den Rand der Stadt, dorthin, wo es genug Luft und Licht zum Leben gibt.«
»Wir werden gemeinsam suchen, Alex, aber jetzt werde ich erst einmal mit deiner Großmutter sprechen, sie ist nach wie vor das Oberhaupt der Familie und wird ein Wörtchen mitreden wollen.«
»Selbstverständlich, Theresa«, er drückte die zierliche, schlanke Frau für einen Augenblick an sich, dann ging er hinüber in sein neu eingerichtetes Büro und vertiefte sich in die Buchführung, die ihm Karl Osterbeck zu erklären versuchte.
Auf Theresa kam eine schwere Entscheidung zu. Sie wusste, Silvana würde entsetzt sein, wenn sie erfuhr, dass Alexander ihr Haus verlassen wollte. Sie begann das Gespräch sehr liebevoll, wollte sich aber auf jeden Fall durchsetzen, denn das Wohlbehagen des jungen Mannes war ihr wichtiger als die Unbeugsamkeit der Mutter, wenn es um das Herrengraben-Palais ging.
»Hallo, Mutter, wie geht es dir heute?«, fragte sie vorsichtig, um erst einmal den Gemütszustand der Mutter zu erkunden.
»Danke, mein Liebes. Seit ihr wieder hier lebt, ist alles in bester Ordnung.«
»Das freut mich. Nun hast du Rebekka wieder neben dir, und dein Tag hat seinen geordneten Verlauf. Wo ist Rebekka denn jetzt?«
»Es ist die Stunde ihres Unterrichtes im Laboratorium. Zum Mittagessen ist sie wieder bei uns.«
»Du förderst sie gern, nicht wahr?«
»Sie ist sehr begabt im Umgang mit den Düften und vor allem mit den Ölen. Und sie ist jung und voller Ideen. Die braucht so ein Geschäft, wie ich es betreibe.«
»Das freut mich.«
»Und wie geht es dir? Du hast etwas auf dem Herzen, das sehe ich dir an.«
»Mir macht Alexander Sorgen.«

»Aber warum denn, er hat sich doch fabelhaft erholt. Er ist ein prächtiger Mann geworden, den man kaum wiedererkennt.«
»Ja, er hat sich wirklich gut entwickelt, aber nun vermisst er in diesem großen, dunklen Haus mit den vielen Räumen und den kleinen Fenstern die Luft zum Atmen.«
Silvana setzte sich mit einem Ruck kerzengerade auf und fragte ungehalten: »Was soll das denn heißen?«
»Mutter, reg dich nicht auf. Ihn erdrücken die Erinnerungen, und das muss man verstehen.«
»Papperlapapp, die Erinnerungen! Er soll nach vorn schauen und die Vergangenheit vergessen.«
»Er kann es aber nicht. Diese unfreie Kindheit und die unfreiwillige Gefangenschaft haben ihn lange Jahre geprägt, die Vergangenheit lässt einen nicht einfach so los, er kann sie nicht abstreifen.«
»Schick ihn her zu mir. Ich werde ihm sagen, wie man mit der Vergangenheit umzugehen hat. Man versucht, damit fertig zu werden, und geht seinen Weg.«
»Mutter, mit Härte erreichst du nichts.«
»Jeder Mensch muss in seinem Leben Kämpfe bestehen, ich spreche aus Erfahrung, und ich wünschte, ich hätte nur mit einer Erinnerung zu kämpfen gehabt. Oh nein, ich habe ein Leben lang kämpfen müssen, und nicht nur für mich, sondern für drei kleine Kinder, denen ich ein behütetes Leben schenken wollte. Und wie du siehst, haben diese Kämpfe bis heute angehalten, nun ist es mein Enkel, für dessen Wohl ich kämpfe. Er wird in meinem Hause leben und arbeiten, dafür werde ich sorgen.«
»Du riskierst den Verlust deines Enkels, wenn du ihn zwingen willst, hier zu leben. Er wird dich verlassen, ob mit oder ohne deinem Einverständnis.«
Fassungslos sah Silvana ihre Tochter an. »Was ist los mit euch? Wo bleiben der Respekt, die Rücksicht und der Dank? Ist Respektlosigkeit das, was Alex unter Freiheit versteht, ist es die Undankbarkeit, die er dort auf deinem Gut gelernt hat?«
»Nein, Mutter, ganz gewiss nicht. Er ist nach wie vor ein res-

pektvoller Mann, der dich liebt und achtet. Aber wenn er in diesem Hause zu ersticken droht, dann muss er gehen.«

»Mein Haus, um das ich ein Leben lang gekämpft habe, der einzige Wert, der mir den Abschied von Venedig erträglich gemacht hat, und nun genügt es einem jungen Mann nicht mehr, nur weil er ein paar unliebsame Erinnerungen damit verknüpft.«

»Du bist ungerecht, Mutter, es sind nicht ein paar unliebsame Erinnerungen, die Alex damit verknüpft, es ist die verlorene Kindheit, die mehr als zwanzigjährige Gefangenschaft eines jungen Menschen, die er damit verbindet. Ein gestohlenes Leben, sozusagen.«

Ermüdet von der Diskussion, lehnte sich Silvana in ihrem Sessel zurück. Wie sie es hasste, dieses Streiten, sie, die so harmoniebedürftig war, die den Frieden im Haus über alles schätzte, sie wollte doch nur Ruhe und Glück um sich herum und keinen Unfrieden. Warum missachteten andere ihre Wünsche? Warum waren sie respektlos und streitsüchtig? Theresa ist eine gute Geschäftsfrau, fleißig und verantwortungsvoll, warum achtet sie meine Anliegen nicht, warum muss sie den eigenen Kopf durchsetzen, warum sind die jungen Leute heute so verächtlich, wenn es darum geht, nachzugeben oder eigene Wünsche zurückzustellen? »Was soll denn nun werden?«, fragte sie leise und wischte sich heimlich ein paar Tränen fort.

»Wir suchen ein anderes Haus für Alex. Zum Arbeiten kommt er hierher.« Theresa wusste im gleichen Augenblick, dass sie gewonnen hatte.

»Wirft das Geschäft genug Gelder ab, um ein Haus zu kaufen?«

»Ich werde das alte Kontorhaus am Schopenstehl verkaufen, es steht in einer zentralen Lage, die von Reedern sehr begehrt ist, und wir nutzen es kaum noch, nachdem wir die Büros hier in unser Haus geholt haben.«

»Kann Alex denn nicht dort einziehen, es bliebe dem Geschäft erhalten.«

»Es ist alt und baufällig, und sein Wert besteht nur noch aus dem hafennahen Grundstück, auf dem es steht.«

»Ach, so ist das, ich war lange nicht mehr dort.«
»Ja, Mutter, du verlässt zu selten das Palais.«
»Es reizt mich nicht mehr, durch die Straßen zu fahren. Der Verkehr ist so gewachsen, dass man keine Ruhe mehr in einer Kutsche hat. Allein die Männer auf diesen lächerlichen Rädern, sie machen sich zum Gespött der Menschen und bringen den ganzen Verkehr zum Erliegen.« Silvana hatte sich wieder gefangen, und Theresa wusste, dass Alexanders Wunsch genehmigt war.
Da sie täglich mit dem Eintreffen dieses Lorenzo Bernetti rechnen musste, ihr aber Alexanders Wohlergehen besonders wichtig war, begann sie gleich am nächsten Tag mit der Haussuche für den jungen Mann. »Alex, mach dich fertig«, bat sie am nächsten Morgen beim Frühstück. »Wir suchen heute den bekanntesten Bauunternehmer der Stadt auf, um ein geeignetes Haus für dich zu finden.«
»Aber Theresa, ich brauche kein besonderes Haus, irgendwo wird sich doch eine Wohnung für mich finden lassen.«
»Du irrst dich, Alex, du wirst später unser Erbe antreten und ein bekannter Mann in dieser Stadt sein, du brauchst auf jeden Fall ein repräsentatives Haus. Warum also sollen wir zweimal auf die Suche gehen? Das Herrengraben-Palais wird dein Geschäftshaus und das neue dein Wohnhaus. Ich habe alles mit deiner Großmutter besprochen.«
»Ist sie sehr enttäuscht, dass ich hier nicht leben kann?«
»Sie ist enttäuscht, ja, das muss ich ehrlicherweise zugeben, aber sie hat eingesehen, dass dein Wohlbefinden wichtiger ist als der Wunsch, ihre kleine Familie hier im Haus zusammenzuhalten.«
»Mein Vater ist so selten hier, weshalb kommt er nicht öfter ins Palais?«
»Genau weiß ich es auch nicht, aber vielleicht erinnert ihn hier zu viel an deine Mutter, die er sehr geliebt hat, und andererseits ist er überhaupt kein Geschäftsmann, und hier dreht sich nun mal alles um die Geschäfte. Er ist mit Leib und Seele Medi-

ziner, und so richtig verziehen hat deine Großmutter ihm das nie.«

»Schade, dass alles so gekommen ist. Mir macht die Arbeit mit den Gewürzen jedenfalls Spaß, da braucht sie keine Angst zu haben, dass ich den Pfeffersäcken und den Zimtröllchen untreu werde. Nur mit dem Haus, dass ich ihr das antun muss, das tut mir leid.«

Theresa schien nachdenklich und sagte leise: »Ich weiß, Alex, aber sie ist eine alte, gebrechliche Frau, sie hängt natürlich an dem Haus, in dem sie nun schon vierzig Jahre lebt und um das sie einst hart gekämpft hat. Aber wir müssen an deine Zukunft denken, und es wird Zeit, dass du auf eigenen Füßen stehst.«

Theresa ließ die Kutsche rufen, und wenig später waren sie unterwegs. Die Fahrt führte sie über den Jungfernstieg, die beliebteste Flaniermeile der Stadt, aber so früh am Morgen waren die jungen Damen noch in ihren Betten und die jungen Herren in ihren Kontorhäusern. Über den Gänsemarkt ging es zum Dammthor und danach hinaus aus den engen Straßen der Stadt. Auf der Moorweide grasten die Kühe, aber als sie einen Blick auf den großen Alstersee werfen konnten, sah Theresa mit Erstaunen, wie viele Häuser an seinen Ufern entstanden waren.

Der Bauunternehmer Peter Riepling führte seine Geschäfte von seinem Stadtpalais am Mittelweg aus, und wenig später zeigte der Kutscher auf die Nummer vier und erklärte, das Haus muss es sein. Alexander half seiner Tante galant aus dem Wagen und bot ihr seinen Arm an, denn der Weg zum Haus war mit Kopfsteinen gepflastert und Theresas Schuhe waren dafür wenig geeignet.

Auf einem Schild neben der Haustür stand »Peter Riepling, Bauunternehmer und Häuservermittler«.

»Ja«, lachte Theresa, »hier sind wir richtig.« Alexander benutzte den Türklopfer, und gleich darauf wurden sie hereingebeten. Peter Riepling war ein korpulenter Mann mit schütterem Haar und einem Kneifer auf der Nase.

»Verehrte Herrschaften, was kann ich für Sie tun?«

»Wir sind auf der Suche nach einem passablen Haus für meinen Neffen. Er ist ein selbstständiger Geschäftsmann und braucht eine repräsentative Unterkunft.«

»Dachten Sie an ein bereits vorhandenes Haus oder an einen Neubau?«

»Da mein Neffe so schnell wie möglich einziehen möchte, sollte es ein fertiges Haus sein. Sein Geschäftshaus befindet sich im Herrengraben, es sollte also dort in der Nähe und nicht außerhalb der Stadtgrenzen sein.«

»Ich hätte ein gerade fertiggestelltes Haus an der Englischen Planke, es wäre nur einen Steinwurf vom Herrengraben entfernt.«

»Ja, das hört sich sehr geeignet an«, nickte Theresa und sah Alexander erwartungsvoll an. »Wollen wir es besichtigen?«

»Gern, es wäre sehr praktisch, wenn ich den Herrengraben täglich zu Fuß erreichen könnte.«

Man wurde schnell einig, und Peter Riepling erklärte sich bereit, die Herrschaften in der Kutsche zu begleiten und das Haus für eine Besichtigung zu öffnen.

Die kleine Stadtvilla im Schatten von St. Michaelis war ein frei stehendes, weiß gekalktes Haus mit einem kleinen, gepflasterten Hof drum herum, der groß genug war, um ein paar Pferde anzubinden und Kutschen abzustellen. Die Haustür wurde von zwei Säulen flankiert, die einen Balkon der oberen Etage trugen. Die Haustür und die Fensterrahmen waren aus dunkelbraunem Holz und passten farblich genau zu den dunklen Dachziegeln. Es war ein schlichtes und sehr elegantes Haus, und es gefiel Theresa sofort. Fragend sah sie Alexander an. Er wirkte glücklich und nickte. »Es ist wunderschön, Theresa. Es wirkt einladend und offen, es gefällt mir.«

»Dann sollten wir es von innen sehen.«

Riepling schloss die Tür auf. Die Diele war mit weißen Marmorplatten ausgelegt, die Türen naturbraun wie die Fensterrahmen, und alle Wände waren weiß gekalkt. Das machte die Räume groß und hell. Im Erdgeschoss, genau wie in der oberen

Etage, befanden sich vier Zimmer. Oben gab es ein Badezimmer, unten eine Gästetoilette. Die Wirtschafträume waren im Souterrain, die Dienstbotenkammern im Dachgeschoss untergebracht. Eine Hintertür führte auf den Hof. Das ganze Haus war schlicht, übersichtlich und sehr praktisch eingeteilt. Von der oberen Etage hatte man einen weiten Blick hinunter auf den Hafen, wo die vielen Masten der Segelschiffe dicht an dicht mit den Schornsteinen der ersten Dampfschiffe in den Himmel ragten. Die beiden Iserbrooks waren begeistert.

»Und wann könnte ich einziehen?« Theresa spürte, dass Alexander es kaum erwarten konnte, sein neues Heim zu bewohnen. Sie sah Riepling fragend an. »Sie können das Haus sofort beziehen. Wir machen den Kaufvertrag, ich lasse den Besitzerwechsel vom Advokaten bestätigen und ins Grundbuch eintragen, und das Haus gehört Ihnen, mein Herr.«

Theresa nickte. »Genau so werden wir es machen.«

Als die Besichtigung beendet war, fragte sie den Bauunternehmer: »Ich habe ein Haus mit einem sehr wertvollen Grundstück am Schopenstehl zu verkaufen. Wären Sie daran interessiert?«

»Am Schopenstehl? Immer! Es ist eine sehr bevorzugte Gegend von Reedern und Händlern. Warum wollen Sie verkaufen?«

»Wir konzentrieren uns auf die Gegend um den Baumwall, den Herrengraben und die Admiralsstraße. Dort sind unsere Lager und Kontore. Das Haus am Schopenstehl steht leer.«

»Dann ist es schon länger ungenutzt?«

»Ja, es müsste vollkommen saniert oder abgerissen werden. Aber das Grundstück hat seinen Wert.«

»Ich werde es mir gleich ansehen. Heute Nachmittag komme ich mit den Verträgen für dieses Haus zu Ihnen in den Herrengraben, dann können wir darüber sprechen.«

»Gut, am Schopenstehl gibt es einen Hauswart, der wird Sie hineinlassen. Dann sehen wir uns später im Herrengraben. Bis dann also.«

Riepling winkte eine Drosche herbei, stieg ein und fuhr davon. Theresa und Alexander blieben noch eine Weile in der Kutsche

vor dem neuen Haus sitzen. »Und es gefällt dir wirklich, Alex?«
»Es ist perfekt. Und groß genug ist es auch. Ich könnte eine ganze Familie darin unterbringen.«
Überrascht sah Theresa ihn an. »Du planst bereits eine Familie?«
»Ja, Theresa, ich möchte so bald wie möglich heiraten und Kinder haben. Ich möchte ein junger Vater sein und kein alter Mann, wenn sie heranwachsen.«
»Aber Alex, zu Heirat und Kindern gehört vor allem eine Frau, die du lieb hast und die zu dir passt. Hast du etwa schon eine im Blick?«
Alexander errötete leicht. »Ich kenne außer den Angestellten keine Frauen, ich hatte nie Gelegenheit, ihnen zu begegnen.«
»Und wie willst du dann feststellen, ob es die Richtige ist, wenn du eine triffst?«
»Weißt du, Theresa, ich habe Rebekka beobachtet, seitdem sie im Herrengraben-Palais wohnt. Sie ist ein liebes Mädchen, ehrlich, offen, gebildet, und hübsch ist sie auch. Wir haben uns oft unterhalten, und es war schön, in ihrer Nähe zu sein. Und wenn sie fortging, hatte ich immer ein gewisses Gefühl der Sehnsucht.«
»Du überraschst mich, Alex.«
»Ich war ein halbes Jahr mit Männern zusammen, sie haben mir allerlei erzählt, was die Frauen betrifft.«
Theresa lachte. »Ja, das kann ich mir denken. Auch deshalb habe ich dich zu meinem Gut gebracht. Du solltest dort nicht nur die Landwirtschaft erlernen, du solltest auch Lebenserfahrungen sammeln. Ich habe also richtig gehandelt.«
»Du bist sehr klug, Theresa, und als du dann mit Rebekka zusammen gekommen bist, da spürte ich mein Herz schneller schlagen.«
»Ich sah dich mit ihr tanzen.«
»Ja, und es war wunderschön.«
»Dann solltest du nicht lange zögern und mit Rebekka sprechen.«

»Aber Großmutter wird sehr enttäuscht sein, wenn ich sie ihr für immer wegnehme.«
»Großmutter steht in diesem Fall an zweiter Stelle. Zuerst musst du Rebekka fragen, ob sie dich mag.«
»Ich glaube schon, dass sie mich mag. Sie war sehr anschmiegsam beim Tanzen.«
»Nun, da wird sie auch Gefühle für dich haben. Aber ich möchte noch etwas anderes mit dir besprechen, Alex.«
»Ja?«
»Ich möchte, dass du einen Mann einstellst, der ständig in deiner Nähe ist und für deinen Schutz sorgt.«
»Nein, nein, nicht schon wieder, Theresa. Ich bin doch endlich Benno los, ich will keinen Bewacher um mich haben.«
»Ich kann dich gut verstehen, Alex, aber ich habe immer noch ein bisschen Angst um dich. Wir suchen einen netten Mann, der vielleicht sogar dein Freund sein kann. Ich wäre sehr beruhigt, wenn ich einen solchen Mann in deiner Nähe wüsste.«
»Das kannst du mir nicht antun, Theresa. Ich will es nicht.«
Theresa spürte, dass sie mit ihrem Vorschlag nicht weiterkam. Ich werde mit Rebekka darüber sprechen, wenn es ernst wird zwischen den beiden, überlegte sie und gab dem Kutscher den Auftrag, in den Herrengraben zu fahren. Sie konnte den jungen Mann verstehen, der endlich seinem Gefängnis entkommen war, sie konnte aber auch ihre eigene Sorge verstehen, nie würde die Angst weichen, solange die Mutter seine Heimkehr in den Oman forderte. Himmel, dachte sie, wann hört dieses Dilemma endlich auf?

Beim Mittagessen im Herrengraben erzählten Theresa und Alexander von dem Haus, das sie gefunden hatten. Während Lukas, der wieder einmal am Essen teilnahm, seinen Sohn beglückwünschte, zeigte Silvana ganz offen ihre Enttäuschung.
»Ich bin sehr traurig, dass du uns verlässt, Alex, das muss ich deutlich sagen.«
»Aber ich verlasse euch doch nicht, ich komme täglich her, um

zu arbeiten, und ich werde, sooft es meine Zeit zulässt, bei dir sein und von meiner Arbeit berichten, Großmutter.«
»Aber du missachtest dein Geburtshaus, Alex.«
»Nein, Großmutter, dieses Haus wird immer mein Heimathaus sein, nur leben kann ich darin nicht. Ich bekomme keine Luft.«
»Ja, ja, ich weiß, Theresa hat es mir schon gesagt. Es macht mich trotzdem traurig.«
Und Theresa beobachtete, wie Rebekka mit großen Augen dem Disput zwischen der Großmutter und ihrem Enkel folgte. Ist sie erschrocken wegen dieser Spannung im Haus oder hat sie die Nachricht, dass Alex in Zukunft nicht mehr hier wohnen wird, in Schrecken versetzt?

Nach dem Essen, als Silvana und Theresa sich zur Mittagsruhe zurückgezogen hatten und Lukas sich in seine Praxis begab, bat Alexander Rebekka: »Hast du ein wenig Zeit für mich?«
»Ja, natürlich, wenn Madame schläft, habe ich auch meine Mittagspause.«
»Lass uns in den Garten gehen, dort sind wir ungestört.«
Rebekka, die ein Leben lang das getan hatte, was andere bestimmten, ging wortlos mit ihm in den kleinen Garten, der das Haus vom Fleet trennte. Alexander führte sie zu der Bank hinter der kleinen Rosenhecke und setzte sich. »Komm, setz dich auch, Rebekka, ich möchte dir etwas sagen.«
»Ich weiß, ich habe es beim Essen gehört, du gehst fort.«
»Ich gehe nicht fort, ich ziehe in ein anderes Haus, weil mich hier die Erinnerungen an meine verlorene Kindheit plagen. Ich kann die Gedanken an meine Gefangenschaft in diesem Haus nicht ertragen.«
»Ja, ich weiß, ich kann es verstehen, aber hier wird es immer leerer, und Madame hat Angst vor der Einsamkeit.«
»Meine Großmutter wird mich verstehen, und Theresa ist ja bei ihr.«
»Und ich bin auch da.«
»Deshalb möchte ich mit dir sprechen.«

»Ja?«
»Rebekka, wir kennen uns jetzt schon ziemlich lange, und ich habe festgestellt, dass ich dich sehr mag.«
»Ja?«
»Ich würde mich von Herzen freuen, wenn du mit mir in mein neues Haus kommen würdest.«
»Aber ich bin hier angestellt. Madame bezahlt mich für meine Arbeit. Ich kann doch nicht einfach in ein anderes Haus ziehen.«
»Und wenn ich dich sehr herzlich bitte, mit mir zu kommen?«
Rebekka errötete. »Alex, ich fürchte, das schickt sich nicht. Die Leute würden mit dem Finger auf mich zeigen und mich für untugendhaft halten, und Madame würde es nie erlauben.«
»Liebe Rebekka, ich würde dich nie um etwas bitten, das dir schaden könnte. Ich habe dich sehr lieb und ich möchte dich gern heiraten. Willst du meine Frau werden?« Er nahm ihre Hände und küsste sie. »Bitte sag jetzt nicht ›Nein‹.«
»Alex, du – willst – mich – zur – Frau – nehmen?«
»Von Herzen gern, Rebekka.«
Jetzt flüsterte Rebekka nur noch. »Ich habe dich doch auch so gern, hast du das gewusst?«
»Nein, Rebekka, gewusst habe ich es nicht, aber gehofft. Sehr, sehr gehofft.«
»Und du glaubst, wir beide, wir …«
»Ich weiß, dass wir beide jetzt die Welt umarmen möchten«, er lachte, »aber es genügt, wenn wir uns umarmen.« Sie umarmten sich, küssten sich und versprachen sich lebenslange Treue und Liebe.

Und Theresa, die sie aus der Ferne beobachtete, nickte zufrieden. Gott sei Dank, dachte sie, eine bessere Frau kann Alex nicht finden. Und dann überlegte sie, wie sie Rebekka dazu überreden könnte, einen Leibwächter für Alex zu engagieren.
Aber das war gar nicht schwer, denn als sie die junge Frau am Nachmittag traf und zu einem kurzen Gespräch in ihr Büro bat, merkte sie, dass Rebekka die gleiche Sorge hatte wie sie selbst.

»Und ich wüsste auch einen Mann, der sehr geeignet wäre.«
»Aber Rebekka, woher wollen Sie denn so einen Mann kennen? Sie sind doch noch sehr fremd in der Stadt.«
»Doch, ich kenne einen Mann, er ist ein Bürgerwehrsoldat und er würde gern damit aufhören. Er heißt Knut Brauer, er ist mutig und stark und er hat mich im Winter vor der Flut gerettet und hierher in das Haus gebracht.«
»Dann wollen wir so schnell wie möglich mit ihm sprechen, aber es darf nicht nach einem Wächter für Alex aussehen. Er würde ihn sofort ablehnen.«
»Ich könnte den Knut Brauer als meinen Retter vorstellen, dem ich zu Dank verpflichtet bin und den ich gern in dem neuen Haus um mich haben würde. So als Hauswart vielleicht, das müsste Alex doch überzeugen.«
»Ja, das würde gehen. Danke, Rebekka, Sie sind eine kluge Frau, ich bin sehr froh, Sie bei uns zu haben.«
»Dann sagen Sie doch bitte ›du‹ zu mir, sonst fühle ich mich nach wie vor fremd in dieser Familie.«
»Da hast du recht, Rebekka, und ich bin Theresa.«
Aber die Hürden waren noch nicht überwunden. Theresa wusste, dass die schwierigste Aussprache noch bevorstand. Wie würde Silvana reagieren, wenn sie von den Hochzeitsplänen erfuhr? Sie war das Familienoberhaupt, man durfte sie nicht vor vollendete Tatsachen stellen. Theresa überlegte lange, ob sie mit der Mutter allein sprechen sollte oder ob sie Alexander zu dem Gespräch hinzubitten sollte. Sie wusste, die Mutter konnte ihrem Enkel kaum etwas abschlagen, aber bei der Bitte, ihn ausziehen zu lassen, hatte sie sich als sehr hartnäckig und unloyal erwiesen, wie würde sie da erst reagieren, wenn sie erfuhr, dass sie ihre Gesellschafterin verlieren würde. Rebekka würde zwar weiter bei ihr im Labor arbeiten, weil es ihr Spaß machte und weil die Arbeit sie reizte, aber sie würde als Gesellschafterin nicht mehr zur Verfügung stehen.
Schließlich entschloss sich Theresa, erst einmal allein mit der Mutter zu sprechen. Sie suchte sie nach der Mittagsruhe auf und

verzichtete auf langwieriges Drumherumreden. Die Mutter durchschaute sie sowieso, da konnte sie auch gleich die Tatsachen offenlegen. »Hallo, Mutter, hast du einen Augenblick Zeit?«

»Um was geht es. Deine Gespräche sind in letzter Zeit wenig erfreulich für mich.«

»Ach, Mutter, ich will dir weder wehtun noch dich erschrecken, aber wenn es Veränderungen in der Familie gibt, musst du sie als Erste erfahren.«

»Veränderungen? Noch mehr Veränderungen? Ich habe den Eindruck, es sind immer nur Veränderungen, die mir unlieb sind, die ich nicht akzeptieren kann und dann doch akzeptieren muss.«

»Mutter, in einer Familie wird es immer Veränderungen geben. Die Menschen werden älter, Wünsche und Hoffnungen entstehen, die Zukunft will berücksichtigt werden, und die Gefühle spielen auch eine Rolle.«

»Ach was, sag, was du auf dem Herzen hast, und rede nicht drum herum.«

»Alex und Rebekka haben sich sehr gern. Sie möchten heiraten und gemeinsam in das neue Haus ziehen.«

»Nein«, empört stand Silvana auf und trat vor Theresa. »Sag, dass das nicht wahr ist. Rebekka gehört zu mir, sie wird von mir bezahlt, ich unterstütze sie in der Ausbildung zur Parfümeurin, sie wird dieses Haus nicht verlassen.«

»Mutter, du kannst sie nicht zwingen, hierzubleiben. Außerdem will sie das Labor ja gar nicht verlassen. Sie wird hier arbeiten, weil sie ihre Arbeit liebt, nur wohnen wird sie bei ihrem Mann.«

»Alles, was sie ist und wird, wurde sie durch mich.«

»Nein, Mutter, sie ist ein liebenswerter, ehrlicher, treuer und verlässlicher Mensch, aber das ist sie nicht durch dich geworden, sondern durch sich selbst. Du hast ihr geholfen, selbstständig zu werden, du hast ihre Intelligenz gefördert, aber erschaffen hast du sie nicht. Sie gehört dir nicht, du durftest sie nur für eine gewisse Zeit haben. Und diese Zeit ist nun zu Ende.«

»Warum bist du so grausam. Du nimmst mir alle, die mir lieb und teuer sind. Erst unterstützt du Alex, der mich nun verlässt, dann unterstützt du Rebekka, die so gern bei mir war und mich schätzt. Und du selbst entfernst dich auch immer mehr von mir. Du warst immer nur du, aber ich habe dich zu dem gemacht, was du heute bist, vergiss das nicht, sondern zeige auch mal Dankbarkeit.«
»Mutter, wir alle lieben dich, keiner verlässt dich wirklich, aber wir brauchen auch unser eigenes Leben, das ist nicht undankbar und das ist auch nicht lieblos, es ist nur an der Zeit, persönliche Entscheidungen zu treffen, und das musst du verstehen lernen.«
»Sag mir nicht, was ich zu lernen habe. Ich habe mein ganzes Leben lang gelernt und gekämpft und euch geliebt. Und jetzt, wo ich alt und hinfällig werde, nehmt ihr mir meine Würde. Warum kann nicht alles so bleiben, wie es ist? Ich verstehe das nicht.«
»Mutter, das Leben geht weiter, wir können nicht stehen bleiben, bitte, gib Alex und Rebekka, die sich nun gemeinsam eine Zukunft vorstellen, deinen Segen. Sie werden dir ein Leben lang dankbar sein.«
Erschöpft ließ sich Silvana wieder in ihren Sessel sinken. »Ich verstehe das Leben nicht mehr. Aber es geht weiter, ob ich das nun akzeptiere oder nicht. Sag den beiden, sie haben schweren Herzens meinen Segen. Aber Rebekka wird vorläufig noch an meiner Seite bleiben und mich unterstützen. Das ist das wenigste, was ich verlangen kann.«
Und am Abend des gleichen Tages gab Alexander Iserbrook seine Verlobung mit Rebekka Jenfeld bekannt.

Fünfzehntes Kapitel

Lorenzo Bernetti und sein Bruder Ernesto waren eine eingespielte und gut funktionierende Arbeitsgemeinschaft. Während der jüngere Ernesto gern in der Welt herumreiste und die Einkäufe machte, war der zwei Jahre ältere Lorenzo lieber in der Stadt und führte die Geschäfte. Als der Vater damals zusammen mit Robert Iserbrook die schlecht florierenden Gewürzlager rigoros verkleinerte und nur noch mit besonders wertvollen Aromen wie Weihrauch, Myrrhe, Vanille und Safran handelte, um die Konkurrenz der Niederländer auszuschalten, brach für die Söhne beinahe eine Welt zusammen.

Der lieb gewordene Palazzo der Iserbrooks, in dem sie aufgewachsen waren, wurde verkauft, und die Familie Bernetti musste in einen Anbau der Lagerhäuser an der Banchina del Porto Commerciale umziehen, weil sich die Geschäfte von den alten Kanälen an die Liegeplätze der großen Überseeschiffe verlagert hatten.

Die beiden Söhne hatten dadurch ihre Freunde, ihre Schule, ihr ganzes Umfeld verloren und verbrachten von nun an ihre Kindheit zwischen Lagerhäusern, Frachtschiffen und Lastenkarren. Statt der weiträumigen Zimmer im Palazzo mussten sie sich mit einer gemeinsamen kleinen Kammer in dem Anbau begnügen, und statt mit Gondeln zu fahren, mussten sie Pferdekarren benützen, wenn sie irgendwohin wollten. So kam es, dass diese beiden Söhne nur einen Wunsch hatten, sie wollten den Palazzo zurückgewinnen. Ihre ganze Zielstrebigkeit, wieder zu den reichen Händlern zu gehören, drehte sich um diesen Wunsch. Und kaum hatten sie die notwendigen Kenntnisse im Gewürzhandel erworben und gehörten wieder zu den anerkannten Händlern

am Umschlagplatz Venedig, als sie mit Eifer dafür arbeiteten, jede ersparte Goldmünze für den Rückkauf des Palazzo zurückzulegen.
Sie waren ehrliche Männer, dazu hatte der Vater sie erzogen, und sie betrogen niemals ihre Hamburger Handelsherren, aber der schließlich erfolgte Rückkauf des Palazzo war der größte Erfolg ihres Lebens, und sie waren mit Stolz und Freude vor einem Jahr wieder an den Rio San Zulian gezogen.
Ernesto war ein schlanker, hochgewachsener Mann, der großen Wert auf korrekte Kleidung, verbunden mit angemessener Eleganz, und auf ein niveauvolles Benehmen legte. Sein älterer Bruder hingegen war urwüchsiger. Für ihn spielte Eleganz keine besondere Rolle. Er war zwar auch stilvoll und der gegenwärtigen Mode entsprechend gekleidet, aber er war ein legerer Typ, der sportliche Bequemlichkeit bevorzugte und, obwohl auch hochgewachsen, eher ein Genussmensch war. Während Ernesto das Angebot der Theater, Opern und Konzerte bevorzugte, sobald er in der Stadt war, liebte Lorenzo die Jagd, den Weinbau und die Küche Venetiens. Er hatte ein kleines Landgut erworben, auf dem er jede freie Minute verbrachte, und lachte heimlich über seinen Bruder, der die Freizeit lieber mit Operndiven und Romanautoren verbrachte. Trotz der Verschiedenheiten verstanden sich die beiden Brüder gut. Einzige Ausnahme war der heimliche Kampf um die Frau, die sie beide hofierten. Dass Ernesto den heimlichen Kampf schließlich gewann und Maria heiratete, war für Lorenzo zwar eine große Enttäuschung, aber kein Fiasko auf Lebenszeit. Sie arrangierten sich zu dritt im Palazzo, und wenn Ernesto in die Anbauregionen der Gewürze reiste, was fast ständig der Fall war, lebte Maria bei ihren Eltern in Murano, die dort eine Glasbläserei besaßen.
Und nun musste Lorenzo Venedig verlassen und nach Hamburg reisen, und das zum Anfang der gerade neu beginnenden Jagdsaison.
»Du hast aber auch wirklich Pech«, bedauerte Ernesto seinen Bruder. Er wusste, wie ungern Lorenzo diese Saison verpasste.

»Ich musste schließlich auf deine Rückkehr warten. Du warst ja nirgends zu erreichen.«
»Und selbst wenn du mich erreicht hättest, du weißt, wie lang der Seeweg von Madagaskar bis Venedig ist.«
»Du hättest von Sansibar aus direkt zurückkommen sollen, dann hätte ich vor vier Wochen starten können.«
»Du weißt, wie viel von der Vanilleernte in Madagaskar abhängt. Ich konnte auf den Kauf nicht verzichten. Warum musst du überhaupt nach Hamburg, man hat dich doch noch nie dorthin bestellt.«
»Es gab einen Wechsel in der Geschäftsleitung. Theresa Iserbrook ist jetzt die Chefin, und du weißt doch, das bringt Veränderungen mit sich. So wird's dort auch sein.«
»Dieser Robert Iserbrook hat die Zügel ganz schön schleifen lassen, da war zum Schluss auch für uns kaum noch ein Gewinn im Geschäft.«
»Ob's jetzt besser wird? Sie wird uns doch als Umschlagplatz behalten?«
»Bestimmt, auf uns kann sie nicht verzichten. Das weiß sie ganz genau.«
»Eine Frau als Besitzerin der Firma, daran muss ich mich erst einmal gewöhnen.«
»Ihre Mutter, Silvana, hat es auch geschafft, wenn die Tochter genauso geschäftstüchtig ist, geht's jetzt wieder bergauf.«
»Na, hoffentlich.«
»Wann willst du reisen?«
»In einer Woche, ich muss vorher noch zum Castello di Santa Clara rauf und mit dem Verwalter sprechen.«
»Und welches Schiff nimmst du?«
»Die ›Eagle-Flight‹.«
»Den englischen Viermaster von der Stelling-Reederei?«
»Ja, die Reederei ist zuverlässig und das Schiff pünktlich. Wir haben schon mehrmals mit ihnen gearbeitet, und ich konnte das Schiff einmal besichtigen, als es hier auf Reede lag. Die Unterbringung der Passagiere ist großzügig. Sie nehmen ja nicht viele

Gäste mit. Übrigens, auch die Stelling-Reederei wird von einer jungen Frau geführt.«

»Das scheint in Hamburg in Mode zu sein. Nur gut, dass sich unsere Frauen hier mit Küche, Kind und Kirche begnügen.«

»Abwarten«, lachte Lorenzo. »Wer weiß, wie unsere Damen sich noch entwickeln. Aber mit der Fracht hast du recht, mit Passagieren lassen sich keine Geschäfte machen.«

Ernesto nickte: »Mit ein paar Pfeffersäcken oder Teekisten verdienen sie das Doppelte. Und wann wirst du zurückkommen?«

»Ich weiß es nicht. Erst einmal muss ich mir anhören, was die Geschäftsführung will, und dann muss ich ein passendes Schiff suchen.«

»Das mit dem Schiff wird nicht so schwer sein, Hamburg ist ein Welthafen, da kommen und gehen die Schiffe ständig in alle Richtungen.«

»Ich werde auf jeden Fall so schnell wie möglich zurück sein.«

»Denk daran, das Weihnachtsgeschäft steht vor der Tür, ich muss bis spätestens Anfang Oktober die Gewürze kaufen, wenn sie pünktlich verschickt werden sollen.«

»Selbstverständlich.«

»Wann reitest du zum Castello?«

»Morgen früh.«

»Wen nimmst du mit?«

»Sandro kann mich begleiten, er ist mutig und ein guter Schütze.«

»Fürchtest du Probleme unterwegs?«

»Na ja, dort, wo sich unsere Wege mit den großen Reiserouten kreuzen, treiben sich immer Banditen herum.«

»Sei vorsichtig.«

»Sicher, sei unbesorgt.«

»Und bring uns Wein für den Winter mit.«

»Ich lasse ein paar Fässer verladen und herbringen, die kann ich schlecht auf dem Pferderücken transportieren.«

Ernesto lachte: »Ja, das würde ein mühsamer Ritt.«

»Und ein bemitleidenswertes Pferd!«

Lorenzo freute sich auf den Ausflug in die Hügel Venetiens. Die sanften, grünen Höhenzüge, die sich langsam aus der wasserreichen Ebene hin zu den fernen, weißen Gipfeln der Venezianer Alpen erhoben, ließen die feuchte Sommerhitze der Lagunenstadt schnell vergessen. Er dachte an seine Hunde, die ihn auf den Jagden begleiteten und auf die er in diesem Jahr nun verzichten musste. Immer paarweise hatte er sie angeschafft, die Terrier und Dackel, die Setter und die Spaniels, die Pointer und die Weimaraner, damit er weiterzüchten konnte. Er freute sich auf die Arbeiter, auf die er sich ganz und gar verlassen konnte, weil er sie gut behandelte. Und er freute sich auf Flavio und seine Familie, vor allem auf Flora, seine Frau, die mit Begeisterung seine Leibgerichte zubereitete.

Die beiden Männer brauchten zwei Tage für den Ritt, denn Lorenzo überließ das Tempo seinem Hengst. Titus, das wusste er, würde sich nicht verausgaben, aber so laufen, dass er dem geliebten Stall möglichst schnell näher kam. Das Pferd kannte den Stall gut, denn er hatte es dort in der Nähe von einem Züchter gekauft, und ein Pferd verlor nie die Orientierung. Lorenzo lachte in sich hinein, wenn er kurz vor einer Erhöhung spürte, wie der Hengst zum Galopp ansetzte, denn er brachte eine Anstrengung lieber schnell hinter sich, als langsam und mühselig einen Hügel zu erklettern. So gab er ihm die Zügel frei und ließ Titus laufen, der, oben angekommen, sofort wieder in eine ruhigere Gangart fiel, um Kräfte zu sparen. Und Sandros Stute Paula folgte dem Hengst in jeder Gangart.
Das Castello di Santa Clara war eine uralte, von Bäumen und Büschen überwucherte Ruine und bestand nur noch aus Mauerresten mit Kellergewölben, einem eingefallenen Turm und einer Wehrmauer mit Zinnen und Schießscharten. In ihrem Schatten stand ein später erbautes, bescheidenes Wohnhaus mit Stallungen und einem großen Garten voller Obst- und Nussbäume. Umgeben wurde das Anwesen von Weinbergen. Der Verwalter, ein alter Weinbauer aus dem Piemont, kümmerte sich um die

Reben und die Weinproduktion, seine Frau war für die Wirtschaft und für die wenigen Tiere, die sie für den eigenen Bedarf hielten, zuständig, und seine drei Söhne halfen dem Vater beim Wein, bei den Eseln, die sie für den Transport der Weinkörbe und bei der Arbeit im Weinberg brauchten, und sie versorgten Lorenzos Jagdhunde.

Lorenzo hatte den alten Flavio bei einer Reise in Turin kennengelernt, als der gerade seine Weinberge bei einem Erdbeben verloren hatte und mit der gesamten Familie vor den Trümmern seiner Existenz stand. Kurz entschlossen hatte Lorenzo den Mann und seine Familie nach Venedig eingeladen und später zum Castello di Santa Clara gebracht, wo die fünf eine neue Lebensgrundlage fanden.

Lorenzo freute sich auf seine kleine, bescheidene zweite Heimat. Am liebsten hätte er für immer hier zwischen den grünen Hügeln gelebt. Aber er wusste, ohne die Arbeit in Venedig wäre dieses Paradies ein Traum geblieben.

Endlich hatten die beiden Reiter den letzten Höhenzug erreicht. Erleichtert machten sie eine Pause und sahen hinunter auf das Tal, das Anwesen und die Weinberge, die ihre grüne Farbe langsam ablegten und die bunten Töne des nahenden Herbstes annahmen. In sauber gezogenen Reihen dehnten sich die Rebstöcke wie die Soldaten eines riesigen Heeres über den sanften Höhenzug, auf dem sich das alte Castello erhob. Erstaunlich, dachte Lorenzo, die Reben sehen gesund und gewässert aus, obwohl wir seit Wochen diese Dürre haben. Seit zwei Monaten ist kein Tropfen Regen gefallen, und doch scheint es den Reben gut zu gehen. Wir haben hier einen guten Boden, das sagt Flavio immer wieder.

Aus dem Haus im Tal stieg leiser Rauch, und das ferne Gebell der Hunde war zu hören, denn es war Futterzeit. Er dachte daran, wie er die Zwinger für die Pärchen gebaut hatte, tief genug in der Erde verankert, damit sie sich nicht unten hindurchwühlen konnten, und groß genug mit Innenraum und Außenfläche, damit sie toben konnten. Platz genug war da, und er wollte, dass die Tiere sich auch dann wohlfühlten, wenn er nicht mit ihnen unterwegs war.

»Andiamo«, rief er seinem Begleiter zu und begann mit dem letzten Abstieg. Und doch wurde es bereits dunkel, als sie das Castello di Santa Clara erreichten. Auf dem Hof herrschte reger Betrieb, Weinfässer für die neue Ernte wurden gereinigt, die Stampfbottiche bekamen neue Eisenringe und die Waagen neue Pendel. Ein paar Bewohner aus dem nahe gelegenen Dorf halfen dem alten Flavio. Sie würden wie in jedem Jahr später mit Wein entlohnt werden. Mitten auf dem Hof brannte ein großes Lagerfeuer und spendete Licht für die Arbeiten.

Lorenzo und Sandro wurden freudig empfangen, die Pferde mit Hafer gefüttert, und Flavios Frau Flora erhielt die Nachricht von der Ankunft der Gäste.

Wenig später saßen alle, Lorenzo und sein Begleiter, die Familie und die Arbeiter, auf dem Hof um einen großen Holztisch herum und nahmen ein Abendessen zu sich, denn es war selbstverständlich, dass alle gemeinsam speisten und die Gäste einfach dazugehörten.

Es gab Risotto mit Pilzen, die Flora in den Hügeln gesucht hatte, einen Schweinetopf nach Piemonteser Art, den Flavio sich gewünscht hatte, und Melonensalat mit Aprikosen zum Nachtisch. Dass es Wein genug gab, war selbstverständlich, und dass danach nicht mehr gearbeitet wurde, ebenso.

Lorenzo war in seinem Element, und als er später in die Kammer ging, die Flora für ihn vorbereitet hatte, war er rundherum mit seinem Leben zufrieden. Wenn es doch immer so sein könnte, dachte er, als er sich schließlich müde in dem knarrenden Bett ausstreckte. Ich stelle wirklich keine Ansprüche an das Leben, nur diese Ruhe, dieses Gefühl der Vollkommenheit, dieses Glücksgefühl, wie ich es hier erlebe, das fehlt mir in Venedig. Manchmal dachte er auch an Maria, die Frau seines Bruders. Es muss schön sein, eine Frau an der Seite zu haben, die man liebt, von der man wiedergeliebt wird, mit der man Vertraulichkeiten austauschen kann und von der man Zärtlichkeiten empfängt. Ernesto muss sehr glücklich sein. Schade nur, dass es ihn immer wieder in die Ferne zieht. Die beiden sollten Kinder haben, Söhne, die unsere Arbeit später fortsetzen, und Töchter, die das Leben von uns Männern bereichern würden. Und bei dem Gedanken an die schönen Töchter Venedigs schlief er ein.

Aber kaum eine Stunde später wurde er durch einen gewaltigen Knall geweckt. Erschrocken fuhr Lorenzo aus dem Bett hoch und stieß die Holzläden zurück, die sein Fenster schützten. Glutrot leuchtete ihm der Himmel entgegen. Was denn, ist die Sonne schon aufgegangen, dachte er, als ein zweiter furchtbarer Knall das ganze Haus erschütterte. Dann ein dritter, irgendwo stürzte ein Baum um und schlug hart auf ein Dach auf. Dann sah er einen grellen Blitz, und unmittelbar darauf hörte er den nächsten Donner. Ein Unwetter, fuhr es Lorenzo durch den Kopf, und es muss direkt über uns stehen. So schnell er konnte, streifte er Beinkleider, Stiefel und das Hemd über und stürzte zur Tür hinaus. Ein weiterer Donner krachte durch das Tal, und dann sah Lorenzo, dass das gesamte Gelände in Flammen stand. Kein Sonnenaufgang, dachte er entsetzt, ein riesiges Feuer lodert in meinem ausgedörrten Weinberg, und der Wind treibt die Flammen direkt auf uns zu.

Am Rande des Hofes fing der erste Nussbaum Feuer, und wie eine riesige Fackel stand er sekundenschnell bis hinauf in die Krone lichterloh in Flammen. Jetzt sprang das Feuer, von Wipfel zu Wipfel, unerreichbar für die Menschen, die nun mit Eimern voller Wasser über den Hof liefen. »Holt die Esel aus den Ställen, lasst die Pferde frei, öffnet die Zwingertüren«, schrie Lorenzo und rannte hinüber zu den Hunden, die in Panik an den Zäunen auf- und absprangen. Lorenzo sah, dass Sandro mit den Pferden an Halftern zu einer entlegenen Weide rannte und Flavio mit seinen Söhnen die Esel nach draußen trieb und die gestern gefertigten Fässer aus dem Schuppen rollte, während die Dachschindeln bereits Feuer fingen.

Flora schleppte in aller Eile Kleidung und Bettzeug, Lebensmittel und ein paar Möbel aus dem Haus, während die Flammen von Baum zu Baum sprangen und Minuten später auch das Dach des Hauses erreicht hatten. Hier gibt es nichts mehr zu retten, dachte Lorenzo und rief den Leuten zu, sich in Sicherheit zu bringen. Vom Dorf herüber kamen ein paar Männer mit Eimern gerannt, und einer schrie den anderen zu: »Die Spritze können wir nicht gebrauchen, die Brunnen sind so gut wie leer, da gibt es kein Wasser mehr.«

Das Gewitter tobte weiter durch das Tal, blieb am nördlichen Höhenzug hängen, kam mit Blitz und Donner zurück und tobte sich erst im Morgengrauen aus. Von dem Anwesen am Castello di Santa Clara waren nur noch rauchende Trümmer übrig. Flora weinte, die Männer rieben sich die vom Rauch verklebten Augen, und Lorenzo setzte sich auf einen noch warmen Mauerrest. Er hatte die Sättel gerettet und die Satteltaschen mit seinem wenigen Gepäck, die er noch gar nicht ausgeräumt hatte, und starrte auf die schwarz verbrannten Hügel, von denen noch immer leichter Rauch aufstieg.

Flavio kam und setzte sich neben ihn. »Es hätte eine wunderbare Ernte gegeben, Signore Bernetti, eine wunderbare Ernte. Die Sonne hätte uns einen einmaligen Wein beschert.«

»Ja, ich weiß.«

»Aber die alten Fässer, die konnte uns das Feuer nicht nehmen.«

»Ja, die sind zum Glück in den Gewölben der Ruine sicher untergebracht.«

»Wenn wir sie gut verkaufen können, könnten wir junge Reben besorgen und anpflanzen. Die Asche macht das Land fruchtbar, in ein paar Jahren könnten wir es schaffen.«

»Sie haben Mut, Flavio.«

»Ich bin Weinbauer, ich gebe genauso wenig auf wie der Wein. Vielleicht können wir sogar ein paar alte Wurzelstöcke retten, nicht überall sind die Reben bis hinunter zur Erde verbrannt.«

Lorenzo sah seinen Bauern dankbar an. »Sie machen mir Mut, versuchen Sie es, Flavio, und was immer Ihnen gelingt oder auch nicht, Sie haben hier Ihr Zuhause. Und als Erstes bauen Sie sich das Haus wieder auf.« Er wusste, dass der Mann sich mit einer bescheidenen Hütte begnügen würde, denn viel Geld konnte er ihm für den Wiederaufbau nicht geben, weil er es selbst nicht hatte.

»Danke, Signore Bernetti, wir bauen es selbst, meine Söhne und ich, wir brauchen nur das Material, und bis die Hütte steht, wohnen wir in den Kellergewölben vom Castello. Im Winter ist es da unten zu kalt und zu feucht, aber jetzt im Spätsommer ist es dort auszuhalten, und wir haben ein Dach über dem Kopf.«

Lorenzo nickte. »Was immer Sie hier tun, es geschieht mit meinem Einverständnis. Aber bitte, versuchen Sie, meine Hunde im Dorf bei den Bauern unterzubringen. Sie sind ein Vermögen wert, und ich wüsste sie gern gut untergebracht. Später kümmere ich mich dann wieder um neue Zwinger, aber es wird ein paar Monate dauern, bis ich wieder herkommen kann.«

»Ich wünschte, Sie könnten öfter kommen, Signore.«

»Ich wünschte mir das auch, aber ich muss jetzt für ein paar Wochen in eine weit entfernte Stadt reisen, und bis ich zurückkomme, haben wir hier Winter.« Er reichte dem Bauern einen Beutel mit Goldmünzen. »Das muss für's Erste reichen, Flavio. Und sobald Sie in der Lage sind, schicken Sie uns ein paar Fässer vom guten, alten Verdicchio ins Tal. Mein Bruder wird ihn günstig verkaufen.«

»Zum Glück sind die Fässer unbeschädigt. Sobald ich einen Karren besorgen kann, wird der Wein zu euch nach Venedig gebracht.«

»Danke, Flavio, ich sehe, wir verstehen uns.«

Drei Tage später erreichten Lorenzo und Sandro wieder Venedig, und nach vier weiteren Tagen bestieg Lorenzo die ›Eagle-Flight‹ der Stelling-Reederei, um nach Hamburg zu segeln.

Sechzehntes Kapitel

Rebekka Jenfeld war eine kluge junge Frau. Sie hatte früh gelernt, selbstständig zu denken und zu handeln, und sie wusste sofort, worauf es ankam, als Alexander sie bat, seine Frau zu werden, und Theresa von ihr wünschte, einen Leibwächter für Alexander zu finden. Sie war glücklich wie noch nie in ihrem Leben und sie vergaß bei aller Freude, die ihr dieses Leben nun bot, nicht, dass große Anstrengungen, viel Arbeit und einige Überredungskünste auf sie zukamen. Zuerst musste sie Silvana beruhigen, die zutiefst enttäuscht von dieser Verlobung war. Dann musste sie Knut Brauer überreden, seinen Dienst zu quittieren und zu ihr in die Englische Planke zu ziehen, und dann wollte sie auch Luise bitten, als Haushälterin zu ihr zu kommen. Vor allem aber galt es, die alte Dame mit dem Gedanken zu versöhnen, sie als Gesellschafterin zu verlieren.

Bereits nach dem Abendessen, als sie Silvana in ihren Salon begleitete, spürte Rebekka, dass sich eine Wand zwischen ihr und Silvana aufbaute. Das wollte sie auf keinen Fall zulassen, und so sagte sie gleich, als Silvana ihren Sessel erreicht hatte: »Bitte, Madame, ich möchte nicht, dass Sie sich überrascht oder übergangen fühlen. Auch für mich hatte der heutige Tag Überraschungen bereit, die ich nie für möglich gehalten hätte.«

»Ach ja? Du bist von deiner eigenen Verlobung überrascht worden? Das kann ich kaum glauben, so eine Verbindung braucht Zeit für ihre Entwicklung. Eine Verlobung passiert nicht von heute auf morgen.«

»Doch, Madame, genau so ist es. Sie hat nicht einmal die Zeit von heute auf morgen gebraucht. Sie war einfach da, ganz plötzlich, von einem Augenblick zum anderen.«

»In unseren Kreisen gibt es keine spontane Verbindung von zwei Menschen, die sich kaum kennen.«
»Bitte, Madame, ich weiß, dass ich nicht zu Ihren Kreisen zähle, aber der Herr Alexander hat mich gefragt, ob ich ihn liebe und seine Frau werden möchte, warum sollte ich nicht ›Ja‹ sagen? Ich habe ihn doch auch lieb gewonnen in all den Monaten, die ich hier im Haus mit ihm lebte. Und als er fort war, habe ich so richtig gefühlt, wie sehr er mir fehlt.«
»Gefühle haben nichts mit einer Ehe zu tun. In unseren Kreisen werden Ehen aus Vernunftgründen geschlossen. Alexander sollte einmal in eine Familie einheiraten, die unsere Geschäfte unterstützt und bereichert. Das nennt man vernünftige Tradition.«
»Vielleicht möchte Alexander keine Vernunftehe und keine Tradition. Er ist sehr vereinsamt aufgewachsen, er sucht Liebe und eheliche Gemeinschaft, die nichts mit Geschäften zu tun hat.«
»Genau das ist es. Er war ein Leben lang einsam, jetzt soll er erst einmal lernen, wie es ist, unter Menschen zu leben, unter Menschen, die ihn akzeptieren und die er bewundert. Glaubst du nicht, dass es da auch passende Frauen für ihn gibt? Du bist schließlich nur die bezahlte Gesellschafterin seiner Großmutter. Er verlässt mein Haus, er wird mir doch nicht auch noch die Gesellschafterin wegnehmen.«
So ist das also, dachte Rebekka. Sie will mich nicht verlieren und deshalb macht sie dieses Gerede um die Vernunftehe und die traditionelle Partnerin, auf die er warten soll. »Madame, es tut mir sehr leid, dass ich Sie verlassen muss, aber meine Pflicht besteht nun darin, meinem Verlobten zur Seite zu stehen und ihm zu helfen, sein Haus wohnlich zu gestalten, damit er sich in seinem neuen Heim wohlfühlt.«
»Rebekka, ich will davon nichts mehr hören. Dein Platz ist an meiner Seite, du kannst gleich damit beginnen, einen Plan für unsere nächste Ausfahrt zu machen. Ich möchte morgen früh auf den Blumenmarkt fahren. Wir brauchen frische Rosen für die neuen Öle. Also kümmere dich darum, wo die besten Händler zu erreichen sind.«

»Jawohl, Madame.«
Rebekka wusste, dass sie diplomatisch vorgehen musste. Wenn ich die alte Dame erzürne, verliere ich nicht nur ihre Zuneigung, sondern auch meine Tätigkeit in den Parfüm-Laboratorien, überlegte sie. Aber die will ich auf keinen Fall verlieren. Die Herstellung der Parfüme, der Gesundheitsseifen und der Heilöle ist nicht nur ein Zeitvertreib von mir geworden, die Arbeiten haben auch eine finanzielle Zukunft, warum sollte ich nicht neben meiner Tätigkeit als Ehefrau auch ein Nebeneinkommen haben? Ich habe nun schon so viel über die Herstellung und Vermarktung gelernt, ich habe mich mit den Parfümeuren angefreundet und fühle mich wohl bei dieser Arbeit, warum soll ich darauf verzichten, indem ich die alte Dame verärgere? Nein, ich werde ihre Wünsche erfüllen, soweit es mir möglich ist, und sie auf den Blumengroßmarkt zu begleiten, ist wirklich kein großes Opfer für mich, und ihr gefällt es.

Vom Michaelisturm läutete es zweimal. Dann habe ich noch eine Stunde, bis die gnädige Frau aufwacht. Ob ich es schaffe, bis zum Speckplatz und zurück zu laufen? Hoffentlich ist Knut Brauer zu Hause, wenn ich so unverhofft komme. Rebekka zog sich rasch an und verließ das Haus. Gott sei Dank, dass man wieder ein- und ausgehen kann, wie und wann man will, dachte sie und lief den Herrengraben entlang, dann durch die Dusternstraße und schließlich durch die Fuhlentwiete und die Caffamacherreihe bis zum Specksplatz. Unschlüssig sah sie sich um. Der Platz war eher eine enge Gasse, und die schmalen Häuser standen eng zusammen. Himmel, dachte sie, wo soll ich hier mit der Suche beginnen? Dann fiel ihr das Leberwurstbrot ein, das Knut ihr mitgebracht hatte. Der Fleischhauer wusste vielleicht, wo sie den Bürgerwehrsoldaten fand. So suchte sie den kleinen Laden auf und fragte den Meister höflich: »Ich suche den Bürgerwehrsoldaten Knut Brauer, können Sie mir vielleicht sagen, wo ich ihn finde?«
Der dicke Mann hinter dem Tresen lachte. »Da haben Sie heute

Glück, der hatte Nachtschicht und ist jetzt zu Hause. Da drüben, das offene Fenster mit dem grünen Vorhang, da ist seine Kammer. Zwei Treppen müssen Sie hoch, und dann ist es die erste Tür rechts.«
Rebekka bedankte sich höflich, lief über die Gasse und ging in das kleine, schiefwinkelige Haus. Oben angekommen, klopfte sie an die Tür.
»Was is 'n?«, klang es ungeduldig aus der Kammer.
»Herr Knut, ich bin es, die Rebekka aus der Petrikirche, die Sie im Winter in den Herrengraben getragen haben.«
»Soll das 'n Witz sein, ick hab keene Rebekka durch die Stadt geschleppt.«
»Doch, Herr Knut, erst haben Sie mir das Leben gerettet, als die Flut kam und ich an der Lampe hing, und dann haben Sie mich getragen, weil Sie Angst um meine Schuhe hatten.«
»Ach was! Die Deern aus Berlin etwa?«
»Ja, genau die. Herr Knut, ich möchte Sie etwas fragen.«
»Na, so was. Ick komm gleech. Warten Se mal 'n Moment.«
Wenig später öffnete sich die Kammertür. »Tatsächlich, Se sind es wirklich. Kommen Se man rein, aber schaun Se sich nich um, ick hatte Nachtschicht bei die Bürgerwehr, da will man am nächsten Tag nur noch schlafen. Bitte, setzen Se sich.« Schnell nahm er ein paar Kleidungsstücke von dem einzigen Stuhl und bot ihn Rebekka an. »Wat ham Se denn auf 'm Herzen, Frollein?«
»Ich brauche einen starken Mann, Herr Knut, und da habe ich gleich an Sie gedacht.«
Knut Brauer lachte laut heraus. »Weil ick Se jetragen hab, bin ick noch lange keen starker Mann. Sie sind ja doch bloß 'n Federjewicht.«
»Aber wer in der Bürgerwehr arbeitet, ist stark und mutig und vertrauensvoll.«
»Ach ja? Woher wissen Se das denn?«
»Weil man die Männer prüft, bevor sie aufgenommen werden, ich habe das im Bürgerwehrblatt gelesen.«
»So, so, Se ham sich also nach mir erkundigt.«

»Ich brauche einen starken, mutigen, vertrauenswürdigen Mann, Herr Knut.«

»Und wofür?«

»Ich werde den jungen Herrn Iserbrook heiraten, und die Familie hat immer noch Angst, er könnte entführt werden. Und da wollte ich Sie fragen, ob Sie nicht bei uns wohnen wollen, um in der Nähe meines zukünftigen Mannes zu sein. Er darf es aber niemals erfahren, dass Sie bei uns wohnen, um ihn zu überwachen.«

»Na, das Haus is doch sowieso schon 'ne Festung.«

»Mein zukünftiger Mann hat ein neues Haus gefunden, in das wir einziehen möchten, und er will absolut keine Schutzmaßnahmen mehr. Er hat gelernt, sich selbst zu verteidigen, und lehnt alle Einschränkungen ab.«

»Und wie woll'n Se mir dann da unterbringen?«

»Sie haben mir doch erzählt, dass Sie gern bei der Bürgerwehr aufhören wollen, ich würde Sie als Hauswart einstellen. Sie hätten alles unter sich. Sie könnten meinen Mann im Auge behalten und ihn begleiten. Sie bekämen eine schöne Kammer, ein gutes Essen und ein passendes Gehalt.«

»Hm, hört sich jut an.«

»Ist auch gut, Herr Knut.«

»Und wann soll ick anfangen?«

»In einer Woche, denke ich. Wir richten in den nächsten Tagen das Haus ein, und spätestens dann zieht mein zukünftiger Mann dort ein.«

»Und Sie?«

Rebekka lachte. »Ich muss wohl bis zur Hochzeit warten, aber wenn es nach dem Herrn Iserbrook geht, heiratet der lieber heute als morgen.«

»So, so. Dat kann ick jut versteh'n.«

»Na ja, die Familie braucht wohl ein bisschen mehr Zeit, um sich an den Gedanken zu gewöhnen, dass er mich heiratet.«

»Aber warum denn? Se sind doch 'n patentes Mädchen.«

»Aber ich gehöre nicht in die Kreise, in denen eine Familie Iserbrook Bräute sucht.«

»So ’n Quatsch. Die sollen froh sein, dass Sie die Familie mögen.«
»Ich mag meinen zukünftigen Mann und ich bin sehr froh, dass er aus dem alten Palais auszieht und dass wir allein leben können.«
»Kann ick verstehn. Also, ick denke mal, ich mach das. Ick komm zu Ihnen und pass auf Ihren Mann auf, ohne dat er es merkt.«
»Danke, Herr Knut, ich bin sehr erleichtert. Und wann können Sie kommen?«
»Heute in einer Woche bin ick da. Wo woh’n Se denn?«
»In der kommenden Woche noch im Herrengraben, aber dann in der Englischen Planke Nummer eins, gleich hinterm Michel. Und morgen versuche ich, Luise aus der Kirche zu finden. Sie wohnt am Rautenplatz.«
»’ne Luise?«
»Ja, sie hat mit mir in der Kirche die Flut abgewartet. Sie ist Weißnäherin, und ich möchte sie als Haushälterin einstellen.«
»Na, da ham Se aber ’ne Mannschaft beisammen, Frollein.«
»Es sind die beiden Menschen, die mir einmal geholfen haben, und die einzigen in dieser Stadt, die ich kenne und denen ich von Herzen vertraue.«
»Dann mal viel Glück bei der Suche.«
Rebekka stand auf und schaute sich in der Kammer um. »Sie brauchen nur Sachen mitzubringen, an denen Sie hängen, Herr Knut, alles andere besorge ich.«
»Mach ick, mach ick. Und nu sagen Se man nicht mehr Herr Knut zu mir, dat schickt sich nich. Ick bin der Knut, das reicht.«
Dankbar reichte ihm Rebekka die Hand. Dann ging sie schnell zurück in den Herrengraben, ihre Mittagszeit hatte sie um eine gute halbe Stunde überschritten, und die alte Dame erwartete sie bestimmt schon mit Zorn und Unverständnis.

Aber Silvana war gar nicht im Hause. Hanna Osterbeck, die Rebekka in der Halle traf, erzählte ihr: »Die gnädige Frau ist mit

dem Herrn Iserbrook und ihrer Tochter ausgefahren, ich glaube, sie wollte sich das neue Haus vom jungen Herrn ansehen.«
Rebekka war erleichtert und zufrieden. Sie würde die Zeit nutzen, im Haus nach brauchbaren Möbeln zu suchen. Theresa hatte ihr gesagt, dass die unbewohnten Zimmer im Palais voll mit wertvollem Mobiliar stünden, von dem niemand mehr Gebrauch mache, und so ging sie in den Flügel, der seit Jahren nicht mehr bewohnt wurde. Die Räume sahen sauber, aber unbenutzt aus. Die Möbel waren mit weißen Tüchern bedeckt, Spiegel, Bilder und Kronleuchter mit Laken umhüllt. Behutsam entfernte Rebekka die Tücher und starrte die Möbel sprachlos an. Handgeschnitzte, massive Eichenholzschränke, Truhen, die auf Tigerpranken ruhten, schwere lederbezogene Sessel, Tische für zwanzig und mehr Personen und Betten mit gedrehten Pfosten und schweren Baldachinen füllten die Räume. Dazwischen fand sie kleine elegante Spiegelschränkchen, Konsolen mit Blattgoldverzierungen, Sekretäre mit Intarsienarbeiten und Polstermöbel mit handbestickten Aubussonbezügen.
Je mehr Rebekka sah, umso beklemmender wurde das Gefühl, erdrückt zu werden. Sie sah die lichten, hellen Räume vor sich, von denen Theresa geschwärmt hatte, und die gradlinigen Zimmeraufteilungen, die Alex so viel bedeuteten. Diese Möbel passen nicht zu uns, dachte sie bekümmert. Sie sind wertvoll und pompös, aber sie würden uns erschlagen. Allenfalls die kleinen, zierlichen chinesischen oder japanischen Schränkchen und Konsolen könnte ich mir vorstellen.
Ratlos ging sie von einem Zimmer in das andere.
Hanna Osterbeck, die sie von Weitem beobachtete, kam näher. »Es ist unglaublich prunkvoll, was sich hier so angesammelt hat«, sagte sie begeistert, aber Rebekka schüttelte den Kopf. »Diese Möbel würden mich erdrücken. Die kann ich nicht gebrauchen.«
»Aber sie sind einzigartig. Frau Theresa hat mir erzählt, dass viele Möbel von den Herren Iserbrook im Laufe der Jahre aus fernen Ländern mitgebracht worden sind. Sie sind einmalig.«

»Aber ich möchte morgens nicht in einem staubigen Baldachinbett aufwachen und in einem Sessel sitzen, den ich nicht einmal bewegen könnte, weil er so schwer ist. Und dann die riesigen, dunklen Eichenholzschränke, sie füllen ein Zimmer vollkommen aus, darin kann man sich doch dann gar nicht mehr bewegen.«
»Na ja, für kleine Zimmer sind sie wohl zu groß, das mag stimmen, aber für die Familie sind sie von besonderer Bedeutung, es sind doch fast alles Erinnerungsstücke an die bereits verstorbenen Iserbrooks.«
»Aber muss ich zwischen Erinnerungsstücken Verstorbener leben?«
»Nein«, lachte Hanna, das möchte ich Ihnen doch nicht wünschen. Was werden Sie denn nun machen?«
« Ich werde mir zuerst das Haus und die Zimmer ansehen, und dann bestelle ich beim Tischler leichte, helle, freundliche Möbel, in denen man atmen kann.«
»Da wird die gnädige Frau Silvana aber sehr enttäuscht sein.«
»Ich kann es nicht ändern. Ich bin sowieso schon eine einzige Enttäuschung für sie«, fügte Rebekka leise hinzu.
»Aber wieso denn?«
»Sie meint, der Herr Alexander hätte eine bessere, eine schicklichere Frau verdient. Und vor allem will sie nicht, dass ich sie verlasse.«
»Hm«, Hanna zuckte mit den Schultern, »da kenne ich mich nicht aus. Aber die gnädige Frau hat wohl so ihre Vorstellungen, was die feine Gesellschaft betrifft. Man kann ja nicht sagen, dass sie hier in Hamburg in den oberen Kreisen verkehrt, weil sie nirgends hingeht, aber in Venedig soll sie schon zur feinsten Gesellschaft gehört haben.«
»Der Herr Alexander hat mich lieb, weil ich so bin, wie ich bin, das hat er gesagt, und das genügt mir.«
Im Haus wurde es laut. »Die Herrschaften sind zurück«, flüsterte Hanna. Die beiden Frauen bedeckten die Möbel wieder mit ihren Tüchern, schlossen die Türen und gingen über die Dienst-

botentreppe hinunter in die Küche. Rebekka nahm das Tablett mit dem Teegeschirr, das die Köchin gerade bereitgestellt hatte, und trug es in Silvanas Salon. Während die Zofe Silvana beim Umkleiden half, deckte Rebekka den Teetisch und wartete, um Madame den Tee einzuschenken.

Die alte Dame war sichtlich gekränkt, als sie in ihrem Sessel Platz nahm. Sie konnte nicht begreifen, was um sie herum geschah. Wo war der Respekt der jungen Leute geblieben, wo die Liebenswürdigkeit, mit der sie auf die Wünsche der Älteren einzugehen hatten. Da zog man aus und um, da kaufte und verkaufte man Häuser, da machte man aus Dienstboten gesellschaftsfähige Ehefrauen – und das alles über ihren Kopf hinweg. Silvana schüttelte in Gedanken daran ihren Kopf. Sie hatte sich ihr Leben im Alter anders vorgestellt. Umgeben von liebevollen Kindern und Enkeln wollte sie alt werden, ihren schwer erkämpften Reichtum genießen, im Kreise ihrer Familie ein Dasein ohne Aufregungen, Sorgen und Ärger führen, getragen von der Hochachtung, die man einem ehrenwerten alten Menschen entgegenzubringen hatte. Sie seufzte, und Rebekka sah sie erschrocken an, wagte aber nicht, sie anzusprechen, zu deutlich stand der Missmut auf dem Gesicht von Madame.
Silvana war eine tolerante, kluge Frau, reich an eigenen Erfahrungen und stark durch ihr oft nicht leichtes Leben. Sie wusste, dass sie ihre Kinder und Enkel nicht mehr beherrschen, wohl aber formen konnte. Sie appellierte einfach an die Liebe, die sie zu geben bereit sein würden, und an die Traditionen, in die sie hineingeboren worden waren. Also wehrte sie sich nicht offen gegen den Auszug ihres geliebten Enkels und gegen seine Heirat, sie entwickelte schauspielerische Fähigkeiten, indem sie plötzlich wieder zu der selbstbewussten, verantwortungsvollen, furchtlosen Frau wurde, die sie bis vor wenigen Jahren gewesen war.
Und damit begann sie noch am gleichen Nachmittag während der Teestunde, indem sie Rebekka erklärte: »Mein liebes Kind,

ab morgen musst du dich allein um die Heilsalben und Heilöle kümmern. Ich habe andere Termine und werde mich vorerst nur noch mit der Parfümherstellung befassen. Ich habe für morgen früh um sieben Uhr die Kutsche bestellt, du musst dann allein zum Blumenmarkt fahren und die Rosenladung aus den Vierlanden in Empfang nehmen. Anschließend musst du mit dem Apotheker Borgemann zu den Seifensiedern in Hohenfelde fahren und die Zusammensetzung der neuen Seifenfette gründlich beaufsichtigen. Ihr müsst dafür sorgen, dass die Sieder nicht so viel tierische Fette einarbeiten, sondern mehr pflanzliche Fette. Mit Palmöl oder Kokosöl vertragen sich unsere Rosenöle besser als mit einer zu talghaltigen Rohmasse. Nachmittags kannst du dann im Laboratorium gleich die ersten Proben nehmen.«

Sprachlos hörte Rebekka ihr zu. Sie wollte mit Alexander zusammen das Haus besichtigen, die ersten Möbel bestellen, und vor allem wollte sie Luise suchen, denn ohne eine Frau in dem neuen Haus konnte sie es doch nicht einrichten.

»Verzeihen Sie, Madame, aber ich müsste morgen …«

»Nichts musst du morgen, du wolltest in die Laborarbeit eingewiesen werden, jetzt wirst du die ersten selbstständigen Arbeiten übernehmen. Übrigens, ich brauche dich morgen Mittag nicht, du kannst gleich nach dem Essen zum Hafen weiterfahren und die Lieferung der Lavendelfässer beaufsichtigen. Pass gut auf, ob die Fässer dicht sind, damit kein Duft unterwegs verloren gegangen ist. Undichte Fässer übernehmen wir nicht und wir bezahlen sie auch nicht.«

»Ja, selbstverständlich, aber ich möchte in meiner Mittagspause …« »Rebekka, ich bitte dich, wenn dringende Arbeiten zu verrichten sind, dann muss eine Mittagspause auch einmal wegfallen, zumal ich ebenfalls unterwegs sein werde. Das wirst du doch verstehen.«

»Madame, ich muss morgen Mittag eine Frau aufsuchen, die …«

»Wenn dir die Arbeit zu viel wird, musst du es nur sagen, dann sind die Laboratorien für dich ab sofort geschlossen.«

Stillschweigend nickte Rebekka nur. Sie wollte diese Arbeit auf keinen Fall verlieren, sie wusste, dass damit eines Tages gute Geschäfte zu machen waren, und sie hatte so viele Ideen, wie man die Arbeit mit den Aromen erweitern könnte, nein, sie musste sich fügen.

Auch Alexander und vor allem Theresa wunderten sich über die Aktivitäten der alten Dame. Seit Jahren war die Venezianerin nicht mehr so voller Pläne und Tatendrang gewesen. Wie verwandelt erschien ihnen die alte Frau. Sie wollte von Theresa über jede geschäftliche Aktion informiert werden, erkundigte sich plötzlich wieder nach den Mitarbeitern in den Kontoren, nach den Beständen in den Lagern, ja sie verlangte sogar für die Haushaltsführung strengere Regeln. Plötzlich interessierte sie sich auch wieder für Theater und Konzerte und erwartete ganz selbstverständlich, von der Tochter und von dem Enkel begleitet zu werden. Plötzlich hatte kein Mensch mehr Zeit, an einen Umzug oder gar ans Heiraten zu denken.

Theresa, der dieser Zustand gar nicht gefiel und die auch ganz offen darüber sprach, wandte sich an Lukas, ihren Bruder, der die Neuerungen allerdings nur am Rande miterlebte.

»Wie ist es möglich, dass eine mehr als siebzig Jahre alte Frau plötzlich, um nicht zu sagen über Nacht, zu einer betriebsamen Geschäftsfrau wird, die sich wieder in alles einmischt?«

Lukas, ein bedächtiger Mann, der nie voreilige Urteile abgab, lächelte. »Schwesterchen, sie merkt, dass ihr die Macht aus den Händen gleitet, das ist sie nicht gewohnt.«

»Aber woher hat sie plötzlich die Kraft?«

»Mutter ist eine Kämpferin, das darfst du nie vergessen.«

»Aber Lukas, sie setzt uns so unter Druck, dass wir nicht lange standhalten werden. Alex will heiraten, aber glaube mir, Rebekka hat nicht eine Minute Zeit am Tag, um mit ihm zu sprechen. Die beiden wollen ein Haus einrichten, aber an Möbelbestellungen oder die Einstellung von Personal ist überhaupt nicht zu denken. Ich mache mir Sorgen um Alex, der jetzt nicht nur wie früher hier im Haus gefangen ist, sondern zusätzlich durch maßlos viel Arbeit gefordert wird.«

»Dann müsst ihr mit ihr sprechen. Mutter will den Umzug verhindern, indem sie ihn mit Aufgaben hier im Hause überhäuft, und die Hochzeit will sie verhindern, indem sie den jungen Leuten keine Zeit gibt, sich zu verabreden oder zu sehen.«

»Sie ist egoistisch und eifersüchtig geworden, Lukas.«

»Sie hat Angst vor dem Alleinsein, vor dem Altwerden, vor der Nutzlosigkeit, der sie sich eines Tages stellen muss.«

»Aber darf sie deshalb dem Leben junger Menschen im Weg stehen, es behindern, alles in eigener Regie übernehmen?«

»Natürlich darf sie das nicht, aber sag ihr das mal, sie wird dich als undankbar und respektlos, als egoistisch und lieblos bezeichnen.«

»Und was soll ich nun machen? Ich habe Angst um Alex.«

»Geh und sprich mit ihr.«

»Könntest du nicht mitkommen? Alex ist immerhin dein Sohn.«

»Alex ist stark, der gibt so schnell nicht auf. Und im Übrigen bin ich nur noch ein seltener Gast im Herrengraben-Palais, ich habe hier kein Wort mehr mitzureden.«

»Du willst dich drücken.«

»Ja, mag sein, aber ich weiß, du wirst auch allein mit Mutter fertig, du hast schon ganz andere Probleme gelöst.«

Und dann kam alles anders, denn genau eine Woche später stand Knut Brauer plötzlich in der Halle vom Herrengraben-Palais.

Siebzehntes Kapitel

Lorenzo Bernetti bestieg die ›Eagle-Flight‹ an einem nebligen Morgen auf der Reede vor Venedig. Ernesto begleitete seinen Bruder bis in die Kabine, um sicherzugehen, dass Lorenzo gut untergebracht war. Er hatte so seine Erfahrungen mit Schiffen und wusste, dass mancher Reisende sich mit dem wenigsten begnügen musste, weil die Seeleute einfach keine Lust auf Passagiere hatten. Diese Gäste machten zusätzliche Arbeit, hatten dauernd irgendwelche Wünsche, beanspruchten die wenigen Annehmlichkeiten einer Reise für sich und forderten Anteilnahme bei der kleinsten Unpässlichkeit. Ja, Ernesto wusste, worauf zu achten war, wenn man sich einem fremden Schiff und seiner Mannschaft anvertraute. Aber die Kabine, die für Lorenzo reserviert war, gefiel ihm. Sie war vorn im Bug und damit weit weg von den knarrenden Kränen, mit denen die Ladungen an Bord geholt wurden, weit weg von den mahlenden Masten, die sich im Wind bewegten, und weit weg von den Kajüten der Matrosen und von der Kombüse mit ihren Gerüchen, die manchmal durch das ganze Schiff zogen.

Das Bullauge der Kabine lag knapp über dem Wasserspiegel, und ein Rohr zum Deck hinauf sorgte für frische Luft. Eine Koje mit sauberen Betttüchern, ein Sessel neben einem festgeschraubten Tisch, ein Spind für die Kleidungsstücke und in einem kleinen Nebenraum eine Waschschüssel und ein Toilettenbecken mit Wasserspülung vervollständigten die Einrichtung.

Ernesto war zufrieden und Lorenzo ebenfalls. Er begleitete seinen Bruder bis zum Fallreep und winkte ihm nach, als er in dem Boot der Bernettis zurück zum Kai gerudert wurde. Dann ging er langsam über Deck, beobachtete die letzten Vorbereitungen zum Ablegen und genoss die frische Seebrise, die er in den Büros und Lagerhäusern seiner Umschlagfirma selten zu spüren bekam.

Als das Schiff die offene See erreicht hatte, unter einem frischen Wind den Kurs nach Süden einschlug und Venedig im Nebel versunken war, ging Lorenzo zurück in seine Kabine, sortierte seine Kleidung in den Schrank und seine Bücher auf den Tisch. Er hatte sich mit Literatur über die Geschichte der Hanse, über die Hansestädte und die Geschäfte der Hanseaten versorgt, denn er wollte nicht unwissend seiner Geschäftsführung in Hamburg gegenübertreten. Außerdem hatte er ein Wörterbuch dabei. Sein Vater hatte darauf bestanden, dass seine Söhne die deutsche Sprache erlernen. »Wenn wir die Partner einer deutschen Firma sind, müssen wir deren Sprache sprechen«, hatte er immer wieder betont. Aber in den letzten Jahren waren ständig neue Wörter aufgetaucht, die er nicht verstand, die er sich aber während der Reise einprägen wollte.

Als er die ersten Seiten dieses Wörterbuches durchblätterte, um einen Überblick zu bekommen, klopfte es an seine Tür. Auf sein »Herein« betrat der Kapitän die Kabine und stellte sich vor. »Ich bin Martin Petersen, der Kapitän der ›Eagle-Flight‹, und wollte Sie willkommen heißen. Entspricht die Kabine Ihren Wünschen?«

»Danke, Kapitän, ich habe alles, was ich brauche.«

»Das freut mich. Meine Reederei legt Wert darauf, dass sich unsere Passagiere bei uns wohlfühlen, denn dann reisen sie auch wieder mit uns.«

»Ich habe gehört, dass Passagiere gar nicht so unbedingt willkommen sind auf den Frachtschiffen«, lachte Lorenzo.

»Das kommt darauf an«, erwiderte der Kapitän, »es gibt solche und solche Frachtschiffe, wir sind speziell auf Fahrgäste eingerichtet. Oft bedeuten die Kontakte mit zufriedenen Passagieren die nächste Fracht für uns.«

»Das glaube ich gern, auch meine Firma bevorzugt Ihre Schiffe, weil die Ladungen in gutem Zustand ihr Ziel erreichen und wir kaum Grund zu Beanstandungen haben. Soviel ich weiß, arbeitet meine Firma seit Jahren mit der Stelling-Reederei zusammen.«

»Kennen Sie die Stellings?«

»Nein, ich war noch nie in Hamburg.«

»Dann haben Sie auf dieser Fahrt die Gelegenheit, einen Herrn Stelling kennenzulernen.«

»Tatsächlich?«

»Er bewohnt die Kabine neben Ihnen. Er ist ein berühmter Maler und auf dem Heimweg nach Hamburg.«

»Das ist ja interessant. Dann gibt es in der Familie nicht nur Geschäftsleute, sondern auch Künstler?«

»Sie sagen es.«

»Ich freue mich auf die Bekanntschaft. Würden Sie uns einander vorstellen?«

»Gern, um zwei Uhr ruft der Gong zum Mittagessen in meine Kabine, dann werde ich Sie miteinander bekannt machen.«

Kapitän Petersen verabschiedete sich und ging wieder an Deck, und Lorenzo Bernetti sah dem Mittagessen mit großem Interesse entgegen. Einen echten Hamburger kennenzulernen, das kam ihm sehr gelegen. Er kleidete sich um. Er wollte Herrn Stelling so korrekt wie möglich gegenübertreten, denn er hatte gehört, dass diese Hanseaten großen Wert auf perfekte Kleidung legten und richtiges Benehmen achteten, und im Stillen dankte er seinen Eltern, die immer für ein musterhaftes Benehmen ihrer Söhne gesorgt hatten.

Endlich schlug der Gong und lud zum Mittagessen ein. Nach Lorenzo betraten noch drei andere Herren die Kabine des Kapitäns. Petersen stellte sie einander vor. Zwei der Herren waren sehr korrekt gekleidet, nur der dritte, ein großgewachsener Herr mit schulterlangen Haaren und einem nicht sehr gepflegten Bart, war leger angezogen. Und ausgerechnet er wurde Lorenzo Bernetti als Michael Stelling vorgestellt. Na ja, ein Künstler eben, dachte Lorenzo und nahm neben dem Maler Platz. Das allgemeine Gespräch drehte sich um die Schiffsroute, das Wetter, die nächste Hafenstadt und die noch zu erwartenden Passagiere. Erst nach dem Essen, als der Kapitän zu einem Kaffee und guten Havannazigarren einlud, hatte Lorenzo Gelegenheit, mit dem fremden Künstler zu sprechen.

»Ich freue mich, Ihre Bekanntschaft zu machen, Herr Stelling. Ich habe schon viel von der Reederei Ihrer Familie gehört, und wir bevorzugen unbedingt Ihre Schiffe, wenn wir Ladungen für Hamburg haben.«

Der Künstler lächelte. »Ja, ja, meine Schwester hat die Geschäfte im Griff. Ich habe aber damit nichts zu tun.«

»Ich bin auf dem Weg nach Hamburg und ich hätte gern etwas mehr über die Hanseaten gewusst.«

»Nun, da sind Sie bei mir an der falschen Adresse gelandet. Ich lehne die Steifheit und die Reserviertheit der Hanseaten ab. Ich bin sogar davor geflüchtet.«

»Geflüchtet? Das hört sich ja richtig dramatisch an.«

»Ich bin Maler, und das passte damals nicht in die sogenannten hanseatischen Kreise. Also bin ich nach Italien gegangen, um mein eigenes Leben leben zu können.«

»Und konnten Sie es?«

»Ja, ich war frei, aber ich konnte nicht davon leben.«

»Das verstehe ich nicht.«

»Ein Künstler braucht vor allem Geld, um leben zu können, und das hat mir meine Familie verweigert. Und so ging es in meinem Leben einmal bergauf und sehr viel öfter bergab.«

»Und jetzt?«

»Jetzt geht es schon so lange bergab, dass ich von meiner Malerei nicht mehr leben kann. Also kehre ich zurück in den Schoß der Hanseaten und werde versuchen, in Hamburg als Künstler wieder Fuß zu fassen.«

»Das hört sich nicht sehr glücklich an.«

»Das bin ich auch nicht. Aber meine Familie wird mich unterstützen, das ist sie ihrem Ansehen schuldig, deshalb kann es mit meiner Kunst nur besser werden. Und Sie, was machen Sie in Hamburg?«

»Ich leite den Umschlagplatz einer Hamburger Gewürzdynastie in Venedig, und jetzt will mich die neue Geschäftsleitung kennenlernen.«

»Gewürze! Damit habe ich mich noch nie befasst.«

Lorenzo lachte. »Sie würden sie sehr vermissen, wenn sie in Ihren Speisen fehlen würden.«

»Hm, da könnten Sie recht haben. Auf jeden Fall freue ich mich, Sie kennenzulernen. Wir werden noch manches interessante Gespräch führen. Sie wollen etwas über die Hanseaten hören und ich etwas über Venedig. Ich war einen Winter lang dort und habe gemalt, aber es war kalt, neblig und traurig. Da bin ich nach Rom und in den Süden weitergereist, aber ich habe es bedauert, Venedig nicht im Sommer erlebt zu haben.«

»Dann kommen Sie doch einfach im Sommer zurück. Ich lade Sie ein und ich sorge dafür, dass Sie die Lagunenstadt und die Villen Venetiens in voller Farbenpracht genießen und malen können.«

Michael Stelling zuckte mit den Schultern. »Vielleicht, danke auf jeden Fall. Aber wenn ich in Hamburg keinen Erfolg habe, habe ich auch kein Geld für eine erneute Italienreise.«

»Bei mir leben Sie umsonst, es wäre mir wirklich eine Ehre, und eine Reise auf einem Stelling-Schiff muss doch machbar sein.«

Aber Michael schüttelte den Kopf. »Nicht für das schwarze Schaf der Familie. Meine erste Reise hat meine Mutter heimlich für mich finanziert, jetzt geht das nicht mehr.«

»Ich würde das sehr bedauern. Aber vielleicht haben Sie ja große Erfolge in Hamburg, das wünsche ich Ihnen von ganzem Herzen, dann werden Sie kommen können.«

Die Reise verlief problemlos. Die beiden Männer führten viele Gespräche, und bei der Einfahrt in die Elbe hatte Lorenzo seinen Respekt vor den Hanseaten und ihrer Korrektheit verloren. Er wurde wieder zu dem Mann, der er gern war, ein legerer, optimistischer, charmanter Mensch, der das Leben zu genießen gedachte.

Dennoch kleidete er sich am nächsten Morgen, als das Schiff den Hafen erreichte, sehr sorgfältig an. Er wusste: Auf den ersten Eindruck kommt es an.
Er verließ das Schiff über das Fallreep, ein Matrose brachte ihm den Koffer nach, und auf dem Hafendamm winkte er eine Droschke mit offenem Verdeck heran. »Ich möchte in den Herrengraben, aber es ist noch zu früh für einen Besuch. Könnten Sie mich durch die Stadt fahren und mir die Sehenswürdigkeiten zeigen? Um elf Uhr müsste ich dann pünktlich im Herrengraben sein.«
»Ja, mach ich«, rief der Kutscher, freudig gestimmt in Erwartung auf die gute Bezahlung, die mit der Besichtigung verbunden war. »Steigen Sie ein, Ihr Gepäck binde ich hinten auf den Halter, und um elf sind Sie im Herrengraben.«
Zunächst ging es am Kuhberg entlang zum Grünersood, dann über den Zeughausmarkt und Bei den Hütten vorbei. Lorenzo war fasziniert von den vielen Bäumen, die rechts und links der Straße standen. Wie weit muss man mit den Gondeln fahren, um bei uns nur einen einzigen Baum zu sehen, dachte er, und hier stehen sie reihenweise an allen Straßen.
Später wechselte der Kutscher die Richtung, fuhr über einen Hügel und dann den Holstenwall entlang. »Sehen Sie, das sind alles frühere Befestigungen«, erklärte er, »aber die haben die Stadtväter abgeschafft. Jetzt kann jeder Hamburger hier spazieren gehen.«
An der Dammthorstraße lenkte er dann seine Pferde in die innere Stadt. Er zeigte seinem Fahrgast das neue Stadttheater, fuhr mit ihm über den Gänsemarkt, wo reger Betrieb herrschte, und über den Jungfernstieg, wo die ersten jungen Damen und Herren flanierten, und fragte ihn auf dem Berg, ob er die St.-Petri-Kirche von innen besichtigen wolle. Als sein Fahrgast den Kopf schüttelte, fuhr er weiter. Danach zeigte er ihm das berühmte Johanneum an der Domstraße: »Hier stand früher mal der große Hamburger Dom, aber den hat man abgerissen, anscheinend brauchte man ihn nicht mehr«, erklärte er mit der Schulter zu-

ckend und fuhr mit seinem Gast weiter zum Hopfenmarkt, durch die geschäftige Deichstraße und wieder am Hafen vorbei. Um Punkt elf Uhr hielt er vor dem Palais am Herrengraben. Dort herrschte ein reges Durcheinander in der Halle, denn mitten darin stand ein Mann, der behauptete, Knut Brauer zu heißen und das Haus nicht zu verlassen, ohne das Fräulein Rebekka aus Berlin gesprochen zu haben.

Achtzehntes Kapitel

Erstaunt blieb Lorenzo Bernetti neben der geöffneten Eingangstür stehen. So ein lautes Durcheinander hatte er in einem so achtbaren Patrizierhaus nicht erwartet. Der stattliche Mann in der Mitte der Halle weigerte sich offensichtlich, das Haus zu verlassen, obwohl er von Dienstboten umringt war, die versuchten, ihn zur Tür zu drängen.

»Ick bin hierher bestellt worden, und hier bin ick und hier bleibe ick, bis das Frollein Rebekka kommt.«

»Aber das Fräulein Rebekka ist gar nicht im Hause, und wir wissen nicht, wann sie zurückkommt«, rief der Hausdiener aus einiger Entfernung, denn er wagte sich nicht in die Nähe des zornigen Fremden, der zudem noch von kräftiger Statur war.

»Kümmert mir nich, ick warte«, erklärte Knut Brauer, sah sich um, ging zu einem Stuhl, setzte sich darauf und legte ein Bündel Kleidung neben sich auf den Boden. Die Hausmädchen und der Diener, die den Fremden nicht loswerden konnten, tuschelten einen Augenblick miteinander, dann sah eine ältere Frau den zweiten Fremden neben der Tür.

»Darf ich fragen, was Sie hier wollen?«, fragte sie ziemlich ärgerlich und ging auf Lorenzo zu.

»Mein Name ist Lorenzo Bernetti, ich komme aus Venedig, und Frau Iserbrook erwartet mich.«

»Ja, einen Augenblick bitte.« Sie drehte sich um und befahl einem der Mädchen: »Hol die gnädige Frau aus dem Kontor, hier ist Besuch für sie.«

Das Mädchen verschwand durch eine Seitentür, auch die anderen beiden gingen fort. »Du bleibst hier und beobachtest den fremden Eindringling da auf dem Stuhl. Er soll sich nicht von der Stelle rühren, bis die gnädige Frau entschieden hat, was aus ihm wird«, befahl sie dem Hausdiener und blieb neben Lorenzo stehen. »Sie werden erwartet?«

»Jawohl.« Lorenzo war nicht gewillt, einer Dienstmagd weitere Auskünfte zu geben. Endlich öffnete sich die Nebentür, durch die das Dienstmädchen gegangen war. Herein kam eine elegante, schöne Frau, die selbstbewusst und mit energischen Schritten auf ihn zukam. »Herr Bernetti?«

»Gnädige Frau, ich bin Lorenzo Bernetti und soeben angekommen.« Er verbeugte sich und küsste ihr die Hand.

»Willkommen in Hamburg, ich bin Theresa Iserbrook.« Dann sah sie sich in der Halle um. »Was geht hier vor, wer ist der Mann dort auf dem Stuhl?«

Der Hausdiener kam näher und erklärte: »Der Mann heißt Knut Brauer und er wartet auf Fräulein Rebekka. Er sei herbestellt worden, behauptet er, aber Fräulein Rebekka ist nicht im Hause.«

Theresa ging zu dem Fremden. »Herr Brauer, Fräulein Rebekka hat Sie hierher bestellt?«

»Jawoll. Ick soll ihr in dem neuen Haus helfen und da bin ick nu.«

Theresa erinnerte sich an das Gespräch mit Rebekka, sie selbst hatte die Verlobte ihres Neffen gebeten, für einen starken Mann im neuen Haus zu sorgen. Und stark sah dieser Fremde schon aus.

»Ja«, erwiderte sie lächelnd, »ich erinnere mich. Bitte warten Sie hier, Rebekka wird gleich zurückkommen, dann kümmert sie sich um Sie.« Und zu dem Hausdiener gewandt: »Du kannst ihn getrost allein lassen, es hat alles seine Ordnung. Besorge einen Imbiss und einen Kaffee in der Küche und serviere ihm alles da drüben auf dem Tischchen, wir wollen unsere Gäste nicht unversorgt lassen. Und sag in der Küche Bescheid, dass ich einen Gast habe und ein kleines Dinner in meinem Büro erwarte.« Dann sah sich Theresa in der Halle um, und als sie alles wohlgeordnet fand, bat sie ihren Gast: »Bitte kommen Sie, das kleine Missverständnis ist behoben.«

Lorenzo war fasziniert. Mit wenigen Worten, mit kleinen Handbewegungen und mit aller Ruhe hatte diese Frau bestimmt, was zu tun sei.

In dem sehr nüchtern und zweckmäßig eingerichteten Kontor bat Theresa ihren Gast, Platz zu nehmen. Sie selbst setzte sich in einen Sessel ihm gegenüber und fragte lächelnd: »Haben Sie den Weg nicht gefunden oder hat der Droschkenkutscher sich verfahren? Die Stelling-Reederei hat mich von der Ankunft der ›Eagle-Flight‹ schon heute Morgen um acht Uhr benachrichtigt.«

Lorenzo schüttelte den Kopf. »Ich weiß, dass man einen ersten Besuch nicht vor elf Uhr machen sollte. Die Hanseaten sind da sehr korrekt in ihren Bestimmungen, habe ich gehört.«

Jetzt lachte Theresa laut und herzlich. »Aber lieber Herr Bernetti, Sie vergessen, dass ich eine halbe Venezianerin bin. Diese hanseatischen Bestimmungen sind mir beinahe alle von Herzen egal.«

»Verzeihen Sie, Madame, ich wollte mich nur korrekt benehmen.«

»Ich weiß, ich weiß, es ist ja auch nur ein Scherz. Hatten Sie eine angenehme Reise und nette Menschen mit an Bord?«

»Ja, vielen Dank. Mein Kabinennachbar war der Maler Michael Stelling, durch ihn habe ich viel über Hamburg und die Menschen hier erfahren.«

»Dann wissen Sie wahrscheinlich mehr über die Hamburger als ich. Ich habe viele Jahre in Lübeck gelebt und nun, hier in Hamburg, komme ich selten unter Menschen, es gibt viel zu tun in unserem Geschäft.«

»Ja, ich weiß, die Erfolge sprechen für sich, das spüren sogar wir in Venedig.« Und schon waren die beiden mitten in ihrer geschäftlichen Unterredung.

Einmal wurde das Gespräch durch das Eintreten von Silvana unterbrochen, die sich beschwerte, dass sie heute ganz allein zu Mittag essen musste. Theresa machte die beiden miteinander bekannt, sagte dann aber deutlich, dass sie sich in einer geschäftlichen Unterredung befände und nicht länger gestört werden wolle. Verärgert zog sich Silvana zurück. Zu gern hätte sie über Venedig geplaudert und ihre geheime Sehnsucht nach der Lagunenstadt zum Ausdruck gebracht.

Knut Brauer musste fast eine Stunde auf Rebekka warten. Dann kam sie abgehetzt zur Tür herein, sah Knut und wäre ihm am liebsten um den Hals gefallen. »Gott sei Dank, dass Sie da sind, Knut, hier ist das Chaos ausgebrochen, und ich weiß nicht, wo mir der Kopf steht. Kommen Sie, wir verschwinden sofort wieder.«
Knut griff nach seinem Kleiderbündel und folgte ihr. Draußen wartete noch immer die Kutsche, mit der Rebekka gekommen war, denn sie hatte sich angewöhnt, den Kutscher warten zu lassen, bis sie sicher war, nicht sofort wieder irgendwohin geschickt zu werden.
»Fahren Sie uns bitte zu dem neuen Haus vom Herrn Alexander«, und zu Knut gewandt: »Stellen Sie sich vor, ich hatte noch keine Zeit, das Haus anzusehen, in dem ich demnächst leben werde. Die Patronin ist plötzlich von einer Arbeitswut besessen und kommandiert uns den ganzen Tag herum.«
»Das müssen Se sich nich jefallen lassen, jeder Mensch hat 'n Anspruch auf 'ne Pause, Frollein Rebekka.«
»Ja, natürlich, aber man kommt nicht einmal dazu, eine Pause durchzusetzen. Sobald ich nach Hause komme, wartet der nächste Auftrag auf mich. Ich wollte, nachdem ich bei Ihnen war, zur Frau Luise an den Rautenplatz gehen, aber nicht einmal das habe ich geschafft.«
»Was wollten Se denn von Luise? Ick hab's vergessen.«
»Ich möchte, dass sie meinen Haushalt führt. Ich kenne doch sonst keine verlässlichen Leute außer Ihnen hier in der Stadt.«
»Na, denn kümmere ick mich um Luise, machen Se sich man keine Sorgen.«
Die Kutsche hielt vor dem Haus Englische Planke Nummer eins. »So«, lachte Rebekka befreit, »das muss es sein. Den Haus-

schlüssel habe ich bei mir, weil ich immer gehofft habe, eines Tages hier vorbeizukommen und dann einen schnellen Blick in mein zukünftiges Zuhause werfen zu können.« Die beiden stiegen aus, und Rebekka öffnete die Tür. Die Sonne schien durch die Fenster, und Rebekka rief begeistert: »Ach, wie ist es angenehm und hell hier drinnen.«
»Ja«, nickte Knut, »ganz anders als in dem dunklen Palais am Herrengraben.«
Beschwingt lief Rebekka durch die Zimmer, die Treppe hinauf in die obere Etage und dann noch weiter hinauf zu den Dienstbotenkammern. »Sie sind der Erste hier, Knut, Sie dürfen sich die Kammer aussuchen.«
Aber der Mann schüttelte den Kopf. »Se woll'n doch, dass ick 'n wachsames Auge aufs Haus und auf 'n Hausherrn habe, da kann ick nich so weit weg schlafen, da muss ick schon unten sein, wo man ein- und ausgeht.«
»Aber unten die vier Zimmer brauchen wir als Büros und für die Familie.«
»Ne, ne, die mein ick auch nich. Es gibt doch sicher 'n Keller oder so wat. Da wird sich schon 'ne Ecke finden.«
»Im Keller? Aber Knut, Sie sollen doch nicht im Keller wohnen.«
»Lassen Se uns mal kucken«, und schon stieg er die Kellertreppe hinunter. Da das Erdgeschoss im Hochparterre lag, hatten alle Räume im Keller kleine Fenster, die Tageslicht hereinließen. Rebekka war überrascht von der Größe des Kellergeschosses. Da gab es die Küche mit Vorratskammer, eine Waschküche, einen Wirtschaftsraum und zwei kleine Kammern. »Na bitte«, grinste Knut. »In eine von die Kammern pass ick prima, die is genauso groß wie meine am Specksplatz. Mehr Platz brauch ick nich.«
Zögernd sah sich Rebekka um. »Wenn Sie meinen, Knut? Ich möchte eigentlich nicht, dass Sie im Keller wohnen. Wissen Sie, ich gehöre selbst zum Dienstpersonal und ich weiß, wie unwürdig die Menschen manchmal untergebracht sind.«
Knut grinste. »Aber lange gehören Se nich mehr dazu. Ick bin

richtig stolz auf Se, Se haben das prima jemacht, mit de Herrschaften.«
Rebekka lachte nun auch: »Wissen Sie, da war gar nichts zu machen, da hatte die Liebe ihre Hand im Spiel.«
»Ja, ja, dat hab ick mir schon gedacht. Muss 'n feiner Herr sein, dem Se Ihre Liebe schenken, und ick werd schon auf ihn aufpassen. Und mit der Kammer im Keller, da machen Se sich man keine Gedanken, die is ideal für mir. Hier hab ick alles unter Kontrolle, ick hör jeden Schritt von oben und vom Fenster aus seh ick, wer aus- und eingeht.«
»Aber was machen wir heute Nacht? Ich konnte noch nicht einmal ein Bett für Sie aufstellen lassen.«
»Ick leg mir auf meine Wäsche, bei die Bürgerwehr mussten wir oft genug auf 'm Boden schlafen.«
»Aber jetzt sind Sie nicht mehr bei der Bürgerwehr, jetzt sollen Sie es besser haben.«
»Is doch nur für 'n Übergang. Um mir brauchen Se sich nich zu sorgen.«
»In der Kutsche liegen ein paar Decken, die hole ich Ihnen, und morgen früh schicke ich auf jeden Fall einen Wagen mit ein paar Möbeln her. Bitte warten Sie hier, bis der Wagen abgeladen ist, und wenn Sie dann Luise aufsuchen würden, wäre das sehr nett.«
»Weiß die denn schon von ihrem Glück?«
»Nein«, lachte Rebekka, »ich hatte doch noch keine Zeit, sie zu besuchen. Ich hoffe, Sie überreden sie.«
»Na«, grinste Knut, »an mir soll's nich liegen. Die sah patent aus, die is sicher gut zu jebrauchen.«
»Das denke ich auch.«
Nachdem Knut sich mit den Decken sein Lager gerichtet hatte, begann er, das Haus zu durchsuchen. »Ick muss wissen, wohin die Hintertür führt, ob es einen Brunnen für frisches Wasser gibt und wie der funktioniert. Ick will auch alle Fensterriegel prüfen und nachsehen, bis wohin der Hof reicht.« Und je länger er sprach, umso mehr verlor er seinen Dialekt, und Rebekka lach-

te im Stillen, weil er durchaus hochdeutsch sprechen konnte. Es war ihr sehr lieb, dass er sich Mühe gab, denn wenn er Besucher empfangen oder verabschieden musste, war eine verständliche Sprache wichtiger als seine Berliner Mundart.

Nach dem Abendessen, an dem auch der Geschäftsmann aus Venedig teilgenommen hatte, bat Rebekka um eine Unterredung mit Theresa. »Bitte, gnädige Frau, ich muss wissen, wie es weitergeht. Ich möchte Herrn Alex das Haus einrichten, ich möchte die Dienerschaft engagieren und einweisen und ich möchte wissen, wann der Umzug stattfindet.«

»Ach, Rebekka«, Theresa zeigte großes Verständnis für die Sorgen der jungen Frau, »wenn ich das nur alles selbst wüsste. Im Augenblick habe ich so viel Arbeit, dass ich selbst nicht weiß, wo mir der Kopf steht. Aber Sie haben recht, das Wohl Alexanders steht an erster Stelle. Fangen Sie morgen mit der Arbeit an, ich entschuldige Sie bei meiner Mutter. Woran hatten Sie gedacht? Wollen Sie Möbel hier aus dem Haus mitnehmen? Wir haben Zimmer voller Sachen, die kein Mensch mehr braucht.«

Rebekka schüttelte den Kopf. »Diese großen, schweren Möbel passen nicht in die hellen, verhältnismäßig kleinen Zimmer in der Englischen Planke, und ich glaube, sie erinnern Herrn Alexander zu sehr an dieses Haus. Ich möchte gern eine kleine, leichte Ausstattung besorgen, mit freundlichen Farben und hellem Holz. Nur für die Ausstattung der Dienstbotenräume würde ich gern auf die nicht benutzten Einrichtungen in den Bodenkammern zurückgreifen.«

»Ja, das hört sich alles vernünftig an. Aber woher bekommen Sie die von Ihnen gesuchten hellen Möbel?«

»Ich habe«, sie flüsterte jetzt, »den von Ihnen gewünschten Hausmann gefunden, er wohnt bereits in der Englischen Planke und kümmert sich um Haus und Hof. Er kennt sich in Hamburg aus und wird mir bei der Suche nach Möbelherstellern helfen. Er besorgt mir auch die Haushälterin, und die beiden werden dann das Haus nach meinen Wünschen einrichten.«

»Das ist großartig.«
»Ja, aber zuerst brauchen die beiden Mobiliar für ihre Kammern, der Hausmann schläft zurzeit auf dem Boden«, jetzt lachte sie, »aber er sagt, es mache ihm nichts aus.«
»Selbstverständlich, Rebekka, die beiden brauchen Betten und Stühle und Schränke, Sie können sich aus den unbenutzten Kammern holen, was Sie brauchen.«
»Danke, gnädige Frau. Ich müsste allerdings auch ein Fahrzeug für den Transport haben, ich kann aber nicht als Angestellte der Patronin in die Stallungen gehen und einen Lastenwagen bestellen.«
»Das stimmt, Rebekka, ich bewundere Sie, Sie denken wirklich an alles. Ich gebe Ihnen einen Brief für den Stallmeister mit. Er soll Ihnen eine Kutsche für Ihre Besorgungen und einen Wagen für die Möbel zur Verfügung stellen, wann immer Sie ein Fahrzeug brauchen. Schließlich geht es bei allem um das Wohl von meinem Neffen.«
»Danke, das ist sehr großzügig. Ich werde alles so schnell wie möglich richten, dann kann Herr Alexander in wenigen Tagen dort einziehen.«
Theresa sah die junge Frau fragend an: »Haben Sie überhaupt einmal Zeit, mit Alexander zu sprechen, mit ihm die Zukunft zu planen oder Zärtlichkeiten auszutauschen, wie das bei Verlobten doch hin und wieder geschehen sollte?«
Rebekka schüttelte den Kopf. »Wir sehen uns nur bei den Mahlzeiten, die gnädige Frau hat so viel Arbeit für uns, dass wir keine Zeit für Gespräche haben«, jetzt wurde sie ganz rot, »oder gar für Zärtlichkeiten.«
»Also, das geht nicht. Ich werde dafür sorgen, dass ihr ab sofort Zeit füreinander habt.«
»Ja, danke, es gibt wirklich einiges zu besprechen, ich möchte doch das Haus nach den Wünschen des Herrn Alexander einrichten, er vor allem soll sich darin wohlfühlen.«
»Genau so ist es. Ab morgen werde ich euch von der Arbeit befreien, damit ihr euch um euer Haus kümmern könnt. Mit mei-

ner Mutter spreche ich noch heute Abend. Ich muss nur noch meinem Gast aus Venedig eine Kutsche rufen, die ihn ins Hotel ›Royal‹ bringt, wo ich ihm ein Zimmer reserviert habe. Dann spreche ich mit ihr. Also, keine Sorge, ab morgen habt ihr Zeit für euer Haus und für Gespräche.«

Es wurde ein schwieriges Gespräch für Theresa, komplizierter, als sie erwartet hatte.

Wie an jedem Abend hatte sich Silvana in ihren Salon zurückgezogen, um in alten Schriften über die Parfümherstellung und Heilmittel zu lesen. Sie war eine gewissenhafte Frau, die ihre Experimente nicht dem Zufall überlassen wollte, sondern gern die Erfahrungen anderer Menschen studierte. Im Augenblick interessierten sie besonders die Erkenntnisse der Hildegard von Bingen, einer Benediktinernonne vom Rhein, die mit prophetischen Schriften und genauen Rezepten auf zahlreiche Volksheilmittel und Behandlungsmethoden auf der Basis von Pflanzen und Gewürzen verwies. Vertieft in diese Schriften, reagierte sie recht unwirsch auf das Klopfen, mit dem sie gestört wurde. Als Theresa dann eintrat, fragte sie verärgert: »Kind, du weißt, dass ich um diese Zeit nicht mehr gestört werden möchte.«

»Mutter, da ich tagsüber keine Zeit für Gespräche habe, musst du mir schon erlauben, dass ich jetzt noch störe.«

»Um was geht es denn, so wichtig kann doch ein Gespräch nicht sein, dass es nicht bis morgen warten könnte.«

»Doch, Mutter, es ist wichtig, denn ab morgen musst du auf deine Gesellschafterin und auch auf die Hilfe von Alexander verzichten. Jedenfalls vorübergehend.«

»Was soll das heißen, die Arbeit der beiden ist unaufschiebbar.«

»Alexander wird in diesen Tagen in die Englische Planke umziehen, und Rebekka wird diesen Umzug organisieren.«

»Was gibt es da zu organisieren? Alex soll sich hier die Möbel aussuchen, die er haben möchte, und ein Kutscher wird sie in sein Haus bringen.«

»Alex wird nichts aus diesem Hause mitnehmen, weil ihn alles

an seine verlorene Kindheit erinnert. Rebekka besorgt ihm neue Möbel und alles, was dazugehört, einschließlich Hauspersonal.«
»Hauspersonal, was braucht ein junger Mann denn an Hauspersonal? Er arbeitet den ganzen Tag hier bei uns, er kann hier essen und trinken, wozu braucht er dann noch Hauspersonal?«
»Mutter, du vergisst, dass Rebekka und Alex heiraten und eine Familie gründen wollen. Die beiden leben in dem neuen Haus, und dazu gehört Personal, das sich um das Wohl der beiden kümmert.«
»Das Wohl haben sie hier in Hülle und Fülle, und überhaupt, Rebekka ist nach wie vor meine Angestellte, sie gehört immer noch hierher.«
»Mutter, Rebekka war deine Angestellte. Sie ist die Verlobte von Alexander und nun kümmert sie sich um das Wohl deines einzigen Enkels, das sollte dir wichtiger sein als die Anwesenheit einer Gesellschafterin.«
»Ach was, du versteht gar nichts.« Verärgert schüttelte Silvana den Kopf. »Sie ist viel mehr als meine Gesellschafterin, ich habe sie eingewiesen in die Geheimnisse der Parfümherstellung und ich werde sie in noch viel bedeutendere Geheimnisse einweisen.«
»Was meinst du damit, Mutter?«
»Ich meine damit, dass ich mich umorientieren werde.« Plötzlich fehlte die Aggression in Silvanas Stimme und sie wurde weich und liebenswürdig. »Ich werde die Parfümherstellung beenden und mich ganz auf die Naturheilkunde konzentrieren.«
»Deine Parfüme sind sehr schön, Mutter, ihr Duft ist einmalig, und du hast dein ganzes Können in diese Arbeit gesteckt.«
»Ich habe erreicht, was ich erreichen wollte. Jetzt habe ich neue, bessere Ideen.«
»Und was planst du?«
»Unsere Gewürze sollen nicht nur dem Genuss dienen, sondern der Medizin. Und um diesen Prozess in die Wege zu leiten und später zu vollenden, brauche ich die Unterstützung der gesamten Familie.«
»Wir unterstützen dich gern, das weißt du, Mutter, aber unser

Handel darf nicht darunter leiden. Nur wenn die Geschäfte einträglich verlaufen, können wir Ideen und Visionen finanzieren.«
»Visionen, das ist das richtige Wort. Ich habe Visionen von einer Heilkunde und die möchte ich verwirklichen.«
Theresa sah ihre Mutter sprachlos an. Sie wird bald achtzig Jahre alt und spricht von Visionen, die sie verwirklichen will, dachte sie. Und ich bin sicher, sie schafft das. Woher nimmt diese Frau die Energie, immer noch etwas Neues zu planen und auszuführen? Ich bin halb so alt und so oft müde, dass ich alles abstreifen und nur noch in Ruhe leben möchte. Sie strich der Mutter liebevoll über die Wange. »Alles wird gut, Mutter, du sollst deine Visionen verwirklichen, und wir werden dir alle helfen, nur – du musst uns auch einen Freiraum für das eigene Leben zugestehen. Und dazu gehört, dass Alexander und Rebekka jetzt in ein neues Haus umziehen.«
»Ja, ja, ich habe dich verstanden, Theresa.«

Neunzehntes Kapitel

Eine Woche später konnte Alexander Iserbrook in das Haus Englische Planke Nummer eins einziehen. Rebekka, Knut und Luise hatten es in ein gemütliches Heim verwandelt, und Theresa hatte mit viel Überredungskunst und ausreichenden Geldmitteln für eine moderne Gasbeleuchtung gesorgt. Diese fortschrittliche Lichtanlage war in vielen Bürgerhäusern noch unüblich, aber die Hamburger Straßen wurden seit neun Jahren durch Gaslaternen erhellt. So hatte Theresa es geschafft, durch Spenden für soziale Einrichtungen und durch großzügiges Bezahlen der Sonderkosten die Leitung bis in die Englische Planke Nummer eins verlegen zu lassen.

An einem Morgen nach dem Frühstück erklärte Rebekka lächelnd: »Lieber Alex, heute ist es so weit. Ich lade dich ein, dein neues Zuhause zu beziehen.« Gleichzeitig wandte sie sich an Silvana und an Theresa und erklärte: »Ich möchte Sie alle dazu einladen, Alexander bei dem Umzug in die Englische Planke zu begleiten.«

Die Venezianerin, noch immer verärgert über diese Veränderungen, schüttelte den Kopf: »Ich bin verhindert. Der Apotheker Borgemann hat sein Kommen angekündigt. Wir widmen uns heute der Gewürznelke. Der Winter steht vor der Tür, und damit kommt die Zeit der Erkältungen und der rheumatischen Erkrankungen. Wir müssen uns schnellstens mit der Gewinnung der ätherischen Öle befassen, denn …«

Theresa, die mit dem Starrsinn ihrer Mutter gerechnet hatte und keinesfalls eine lange Rede über die Heilwirkungen ihrer neuen Visionen hören wollte, unterbrach sie daher schnell: »Das macht doch nichts, Mutter, du kommst ein andermal und schaust dir

Alexanders neue Bleibe an.« Dann klatschte sie betont fröhlich in die Hände: »Kommt, kommt, die Kutsche wartet.«
Nur wenige Minuten später hatten sie die weiße Villa in der Englischen Planke erreicht. Eine Girlande aus kleinen blauen Herbstastern schmückte die Eingangstür. Auf den beiden Stufen vor dem Portal standen Knut Brauer in einer nagelneuen Hausmannsuniform, Luise im schwarzen Kleid der Haushälterin, die Köchin in einem blendend weißen Arbeitskittel und zwei Stubenmädchen in grauen Kleidern mit weißen Schürzen.
Rebekka war erstaunt, damit hatte sie nicht gerechnet, denn Theresa hatte ohne ihr Wissen das alles vorbereitet.
Auch Alexander war freudig überrascht. Er kannte das Haus nur als schlichtes Gebäude, in dem noch vieles zum Leben fehlte. Stattdessen stand er nun vor einer fertig eingerichteten Villa, die wie umgewandelt war. Er drehte sich zu Rebekka um und wollte sie umarmen: »Ich danke dir, meine Liebe«, aber Rebekka schüttelte den Kopf: »An deinem Haus haben alle mitgearbeitet, Alex. Theresa hat für die Feinheiten und das Gas gesorgt, Knut und ich für die Möbel, Luise und die Mädchen für die Sauberkeit, und das Vermögen der Iserbrooks hat das schließlich alles ermöglicht.«
»Ja, ich weiß und ich danke euch allen.« Er ging von einem zum anderen und reichte allen die Hand. »Hier werde ich leben können, denn hier bekomme ich Luft zum Atmen. Danke für alles.« Dann drehte er sich wieder zu Rebekka um. »Nur eines fehlt mir noch«, nun legte er doch seinen Arm um Rebekkas Schulter, »mir fehlt Rebekka, und ich sage euch, in einer Woche wird sie hier einziehen. Denn der Pastor von Sankt Michaelis hat mir den Heiratstermin in einer Woche zugesagt.«
Alle klatschten, und Rebekka, leicht errötet, strahlte ihren Verlobten an. »Danke, Alex.«
Dann betraten alle das Haus, die Räume wurden besichtigt und gelobt, und dann lud Emma, die Köchin, alle zum Dinner ins Speisezimmer. Es gab Holzfällersteaks, die Alexander seit seiner Waldarbeit liebte.

Theresa, die natürlich von dem Hochzeitstermin wusste, hatte für den Nachmittag eine Schneiderin in das Herrengraben-Palais bestellt, die sich um Rebekkas Garderobe kümmern sollte. Nicht nur das Brautkleid musste gefertigt werden, sondern auch eine komplette Ausstattung der jungen Frau, die nun in die gehobenen gesellschaftlichen Kreise der Hansestadt einheiraten würde. Rebekka war vollkommen überrascht, als sie das Zimmer betrat, in dem Theresa die Schneiderin mit ihren Mitarbeiterinnen untergebracht hatte. Da häuften sich Stoffballen auf den Tischen, Garne, Taschen, Tücher, Handschuhe und Hüte, wie sie sie noch nie gesehen hatte. Und während die Schneiderin ihre Maße nahm, kam ein Schuhmacher und stellte Leisten nach ihrer Größe ein, um Rebekka in einer Woche mit Schuhen für alle Gelegenheiten auszustatten.

Sprachlos ließ sie alles über sich ergehen. Theresa, die mit ihr gekommen war, erklärte fröhlich: »Viel Zeit haben wir ja nicht, aber das Nötigste sollst du schon mitbekommen, wenn du in die Englische Planke ziehst.«

»Aber, so viel, so …«

»Rebekka, dein Leben verändert sich, du wirst die Frau von Alexander, und er wird eine große kaufmännische Laufbahn hier in Hamburg anstreben. Du musst ihn unterstützen, als seine Frau wirst du repräsentieren und Gäste empfangen. Ihr werdet zu Einladungen gehen, Theater und Konzerte besuchen und zahlreiche andere Veranstaltungen. In dieser kurzen Zeit bis zur Hochzeit schaffen wir nur eine Grundausstattung, aber damit nicht genug. Zukünftig wirst du eine Schneiderin, eine Modistin und einen Schuhmacher haben, die für dich das anfertigen, was du nun mal in unseren Kreisen brauchst.«

»Wenn ich das alles höre, bekomme ich es mit der Angst zu tun.«

»Du bist ein sehr gescheites Mädchen, Rebekka, du hast dir eine gute Bildung angeeignet, du weißt dich vorzüglich zu benehmen, du schaffst das, davon bin ich überzeugt. Alexander wird alles langsam beginnen, er selbst muss ja auch noch viel lernen, deshalb seid ihr beide noch in dieser Lebensphase, und ihr werdet sie erfolgreich beenden. Ihr seid beide Kämpfer, sonst wäret ihr nicht da, wo ihr heute steht. Und nun noch eine Bitte, Rebekka, ab heute bin ich für dich Theresa. Wir werden in einer Woche enge Verwandte sein, da brauchen wir kein ›Sie‹ mehr für die Gespräche. Einverstanden?«

»Danke«, war alles, was Rebekka zu dem großzügigen Angebot sagen konnte. Dann probierte sie die Kleider und Kostüme an, die man speziell für sie angefertigt hatte. Die Schneiderin war erstaunt über den guten Geschmack der jungen Frau, die genau wusste, was sie wollte und wo noch Änderungen notwendig waren. Ja, Rebekka hatte in ihren jungen Jahren schon viel gelernt, was sich heute auszahlte.

Am Abend des gleichen Tages schrieb Rebekka ihren Eltern:

»Liebe Mutter, lieber Vater, ich möchte euch einladen, zu meiner Hochzeit nach Hamburg zu kommen. Ich werde Herrn Alexander Iserbrook heiraten, und wir werden danach ein eigenes Haus beziehen. Ich würde mich freuen, euch hier begrüßen zu dürfen.«

Den Worten folgten das Hochzeitsdatum, die Adresse und ein lieber Gruß.

Mit der neuen Eisenbahnstrecke zwischen Hamburg und Berlin konnte der Brief die Eltern früh genug erreichen. Dennoch kam eine Absage. Die Mutter schrieb zurück:

»Liebes Kind, in diese Kreise passen wir nicht. Feiert man recht schön, und unsere Glückwünsche begleiten dich. Deine Mutter.«

Rebekka war enttäuscht, hatte aber eigentlich mit der Absage gerechnet. Die Eltern waren einfache Leute, aber stolz in ihrer Armut. Sie hätten nicht zu dem großbürgerlichen Lebensstil der Iserbrooks gepasst, und das wussten sie.

Knut erwies sich für Alexander als unentbehrlicher Ratgeber. Er kannte alle Straßen, viele bedeutende Häuser, Geschäfte und Fabriken. Er machte seinen Herrn auf Besonderheiten in der

Stadt aufmerksam, erklärte ihm die von der Tide bestimmten Arbeiten im Hafen, half ihm, dass er ohne große Mühe und Zeitaufwand von der weißen Villa zu dem Palais im Herrengraben und den Lagerhäusern in Hafennähe kam. Knut Brauer wurde zum ständigen Begleiter des Alexander Iserbrook, und Rebekka hatte erreicht, was sie wollte: einen Beschützer für Alexander, der sehr bald zu einem lebenslangen Freund werden sollte.

Rebekka selbst war sehr glücklich in dieser Woche vor der Hochzeit. Sie arbeitete nach wie vor mit Silvana zusammen in den Laboratorien und erkannte, dass die Visionen der Venezianerin von großem Wert für die Menschen waren und auch ihre eigene Arbeit dadurch einen dauerhaften Sinn bekam. Ihre Freizeit verbrachte sie bei den Schneiderinnen und abends traf sie sich mit Alexander. Von Mal zu Mal kamen sie sich ein wenig näher. Die anfängliche Scheu war schon bald nicht mehr da, wenn sich die Hände versehentlich berührten oder wenn sie einander in die Augen schauten und dort Wünsche und Sehnsüchte zu erkennen glaubten. Ihre Gespräche drehten sich um die Zukunft, die Arbeit, die Menschen, mit denen sie zu tun hatten, und um die weiße Villa in der Englischen Planke. »Du kannst dir nicht vorstellen, wie wunderbar es ist, dort zu wohnen. Wenn ich morgens aufstehe und aus dem Fenster sehe, schaue ich hinunter auf die Elbe und die vielen Schiffe, die aus- und einfahren. Und bei Nebel höre ich ihre Signale. Und dann die Möwen, Rebekka, sie schweben bis zu uns herauf und spielen im Wind mit einer Leichtigkeit, dass ich nicht aufhören kann, sie zu beobachten. Du hast einen wunderbaren Platz zum Leben für uns gefunden, mein Liebes.«

Rebekka freute sich, sagte aber ehrlich, »Theresa war es, die das Haus ausgesucht hat. Sie war mit dir bei dem Häuservermittler , und der hat es euch angeboten. Aber als ich es dann später sah, wusste ich sofort, dass es das Richtige für dich ist.«

»Nein, mein Liebes, sag lieber für uns beide.« Und zum ersten Mal nahm Alexander Rebekka ganz fest in seine Arme und küsste sie. Überwältigt von ihren Gefühlen, sahen sie sich lange an und erkannten die innige Liebe, die sie verband. Danach trafen sie sich erst wieder vor dem Altar der St.-Michaelis-Kirche.

Theresa konnte ihre Arbeit kaum bewältigen, Zeit für sie blieb kaum übrig. Da waren die Vorbereitungen für die Hochzeit, die sie so besonders schön gestalten wollte. Dann hatte sie ständig Probleme mit Silvana, denn die alte Frau wollte nicht einsehen, dass Rebekka nicht mehr den ganzen Tag zu ihrer Verfügung stand, hatte aber gleichzeitig immer neue Ideen und Aufgaben, die die Hilfsbereitschaft aller forderten.

Und dann war da auch noch Lorenzo Bernetti, mit dem sie wichtige geschäftliche Vereinbarungen treffen musste und der auf seine Rückreise drängte, denn sein Weihnachtsgeschäft begann im frühen Herbst. Theresa bat ihn eines Morgens in ihr Kontor.

»Kommen Sie, Signore Bernetti, wir müssen mit der Arbeit fortfahren. Ich weiß, Sie möchten so schnell wie möglich zurück nach Venedig.«

»Verzeihen Sie, gnädige Frau, aber mein Bruder ist dem Geschäft allein nicht gewachsen. Er kümmert sich um den Einkauf, mit dem Verkauf hat er keine Erfahrungen.«

»Ich werde mich bemühen, heute nur mit Ihnen zu verhandeln. Wie Sie vielleicht beobachtet haben, wird sich meine Familie vergrößern, und so eine Hochzeit erfordert viele Überlegungen und Maßnahmen.«

»Ich beglückwünsche Sie zu der Braut des Herrn Iserbrook, gnädige Frau, sie machte einen sehr netten Eindruck auf mich.«

»Ja, richtig, Sie konnten Rebekka ja am ersten Abend hier in Hamburg kennenlernen.«

»Ja, und ich fand die junge Dame durchaus sympathisch.«

Theresa wandte sich den Geschäftsbüchern zu, die auf ihrem Schreibtisch lagen. »Ich habe Ihre Bücher gründlich studiert und ich bin sehr zufrieden mit der Buchführung und den Eintragungen. Wir können mit den Umlagen und den Einnahmen durchaus zufrieden sein. Ein paar Fragen hätte ich aber noch.«

»Ja, bitte? Um sie zu beantworten, bin ich ja hier.«

»Warum beziehen Sie den Zimt jetzt aus Ceylon und nicht mehr aus Indien? Der war doch im Preis günstiger.«

»Der indische Zimt wird von der getrockneten Baumrinde gewonnen, er ist würziger und kräftiger im Geschmack, der Ceylonzimt aber wird nur von den Ästen des Zimtbaumes geerntet, er schmeckt sehr viel feiner. Und da wir mit Ihnen als Geschäftsleitung darin einig waren, nur die besten Gewürze zu liefern, haben wir auf den Ceylonzimt umgestellt.«

»Hm, das ist vernünftig. Bleiben wir dabei. Gibt es auch sichtbare Unterschiede? Ich meine, wir müssten das unseren Kunden irgendwie optisch erklären können.«

»Der indische Zimt rollt sich nur zu einem Röhrchen zusammen, der Ceylonzimt rollt sich auf beiden Seiten von außen nach innen. Daran ist er leicht zu erkennen.«

»Danke«, Theresa lachte, »jetzt habe ich sogar noch etwas dazugelernt.«

Wie schön sie ist, wenn sie lacht, dachte der Venezianer und richtete sich in seinem Sessel selbstbewusst auf. Sie muss eine wunderbare Frau sein, wenn man sie in den Armen halten dürfte.

Theresa entging die stolze Haltung nicht, die der Mann eingenommen hatte. Aber sie dachte nicht daran, darauf einzugehen. Sie fragte geschäftsmäßig: »Und dann haben Sie ein Gewürz in Ihr Sortiment aufgenommen, von dem ich noch nie etwas gehört habe: die Galgantwurzel.«

»Sie ist dem Ingwer ähnlich, aber etwas schärfer. Und in der Kombination mit Kurkuma eignet sich Galgant vorzüglich als Gewürz bei Fischgerichten und auch bei cremigen Suppen. Und da wir festgestellt haben, dass Fischgerichte immer beliebter werden, haben wir Galgant in unserem neuen Angebot.«

»Dann müssen wir Überzeugungsarbeit leisten.«

»Im Mittelmeerraum ist Galgant sehr beliebt.«

»Gut, belassen wir es dabei. Ich möchte aber betonen, dass wir bisher von Gewürzmischungen abgesehen haben. Den Iserbrooks ging es stets um das reine, ursprüngliche Gewürz. Das Mischen überlassen wir lieber den Köchen.«

»Verzeihung, gnädige Frau, ich muss dazu bemerken, dass immer mehr Gewürzhändler zu Mischungen übergehen, und ich weiß, dass diese Mischungen nach unseren Erfahrungen sehr gern gekauft werden. Wir sollten der Konkurrenz nicht die Geschäfte allein überlassen.«

»Mischungen sind mit einem sehr hohen finanziellen Aufwand verbunden. Wir brauchen luftdicht verschließbare Behälter und wir brauchen vor allem Experten, die die Mischungen vornehmen.«

»Die Industrie stellt sich auf die Fertigung der Behälter ein, und Experten brauchen wir nur am Anfang. Stehen die Rezepturen erst einmal fest, kann jeder Laie die Mengen abwiegen und mischen.«

Theresa schüttelte den Kopf. Sie wollte bei dem bisherigen Verkauf der Gewürze bleiben, sie wollte keine wirtschaftlichen und neuzeitlichen Risiken eingehen. »Tut mir leid, Signore Bernetti, ich bleibe bei den handelsüblichen Methoden. Mit den naturbelassenen Gewürzen ist die Firma Iserbrook gegründet, gewachsen und bekannt geworden. Das werde ich nicht ändern.«

»Selbstverständlich, gnädige Frau, wie Sie wünschen. Ich sah es nur als meine Pflicht an, Sie auf gewisse Veränderungen hinzuweisen.«

Wie dumm und altmodisch, dachte Lorenzo verärgert. Da hat man gewinnbringende Ideen, und dann werden sie grundlos abgelehnt. Ich hätte die Dame für moderner und aufgeschlossener gehalten. Andererseits, woher soll sie wissen, was an Handelsplätzen wie Venedig längst zum täglichen Gesprächsstoff gehört: Man tauscht seine Erfahrungen aus und redet über Veränderungen. Hier scheint das nicht der Fall zu sein. Hier beharrt jeder auf alten Gepflogenheiten und ist neuen Ideen gegenüber verschlossen. Ich möchte wissen, ob man sich hier untereinander austauscht oder gar Erfahrungen weitergibt. Diese hübsche Frau scheint in ihren Kontoren nur mit ihren engsten Mitarbeitern zu kommunizieren. Und die bestätigen natürlich die Ansichten ihrer Geschäftsführung. Man sollte sie an die Hand nehmen

und gemeinsam mit ihr die Stadt, das Land, die Luft, Sonne und Wind und ab und zu einmal einen kräftigen Sturm genießen.
Selbstsicher schaute Lorenzo sie an. »Gnädige Frau, ich habe noch eine persönliche Bitte, bevor ich die Abreise antrete: Würden Sie mir die Ehre erweisen und mit mir einen kleinen Ausflug unternehmen? Ich habe so viel von der Schönheit der Stadt und ihrer Umgebung gehört. Ich möchte Sie gern einladen, einmal die sogar bei uns in Venedig bekannte Elbchaussee entlangzufahren und in dem berühmten, von dem Franzosen Daniel Louis Jacob vor fast hundert Jahren gegründeten Gästehaus zu speisen. Bitte, sagen Sie nicht ›Nein‹.«
Verblüfft sah Theresa ihren Gast an. Dann lachte sie herzlich und erklärte: »Sie haben recht. Man verkommt zwischen diesen großen Aktenbergen. Ich ertrinke in Arbeit, ich weiß nicht, wo mir der Kopf steht, ich habe noch nie einen Ausflug zur Elbchaussee gemacht. Sie haben recht. Ich komme gerne mit.«
Als Lorenzo eine Droschke bestellen wollte, winkte sie ab. »Bitte, wenn schon, dann mit meiner eigenen Kutsche. Die öffentlichen Droschken sind nicht unbedingt die saubersten, und wenn wir schon fahren, dann wollen wir den kleinen Ausflug auch genießen.«
»Selbstverständlich, da haben Sie sicherlich recht.«
Wenige Minuten später waren sie unterwegs. Karl Osterbeck schaute zwar etwas verdutzt Theresa hinterher, die sonst nie mitten am Nachmittag zu privaten Zwecken das Haus verließ, freute sich dann aber, dass sie sich eine Abwechslung gönnte.
»Die gnädige Frau sah ziemlich vergnügt aus, als sie mir zurief: ›Ich bin für eine Weile mal nicht da.‹ Sicher ist der Herr aus Venedig daran schuld.«
»Ein netter Mann und so höflich«, bestätigte Hanna. »Gönnen wir den beiden doch die Freude.«
»Theresa sollte öfter einmal so einen privaten Ausflug unternehmen. Sie ist immer nur in den Lagerhäusern, wenn sie unterwegs ist. Irgendwie vereinsamt sie hier zwischen den Konto-

büchern und den Pfeffersäcken«, versicherte Karl Osterbeck, »schade, dass Venedig so weit weg ist.«
»Ja, das finde ich auch«, bekräftigte seine Frau. »In Lübeck war sie viel öfter unterwegs, ob sie immer noch dem Grafen nachtrauert?«
»Hm, einen Mann habe ich in ihrer Umgebung nie wieder gesehen, ich meine einen Mann, keinen Geschäftspartner.«
»Na ja, aber mehr als ein Geschäftspartner ist der Herr aus Venedig ja auch nicht«, versicherte seine Frau.
»Warten wir es ab«, grinste Karl, »die Herren Italiener sollen sehr charmant sein, wenn sie es darauf anlegen.«
»Worauf anlegen?«
»Tu nicht so moralisch, du weißt genau, was ich meine.« Karl umarmte seine Hanna, küsste sie fröhlich auf die Wange und ging zurück in sein Kontor.

Hubert nahm den Auftrag seiner Chefin, einen sehenswerten Weg zur Elbchaussee zu fahren, sehr ernst. Er hatte die gnädige Frau selten so fröhlich gesehen und lenkte mit großem Vergnügen seine beiden Pferde durch den Alten und Neuen Steinweg, durch das Millerntor und über die Reeperbahn und schließlich durch die Königstraße und am Altonaer Kopfbahnhof vorbei zur Elbchaussee.
Theresa zeigte Lorenzo die Reeper, die auf eintausendachthundert langen Bahnen die teergetränkten Taue für die Schiffe drehten, erklärte ihm, dass Altona eine dänische Stadt und eine große Konkurrenz für Hamburg sei, zeigte ihm den zehn Jahre alten Bahnhof, von dem Züge nun bis nach Kiel fahren konnten, und die Christianskirche mit der Grabstätte vom Friedrich Gottlieb Klopstock. Als sie die engen Straßen verlassen hatten und nun den prächtigen Blick auf die Elbe genießen konnten, ließ Hubert die Pferde schneller laufen. Vorbei ging es an wunderschönen, klassizistischen Landhäusern vornehmer Familien, durch kleine Dörfer und Gutswirtschaften bis zum Gästehaus des Kunstgärtners Daniel Louis Jacob.

Hubert hielt die Pferde an, und Lorenzo half Theresa aus dem Wagen. »Mein Gott, wie schön es hier ist«, rief sie begeistert und ging an seinem Arm durch den Garten zur Lindenterrasse. Unter den rund gestutzten Bäumen bot er ihr einen Platz an und setzte sich selbst ihr gegenüber. Als der Kellner kam, bestellte er Kaffee und zwei Stücke einer Schokoladentorte, die als Spezialität des Hauses von der Bedienung angeboten wurde.

Von der Terrasse aus hatten die Gäste einen wunderbaren Blick hinüber auf das andere Ufer des breiten Stromes, das von zahlreichen verstreut liegenden Dörfern und kleinen Flüssen durchbrochen wurde, während unten, zu ihren Füßen, viele Schiffe vorbeifuhren, die Mastspitzen so nah, dass man sie fast berühren konnte. Theresa war begeistert.

»Wunderbar, hier riecht es wirklich nach Meer und nicht nach unseren stinkenden Kanälen«, rief sie glücklich. »Da muss erst ein Fremder kommen, um mir diese prächtige Gegend zu zeigen.«

»Aber wie kommt es, dass Sie und Ihre Familie noch nie hier gewesen sind?« Lorenzo konnte das gar nicht begreifen. Er selbst hatte jede freie Minute in dieser Stadt genutzt, mit den Droschken irgendwohin zu fahren, um die Sehenswürdigkeiten zu besichtigen.

»Wir waren immer fremd in dieser Stadt. Als wir herkamen, damals war ich noch ein kleines Kind, musste meine Mutter hart kämpfen, um das Erbe der Iserbrooks am Leben zu erhalten. Die alten Angehörigen sind bald hintereinander gestorben, und mein Stiefvater war an Reisen in die weite Welt interessiert, nicht aber an Fahrten durch die Umgebung dieser Stadt. Ich selbst habe viele Jahre in Lübeck gearbeitet und gelebt, und nun, hier in Hamburg, habe ich alle Hände voll zu tun, um das Geschäft am Leben zu erhalten. Wann also sollte ich Hamburg und seine schöne Umgebung kennenlernen?«

Ungeduldig spielten ihre Finger mit dem Kaffeelöffelchen auf dem Tisch. Lorenzo legte besänftigend seine Hand darüber. »Da muss erst ein Mann aus dem fernen Italien kommen, um Ihnen zu zeigen, wie schön Ihre Heimat ist.«

Theresa, ein wenig ratlos, ließ ihre Hand unter der seinen und sagte zögernd: »Heimat? Ich weiß gar nicht, wo meine Heimat ist.«

Gedankenvoll sah sie einem zum Meer hinausfahrenden Dreimaster nach. »Manchmal habe ich Heimweh nach dem fröhlichen, sonnigen Venedig, das ich kaum kenne, dann wieder wandern meine Gedanken sehnsuchtsvoll in den bodenständigen, soliden Norden dieses Landes, wo mein Verlobter einen Gutshof besaß, der nun mir gehört. Und Hamburg? Kann man eine Stadt als Heimat bezeichnen, die einem eine Kindheit und eine Lehrzeit bescherte, in der nur von Pflichten und Erwartungen geredet wurde? Und Lübeck, die Stadt, die ich verloren habe, weil mein Stiefvater mir die Existenz dort weggenommen hat? Ich glaube, eine Heimat habe ich gar nicht.«

Lorenzo sah sie liebvoll an. »Eine Heimat ist da, wo Menschen leben, die man gern hat.«

Theresa blickte ratlos hinüber zum anderen Ufer. »Und wo wäre die für mich? Meine Mutter, meine Brüder und mein Neffe, sie sind die Menschen, zu denen ich gehöre, aber bieten sie mir eine Heimat?« Sie schüttelte den Kopf. »Nein, sie haben Erwartungen, Wünsche, Hoffnungen an mich, und sie haben ihre eigenen Probleme. Sollte ich da meine Heimat haben?«

»Sie sind eine starke Frau, Theresa. Darf ich Theresa zu Ihnen sagen?«

Sie nickte. »Wenn Sie möchten?«

»Ja, das möchte ich, und ich bin Lorenzo, und dieser Lorenzo möchte Ihnen sagen, dass starke Frauen oft sehr einsame Frauen sind. Jeder verlässt sich auf sie, und jeder nutzt sie aus, ohne daran zu denken, auch nur ein wenig von dem zurückzugeben, was er bekommen hat. Starke Menschen stehen immer an der Spitze, und eine Spitze bietet keinen Platz für zwei Personen.«

Fasziniert sah Theresa ihn an. Der Mann hat recht, dachte sie, genau so ist es. Ich muss kämpfen, alle verlassen sich auf mich, und keiner ist bereit, Lasten und Verantwortungen mit mir zu teilen. Er drückte ihre Hand ganz leicht, und plötzlich erfüllte sie ein Gefühl des Wohlbehagens und der Wärme. Dankbar sah sie den nur wenige Jahre jüngeren Mann an. »Könnte es sein, dass Sie mich besser kennen als ich mich selbst?«

Er lächelte. »Natürlich! Stärke und Einsamkeit stehen Ihnen ins Gesicht geschrieben, so etwas kann man doch gar nicht übersehen.«

»Dann müssen Sie über eine besondere Gabe verfügen. Noch nie hat mir ein Mensch so etwas gesagt.«

»Haben Sie jemals einem Menschen die Gelegenheit gegeben, in Ihren Augen zu lesen?«

Errötend schüttelte sie den Kopf und sagte leise: »Nein, niemals.«

»Dann sollten Sie das tun.«

»Weshalb?«

»Um nicht allein auf der Spitze zu stehen, sondern einen anderen Menschen an Ihrer Seite zu tolerieren.«

Ungeduldig schüttelte Theresa den Kopf. »Warum sollte ich das tun?«

»Zu zweit trägt sich vieles leichter.«

»Ich brauche meine Kraft, um den Anforderungen gewachsen zu sein. Mein Geschäft braucht Erfolge.«

»Erfolge im Geschäft sind nicht alles, was das Leben lebenswert macht.«

»Ich kenne aber kein anderes Leben.«

»Dann sollten Sie es schnellstens kennenlernen.«

»Und wie soll ich das machen?«

»Nun, ich denke, Sie sind bereits auf dem besten Weg.«

»Sie sprechen in Rätseln.«

»Aber nein, diese Stunden hier sind doch schon der Anfang.« Ein leichtes Lächeln lag auf seinem Gesicht. »Sie sitzen nicht in Ihrem Kontor und studieren die Auftragsbücher, Sie kämpfen nicht mit den Vorbereitungen der Hochzeitsfeierlichkeiten, ordern keine Waren und verhandeln mit keinem Käufer. Sie sind hier, einfach nur hier.«

Überrascht lachte sie ihn an. »Sie haben recht, Sie haben das geschafft. Danke, Lorenzo.«
Die Sonne versank hinter dem flachen Land der Elbniederung. Der Kellner kam und verteilte Windlichter auf den Tischen. Die Dämmerung brach herein, und dann wurde es schnell dunkel. Mit der hereinströmenden Flut kamen die letzten Schiffe des Tages und strebten dem Hafen zu. Lorenzo zeigte auf einen Viermaster. »Das dort ist die ›Eagle-Flight‹, mit ihr fahre ich in wenigen Tagen zurück nach Venedig.«
»Aber Sie bleiben doch noch zur Hochzeit meines Neffen, wir würden uns alle sehr freuen.«
Beruhigend sah er Theresa an. »Wenn die ›Eagle-Flight‹ so lange wartet, gern.«
Aber die Stelling-Reederei hatte eine Auftragsfahrt und wartete nicht. Lorenzo Bernetti konnte an der Hochzeit nicht teilnehmen.

Zwanzigstes Kapitel

Die Hochzeit von Alexander Iserbrook und Rebekka Jenfeld fand in kleinem Kreis in der St.-Michaelis-Kirche statt. Silvana hatte sich bereit erklärt, das anschließende Festessen im Herrengraben-Palais auszurichten, Markus war mit seiner Frau aus Bremen herübergekommen, Lukas begleitete als Trauzeuge seinen Sohn zum Altar, und Theresa war die Trauzeugin von Rebekka.

Außerdem hatte Theresa ein paar alte Geschäftspartner, einige besondere Kunden und ein paar bewährte Mitarbeiter aus den Kontoren und den Lagerhäusern eingeladen. Und Rebekka bestand darauf, Knut und Luise dabeizuhaben.

Die Orgel spielte, als die Gäste im Kirchenschiff Platz nahmen. Alexander stand mit seinem Vater neben dem Altar und wartete auf seine Braut. Im schwarzen Cutaway mit gestreiften Beinkleidern, dem weißen Hemd mit der gerüschten Knopfleiste, der schwarzen Samtschleife unter dem Kragen und dem Myrtenzweig am Revers sah er sehr elegant und feierlich aus.

Als die Braut in Begleitung von Theresa die Kirche betrat, erhoben sich die Gäste. Die Orgelmusik schwoll an, und die Klänge des Chorals »Wer Gott vertraut, hat wohl gebaut …« ließen das Gewölbe erzittern. Rebekka hatte ein sehr schlichtes weißes Kleid aus glänzender Seide gewählt. Das hochgeschlossene Gewand mit dem schmalen Stehkragen und den langen engen Ärmeln betonte ihre schlanke mädchenhafte Gestalt. Der Schleier war nur hüftlang und wurde von einem Myrtenkränzchen gehalten. Und auch in den Händen hielt sie nur einen Myrtenstrauß mit unzähligen kleinen weißen Blüten. Aber gerade diese

schlichte Eleganz war es, die gefiel. Langsam schritt sie den breiten Mittelgang entlang.
Alexander kam ihr die letzten Schritte entgegen, half ihr, die Altarstufen hinaufzugehen, und hielt die Lehne ihres Stuhles, bis sie Platz genommen hatte. Er spürte, wie sie innerlich bebte, und nahm ihre Hand zärtlich in die seine, bis sie sich beruhigt hatte. Rechts und links hinter ihnen nahmen Lukas und Theresa Platz. In Erinnerung an die schwere Kindheit und Jugend von Alexander wählte der Pastor den Spruch »Fürchte dich nicht, ich habe dich bei deinem Namen gerufen, du bist mein«. In einfühlsamen Worten erinnerte er an dessen Mutter Alinia, die in weiter Ferne das Heranwachsen ihres Kindes nicht hatte miterleben dürfen, an die Ängste, die der junge Mann über zwei Jahrzehnte durchstehen musste, und an die nun beginnende Freiheit und Lebensfreude, die ihn an der Seite von Rebekka erwarteten. Und auch die junge Frau bedachte er mit verständnisvollen Worten, erwähnte auch ihre Kindheit, die für sie nicht einfach war, und ihren Mut, Not und Armut zu überwinden, sprach von dem Selbstvertrauen, das sie bis zu dieser Stunde begleitet hatte, und wünschte den beiden Gottes Schutz und eine gnadenreiche Zukunft. Nach dem Eheversprechen und dem Ringwechsel entließ er das junge Ehepaar mit dem Segen Gottes.
Begleitet von dem Choral »Großer Gott, wir loben dich«, schritten Alexander und Rebekka zum Kirchenportal, und die Gäste erhoben sich und folgten dem Paar nach draußen. Die Kutschen der Iserbrooks und die der Gäste brachten sie alle zum Palais im Herrengraben, wo eine fröhliche Feier mit reich gedeckten Tischen, mit Musik und Ansprachen den offiziellen Teil des Festtages fortsetzte. Lukas schenkte dem Brautpaar eine Kutsche, mit Kutscher und zwei Pferden, sowie einen Stall, der auf dem Hof an der Englischen Planke noch gebaut werden sollte.

Höhepunkt war die Ansprache Theresas, die dem Hochzeitspaar ihren Hof in Mecklenburg schenkte. »Möge er euch eine zweite Heimat werden, eine Oase, in der ihr allzeit Ruhe, Frieden und euer Glück finden möget. Ich habe das Gutshaus im alten Stil wieder aufbauen lassen, es ist das Erbe eines Mannes, der unserer Familie stets wohlgesonnen war und nicht das Glück hatte, in unserem Kreise leben zu können.«

Alexander und Rebekka waren dankbar, aber auch froh, endlich allein in der Kutsche in ihr eigenes Haus fahren zu können. Vor dem Eingang standen die Hausangestellten, um das Hochzeitspaar zu empfangen, allen voran Luise und Knut in festlichen Gewändern, denn Alexander hatte befohlen, dass Knut keine Uniform mehr tragen sollte. Als seinen Begleiter, Ratgeber und Freund wollte er keinen Uniformierten neben sich haben.
Emma hatte Champagner kühl gestellt und schenkte nun allen ein. Nach einem fröhlichen Trinkspruch, zahlreichen guten Wünschen und unter dem Beifall aller trug Alexander dann seine Frau über die Schwelle hinein in die weiße Villa an der Englischen Planke.

Endlich allein, nahm er Rebekka zärtlich in die Arme. »Mein geliebtes Mädchen«, flüsterte er und strich ihr liebevoll über das Haar, dann löste er ganz vorsichtig die kleinen Spangen, mit denen Kranz und Schleier gehalten wurden. Endlich fiel die blonde Lockenpracht auf die Schultern herunter und umspielte Rebekkas Wangen. »Du bist die schönste Braut, die es jemals gegeben hat«, versicherte Alex und öffnete behutsam die vielen kleinen Knöpfe, die das Brautkleid auf dem Rücken zusammenhielten. Er war genauso unsicher wie Rebekka. Der Vater hatte ihm zwar gesagt, wie ein Mann sich in einer solchen Situation zu verhalten habe, aber nun stand er vor der Wirklichkeit, und schon war alles anders. Die nüchterne Theorie war vergessen, stattdessen pulsierte das Blut in seinem Körper, dass seine Hände zitterten, als er Rebekka beim Auskleiden half. Er hatte keine Erfahrung, das wusste er, aber er war ein fantasievoller Mann und er wollte und würde gemeinsam mit seiner Frau die Liebe erleben.

Mit ihm zusammen fiel es Rebekka nicht schwer, das Kleid abzulegen, die Wäsche abzustreifen, Haken und Ösen, Schleifen und Schnüre zu lösen. Nur das lange weiße Satinhemd behielt sie an. Es war ihr letzter Schutz, und Alex verstand ihre schüchterne Weigerung.

Dann trug er seine Frau zu dem breiten Bett. Erst danach legte er langsam die eigene Kleidung ab, zündete eine Kerze an, löschte das grelle Gaslicht und legte sich neben seine Frau auf das kühle Laken. Bereits die erste zärtliche Berührung brachte seinen Körper in Erregung. Rebekka fühlte seine Nähe, umarmte ihn, um alle seine Wünsche zu erfüllen. Sie wusste aus dem Elternhaus, wie sich eine Nacht im Ehebett abspielte, aber sie war dankbar für die Besonnenheit, die zwischen ihnen beiden herrschte. Sie würde sich ihm hingeben, sie wollte ihm gefallen, sie wollte ihn glücklich machen, aber sie war dankbar, dass er ihr Zeit ließ, sich darauf einzustellen.

Mit liebevollen Händen erkundete Alex den Körper seiner jungen Frau, und später auch mit den Lippen. Er nahm ihr Gesicht in seine Hände, sah ihr tief in die Augen und küsste sie innig und zutiefst bewegt. Er streichelte sie und zog sie liebevoll an sich.

»Ich liebe dich so sehr, dass mir die Worte fehlen, es dir zu sagen.«

»Und warum liebst du mich so sehr?«

»Ich liebe dich, weil du so bist, wie du bist, ich liebe deine Augen, deinen Mund, deine Stimme, deine Hände, deine Gedanken, deine Worte – eben alles liebe ich, und ich kann mir ein Leben ohne dich nicht mehr vorstellen, Rebekka, lass mich nie allein.«

»Niemals, Alex, das verspreche ich dir, niemals.«

Beglückt und erlöst nahm Alexander seine Frau in die Arme, liebevoll und behutsam und zutiefst entzückt vollzogen sie ihre Ehe, und Wellen des Glücks überkamen sie.

Theresa musste sich wieder ganz ihrer Arbeit widmen. Vor allem musste sie sich um Silvana kümmern. Die Mutter verlangte, dass ihre Idee, die Gewürze als Heilmittel zu verarbeiten und einzusetzen, ernst genommen wurde. Das bedeutete: Die Tochter war dafür zuständig, neue Geräte für die Verarbeitung anzuschaffen. Da mussten handbetriebene Mühlen und Pressen besorgt werden, Mörser und kleine Öfen zum Erhitzen der Tinkturen, Öle wurden herbeigeschafft, und vor allem die zahlreichen Gewürze, die hier nun ständig gebraucht wurden, mussten im Herrengraben-Palais untergebracht werden.

Wenn das so weitergeht, ist die Villa bald eine Fabrik und kein Wohnhaus mehr, dachte Theresa und sah missmutig zu, wie die Mutter sich mit ihren Arbeitsräumen immer weiter ausbreitete. Gehilfen wurden eingestellt, eine eigene Buchführung musste eingerichtet werden, und eines Tages verlangte die Venezianerin, dass ihr und dem Apotheker Borgemann das gesamte Erdgeschoss zur Verfügung gestellt wurde. Theresas Kontorräume sollten in den Anbau umsiedeln und die Wohnräume in die erste Etage.

Als Theresa protestierte, erklärte Silvana ganz unmissverständlich: »Dieses Haus ist mein Eigentum, und hier drinnen geschieht, was ich sage.« Und so entstand im Herrengraben ein erstes »Hanseatisches Werk für Gewürzheilmittel«. Eine Sensation für die Hamburger.

»Die meisten Gewürze haben eine jahrtausendealte Tradition, sie werden in überseeischen Ländern seit Menschengedenken in der Medizin eingesetzt, warum sollen wir nicht davon profitieren?«, erklärte die Venezianerin, als sie und der Apotheker Borgemann die ersten Heilmittel präsentierten. Sie hatten in der Halle des Hauses einen Stand mit ihren fertigen Produkten aufgestellt und in der Zeitung ein Inserat drucken lassen. Gekommen waren Kunden des Gewürzhandels, andere Apotheker, ein paar Ärzte, die mit Lukas befreundet waren, und ein paar neugierige Händler, die Angst hatten, ihnen könnte etwas entgehen. In kleinen braunen Gläsern gab es Pulver und Cremes, in dunkelgrünen Fläschchen Öle und Tinkturen und in handgenähten Beuteln Tee gegen die verschiedensten Leiden. Dazu wurden

Zettelchen verteilt, auf denen die Anwendungsbereiche, die Verträglichkeiten, aber auch Warnungen aufgeschrieben waren.

»Mein Vorbild ist die Benediktinernonne Hildegard von Bingen, die schon vor 700 Jahren die Heilkraft der Pflanzen für die Gesundheit der Menschen erkannt hat«, erklärte Silvana in ihren Ausführungen. »Und unsere Gewürze sind Pflanzen, genau wie die Kräuter, die wir später auch noch in unserer Produktion verarbeiten wollen. Aber eins nach dem anderen«, versicherte sie lächelnd, »auch wir müssen unsere Erfahrungen machen, bevor wir Heilmittel anbieten. Und es gibt genaue Richtlinien für Medikamente, an die wir uns gewissenhaft halten müssen. Unsere Heilmittel, die wir heute vorstellen, unterliegen strengsten Kontrollen.«

Die Leute in der Halle applaudierten und griffen nach den Salben und Säften, um daran zu riechen oder winzige Proben zu entnehmen. Sie diskutierten, stellten Fragen, priesen Gerüche und Substanzen und gaben sogar Anregungen und Ratschläge. Apotheker Borgemann als Experte wusste auf alle Fragen eine Antwort, und Silvana kündigte an, dass sie eines Tage, wenn sie Zeit dazu fände, alle Erfahrungen und Resultate in einem Buch veröffentlichen werde.

Mein Gott, dachte Theresa, als sie hörte, wie zwei Herren sich über das Erscheinen eines solchen Buches unterhielten, mein Gott, wann schafft sie das bloß alles.

Aber Silvana war nicht zu bremsen. Sie arbeitete von morgens bis abends, spannte alle Leute ein, derer sie habhaft werden konnte, und hatte nur ein Ziel: ihre Visionen zu verwirklichen. Vorbei war die Zeit, in der sie als Hausherrin nur noch in ihrem Sessel saß und sich vorlesen ließ.

Rebekka stand ihr täglich zur Verfügung und war mit großem Eifer dabei, wenn es galt, Silvana bei der Arbeit zu helfen. Erst als sie ein Baby erwartete, verbot ihr Lukas die Arbeit in den Laboratorien. »Die Dämpfe und Öle sind Gift für das Kind«,

erklärte er und ab sofort durfte Rebekka die Arbeitsräume nicht mehr betreten. Stattdessen saß sie nun in Silvanas Büro und schrieb auf, was die Venezianerin ihr diktierte.
Und ganz allmählich entstand, Seite um Seite, Silvanas Buch: »Das Vermächtnis der Venezianerin«.

Einundzwanzigstes Kapitel

Lorenzo Bernetti erreichte Venedig Anfang Oktober. Er hatte eine ruhige Reise hinter sich und freute sich auf sein Zuhause, auf seinen Bruder und auf die Arbeit, die ihm immer wieder Spaß machte, weil sie ihn befriedigte. Auch mit den Besprechungen in Hamburg war er mehr als glücklich. Die Geschäftsleitung hatte seine Erfolge anerkannt, das war ihm besonders wichtig. Schade nur, dass er dann so übereilt abreisen musste. Er hätte gern an der Hochzeit teilgenommen, denn die beiden jungen Leute, die da heiraten wollten, waren sehr sympathisch. Und außerdem hatte er gehofft, seine Patronin, diese Theresa Iserbrook, bei der Gelegenheit etwas privater kennenzulernen. Sie lachte so selten, und dabei war sie so schön, wenn sie lachte, ja, dieses Lachen hätte er gern noch einmal erlebt.

Nach dem Anlegen des Schiffes ließ sich Lorenzo von einem Gondoliere sofort zum Lagerhaus der Bernettis bringen. Er wollte als Erstes seinen Bruder sehen und von ihm hören, wie es um die Geschäfte stand, denn noch nie hatte er Ernesto so lange die Verantwortung allein überlassen. Hoffentlich ist alles gut gegangen, dachte er und stieg schnell die Stufen zum Kontor hinauf. Aber Ernesto war nicht im Hause.

»Der Signore Bernetti ist im Frachthafen am Ponte Lungo«, erklärte ihm ein Bürogehilfe die Abwesenheit. »Es gibt da Probleme mit einer Ladung Pfeffer aus Indien.«

»Was für Probleme?«

Der junge Mann zuckte mit den Schultern. »Weiß ich nicht.«

Lorenzo überlegte: Wenn ich mich jetzt dorthin bringen lasse, ist Ernesto vielleicht schon auf dem Rückweg, dann fahren wir aneinander vorbei, das hat keinen Zweck. Ich warte lieber hier.

Er setzte sich an seinen Schreibtisch und sah die Geschäftsbücher durch, in denen Ernesto gearbeitet hatte. Auf den ersten Blick schien alles in Ordnung zu sein. Warum auch nicht, dachte er, ich habe ihm alles wohlgeordnet übergeben, und so schnell kann selbst ein Laie kein Fiasko auslösen.
Als die Glocken die Mittagsstunde einläuteten, wurde er unruhig. So lange kann doch keine Schiffskontrolle dauern, überlegte er, und selbst wenn es Probleme mit der Hafenmaut geben sollte, sind die doch mit wenigen Worten zu klären. Es geht lediglich darum, die Waren zu prüfen und das Entladen zu befehlen.
Eine Stunde später stand Lorenzo entschlossen auf. »Ich fahre an den Hafen, wer weiß, was da passiert ist«, erklärte er dem Gehilfen, rief einen Gondoliere herbei und ließ sich in die Hafenanlagen bringen. Unterwegs beobachtete er entgegenkommende Gondeln, in der Hoffnung, den Bruder darin zu finden. Aber Ernesto war nicht zu sehen.
Langsam ging Lorenzo am Kai entlang. Zahlreiche Frachtschiffe lagen vertäut an der Mauer. Andere warteten auf Reede auf ihre Abfertigung. Pferdefuhrwerke hofften auf Frachten, Schuten lagen im Wasser und wurden beladen, Männer liefen hin und her, Befehle wurden gebrüllt und Antworten auch. Dann entdeckte Lorenzo einen alten Zweimastschoner am Ende des Piers. Eine Gruppe von Männern stand davor und diskutierte. Zwischen ihnen war Ernesto. Als er näher kam, hörte er derbe Worte, zornige Anschuldigungen und genauso zornige Entschuldigungen. Schnell ging er zu der Gruppe. »Meine Herren, was ist denn los?« Er sah seinen Bruder an, dann den Kapitän, danach den Hafenmeister und die zwei Fuhrleute.
»Ah, Lorenzo, gut, dass du da bist. Kapitän Coloni ist mit dem Schiff in einen Taifun geraten, die ganze Pfefferladung ist verdorben.«
Entsetzt sah Lorenzo die Männer an. »Aber wie ist das möglich? Waren die Luken nicht geschlossen? Haben Sie die Ladung falsch geschichtet? Haben Sie das Wetter nicht beobachtet?«

»Alles war, wie es sein sollte«, erklärte Kapitän Coloni, verärgert über die Vorwürfe. »Das Wetter kam bei Nacht, und der Taifun war nicht vorhersehbar. Und dann sind die Wellen haushoch über uns zusammengeschlagen. Wir waren froh, dass wir nicht umgekommen sind. Und jetzt, endlich im sicheren Hafen, kommen Sie und machen uns Vorwürfe.«

»Und was ist mit unserer Fracht? Die Pfeffersäcke sind Tausende wert, wer ersetzt uns die? Sind Sie überhaupt versichert?«

»Gegen höhere Gewalten gibt's keine Versicherung, das wissen Sie genau, Signore Bernetti. Und was aus meinem lädierten Schiff wird, danach fragt keiner. Der Schoner ist meine Existenz, aber in seinem Zustand kann ich damit nicht mehr rausfahren. Und jetzt will ich endlich die nasse Ladung los sein. Lassen Sie die Säcke abtransportieren, bevor mein Schiff untergeht.«

Unschlüssig sah Ernesto den Bruder an. »Was sollen wir mit Hunderten von nassen Pfeffersäcken? Und überhaupt, wohin sollen wir das salzwassergetränkte Zeug bringen?«

»Ich hätte da eine Idee, ob es glückt, weiß ich nicht.«

»Was meinst du?«

Lorenzo zog den Bruder etwas zur Seite und sagte leise: »Wir können versuchen, den Pfeffer zu trocknen. Das Wetter ist gut, die Sonne hat noch ihre volle Kraft, und wenn das mit dem Trocknen gelingt, dann verkaufen wir die Fracht als Delikatesse.«

»Als Delikatesse? Ich höre wohl nicht richtig.«

»Als ›Meersalzpfeffer‹, einzigartig und sehr selten zu bekommen, was meinst du?«

Ernesto lachte laut heraus. »Du machst Witze, aber es hört sich großartig an. Wenn es mit dem Trocknen nicht klappt, sind wir sowieso bankrott, also versuchen wir es.«

»Fang mit dem Umschlagen an. Verlade alles auf die Schuten und lass die Schiffer damit zur Isola Frutteto fahren. Ich kenne einen Mann, der auf der Insel viel Freiland besitzt, vielleicht erlaubt er uns, den Pfeffer dort zu trocknen.«

»Und wie soll das gehen? Wir können doch den Pfeffer nicht einfach auf eine Wiese schütten.«

»Während die Schuten beladen werden, gehst du zum Segelmacher hinten an der Ecke vom Kai und der Calle Masena und kaufst alles auf, was er an Segeltuch hat.«
»Das kostet ein Vermögen, so viel Geld haben wir überhaupt nicht in der Kasse.«
»Er kennt uns, er wird mit dem Bezahlen ein paar Tage warten. Vor allem darf er nicht erfahren, was wir vorhaben. Kein Mensch darf das erfahren, auch die Schutenschiffer nicht.«
»Na klar, das ist doch selbstverständlich. Aber vor morgen früh werden wir die Pfeffermassen nicht umgeschlagen haben.«
»Bis dahin habe ich mit dem Gärtner gesprochen. Er muss mir ja auch das Gelände zeigen, das wir vorübergehend benutzen können.«
»Und du bist sicher, er geht darauf ein?«
»Warum sollte er nicht? Das Gelände liegt brach, und er verdient an uns, wenn er es uns für eine Weile überlässt.«
»Wie lange, meinst du, wird die ganze Prozedur dauern?«
Lorenzo zuckte mit den Schultern. »Das hängt vom Wetter ab. Scheint die Sonne, geht es schnell, ziehen die Nebel auf, können wir alles vergessen.«
»Und wenn alles gut geht, wer nimmt uns diesen Meersalzpfeffer ab?«
Lorenzo schüttelte den Kopf: »Keine Ahnung, wir müssen ihn in höchsten Tönen preisen, vielleicht nimmt Hamburg ihn sogar. Obwohl«, er räusperte sich, »obwohl, die Herrschaften Iserbrook sind sehr gewissenhaft, um nicht zu sagen pedantisch.«
»Was willst du damit sagen?«
»Sie drehen jedes Pfefferkorn einzeln um, bevor sie es kaufen und verkaufen.«
Ernesto lachte schallend auf, und alle drehten sich zu den Brüdern Bernetti um. Was es in dieser schrecklichen Situation wohl zum Lachen gab?
Lorenzo schlug dem Bruder auf die Schulter. »Dann an die Arbeit, bis morgen früh muss alles erledigt sein, jeder Sonnentag zählt. Und: Kein Wort über unser Vorhaben.«

Ernesto klatschte in die Hände und rief den Schutenschiffern zu: »Los, Männer, fangt mit dem Umschlagen an.«

Während Ernesto die Arbeiter beaufsichtigte, die das Umladen der Pfeffersäcke übernehmen mussten, ließ sich Lorenzo mit einem kleinen Boot zur Isola Frutteto bringen. Der Gärtner Nando Capanni war ein alter Freund von ihm. Er hatte ihm damals seinen Weinberg vermittelt, und Lorenzo hatte geholfen, dass Nando die Isola mit dem brachliegenden Land preisgünstig pachten konnte. Je näher sie dem kleinen Eiland kamen, umso heftiger wurden die Wellen, und Lorenzo hatte Bedenken, ob das kleine Boot überhaupt bis zur Insel kommen würde. Aber der Schiffer beruhigte ihn. »Kein Problem, Padrone, das Boot ist so leicht, es hüpft einfach über die Wellen weg.«
Trotzdem umklammerte Lorenzo fest den Mast, er hatte keine Lust, beim Wellengang selbst ins Meer gespült zu werden. Dann hatten sie den Anlegestieg erreicht. Der Schiffer band das Seil fest und half Lorenzo aus dem schaukelnden Boot. »Ich warte dann hier auf Sie«, erklärte er und setzte sich auf die schwankenden Planken, einen Tabaksbeutel und eine Pfeife in den Händen.
Lorenzo ging über einen von Unkraut überwucherten Weg zu der Hütte, in der Nando Capanni mit seiner Familie lebte. Ein bellender Hund kam ihm entgegen, und Lorenzo nahm vorsichtshalber einen herumliegenden Knüppel in die Hand. Dann traf er auf drei spielende Kinder, die den Hund zurückriefen und ihn vorsichtig musterten. »Was wollen Sie bei uns?«, fragte der ältere Junge.
»Ich möchte mit deinem Vater sprechen, ist er zu Hause?«
Der Junge schüttelte den Kopf. »Nein, der arbeitet hinten auf dem Melonenacker. Mama ist in der Hütte.«
»Dann werde ich deine Mutter begrüßen und nach dem Weg zum Melonenacker fragen.«
»Den kann ich Ihnen zeigen, es ist nicht weit.«
»Na gut, aber vorher sage ich in der Hütte Bescheid.«

Lorenzo klopfte an die Holztür und sah mit Bestürzung, wie die Seewinde das Holz der Tür und der Fensterrahmen zerfressen hatten. Da muss vor dem Winter etwas gemacht werden, sonst fällt das Holz auseinander. Vielleicht hilft Nando unser Geld, wenn er uns den Pfeffer hier trocknen lässt. Die Tür ging auf, und eine ältere Frau stand im Rahmen. »Hallo, Signore Bernetti, was führt Sie hierher?«

»Signora Capanni, ich müsste kurz mit Ihrem Mann sprechen. Ihr Sohn sagte mir, er sei auf dem Melonenacker und er könne mich hinführen.«

»Ja, das stimmt, aber wollen Sie nicht hereinkommen, ich könnte schnell einen Espresso für Sie machen.«

»Danke, das ist sehr nett von Ihnen, aber ich bin etwas in Eile, vielleicht ein anderes Mal? Ich möchte mit Nando ein Geschäft vereinbaren, und dann könnten wir uns in den nächsten Tagen öfter sehen.«

»Das würde mich freuen, Signore Bernetti. Geschäfte sind hier sehr rar.«

»Ja, das weiß ich. Bis später also.«

Der Junge brachte ihn über einen Feldweg zum anderen Ende der Insel. Vorbei an ein paar abgeernteten Bohnenfeldern, einem Zucchiniacker mit riesengroßen Früchten und viel brachliegendem Land erreichten sie endlich das Melonenfeld. Schon von Weitem sah Lorenzo den Gärtner, der eine Eselskarre mit letzten Herbstmelonen belud. Als sie nahe genug herangekommen waren, rief Lorenzo: »Ciao, Nando, hast du einen Augenblick Zeit für mich?«

Erfreut richtete der Mann sich auf. »Ciao, Lorenzo, für dich immer, was verschafft mir die Ehre?«

»Ich möchte dir ein Geschäft vorschlagen.«

»Aber immer doch, komm her, wir setzen uns hier auf den Wagen«, und zu dem Jungen gewandt, »lauf zurück, Timo, und pass auf deine Geschwister auf.«

Er griff in seinen Proviantsack. »Willst du etwas trinken? Ich hab Limettensaft dabei. Simona macht ihn selbst.«

Lorenzo wusste, dass die Höflichkeit gebot, den Saft nicht abzulehnen. So nickte er nur und ließ sich einen Becher voll einschenken. Die beiden Männer stießen an und tranken den Saft.
»Du willst ein Geschäft mit mir machen?«
»Ja, Nando, ich habe da ein Problem. Wir haben eine Ladung nassen Pfeffer bekommen, und der muss sofort getrocknet werden. Da wir keine Darren haben wie in Indien, wo er geerntet und getrocknet wird, muss ich ihn hier auf dem Boden trocknen. Wir würden Segelplanen ausbreiten und den Pfeffer darauf schütten. Aber uns fehlt das Land für die große Fläche.«
»Mann, Land hab ich genug, aber wird das Wetter noch mit spielen?«
»Ich muss es darauf ankommen lassen.«
»Und wann soll das losgehen?«
»Morgen früh. Wir müssen jeden sonnigen Tag ausnützen.«
»Und wie stellst du dir das praktisch vor?«
»Du zeigst mir eine Stelle, auf der wir Segeltuchplanen ausbreiten können und wo die flachen Schuten möglichst auf das Ufer auffahren können, wir verteilen den Pfeffer auf den Planen, und ein paar von unseren Lagerarbeitern müssen den ganzen Tag den Pfeffer wenden.«
»Wenden?«
»Ja, mit Harken oder irgendeinem anderen Gerät, ich muss mir da noch etwas einfallen lassen.«
»Ich hätte Bretter, die man so aneinandernageln kann, dass sie wie Harken funktionieren, nur eben, dass die Masse im Ganzen umgedreht wird und nicht wie mit den Harken, die die vielen Hohlräume dazwischen haben.«
»Das wäre sehr gut. Könntest du uns die bis morgen früh zusammennageln?«
»Kein Problem, und wenn du willst, helfe ich auch beim Wenden.« Er stand auf. »Dann wollen wir mal nach dem Platz suchen, an dem die Schuten bis ans Land heranfahren können.«
Die beiden Männer umrundeten die Insel. »Am besten suchen wir einen Platz an der Lagunenseite, da ist der Wind nicht so

heftig, dass er die Planen fortwehen könnte. Und die flachen Schuten können direkt am Ufer anlegen.«

Nach einer guten Stunde hatten die Männer einen geeigneten Platz gefunden. Die Dämmerung zog bereits übers Meer, als Lorenzo sich verabschiedete. »Danke, Nando, ich wusste, dass du mir hilfst. Grüß Simona von mir, und morgen würde ich mich über ihren guten Espresso sehr freuen, wir kommen schon im Morgengrauen, wenn's euch recht ist.«

»Wann immer ihr wollt. Und grüße Ernesto von uns.«

Am nächsten Morgen, kaum dass die Sonne den Horizont überschritten hatte, kamen zehn Schuten über die Lagune, legten am Weststrand der Insel an, und die Männer, die sie herübergerudert hatten, begannen mit dem Entladen der triefend nassen, unendlich schweren Pfeffersäcke. Ernesto und Lorenzo, die mit dem ersten Boot gekommen waren, breiteten Segelplanen aus, und die Säcke wurden darauf gekippt. Die leeren, mit Schimmel überzogenen Jutesäcke wurden zum Trocknen auf einen Haufen geworfen und später verbrannt. Als die Sonne den Zenit erreicht hatte, war die gesamte Schiffsladung Pfeffer auf den Planen ausgebreitet. Andere Planen lagen bereit, um bei Feuchtigkeit, Nebel oder Regen beziehungsweise nachts über den Pfeffer gezogen und mit Steinen beschwert zu werden.

Simona, Nandos Frau, war die Erste, die es wagte, eine Handvoll vom Meersalzpfeffer in der Küche zu verwenden. Lorenzo hatte eine Hammelkeule mitgebracht, und sie kochte einen großen Topf Bohnensuppe. Sie war begeistert. »Ich brauche kaum Salz, der Pfeffer schmeckt ausgezeichnet und gibt dem Eintopf einen Geschmack von Schärfe und den Geruch vom Meer. Noch nie hat mir Pfeffer so gut geschmeckt«, erklärte sie begeistert und gab noch eine kleine Handvoll hinzu. Lorenzo war zufrieden, bat sie aber, den Lagerarbeitern, die gleich alle mit ihnen zusammen an einem Tisch hinter dem Haus essen würden, nicht zu verraten, dass sie den Pfeffer von den Planen in ihrem Gemüseeintopf verwendet hatte.

Mein Gott, wenn wir Glück mit dem Wetter haben, könnte es klappen, dachte er und sah zum Himmel auf. Aber noch zeigte sich keine Wolke, und die Sonne brannte so, dass alle Männer die Hemden abgelegt hatten und mit nacktem Oberkörper arbeiteten. Auch Lorenzo und Ernesto halfen beim Wenden des Pfeffers, allerdings nur abwechselnd, denn einer musste immer im Kontor sein, um die laufenden Geschäfte zu erledigen.
So kam es, dass Lorenzo an seinem Schreibpult stand, als ein Mann von der Post ihm einen Brief aus Hamburg überreichte. Erstaunt und zugleich freudig erregt betrachtete Lorenzo den versiegelten Umschlag. Eigentlich kamen nur ein- oder zweimal im Jahr Briefe aus dem Norden mit Anordnungen oder Anfragen in den Süden. Und nun, kaum war er abgereist, schrieb ihm die Signora bereits einen Brief? Behutsam öffnete er den Umschlag und stellte enttäuscht fest, dass der Brief sehr förmlich gehalten war. Obwohl ich Theresa zum Abschied die Hand geküsst habe, schreibt sie streng geschäftlich, dachte er, nicht einmal eine persönliche Anrede hat sie für mich. Nur ungern las er den Brief:

»An die Gebrüder Bernetti.
Dieses Schreiben hat einen unerfreulichen Grund. Die Firma Iserbrook hat innerhalb kürzester Zeit zwei Schiffe mit wertvollsten Gewürzen verloren. Beide sind während eines Sturmes in der Bucht von der Biskaya untergegangen. Eines mit chinesischen Gewürzen, eines mit mexikanischen Gewürzen. Das ist ein großer Verlust für die Firma, und ich sehe mich gezwungen, neue Handelsmethoden einzuführen, da wir zurzeit nur noch über Restbestände verfügen. Wie ich von Ihnen erfahren habe, handeln viele Firmen inzwischen mit Gewürzmischungen. Um im Weihnachtsgeschäft präsent zu bleiben, muss sich die Firma Iserbrook nun auf Mischungen umstellen.
Ich erbitte Auskunft über mögliche Gewürzkompositionen und über die Beschaffungsmöglichkeiten durch Sie in Venedig. Dass die Zeit drängt, wissen Sie selbst. Sonst droht uns die Insolvenz.
Theresa Iserbrook.«

Ach du meine Güte, so ein Pech. Wenn Hamburg Insolvenz anmelden muss, ist auch für uns der Handel zu Ende, entfuhr es Lorenzo. Ich muss sofort Erkundigungen einziehen, wer mit Mischungen handelt und welche Mischungen infrage kommen. Dann lächelte er. Wenn ich's mir richtig überlege, käme unser Meersalzpfeffer genau rechtzeitig. Das Zeug verträgt sich bestens mit Gemüse, mit Fischen, beim Brotbacken, vielleicht tut ein Hauch davon sogar süßem Kuchen gut? Ja, wenn ich ehrlich bin, die Kombination von Meersalz und Pfeffer schmeckt richtig delikat. Simona muss noch ein bisschen herumkochen, dann wissen wir, wie und wobei dieses einmalige Gewürz am besten einzusetzen ist. Trotzdem, Weihnachten steht vor der Tür, der Handel braucht Gewürzmischungen für Lebkuchen und Panettone – oder für die Kuchen, die man so gerne in der Weihnachtszeit überall in Deutschland isst. Der Name hat mit Christ … zu tun. Ich werde mich darum kümmern, aber zuerst muss ich einen Brief nach Hamburg schicken. Ich muss den Iserbrooks schreiben, dass sie mit unserer Hilfe rechnen können.
Und so schrieb Lorenzo Bernetti an Theresa Iserbrook:

»Verehrte, gnädige Frau,
wir haben Ihren Brief bekommen und mit Bestürzung von dem Verlust der Schiffe und Ihrer Gewürzladungen erfahren.
Wir schicken in den nächsten Tagen eine Ladung mit Gewürzmischungen nach Hamburg. Sie werden rechtzeitig zum Weihnachtsgeschäft bei Ihnen eintreffen. Ganz besonders möchte ich auf unsere Erfindung des Meersalzpfeffers hinweisen, der sich bestens für salzige Speisen und süße Kuchen eignet. Eine wahre Delikatesse sogar im Brotteig, das versichere ich Ihnen …«

Lorenzo unterbrach sein Schreiben. Ich muss noch etwas für die Weihnachtsbäckerei finden. Ich werde Tommaso fragen, der backt schon seit einem Jahr mit Mischungen. Am besten gehe ich sofort zu ihm, dann kann ich im Brief genau mitteilen, was nach Hamburg unterwegs ist.

So machte sich Lorenzo sofort auf den Weg zum Delikatessenbäcker Tommaso am Campo della Lana, der dort auf einem Hinterhof seine Bäckerei betrieb.
»Tommaso«, begrüßte er den alten Mann, »ich brauche deine Hilfe.«
»Ciao, Lorenzo, was verschafft mir denn das Vergnügen.«
»Alter Freund, du arbeitest doch schon eine ganze Weile mit Gewürzmischungen für deine Panettone und deine wunderbaren süßen Kuchen. Würdest du mir verraten, welche Mischungen das sind?«
Tommaso antwortete mit lautem Gelächter. »Du bist verrückt, mein Junge, welcher Koch verrät denn seine Rezepte? Nein, nein, ich bin doch nicht närrisch. Meine Gewürze sind mein Geheimnis, und davon lebe ich.«
»Das weiß ich doch, es ist nur so, meine Firma geht pleite, wenn wir uns nicht auf Gewürzmischungen umstellen, und jetzt vor dem Weihnachtsfest brauchen wir unbedingt Ideen dafür.«
»Meine Rezepte sind unbezahlbar.«
»Ich würde dir die feinsten Gewürze schenken, und zwar auf Lebenszeit, wenn du mir jetzt hilfst.«
Der alte Mann strich sich über den Bart. »Na, auf Lebenszeit? Weißt du, wie alt ich bin? Da kämst du aber gut weg, wenn ich das bedenke.«
»Du wirst hundert Jahre alt, das liegt bei euch in der Familie, und von den hundert bist du noch sehr weit entfernt.«
»Hm«, grinste Tommaso, »wenn ich auf den Handel eingehe, will ich aber nur die feinsten Gewürze, keinen Ramsch.«
»Habe ich jemals Ramsch geliefert?«
»Nein, du nicht, andere schon.«
»Dann verlass dich auch diesmal auf meine Qualitäten.«
»Vanille und Nelken aus Madagaskar? Muskatnuss und Kaneel aus Ceylon, nicht aus Indonesien? Zimt und Ingwer aus China?«
»Was du willst und von allem das Beste.«
»Hm, komm mit.« Er zögerte noch einen Augenblick, dann winkte er Lorenzo in einen Raum hinter der Backstube, wo sich

Mehlsäcke, Honigbehälter, Salzfässer und zahlreiche andere Kisten türmten. Tommaso holte ein Buch mit handgeschriebenen Rezepten aus einem Schrank und reichte Lorenzo ein Blatt Papier und einen Stift. »Da, schreib dir auf, was ich sage.« Und er diktierte: eine Stange Zimt, einen Esslöffel Gewürznelken, einen Esslöffel geriebene Muskatnuss, einen Esslöffel Koriandersamen, einen Teelöffel zerstoßenen Ingwer, einen Esslöffel Mazis …«

»Halt, was ist Mazis?«

»Die getrocknete Samenhülle des Muskatnussbaumes, unterbrich mich nicht dauernd …«

Und Tommaso diktierte, und Lorenzo schrieb, und es gab Rezepte aus Japan und Frankreich, aus China und Afrika, aus Griechenland und Indien, und als Tommaso zu Bratenmischungen übergehen wollte, rief Lorenzo: »Halt, mein Lieber, ich habe genug Rezepte. Danke, danke. Das reicht.«

»Du hast, was du brauchst?«

»Oh ja, mehr als genug. Jetzt sag du mir, was du am dringendsten brauchst, ich schicke dir morgen ein Fass voll.«

»Vanille, davon kann ich nicht genug haben.«

»Geht in Ordnung, alter Freund.«

Und am Abend schrieb Lorenzo an seinem Brief weiter, legte eine von ihm sauber abgeschriebene Liste der Rezepte bei und riet: »Alle angegebenen Gewürze hacken und mahlen und mörsern, in Gläser füllen, dieselben versiegeln und verkaufen«. Dann versicherte er, dass alle Zutaten noch in dieser Woche mit einem Schiff der Stelling-Reederei nach Hamburg geschickt würden. Er hielt die Schiffe der Stellings für die sichersten Transportmittel und auch für die schnellsten, denn das Weihnachtsgeschäft stand vor der Tür. Und ganz zum Schluss fragte er höflich an, ob die gnädige Frau auch einmal daran gedachte habe, ihr Leben ein bisschen zu genießen, so wie damals auf der Lindenterrasse an der Elbchaussee.

Zweiundzwanzigstes Kapitel

Der Pfeffer trocknete hervorragend. Die Schaber, wie Nando seine Brettererfindung nannte, eigneten sich sehr gut zum Wenden des Pfeffers, und die Männer arbeiteten von morgens bis abends auf den Planen. »Noch ein, zwei Tage, und wir haben es geschafft«, lachte Ernesto und zog sich das Hemd aus, denn die Sonne brannte mit unverminderter Kraft. Aber Nando sah unsicher zum Himmel. »Ich weiß nicht, diese Wolkentürme da unten im Süden gefallen mir gar nicht.«

»Ach was«, schüttelte Ernesto den Kopf, »die kommen und gehen, die Sonne scheint unverändert, und das ist die Hauptsache.«

»Es könnte sein, dass sich das Wetter ändert. Auch der Wind hat sich gedreht, mir gefällt das nicht.«

»Nur noch heute und morgen, Nando, dann haben wir's geschafft.«

»Das Wetter wird kaum fragen, ob wir irgendetwas schaffen oder nicht. Ich möchte, dass Lorenzo herkommt und sich mit uns berät.«

»Dann müssen wir einen Mann aufs Festland schicken, um ihn zu holen, und hier fehlt uns dann dieser Mann.«

»Dann sollten wir lieber anfangen, den Meersalzpfeffer in die Säcke zu schaufeln und rüber in die Lagerhallen zu bringen.«

»Nein, auf keinen Fall, Lorenzo hat gesagt, der Pfeffer braucht noch zwei Tage, und damit kennt er sich am besten aus.«

Der Wind wurde stärker, und auch Ernesto beobachtete nun den Himmel. Aber er konnte keine Veränderungen feststellen, höchstens, dass die Sonne durch einen leichten Dunst hindurch schien.

»Na gut, ich schicke einen Mann zu Lorenzo.« Er winkte einen der Lagerarbeiter herbei und befahl ihm, mit dem Boot auf das Festland zu fahren und seinen Bruder zu holen. »Und sag ihm, es sei dringend, Nando erwartet einen Wetterumschwung.«

Eine Stunde später war die Sonne nur noch als roter Ball hinter einer dicken Dunstschicht zu sehen. Es wurde kühler, die Männer zogen ihre Hemden wieder an, und Nando warnte: »Die Luft wird feucht, wir müssen den Pfeffer zudecken.«

Ernesto nickte. »Verdammt, wo bleibt denn Lorenzo?«

Nando zeigte auf die Lagune, »schau dir die Wellen an, ich hoffe, das Boot kommt noch durch.«

»Los, Männer«, befahl Ernesto, »den Pfeffer vom Rand aus in die Mitte schieben. Beeilt euch und lasst nicht die Hälfte liegen. Alles muss in die Mitte und dann die Ränder nach innen umschlagen, damit wir ihn damit abdecken können.«

Die Männer schufteten, dass ihnen der Schweiß über die Gesichter lief und die Hemden im Nu nass waren. Immer wieder schaute Nando zum Himmel. Schließlich hielt er inne und erklärte. »Schau dir die Wolkenwand im Süden an. Da braut sich ein Unwetter über Chioggia zusammen, in einer Stunde ist es hier. Hoffentlich schafft Lorenzo die Überfahrt.«

»Mein Bruder hat doch Augen im Kopf, der wird schon aufpassen.«

Die Männer schufteten ohne Pause, aber je näher sie der Mitte des Feldes kamen, umso höher wurde die Pfefferwand, die sie verschieben mussten. Und dann erklärte Ernesto: »Schluss, aus, es geht nicht weiter. Die leeren Planen zur Mitte hinziehen und übereinanderschlagen. Beeilt euch, sonst reißt der Sturm alles auseinander.« Er selbst holte mit Nando die Reserveplane, um sie über den abgedeckten Pfefferberg zu ziehen. Aber der Wind war inzwischen so stark, dass alle zehn Männer anfassen mussten, um die Plane zu halten. Als sie einigermaßen ausgebreitet war, legten sie Steine rund herum auf die Ränder, aber der Sturm, der jetzt schon heftig war, fand immer wieder Lücken und drohte, das Segeltuch aufzublasen und wegzureißen, und Ernesto

rief: »Alle drauflegen und festhalten.« Und die zehn Männer legten sich mit ausgebreiteten Armen und Beinen auf die Planen. Das Meer rauschte so laut, dass sie zunächst den entfernten Donner kaum hörten, aber Nando hatte ein feines Gespür für das Wetter, und als das Grollen immer heftiger wurde, rief er Ernesto zu: »Wir kriegen das Unwetter genau hierher. Es wird lebensgefährlich, was wir hier machen.«
»Hast du einen anderen Vorschlag? Ich muss den Pfeffer retten, sonst können wir unser Geschäft zumachen.«
»Willst du Leben riskieren, nur um den Pfeffer zu retten?«
In dem Augenblick, in dem der erste Blitz nur ein paar Hundert Meter entfernt ins Meer einschlug, kamen Lorenzo und der Schiffer, der ihn geholt hatte, über das Feld gelaufen.
»Himmel, seid ihr wahnsinnig«, brüllte Lorenzo gegen den Sturm an, »runter von dem Berg und rüber in die Hütte.« Er winkte mit beiden Armen, weil er nicht wusste, ob ihn alle gehört hatten. Dann wartete er, bis auch die letzten Männer zur Hütte rannten, warf noch einen verzweifelten Blick auf den Meersalzpfefferberg und rannte hinterher. Er erreichte die Hütte in dem Moment, als der erste Blitz in diese seltsame Erhebung einschlug. Der Sturm packte die oberste Plane, sie blähte sich hoch auf, die Steine fielen von ihren Rändern, und dann flog sie knatternd davon. Gleichzeitig öffnete der Himmel seine Schleusen, und ein Wolkenbruch ging auf die Erde nieder.
Das Unwetter tobte drei Stunden über der Lagune. Wie eine undurchsichtige graue Wand strömte der Regen herab. Simona hatte sich mit ihren Kindern auf das Ehebett zurückgezogen. Die Männer hockten in der Wohnstube, die meisten auf der Erde, denn es fehlte an Stühlen in dem engen Raum.
»Jetzt zerplatzen meine Zucchini, und die letzten Melonen wälzen sich im Schlamm«, stöhnte Nando, »und ich dachte, ich könnte sie am Wochenende auf dem Markt in Burano verkaufen. Wo ist eigentlich der Hund?«
»Hier unterm Bett«, rief Simona von nebenan, »der Kerl hat mehr Angst vor einem Gewitter als wir alle zusammen.«

»Papa, ich muss mal«, weinte einer der Jungen.
»Geht jetzt nicht, draußen fliegst du davon.«
»Aber ich muss ganz dringend.«
»Dann nimm den Eimer und geh in die Ecke«, rief Nando zurück.
Als der Regen endlich etwas nachließ, war die Nacht hereingebrochen. In der Stube roch es muffig, die Fensterscheiben waren dicht beschlagen, und als Nando versuchte, im Herd ein Feuer zu entfachen, um für alle Tee zu kochen, drückte der Wind den Rauch aus dem Schornstein zurück in die Stube. Lorenzo stand auf und öffnete die Haustür einen Spalt. Im Norden der Lagune blitzte es noch immer, aber der Regen ließ endlich nach, und am Horizont tauchten die ersten verschwommenen Lichter von Venedig auf. Auch die anderen Männer standen auf, vertraten sich die Beine, und die ersten wagten sich nach draußen, um frische Luft zu schöpfen. Das Wasser der Lagune schlug mit weißem Schaum an das Ufer, und die Brandung an der Meerseite drohte die kleine Insel zu verschlingen.
Nando schüttelte den Kopf. »Da kommt heute keiner rüber, und mein Steg wird auch zerschlagen sein. Hoffentlich hatte ich das Boot hoch genug herausgezogen. Aber in der Dunkelheit ist jetzt natürlich nichts zu erkennen.«
Lorenzo und Ernesto waren nach draußen gegangen und standen unter dem überhängenden Dach. »Und jetzt? Die ganze Arbeit war umsonst.«
Lorenzos Hände verkrampften sich zu Fäusten. »Wahrscheinlich ist der ganze Pfeffer ins Meer gespült worden. Ein verdammter Mist ist das. Komm, lass uns mal hinübergehen und nachschauen.«
»Unsinn, in der Dunkelheit können wir doch gar nichts sehen.«
»Aber fühlen, los, komm schon.«
Die beiden Männer stampften über den schlammigen Boden. Dann erreichten sie die Zeltplane, die auf dem Boden ausgebreitet worden war, um den Pfeffer darauf zu lagern und zu wenden.

»Die Plane ist noch da«, rief Ernesto seinem Bruder zu. Auch Lorenzo, der von der anderen Seite kam, trat auf die Plane. »Ja, sie liegt noch hier, vielleicht ist doch noch etwas vom Pfeffer darauf liegen geblieben.« Vorsichtig ging er weiter auf dem Segeltuch. Dann stieß er mit den Füßen auf die ersten Körner und bückte sich. Tatsächlich, er hatte Pfeffer in den Fingern. »Du, hier liegt noch Pfeffer auf der Plane, wie sieht es bei dir aus?«

»Na«, lachte Ernesto, »sehen kann ich nichts, aber fühlen tu ich den Pfeffer auch. Scheint so, als sei eine große Portion noch vorhanden.«

»Aber nass ist er, die ganze Prozedur, um ihn zu trocknen, war umsonst.«

Die Männer trafen sich am Rand des aufgeschütteten Pfeffers.

»Aber was nützt er uns jetzt noch? Mit der Sonne ist es vorbei, die hat nach diesem Unwetter keine Kraft mehr. Mit dem Gewitter ist der Herbst eingezogen.«

»Aber wir müssen ihn retten, verdammt viele Schiffe mit Pfefferfrachten sind in diesem Jahr im Indischen Ozean in Stürme gekommen. Da wird der Pfeffer auf dem Weltmarkt sehr schnell knapp und teuer«, überlegte Lorenzo.

»Aber wie willst du diesen nassen Pfeffer vermarkten?«

»Vielleicht sollte man ihn in Fässer füllen, mit Salzwasser auffüllen und dann verkaufen. Die Körner sind zäh, die bleiben lange hart und scharf.«

»Aber nicht nach der Meerwassertaufe und diesem Regenguss von heute. Mit dem Meersalz ist es auf jeden Fall vorbei«, widersprach Ernesto. »Und woher willst du die vielen Fässer nehmen, wir brauchten Hunderte von der kleinen Sorte, um alles zu verladen.«

»Ja, das ist ein Problem. Ich weiß, wie schwierig es ist, gute Fässer zu bekommen, wenn ich an meine Weinlese denke. Ich weiß nicht einmal, ob es in Venedig genügend Böttcher gibt, um so schnell Fässer zu liefern. Und schnell muss es jetzt gehen.«

»Du sagst es. Also, was machen wir?«

»Ich werde mit Tommaso sprechen, vielleicht weiß der Rat.«

»Der alte Bäcker?«

»Ja, der hat mir erst vor ein paar Tagen geholfen, als ich Mischrezepte für Gewürze brauchte.«

»Der ist doch so unfreundlich.«

»Ich habe mit ihm ein Abkommen getroffen, vielleicht lässt es sich auf ein paar neue Ratschläge ausweiten.«

»Na, dann viel Glück.«

Die Männer kehrten in die Hütte zurück. Nando hatte endlich ein Feuer im Herd entzünden können und Tee für alle gekocht. Erwartungsvoll sahen alle die Brüder an, als sie die Hütte betraten. »Na, wie sieht's draußen aus?«

»Ist vom Pfeffer noch was da?«

»Was soll denn nun werden?«

»Also, es ist noch eine große Portion vom Pfeffer da, wie viel genau, konnten wir nicht erkennen, er ist natürlich triefend nass, und unsere Arbeit war umsonst. Aber wir brauchen ihn, denn Pfeffer wird in diesem Jahr knapp, ziemlich viele Schiffe mit Pfefferladungen sind in die Taifune gekommen, wer weiß, wie viel Fracht dabei verloren ging. Wir wollen ihn retten, aber wir wissen nicht wie, denn mit der Sonne brauchen wir in diesem Jahr nicht mehr zu rechnen.«

Als es draußen hell wurde, verließen alle die Hütte. Die Arbeiter gingen auf die Suche nach dem Pfeffer und wollten versuchen, ihn vor Wind und Wetter zu schützen, Lorenzo und Ernesto fuhren mit dem Boot zurück nach Venedig.

Während Ernesto sich zum Kontor bringen ließ, stieg Lorenzo vorher aus und suchte den alten Tommaso auf.

»Na, Freund, schon wieder hier? Was hast du diesmal für Wünsche?«

»Erst einmal möchte ich wissen, ob du die Vanille bekommen hast und ob sie deinen Wünschen entsprochen hat.«

»Die Vanille war in Ordnung. Und was willst du jetzt wissen?«

»Tommaso, mir ist eine Schiffsladung mit Pfeffer zum zweiten Mal verdorben.«

»Wie kann denn etwas zweimal verderben?«

»Beim ersten Mal ist sie in einen Taifun geraten und meerwassergetränkt hier angekommen. Dann haben wir sie zwei Wochen lang in der Sonne getrocknet, und gestern bei dem Unwetter ist sie im Regenwasser fast fortgeschwommen. Mit der Sonne ist es jetzt vorbei. Kann man den Pfeffer in Fässer verladen und mit Salzlake tränken? Hält er sich? Und ist er dann noch in Hamburg verkäuflich? Pfeffer wird knapp in diesem Jahr.«
Der alte Mann lachte. »Du hast vielleicht Probleme. Du kannst natürlich Pfeffer in Salzlake einlegen und er hält sich auch eine Weile, aber du wirst nicht genug Fässer finden, um eine Schiffsladung darin unterzubringen. Und für die Haltbarkeit würde ich meine Hand nicht ins Feuer legen.« Er schüttelte den Kopf. »Ich habe eine andere Idee.«
»Ja? Und welche?«
»Ich trockne dir deinen Pfeffer.«
»Du? In deinem Backofen etwa? Der ist viel zu klein, es handelt sich um eine Schiffsladung, mein lieber Tommaso.«
»Lorenzo, ich habe eine Erfindung gemacht, und mit der werde ich dir deinen Pfeffer so gut trocknen, dass er wie frisch geerntet aussieht.«
»Eine Erfindung? Du, Tommaso? Was ist das für eine Erfindung?«
»Das ist mein Geheimnis, und ich werde es keinem Menschen verraten, aber die Erfindung ist genial, und ich garantiere dir trockenen Pfeffer.«
»Himmel, was muss ich tun, was willst du dafür?«
»Über den Preis sprechen wir später. Füll deinen Pfeffer in Säcke und bringe ihn zum Campo Santa Maria Maggiore. Die Schuten sollen da festmachen, und ich sorge für den Weitertransport. Wann könnt ihr dort sein?«
»Morgen Abend, den nassen Pfeffer in Säcke zu schaufeln, ist eine Heidenarbeit.«
»Gut, ich erwarte euch morgen Abend. Und bring genug neue Jutesäcke für den trockenen Pfeffer mit.«
»Und du willst mir nicht verraten, was du vorhast?«
»Nein, und jetzt hör auf mit der Fragerei.«

Eine Woche später konnten die Brüder Bernetti eine halbe Schiffsladung mit trockenem Pfeffer in neuen Jutesäcken auf einen Zweimastschoner der Reederei Stelling verladen. Der Pfeffer war in einwandfreiem Zustand, und die Brüder erfuhren nie, wie der alte Tommaso die Körner getrocknet hatte, aber er bekam noch am gleichen Abend eine neue Lieferung edelster Vanilleschoten aus Madagaskar.

Als aber ein paar Tage später die Rechnung kam, waren die Brüder doch sehr verwirrt. Tommaso verlangte fünf Kilogramm Weihrauch, ein Wunsch, den die Brüder nicht erfüllen konnten. Ihr Weihrauchhandel war in den letzten Jahren fast zum Erliegen gekommen, nachdem die Geschäftsleitung in Hamburg verboten hatte, mit den Händlern von Salalah in Verbindung zu bleiben. Sie hatten zwar noch kleine Reserven, die sie für einen Notfall zurückgelegt hatten, aber fünf Kilogramm, das war eine Menge von dem leichten Harz, die sie keinesfalls aufbringen konnten.

Ratlos machte sich Lorenzo noch einmal auf den Weg zum alten Bäcker. »Tommaso, wir haben deine Rechnung bekommen, aber wir sind nicht in der Lage, diese Rechnung zu begleichen. Wir haben keinen Weihrauch mehr, den Handel mussten wir vor Jahren aufgeben. Außerdem sind wir der Meinung, der Preis ist zu hoch, der Pfeffer ist das nicht wert.«

»Sagtest du nicht, eure Firma macht Bankrott, wenn ihr den Pfeffer nicht liefern könnt? Ist eure Firma nicht einmal fünf Kilogramm Weihrauch wert? Überlege dir gut, was du sagst.«

»Aber woher sollen wir den Weihrauch nehmen, wir haben ihn nicht.«

»Dein Vater kannte die Weihrauchstraße, er kannte den Handel und die Händler, es gab eine Zeit, da wollte er sich nur noch auf den Handel mit Weihrauch spezialisieren. Such dir die alten Unterlagen heraus und konzentriere dich auf die Angaben, dann kommt auch euer Weihrauchhandel wieder in Gang.«

»Er wurde uns verboten. Wir sind ja keine eigenständige Firma, wir sind nur ein Teil der Hamburger Dynastie, wir können nicht etwas tun, was uns verboten wurde.«

»Papperlapapp, Hamburg ist weit.«
»Aber wir sind von der Firma abhängig.«
»Wenn ihr den Weihrauchhandel betreibt, nicht mehr.«
»Ich kann das nicht allein entscheiden, ich muss mit meinem Bruder darüber sprechen.«
»Dann tu das. Und denkt beide daran, ich habe euch schnell und konsequent geholfen, jetzt erwarte ich genauso schnell und konsequent die Begleichung meiner Rechnung.«
»Etwas Zeit musst du uns schon geben, die Wege sind weit, die wir zurücklegen müssten.«

Dreiundzwanzigstes Kapitel

Es fiel Theresa schwer, sich an den Handel mit Gewürzmischungen zu gewöhnen. Aber die Nachfrage wurde immer größer, und wollte sie mit anderen Händlern konkurrieren, blieb ihr nichts anderes übrig als mitzumachen.
Sie ließ Lagerflächen umbauen, kaufte Mühlen, Mörser und Zerhacker, stellte neue Leute ein, die ihre Anweisungen auf das Genaueste befolgen mussten, und kaufte heimlich die Mischungen anderer Händler, um daraus zu lernen.
Allmählich bekam sie ein Gespür für die Geschmacksrichtungen, erkannte die Düfte, die sich entwickelten, und verstand die Portionierungen. Dabei war sie Lorenzo Bernetti sehr dankbar, dass er ihr so genaue Anweisungen gegeben hatte und dass seine Vorschläge leichte italienische Geschmacksrichtungen aufwiesen, die in Hamburg noch fremd, aber bei den Köchen sehr begehrt waren.
Als sie an diesem Abend in den Speiseraum kam, um mit der Mutter und einigen Angestellten, die jetzt regelmäßig beim Essen dabei waren, zu speisen, fand sie Silvana in einiger Aufregung vor. Sie stand mit der Köchin zusammen am Büfett und diskutierte eifrig, wobei sie sich immer wieder über die Terrine mit der Suppe, über den Braten und über die Schüssel mit der Nachspeise beugte. Gab es da Ärger mit Klara? Schnell lief Theresa durch den Raum, um einen eventuellen Streit zu schlichten. Aber mit Bestürzung sah sie, dass die Mutter den Tränen nahe war.
»Was ist denn passiert?«
Silvana drehte sich zur Tochter um. »Stell dir vor, Klara hat eine Suppe gezaubert, die genauso duftet wie früher bei uns in Vene-

dig. Und der Braten, der weckt Erinnerungen in mir, die ich längst vergessen hatte. Wie ist es möglich, dass wir hier in Hamburg plötzlich italienische Köstlichkeiten auf dem Tisch haben?«
Theresa legte der Mutter den Arm um die Schultern und drückte sie liebevoll. »Es freut mich, dass es dir gefällt, Mutter. Ich habe ein paar Gewürzmischungen hergestellt, die mir ein italienischer Gentleman geschickt hat.«
»Wunderbar, es duftet wie zu Hause.«
»Venedig ist immer noch dein Zuhause, nicht wahr?«
»Daran wird sich nichts ändern, Theresa. Die Heimat bleibt die Heimat, und nun holst du sie mir in die Küche. Verrate doch, was er dir gesagt hat. Und wer ist der Gentleman überhaupt?«
»Er ist der Sohn vom alten Bernetti, Vaters Prokuristen, dieser Lorenzo, der vor ein paar Wochen hier war, um die Geschäfte mit mir zu besprechen. Er hat mir Mischungen aufgeschrieben, die ihm ein alter Bäcker diktiert hat.«
»Und was kommt in diesen Mischungen vor?«
»Nun, neben unseren Gewürzen, die ja mit Salz und Pfeffer, Zimt und Nelken, Muskatnuss und Ingwer recht bescheiden sind, kommen in Italien noch Oregano, Basilikum, Aglio, Zafferano und Canella, Pepperoncino und Rosmarino dazu. Und weil man sie hier nicht frisch zu kaufen bekommt, werden sie getrocknet und gerebelt oder gemahlen und unseren Gewürzmischungen beigefügt. Er hat mir mehrere Kisten voll davon geschickt.«
»Ach Gott, Kind, du hast mir eine große Freude gemacht. Was für ein netter Mann. Schreibe ihm meinen herzlichen Dank. Aber nun kommt, lasst uns essen, ich kann es kaum erwarten.«
Und Theresa schrieb am gleichen Abend:

»Sehr geschätzter Herr Bernetti,
im Namen meiner Mutter, Silvana Iserbrook, möchte ich Ihnen vielmals für die italienischen Gewürzrezepte und die zugesandten Mischungen von Kräutern und Gewürzen danken. Die köstlichen Aromen haben bei ihr große Heimatgefühle ausgelöst und

uns allen sehr gemundet. Ich habe mich lange gegen Mischungen gesträubt, nun aber eingesehen, dass ich, um konkurrenzfähig zu bleiben, mich dem Trend anpassen muss. Bei der Gelegenheit wird es mir ein Vergnügen sein, italienische Gewürze in Hamburg bekannt zu machen. Ich bitte Sie deshalb, mich auch weiterhin mit diesen Kräutern und Gewürzen zu beliefern. Außerdem bitte ich um eine weitere Lieferung der für die Weihnachtsbäckerei notwendigen Gewürze. Vor allem benötigen wir noch Anis, Vanille, Zimt und Ingwer. Mit Interesse erwarte ich die von Ihnen angekündigte Lieferung von Meersalzpfeffer. Ich hoffe, er erreicht uns noch pünktlich zum Weihnachtsgeschäft. Den Ausblick von der Lindenterrasse auf die Elbe konnte ich noch nicht wieder genießen. Hier ist es jetzt kalt und unfreundlich, und außerdem fehlt mir die sympathische Gesellschaft, die mich damals begleitete.
Ich verbleibe mit freundlichen Grüßen, Theresa Iserbrook.«

Theresa versiegelte den Brief und ließ ihn vom Hausdiener zur Poststation bringen. Gedankenverloren sah sie dem Jungen nach und dachte an den Empfänger in Venedig. Ein beachtlicher, eindrucksvoller Mann, dieser Lorenzo Bernetti, schade, dass ich so wenig Zeit hatte, als er hier war. Und dann die plötzliche Abreise, es wäre schön gewesen, mit ihm zu plaudern oder auf der Hochzeit sogar einmal mit ihm zu tanzen. Seit Jahren habe ich nicht mehr getanzt. Vielleicht weiß ich gar nicht mehr, wie das geht? Theresa lächelte. Unsinn, natürlich weiß ich, wie man tanzt, so etwas vergisst man doch nicht. Schade, dass ich hier überhaupt keine Freunde habe. In Lübeck gab es doch den einen oder anderen Bekannten, mit dem ich hin und wieder ausgegangen bin, aber hier in Hamburg bin ich richtig fremd. Die Geschäfte lassen mir keine Freizeit. Dabei muss es so schön sein, auszugehen, sich fein zu kleiden, mit Männern zu tanzen und zu kokettieren. Hamburg hat so viele Amüsierlokale, warum sitze ich immer nur hier im Kontor?
Und sie dachte wieder an Lorenzo Bernetti, an seine starken

Arme, an seine kräftigen Hände, sie sah seine Gestalt vor sich, und plötzlich spürte sie, dass sie sich nach seiner Umarmung sehnte.

So ein Blödsinn, schimpfte sie leise vor sich hin. Das fehlte gerade noch, Sehnsucht nach einem Mannsbild aus Venedig zu bekommen, komplizierter geht es doch kaum. Sie griff nach einem Rechnungsbuch und begann Einnahmen und Ausgaben einzutragen, und dann hatte sie auch sehr schnell Lorenzo Bernetti vergessen.

Lorenzo kämpfte derweil mit großen Schwierigkeiten. Dieser verdammte Pfeffer war endlich auf dem Weg nach Hamburg, aber die Rechnung war noch nicht beglichen. Aber wie er das anstellen sollte, wusste er nicht. Als er Ernesto traf, sagte er: »Ich habe keine Ahnung, woher wir fünf Kilogramm Weihrauch nehmen sollen.«

»Lässt er nicht mit sich reden, kann man ihn vielleicht runterhandeln?«

»Selbst wenn er nur vier Kilogramm haben will, auch die können wir nicht liefern. Du weißt, wie leicht Weihrauch ist und wie viel fünf Kilogramm wären.«

»Und wenn wir seine Rechnung ignorieren?«

»Dann können wir unser Geschäft aufgeben und aus Venedig verschwinden. Du kennst den Alten und seine Beziehungen in der Stadt. Er würde uns das Leben hier unmöglich machen.«

»Hm, und unser guter Ruf als ehrenvolle Händler wäre Vergangenheit.«

Ratlos sahen sich die Brüder an. »Vielleicht sollten wir doch die alten Papiere über den Weihrauchhandel suchen und ihn wieder aufbauen.«

»Ernesto, hast du vergessen, dass man uns den Handel untersagt hat? Es gab da ein Problem in Hamburg, es ging um eine Entführung und um gefährliche Drohungen. Wir können nicht hinter dem Rücken der Geschäftsleitung den Handel wieder aufnehmen.«

»Das braucht doch kein Mensch zu erfahren. Hamburg ist weit.«
»Aber hier würde es sich sehr schnell herumsprechen, und dann erfährt es auch Hamburg.«
»Trotzdem, zuerst suchen wir nach den Papieren.«
»Und wo willst du die suchen?«
»In Vaters Tresor natürlich. Gib mir mal den Schlüssel.«
Lorenzo holte den Schlüssel aus seinem Schreibtischversteck und reichte ihn dem Bruder. »Aber ich sag es dir noch einmal, ich bin dagegen.«
»Macht nichts, ich bin dafür, es steht also fünfzig zu fünfzig. Und beim Suchen kann ja nicht viel passieren.« Ernesto schloss die alte Kredenz auf und öffnete die schwere, quietschende Eichentür. Drinnen lagen in verschiedenen Fächern verstaubte, versiegelte Umschläge, die seit Jahren unberührt waren. Ernesto holte einen nach dem anderen heraus. Dann fand er einen Umschlag mit der Aufschrift »Die Weihrauchstraße«. Der musste es sein. Und bevor Lorenzo widersprechen konnte, hatte er das Siegel gebrochen, pustete den Staub vom Papier und öffnete den Umschlag. Heraus kamen vergilbte Landkarten, Notizzettel, Briefe und selbst gezeichnete Straßenkarten.
Jetzt wurde auch Lorenzo neugierig. Gemeinsam sortierten die Brüder den Inhalt, lasen die Notizen und verglichen die Karten.
»Na bitte, hier steht in allen Einzelheiten, wo wir den Weihrauch kaufen können. In Salalah auf dem Basar.«
»Und woher nehmen wir das Geld für den Kauf? Weihrauch wird mit Gold aufgewogen, mein lieber Ernesto.«
»Willst du unseren Ruin oder willst du Reichtum und Ruhm?«
»Was für eine Frage, aber mir fehlt die Lösung des Problems.«
»Wir verkaufen alles, was in den Lagern ist, und rechnen es nicht mit Hamburg ab. Dann haben wir genug, um Weihrauch für Tommaso und genügend für uns zu kaufen.«
»Das ist Betrug.«
»Das ist nur eine Übergangslösung, ein geliehener Betrag. Wenn wir die Geschäfte richtig aufziehen, können wir alles zurückzahlen, und kein Mensch erfährt etwas davon.«

»Und wie soll das praktisch gehen?« Lorenzo war hin- und hergerissen. Reichtum und ein sorgenfreies Leben würden ihm behagen, aber die Firma zu betrügen passte ihm gar nicht.
»Du bleibst hier und machst deine Arbeit wie immer, und ich fahre mit dem nächsten Schiff nach Oman. Ich bin doch der, der immer unterwegs ist und einkauft. Nichts ändert sich also für die Firma. Die haben schließlich früher auch mit Weihrauch gehandelt, und er ist nach wie vor ein sehr begehrtes Heilmittel.«
»Wenn du das so sagst, klingt es eigentlich ganz einfach«, gab Lorenzo seinen Widerspruch auf. »Also, von mir aus kannst du fahren. Aber woher nehmen wir das Geld für den Kauf?«
»Wir räumen die Lager leer und verkaufen alles, was sich anbieten lässt. Und wenn ich zurück bin, kaufen wir die Lager wieder voll. Dein Bäcker bekommt seinen Teil, und eine große Portion legen wir für uns zurück. Das ist dann unsere Alterssicherheit.«
»Na dann, aber beeile dich, ich weiß nicht, wie lange ich hier allein zurechtkomme.«
»Selbstverständlich beeile ich mich. Aber denk daran, der Weg ist weit, ich muss ganz Afrika umrunden, wenn ich mit dem Schiff nach Oman segeln will.«
»Und die Weihrauchstraße?«
»Kommt nicht infrage. Ich kann nicht auf einem Kamel reiten und ich will es auch nicht, es ist viel zu gefährlich.«
»Da hast du recht, wäre mir auch nicht lieb, dich in der Wüste unterwegs zu wissen.«

Eine Woche später fuhr Ernesto mit einem venezianischen Schiff in Richtung Oman davon. Aber bereits in der Straße von Gibraltar geriet das Schiff in einen schweren Sturm und kenterte. Lorenzo erfuhr durch fremde Schiffer von dem Unglück, und die Reederei teilte ihm wenig später offiziell mit, dass es keine Überlebenden gebe.
Lorenzo war fassungslos. Er wusste nicht, wie er den Tod des Bruders ertragen sollte. Wie gelähmt versuchte er, die Nachricht

zu akzeptieren. Dann fuhr er in den Palazzo, um Maria über den Tod ihres Mannes zu informieren. Noch während er bei ihr war, ließ die weinende Frau ihre Sachen packen, bestellte ein Boot und reiste zurück zu den Eltern nach Murano.
In dem leeren Palazzo wollte Lorenzo nicht bleiben. Er zog mit wenigen Sachen in den Raum hinter dem Kontor, in dem sein Vater bereits gelebt hatte, als der Palazzo damals verkauft wurde. Alles ist umsonst gewesen, dachte er, unser mühsam erspartes Geld, mit dem wir den alten Palazzo der Iserbrooks zurückkauften, hätten wir gleich in den Canal Grande versenken können. Kein Mensch wird das alte Haus jetzt noch kaufen. Ich bin am Ende. Mein geliebter Bruder ist tot, es gibt keine Lagerbestände, kein Geld, um Waren zu kaufen, und der alte Tommaso, der mit dem Weihrauch rechnet, wird darauf bestehen. Nichts ist mehr, wie es noch vor wenigen Wochen war, wie konnte das alles nur geschehen? Ich bin wirklich am Ende.

Eine Woche später entließ Lorenzo seine Mitarbeiter, verschloss die Kontore und die leeren Lagerräume, mietete eine Pferdedroschke und ließ sich mit wenigen Habseligkeiten zum Castello di Santa Clara bringen. Auf dem Weingut wollte er nachdenken, Ruhe finden, Trost suchen.

Theresa erfuhr von fremden Händlern, dass es die Iserbrook-Niederlassung in Venedig nicht mehr gab. Sie war außer sich.
»Wie kann dieser Bernetti eine Firma schließen, die ihm gar nicht gehört? Er ignoriert meinen Brief und schickt mir stattdessen per Schiff eine kleine Ladung von Restbeständen, die ich nicht gebrauchen kann.«
Alexander nickte. Das war ein unersetzlicher Schaden für die Firma, das wusste er. Ohne Venedig konnten sie auch das Hamburger Geschäft schließen. Venedig war nun einmal der Umschlagplatz für alle Gewürze aus dem Orient und aus Afrika. Woher sollten sie in Zukunft ihre Gewürze beziehen? »Vielleicht ist das nur eine übereilte Entscheidung von Lorenzo Bernetti,

weil er den Verlust des Bruders nicht verkraften kann. Vielleicht besinnt er sich nach einer Weile und öffnet die Niederlassung wieder.«

»Vielleicht, vielleicht! Ich kann mich doch nicht auf ein ›Vielleicht‹ verlassen. Von Venedig hängt unsere Existenz ab. Ich muss persönlich nach Venedig reisen und das Unternehmen wieder in Gang bringen.«

»Aber Theresa, wie stellst du dir das vor? Jetzt, mitten im Weihnachtsgeschäft.« Alexander war alarmiert. Das würde bedeuten, dass er hier allein und auf sich selbst gestellt die Geschäfte führen musste. Das konnte er doch noch gar nicht.

»Alex, du hast viel gelernt in den letzten Monaten, jetzt kannst du beweisen, dass du ein fähiger Geschäftsführer bist. Und außerdem hast du Karl Osterbeck zur Seite. Und Mutter ist auch noch da.«

Aber Alexander schüttelte den Kopf. »So viele fähige Leute, und die soll ich führen? Großmutter wird niemals das tun, was ich sage, und dein Prokurist weiß wirklich alles besser als ich, er arbeitet schon so viele Jahre für dich, wie kann ich ihm etwas befehlen?«

»Du musst nicht befehlen, Alex, du musst mit Karl kooperieren, ihr müsst euch gegenseitig beraten und respektieren, dann klappt es auch mit der Zusammenarbeit.«

»Und was willst du in Venedig machen?«

»Zunächst muss ich mit allem verfügbaren und hier entbehrlichen Geld hinunterreisen. Man hat mir erzählt, dass die Niederlassung vor dem Ruin stand und dass Ernesto Bernetti mit dem letzten Vermögen abgefahren ist, um neue Waren einzukaufen. Also brauche ich vor allem Geld. Dann werde ich die Kontore wieder öffnen, Mitarbeiter einstellen und dann diesen Lorenzo Bernetti suchen, der uns in diese verdammte Situation gebracht hat.« Sie war zutiefst enttäuscht und den Tränen nahe, aber davon sollte Alexander nichts mitbekommen.

Vierundzwanzigstes Kapitel

Theresa versuchte mit allen ihr zur Verfügung stehenden Mitteln, die Geschäfte in Hamburg so weit zu ordnen, dass Alexander eine vollkommene Übersicht über Einnahmen und Ausgaben, über Pläne und Risiken bekam. Sie vertraute aber vor allem auf Karl Osterbeck, der nun seit Jahren ein eingearbeiteter Prokurist war, doch das musste Alexander nicht wissen. Er war ein gelehriger Schüler gewesen, aber er hatte auch seine eigenen Gedanken, die von zukunftsorientierten, modernen Plänen geprägt waren. Sie konnte ihn nicht bitten, nur in den alten, eingefahrenen Gleisen weiterzuarbeiten, befürchtete aber gleichzeitig Differenzen zwischen dem alten Prokuristen und dem jungen Geschäftsführer.

So bat sie eines Tages Karl Osterbeck in ihr Kontor und sagte: »Karl, ich lege großen Wert auf eine zufriedenstellende Zusammenarbeit zwischen Ihnen und Alexander während meiner Abwesenheit. Gravierende Meinungsverschiedenheiten können wir im Augenblick nicht gebrauchen.«

Verwundert sah der Prokurist seine Chefin an. »Aber wir haben noch nie Meinungsverschiedenheiten gehabt.«

»Nein, weil ich Differenzen immer schnell ausgleichen konnte. Aber Alex ist ein junger Mann mit modernen Ideen, es könnte sein, dass er versucht, eigene Geschäftspläne durchzusetzen, die ich nicht dulden würde.«

»Aber wie soll ich das verhindern? Er ist der Chef, Sie übergeben ihm die Verantwortung.«

»Ich appelliere an Ihre Fähigkeiten, diplomatisch einzugreifen, wenn seine Ideen über unser Maß an Großzügigkeit hinausgehen.« Sie lächelte den vertrauten Freund an. »Geben Sie ihm

die nötigen Freiheiten, aber dämpfen Sie seinen Übermut. Ich komme zurück, sobald ich kann, aber es könnten mehrere Monate vergehen, bis die Geschäfte in Venedig wieder zufriedenstellend laufen, dann möchte ich hier geschäftliche Harmonie und Frieden vorfinden.«
»Ich werde mein Bestes tun, das wissen Sie.«
»Ja, das weiß ich. Ich werde Alex vor meiner Abreise noch einmal ermahnen, bei Geschäftsabschlüssen nicht voreilig zu sein. Andererseits möchte ich nicht, dass er sich bevormundet fühlt. Er soll und muss die Selbstständigkeit lernen, meine Reise wird eine erste Prüfung für ihn sein.«
»Ich verstehe. Sie können sich auf Hanna und mich verlassen.«
»Danke.«

Nach diesem Gespräch suchte Theresa ihre Mutter auf, um sie über die Geschäftsaufgabe in Venedig und ihre geplante Reise zu informieren. Sie wusste, dass sie von ihr keine Zustimmung bekommen würde, aber sie ahnte nicht, was die alte Dame wirklich vorhatte.
Theresa begann das Gespräch sehr rücksichtsvoll und sprach mit der Mutter nach dem Abendessen, als sie wusste, dass Silvana die tägliche Arbeit abgeschlossen hatte und die abendliche Ruhe genoss.
»Mutter, ich hoffe, du hattest einen angenehmen und erfolgreichen Tag.«
»Das hatte ich, mein Kind, Herr Borgemann hat eine neue Teemischung gegen Husten und Blasenentzündung entwickelt, der gute Erfolge zu verzeichnen hat.«
»Dann bist du mit deiner Arbeit zufrieden, ich freue mich für dich.«
»Ich bin sehr zufrieden, Theresa. Wir haben fast täglich Erfolgsmeldungen, besser kann mein Geschäft kaum gehen.«
»Ich hoffe, es bleibt so, Mutter.«
»Natürlich, warum sollte es nicht?«
»Es hängt auch von unseren Lieferungen ab, nicht wahr?«

»Ja, selbstverständlich, aber da bin ich mir deiner Hilfe absolut sicher, mein Kind.«

»Es könnte sein, dass wir in Lieferschwierigkeiten geraten, Mutter.«

»Aber wieso denn, dein Geschäft läuft vorzüglich, warum sollte ich da mit Schwierigkeiten rechnen?«

»Wir haben Probleme mit den Lieferungen aus Venedig.«

»Ausgerechnet mit Venedig? Dort hat es noch nie Probleme gegeben.«

»Die Bernettis haben den Umschlagplatz geschlossen.«

»Was?«

»Ernesto, der jüngere Bernetti, ist tot. Er ist auf einer Reise mit dem Schiff untergegangen. Und er hatte das gesamte Geschäftsvermögen bei sich, um Gewürze zu kaufen.«

»Ach, mein Gott. Das tut mir leid. Ich sage es ja immer wieder: Vertraue diesen Schiffen nicht. Aber wie konnte er das gesamte Geld mitnehmen?«

»Das weiß ich nicht, er wollte wohl in großem Umfang einkaufen.«

» Wie leichtsinnig. Das ist unverantwortlich. Und dann hat der andere Bernetti einfach unser Geschäft geschlossen?«

»Einzelheiten weiß ich nicht, ich habe nur durch andere Schiffer von dem Unglück gehört. Man sagt, der ältere Bruder sei total verzweifelt, habe die Lager und Kontore geschlossen und sei mit unbestimmtem Ziel abgereist.«

»Du meine Güte, das bedeutet das Aus für unsere Lieferungen aus Venedig.«

»Ja, Mutter.«

»Und nun?«

»Ich muss nach Venedig reisen, die Büros und Lager wieder eröffnen und einen neuen Geschäftsführer suchen.«

»Das kommt überhaupt nicht infrage, Theresa.«

»Es wird uns nichts anderes übrig bleiben, wir können ohne Venedig als Umschlagplatz nicht existieren, das weißt du genau. Venedig ist der beste Umschlagplatz für die asiatischen Gewürze, wir können auf sie nicht verzichten und der Konkurrenz den Handel überlassen.«

»Ich dulde nicht, dass du auf ein Schiff gehst und diese weite Seereise unternimmst. Ich habe deinen Vater auf so einer Reise zwischen Venedig und Hamburg verloren, ich will nicht auch noch meine Tochter auf die gleiche Weise verlieren.«

»Mutter, Hunderte von Schiffen sind auf den Weltmeeren unterwegs, Schiffskatastrophen sind wirklich nur sehr selten im Verhältnis zu den Schiffen, die heil und unbeschadet in den Häfen ankommen.«

»Nein, und damit basta. Ich ertrage den Gedanken nicht und ich will nichts mehr von deinen Plänen hören.«

Theresa war ratlos. So energisch hatte sie ihre Mutter selten erlebt. Da mussten beim Tod des Vaters Wunden entstanden sein, die ein Leben lang Schmerzen verursachten. Diese Schmerzen hatten nichts mit der Angst vor einer Seereise zu tun, hier ging es um wirkliche Todesangst. Aber wie sollte sie dieses Problem lösen? Sie konnte die Sorgen der Mutter verstehen, aber sie konnte sie um der Geschäfte willen nicht akzeptieren.

»Mutter, wenn ich Venedig nicht rette, ist unser Gewürzhandel am Ende.«

»Und wenn du im Meer ertrinkst, ist er auch am Ende. Nein, Theresa, ich kann deine Gründe, nach Venedig zu reisen, verstehen, aber nicht mit einem Schiff.«

»Und wie soll ich ohne Schiff dorthin kommen? Du erwartest doch nicht von mir, dass ich diese endlos lange, komplizierte und gefährliche Reise von damals mit einer Kutsche wiederhole?«

Silvana schüttelte verzweifelt den Kopf. »Du musst mich verstehen, Kind, ich werde es nicht zulassen, dass du um der Geschäfte willen dein Leben riskierst. Du bist wirklich alles, was mir geblieben ist.«

»Ich respektiere deine Sorge, Mutter, aber du hast auch noch zwei Söhne und einen Enkel, wie kannst du die vergessen?«

»Markus und Lukas sind mir fremd geworden – und Alexander. Er ist so jung, er hat seine eigenen Pläne, er hat geheiratet, ohne meine Wünsche zu akzeptieren, und er wird sie auch in Zukunft nicht respektieren. Ich habe kein besonders vertrauliches Verhältnis mehr zu meinem Enkel. Du bist es, die mich versteht, die mir nahe ist, die das fortführt, was ich jahrzehntelang aufgebaut habe. Ich will dich nicht verlieren.«

An der Salontür klopfte es.

»Ja, bitte?«

Rebekka kam herein und übergab Silvana einen Stapel beschriebener Blätter. »Ich habe alle Rezepte aufgeschrieben, Madame, morgen kümmere ich mich um die Inhaltsverzeichnisse der Tinkturen, wenn's recht ist.«

»Danke, Rebekka. Sag mal, wie bist du damals von Berlin nach Hamburg gekommen?«

»Mit der Eisenbahn, Madame.«

»Und wie ist so eine Reise?«

Rebekka zuckte mit den Schultern. »Angenehm und schnell und windig. Während die Kutschenpferde nur etwas mehr als sieben Kilometer in der Stunde laufen, schafft so eine Eisenbahn mehr als vierzig Kilometer, das hat man uns damals erklärt.«

»Und sonst, wie fährt es sich?«

»Es ist nicht so ruhig wie mit der Kutsche. Ich hatte ein Billett für die einfache Klasse, ich saß in einem offenen Wagen mit Holzbänken und einem Verdeck gegen den Regen, aber die wohlhabenden Reisenden hatten gepolsterte Sitze in einem mit Fenstern und Gardinen versehenen Coupé.«

»Danke, Rebekka.« Silvana nickte der jungen Frau zu. Dann lächelte sie. »Na bitte, da haben wir doch die Lösung. Morgen erkundige ich mich nach der Eisenbahn in Richtung Venedig.«

»Mutter ...«

»Keine Widerrede. Und wenn es eine angenehme Reise ist, werde ich dich begleiten.«

»Aber Mutter ...«

»Kein ›Aber‹, Theresa. Ich sehne mich schon ein Leben lang

nach einem Wiedersehen mit meiner geliebten Heimat. Jetzt ergibt sich die Gelegenheit, und ich werde sie ergreifen.«

Sprachlos starrte Theresa die Mutter an. Das kann ich nicht ernst nehmen, dachte sie für einen Augenblick, sie weiß nicht mehr, was sie sagt. Sie ist weit über siebzig Jahre alt, eine gebrechliche, alte Frau, was will sie in Venedig? Sie riskiert ihr Leben auf einer solchen Reise. Dann korrigierte sie sich: Nein, gebrechlich ist sie wirklich nicht mehr. Die Zeit, in der sie nichts mehr getan hat, ist lange vorbei. Sie hat sich, aus welchen Gründen auch immer, aufgerafft, alle Bequemlichkeiten hinter sich gelassen und tatsächlich neue Ideen in unsere Geschäfte eingebracht. Sogar ihre Erscheinung hat sich geändert. Sie ist betriebsam und beweglich und schaut in die Zukunft und nicht mehr nur in die Vergangenheit. Kann sich ein Mensch so verändern? Ja, dachte Theresa, sie kann es, weil sie den Mut und die Energie dazu hat.

Silvana hatte ihre Tochter genau beobachtet. Sie sah die Zweifel, die Ängste, die Überlegungen und schließlich das Einverständnis, bevor Theresa auch nur ein Wort zu den Plänen geäußert hatte.

»Theresa, wir beide, wir schaffen das. Wir machen einen neuen Anfang in Venedig, wir haben die Zeit für die Zukunft, wir fangen noch einmal von vorn an. In Venedig, in meinem geliebten Venedig.«

»Mutter, ich weiß nicht, was ich sagen soll. Ich bin überrascht und habe Angst, aber wenn ich auch nur eine Spur deiner Courage geerbt habe, dann stimme ich dir zu. Wir bauen unseren Umschlagplatz wieder auf, aber dann muss ich hierher zurück, Hamburg ist schließlich unsere Basis.«

»Wir werden sehen.« Nachdenklich sah Silvana ihre Tochter an.

»Wir werden sehen!«

Bereits am nächsten Morgen ließ sich Silvana vom Kutscher in die Stadt zur Bahnstation fahren. Karl Osterbeck musste sie begleiten, denn sie wusste aus Erfahrung, dass Männer lieber mit Männern verhandelten als mit einer Dame.

»Erkundigen Sie sich bitte, ob meine Tochter und ich mit dieser neumodischen Eisenbahn von Hamburg nach Venedig reisen können.«

Karl Osterbeck blieb vor Verblüffung der Mund offen stehen. »Sie wollen …«

»Ja, wir wollen. Und nun beeilen Sie sich, es gilt Vorbereitungen zu treffen, und wir haben es eilig.«

»Jawohl, gnädige Frau.«

Als er kurz darauf zurückkam, stand ihm die Verblüffung noch immer ins Gesicht geschrieben. »Ja, also, gnädige Frau, Sie können von hier nach Berlin reisen. Dort müssen Sie sich neu erkundigen. Es gibt viele Verbindungen hin und her und auch in südliche Richtungen, aber genaue Zeiten und Anschlüsse, wie man das nennt, kennt er hier nicht. Der Mann weiß nur, wann die Eisenbahnen nach Bergedorf, nach Lübeck und nach Berlin fahren. Und jede Person darf nur ein Gepäckstück mitnehmen, weil die Sitzplätze abgezählt sind.«

»Hm, das ist natürlich sehr wenig. Aber in den Kutschen muss man sich ja auch einschränken«, überlegte Silvana laut.

»Ja, und er hat gesagt, dass man manchmal von einer Station zu einer anderen mit der Postkutsche fahren muss, weil es noch keine Schienen gibt oder weil die Länder diese Verbindungen nicht wollen.«

»Wie uneinsichtig.«

»Na ja, er meinte, die Länder haben so ihre eigenen Pläne, manche Gegenden sind auch nicht für Eisenbahnen geeignet, und mit den Zollabgaben hat das auch etwas zu tun.«

»Aber zwischen Hamburg und Preußen funktioniert es doch. Warum denn nicht auch anderswo?«

»Ja, wir leben eben in modernen Ländern, hat er gesagt.«

»Hm, da gibt es eine Menge zu überlegen …« Irritiert lehnte sich Silvana in die Polster zurück und dachte an die riesigen Berge, die damals mit der Postkutsche bezwungen werden mussten. Ob dort hinauf solche Eisenbahnen fahren konnten? Die Eisenschienen waren glatt und die Eisenräder auch, wie sollten sie die steilen Berge erklimmen, ohne hinunterzurutschen? Und dann das knapp bemessene Gepäck. Sie musste doch eine erlesene Garderobe in Venedig vorweisen können. In sichtlich gedämpfter Stimmung traf sie schließlich wieder im Herrengraben-Palais ein. Dem Hausmädchen erklärte sie: »Ich möchte nicht gestört werden, von niemandem.« Dann zog sie sich in ihren Salon zurück.

Silvana musste nachdenken. Ich fürchte, diese Eisenbahnen können wir vergessen. Die Postkutschen auch. Theresa hat es eilig, sie wird keiner wochenlangen Reise zustimmen. Bleiben also die Schiffe. Ich habe mir einmal geschworen, nie ein solches Schiff zu betreten, aber die Zeiten haben sich schließlich geändert. Die Schiffe sind größer und sicherer geworden, vielleicht sollte ich meinen Schwur nun vergessen? Ich könnte dann so viel Gepäck mitnehmen, wie ich wollte, ich könnte eine gemütliche Kabine beziehen, müsste auch nicht dauernd umsteigen und von einem Anschluss auf den nächsten warten. Ich würde bei einem guten Essen bedient werden und müsste nicht von mitgebrachten Broten leben. Ich könnte mich gut kleiden, mich waschen wann ich will. Und ich könnte nette Bekanntschaften machen. Es sind bestimmt interessante Menschen mit diesen Schiffen unterwegs.

Silvana Iserbrook war nicht nur eine Kämpferin, sie war auch eine Frau der schnellen Entscheidungen. Wenn sie einen Entschluss gefasst, nach allen Seiten hin geprüft und für richtig befunden hatte, dann führte sie ihn durch. Sie war eine gradlinige Frau, und krumme Wege waren ihr ein Gräuel.

So stand sie nun entschlossen auf, klingelte nach ihrer Zofe und bat diese: »Rufen Sie mir Frau Rebekka, und sie möchte alle Schriftstücke über die Heilkraft der Gewürze mitbringen. Sie liegen wohlverwahrt in meinem Büro.«

»Jawohl, gnädige Frau.«

Rebekka, trotz der Schwangerschaft noch immer tagsüber im Dienste der Patronin, kam kurz darauf in Silvanas Salon.

»Madame, Sie wollten mich sprechen?«

»Ja. Ich brauche alle Unterlagen über die Heilkraft der Gewürze, die du aufgeschrieben hast, und ordne sie in einer übersichtlichen Mappe. Ich möchte eine Druckerei aufsuchen, und du musst mich begleiten.«

»Jawohl, Madame.«

Eine halbe Stunde später waren die Damen auf dem Weg zu den Richter'schen Druckereien in Wandsbek. Silvana kannte die Herren Richter, die schon häufiger Schriften für sie gedruckt und vervielfältigt hatten. So waren die Herren nicht erstaunt über den unverhofften Besuch der Venezianerin, sondern begrüßten die Damen mit einem freundlichen Lächeln. »Was können wir heute für Sie tun, gnädige Frau?«

»Ich möchte, dass Sie ein Buch für mich herstellen. Ein Buch, in dem meine Rezepte, die Entstehung, die Entwicklung, der Gebrauch und die Wirkungen der Gewürze als Heilkräfte der Natur beschrieben und gezeichnet werden. Ich möchte, dass dieses Buch in hundertfacher Form verteilt und verkauft werden kann, damit es für viele Menschen hilfreich ist. Wann könnte ein solches Buch fertig sein? Ich habe es sehr eilig.«

Die Herren Richter, erfreut über den Auftrag, rechneten, diskutierten, planten und kamen zu dem Ergebnis: »Wenn wir das entsprechende Papier vorrätig haben, zwei Schriftsetzer für den Bleisatz und zwei Zeichner zusätzlich einstellen und der Buchbinder die Fertigstellung sofort in Angriff nehmen kann, könnten die Bücher in drei Wochen vorliegen.«

»Gut, das genügt. Die Interessenten könnten es vor dem Weihnachtsfest lesen, kaufen und weiterverschenken. Ich werde dann nicht mehr in Hamburg sein, aber meine Schwiegertochter«, sie wandte sich zu Rebekka um, »wird sich dann um alles kümmern. Sie hat mein vollstes Vertrauen.«

Die junge Frau sah Silvana irritiert an. »Aber wo ...«

»Darüber sprechen wir später«, schnitt Silvana ihr das Wort ab

und wandte sich wieder den Herren zu. »Meine Mitarbeiterin, sie ist die Frau meines Enkels, hat alle Aufzeichnungen handschriftlich dokumentiert. Hier sind die Unterlagen für das Buch.« Sie nahm Rebekka die dicke Mappe mit den Papieren ab und reichte sie dem Seniorchef. »Wenn Sie Fragen haben, Frau Rebekka Iserbrook steht Ihnen jederzeit zur Verfügung.«
»Danke, gnädige Frau. Nur noch eine Frage.«
»Ja, bitte?«
»Welcher Titel soll auf dem Buchdeckel stehen?«
»Ach ja, das hätte ich beinahe vergessen«, sie lächelte, »schreiben Sie darauf in schönen Druckbuchstaben:

Das Vermächtnis der Venezianerin

Die Heilkraft der Gewürze

Von Silvana und Rebekka Iserbrook

Rebekka war vor Freude rot geworden. »Danke, Madame«, flüsterte sie ergriffen.
»Du warst mir eine große Hilfe, warum sollten die Leser das nicht wissen?«
»Es ist mir eine große Ehre, Madame, und ich werde alles tun, die Arbeit weiterhin fortzuführen.«
»Das erwarte ich auch von dir, denn mein Vermächtnis besteht nicht nur aus diesem Buch, sondern auch in den Laboratoriumsarbeiten und neuen Düften bei den Parfüms, an denen du meine Visionen weiterentwickeln sollst, wenn ich nicht mehr da bin.«
»Ich werde alles in Ihrem Sinne machen, aber warum sollten Sie ...«
»Darüber sprechen wir später.«
Die Herren Richter räusperten sich. »Eine Frage noch, gnädige Frau, soll der Buchtitel verziert werden?«
»Ja, natürlich, wenn das so üblich ist. Welche Art von Verzierung käme infrage?«
»Wir könnten den Titel mit einer Blumenranke umlegen.«

»Dann aber passend zu den Gewürzen.«
»Hm, ja, und welche Blüten könnten Sie vorschlagen?«
»Nun, da wären Lavendel und die Blüten der Gewürznelken, Safran hat krokusähnliche Blüten, bei der Vanille geht es um Orchideen, Mohnblüten dürften Ihnen bekannt sein und die zartgelben der Kapern auch. Dazwischen ein paar Zweige vom Beifuß, vom Dill, vom Thymian, und die zartweißen Blüten vom Majoran, das dürfte eine ansprechende Mischung ergeben.«
Wohlinformiert und zufrieden verabschiedeten die Herren ihren Besuch.

Spät am Nachmittag kehrten die Damen aus Wandsbek zurück. Silvana bat Theresa, Alexander und Rebekka zum Tee in ihren Salon, was ganz ungewöhnlich war, da sie sonst diese Stunde zur Erholung und zum Nachdenken über das Tagesgeschehen nutzte.
»Ich habe euch heute etwas Wichtiges zu sagen, deshalb habe ich euch zu mir gebeten.« Gradlinig wie sie war, erklärte sie ohne Umwege und Abweichungen: »Ich habe mich entschlossen, Hamburg zu verlassen und in meine geliebte Heimat, nach Venedig, zurückzukehren. Ich werde Theresa auf ihrer Reise begleiten. Wir werden auf der ›Eagle Cloud‹, dem neuesten und modernsten Schiff der Stelling-Redeerei, fahren. Es ist ein Schiff nur für Passagiere, und es wird sehr angenehm sein, damit zu reisen. Ich habe mich bereits erkundigt.«
Die drei Gäste waren so verblüfft, dass sie nicht zu antworten wussten. Langsam nur begriffen sie, was die alte Dame gesagt hatte. »Mutter, du willst mit mir auf einem Schiff reisen?«
»Was denn, du gehst für immer von hier weg, Großmutter?«
»Madame, Sie können mich bitte nicht allein lassen mit dieser Verantwortung.«
Fragen und Ängste waren deutlich zu spüren. »Aber Mutter, ich wollte dich doch nicht zu einer Seereise überreden.«
»Ich kann mit dieser ganzen Verantwortung nicht allein bleiben, wenn Mutter unterwegs ist.«

»Madame, der Buchverkauf über die Heilmittel und die Entwicklung der Parfüms, wie soll das denn alles weitergehen?«

»Ihr seid klug und fleißig und verantwortungsbewusst. Ihr schafft das schon. Wenn ich das nicht wüsste, würde ich nicht abreisen.

Und Theresa ist ja nur für eine begrenzte Zeit abwesend.«

Aber mit dieser Vermutung sollte die Venezianerin unrecht haben.

Fünfundzwanzigstes Kapitel

Am 2. Januar 1856 legte die ›Eagle Cloud‹ der Stelling-Reederei in Hamburg ab. Alexander und Rebekka hatten die Damen Iserbrook zum Hafen begleitet, und Karl Osterbeck mit Hanna und Elsa folgten in einer zweiten Kutsche, denn Theresa hatte sich entschlossen, ihre langjährige Vertraute, Elsa aus Lübeck, mit auf die Reise zu nehmen. In einem Kastenwagen folgten die beiden Schrankkoffer der Damen, die Kiste mit den Geschäftsunterlagen sowie Kartons mit Büchern, Bildern und Silvanas gesamten Laboratoriumsbefunden und -proben, auf die sie nicht verzichten konnte. Ein paar wertvolle Kleinmöbel, von denen sich Silvana nicht trennen wollte, waren am Vortag bereits auf dem Schiff verstaut worden. In ihrer Reisetasche aber, die sie keinen Augenblick aus den Händen gab, waren die ersten vier Bücher aus der Richter'schen Druckerei, die sie noch am Vortag bekommen hatte. Schöne Bücher mit Goldschnitt und Blütenranken, auf die sie sehr stolz war. Den Inhalt wollte die Venezianerin dann während der Schiffsreise studieren und kontrollieren, denn sie hatte die Absicht, die Texte später in die Landessprache Venetiens zu übersetzen, um auch ihren Landsleuten diese Erkenntnisse zu übermitteln.

Als die ›Eagle Cloud‹ das Signal zum Ablegen gab, lehnten Silvana, Theresa und Elsa an der Reling und winkten den Zurückbleibenden zu. Dann nahm das Schiff Fahrt auf und verschwand im dichten Schneetreiben über der Elbe.

Während sich die Damen Iserbrook im Salon aufwärmten, verstaute Elsa das Gepäck in den beiden nebeneinanderliegenden Kabinen, bevor sie sich in die Gemeinschaftskabine für weibliche Begleiterinnen begab und dort ihre eigene Habe unterbrachte. Sie freute sich sehr, dass sie gebeten worden war mitzureisen, denn ohne Theresa hätte sie sich in Hamburg sehr einsam und überflüssig gefühlt, und zurück nach Lübeck wollte sie auf keinen Fall.

Während der gesamten ruhig verlaufenden Reise verwöhnte Elsa die Damen auf das Vortrefflichste. Sie half ihnen beim Ankleiden, servierte ihnen kleine Zwischenmahlzeiten in den Kabinen, half ihnen beim Sortieren der Geschäftsunterlagen und bei der Wahl der Accessoires, wenn ein festlicher Abend auf dem Schiff bevorstand. Sie begleitete die Damen bei den Ausflügen, wenn das Schiff vor Anker lag, um Passagiere zu entlassen oder aufzunehmen. Sie trug die Regen- oder Sonnenschirme – und besorgte sich Stadtbeschreibungen, um die Damen über die jeweiligen Sehenswürdigkeiten zu informieren. Elsa wurde unverzichtbar.

Nach einer fünfwöchigen Seereise mit kurzen Aufenthalten in Brest, Biarritz, Lissabon, Gibraltar, Algier, Catania und Pesaro erreichte die ›Eagle Cloud‹ in der zweiten Februarwoche Venedig. Kapitän Petersen erbot sich, die Damen Iserbrook persönlich in das beste Hotel der Stadt, in das ›Danieli‹, zu begleiten, sorgte für das Entladen ihres Gepäcks und wünschte ihnen einen glücklichen, erfolgreichen Aufenthalt. Er wusste schließlich, dass diese Passagiere zu den wichtigsten Kunden seiner Reederei gehörten.

In Venedig war es kühl, ein frischer Winterwind blies von der Adria her durch die Kanäle und Gassen. Die fast sommerlichen Temperaturen im südlichen Mittelmeer waren vorbei, und Silvana zog fröstelnd ihre Hamburger Wintergarderobe wieder an, während Theresa lachend die luftig leichten Roben der Carnevalisten betrachtete, die frierend ihre Kostüme auf den Campi zur Schau stellten.

Silvana nutzte die ersten Tage für Besichtigungen, um zu erkunden, was sich verändert hatte. Vor allem suchte sie mehrmals den alten Palazzo der Iserbrooks am Rio San Zulian auf, zu dem sie aber keinen Zutritt bekam, weil er verschlossen war und den Besitzer gewechselt hatte. In dieser Zeit begab sich Theresa sofort zu den Umschlaghallen am Hafen, um Klarheit über die Situation der Iserbrook'schen Lager zu bekommen. Sie wendete sich als Erstes an den Lagermeister Paolo Carnetti. Der ältere Mann, der sich durchaus an den Namen Iserbrook erinnerte, schüttelte mit Bedauern den Kopf, als sie nach Lorenzo Bernetti fragte.

»Der Signore Lorenzo hat den Tod des Bruders nicht verwunden. Er hat über Nacht alles abgeschlossen und ist verschwunden.«

»Aber die Lagerhallen, gehören sie uns noch oder wurden sie bereits veräußert?«

»Die Lagerhallen waren nur gepachtet. Sie gehören der Hafenmeisterei und stehen zurzeit leer.«

»Dann kann ich sie zurückbekommen?«

»Sobald die restliche Pacht beglichen ist. Soviel ich weiß, sind die beiden letzten Monate nicht bezahlt worden.«

»Gut, ich werde das erledigen. Wer hat die Schlüssel?«

»Den einen hat der Signore Bernetti noch, ein Reserveschlüssel hängt hier am Haken.«

»Und Sie haben keine Ahnung, wo sich Signore Bernetti aufhält?«

»Wir haben im Palazzo nach ihm gesucht, aber die Nachbarn erzählten, die Witwe des Verunglückten sei gleich nach dem Erhalt der Nachricht nach Murano zu ihrer Familie zurückgekehrt und der Signore Lorenzo habe danach den Palazzo verschlossen und verlassen.«

»Hat er keine Freunde in Venedig, die man befragen könnte, Signore Carnetti? Es muss doch irgendeinen Menschen geben, der ihn näher kennt und vielleicht weiß, wo er sich befindet.«

»Er ist ein sehr zurückhaltender Mensch, er hat ein Weingut in Venetien und wohl dort auch seine Freunde.«

»Ein Weingut in Venetien?«

»Ja, Signore Lorenzo hat sich dort wohlgefühlt. Während sein

Bruder eher musisch veranlagt war, Kunst und Kultur, Konzerte und Theatervorstellungen liebte, zog es ihn immer aufs Land zu seinem Weingut.«

»Wissen Sie, wo sich dieses Gut befindet?«

»Nein, aber auf der Isola Frutteto gibt es einen Gärtner, der weiß es vielleicht, er hatte damals bei den Kaufverhandlungen damit zu tun.«

»Und wo finde ich die Isola Frutteto?«

»Die kleine Insel liegt in der südlichen Lagune. Sie ist kaum bekannt, aber wenn Sie einen Bootsbesitzer vom Ponte Lungo fragen, der müsste es eigentlich wissen.«

»Danke, Signore Carnetti. Ich komme später wieder zu Ihnen. Bitte sorgen Sie dafür, dass die Lagerhallen für mich reserviert bleiben, ich werde die Hafenmeisterei aufsuchen und die Pacht bezahlen.«

»Sie wollen Ihr Geschäft wieder eröffnen?«

»Selbstverständlich, Venedig ist unser wichtigster Umschlagplatz.«

»Ich bin erfreut, Signora, wir haben immer gern mit den Iserbrooks zusammengearbeitet.«

Noch am gleichen Nachmittag ließ sich Theresa zur Isola Frutteto bringen. Der Wind wurde heftiger, und die kleine Jolle hatte Mühe, dagegen anzukämpfen. Nando Capanni arbeitete an seinem Bootsanleger. Nicht nur das Unwetter vom November hatte ihn fast völlig zerstört, auch die Winterstürme der vergangenen Wochen hatten dem Steg stark zugesetzt. Er sah das Boot schon von Weitem, denn diese kleinen Jollen mit dem Einmastsegel verirrten sich selten bis zu seiner Insel. Er legte Hammer und Beil beiseite und ging nach vorn an den Rand, um dem Boot beim Anlegen zu helfen.

Zu seiner Überraschung stieg eine gut gekleidete Dame aus, die dem Bootsführer befahl, auf sie zu warten, da sie nur eine Auskunft einholen wolle.

»Nein«, bat Nando Capanni sie, »kommen Sie bitte mit an

Land, der Steg ist brüchig und noch nicht ausreichend gesichert.«
Zögernd folgte Theresa dem fremden Mann, der ihr hilfreich die Hand bot. Trotzdem bekam sie nasse Füße, da immer wieder kleine Wellen über den Steg schwappten. Am Ufer angekommen, sah Capanni besorgt auf Theresas Schuhe und den nassen Rocksaum. »Es tut mir leid, aber der Steg hat im Winter sehr gelitten, und ich bin noch immer mit der Reparatur beschäftigt. Bitte kommen Sie in unsere Hütte, meine Frau wird Ihnen einen heißen Tee zubereiten und Ihre Schuhe trocknen.«
Widerwillig folgte ihm Theresa. Sie wollte sich hier nicht lange aufhalten, sie wollte nur eine Adresse erfragen und sofort zurückfahren. Aber die Gastfreundschaft überzeugte sie dann doch. Simona brühte einen Pfefferminztee auf, dem Nando einen kräftigen Schluck Grappa hinzufügte, dann wurden Theresas Schuhe an Bindfäden zum Trocknen über dem Herd aufgehängt und Simona rieb ihr mit einem Handtuch die Füße ab. Danach erst fragte Nando nach dem Grund des Besuches.
Theresa stellte sich vor und fragte dann: »Man sagte mir am Hafen, dass Sie ein Freund von Lorenzo Bernetti seien. Ich suche ihn, denn er ist mein Lagerverwalter, und ich möchte den Umschlagplatz wieder eröffnen. Nun habe ich aber keine Ahnung, was eigentlich vorgefallen ist, weshalb die Lager geschlossen wurden und wo sich Lorenzo Bernetti jetzt befindet. Der Lagermeister, Signore Carnetti, sagte mir, dass Sie es vielleicht wüssten, da Sie mit ihm befreundet seien.«
Nando Capanni rieb sich die Augen und sah Theresa müde an. »Ja, ich bin sein Freund, aber ich weiß nicht, wie sie zu ihm stehen. Sie müssen mir verzeihen, aber er hat eine schwere Zeit hinter sich. Deshalb müssen Sie verstehen, wenn ich zögere und nicht gern über seinen Aufenthaltsort spreche. Ich möchte nicht, dass alles noch schwerer für ihn wird.«
Theresa lächelte. »Sie können mir vertrauen. Ich war immer sehr zufrieden mit der Arbeit der Bernetti-Brüder, und ich bedaure zutiefst, dass Signore Lorenzo seinen Bruder verloren hat.«

»Die beiden waren sehr eng miteinander verbunden, und soviel ich weiß, hatten sie sonst keine Familienangehörigen.«
»Ja, das ist mir bekannt, aber zu zweit waren sie ein großartiges Team. Ich möchte Signore Lorenzo nicht verlieren.«
»Er hatte in letzter Zeit großes Pech. Erst der Taifun im Indischen Ozean, der eine Ladung mit Pfeffer verdorben hat. Dann haben wir den Pfeffer hier auf der Insel mit größter Mühe getrocknet, weil er ihn als Delikatesse, als Meersalzpfeffer, anbieten und weiterverkaufen wollte. Dann kam ein Unwetter und hat alles wieder zunichte gemacht und die mühselige Arbeit war also umsonst.«
»Und dann?«, Theresa war schockiert und neugierig geworden, denn diesen Meersalzpfeffer hatte ihr Lorenzo angeboten.
»Dann hat ein alter Bäcker mit einer neuen Erfindung, die er aber keinem verraten hat, den Pfeffer zum zweiten Mal getrocknet, und Lorenzo hat nach einem Schiff gesucht, das den Pfeffer nach Hamburg bringen sollte. Dazwischen aber kam der Bäcker mit einer unglaublichen Rechnung.«
»Was wollte er?«
»Er wollte fünf Kilogramm Weihrauch.«
»Du meine Güte, ein Vermögen.«
»Ja, und Lorenzo wusste, dass die Iserbrooks in Hamburg den Handel mit Weihrauch strengstens verboten hatten.«
»Wir hatten unsere Gründe für dieses Verbot.«
»Ja, das wusste er. Aber schließlich hat ihn Ernesto überzeugt, auf den Handel einzugehen, denn sonst hätte der Bäcker den Ruf der Brüder und Ihrer Firma wegen einer unbezahlten Rechnung ruiniert.«
»Und was geschah dann?«
»Na ja, Lorenzo hat nachgegeben. Sie haben alles verkauft, was noch in den Hallen lagerte, und Ernesto ist mit dem gesamten Geld aufgebrochen. Weit ist er leider nicht gekommen ...«
»Und dann?«
»Ja, da ist Lorenzo zusammengebrochen. Er kam noch einmal zu uns, hat uns alles erzählt, und dann hat er sich auf den Weg

zu seinem Weingut gemacht. Er wolle vom Handel nichts mehr wissen, hat er gesagt.«

»Wie kurzsichtig von ihm. Das Leben geht weiter, man kann doch nicht alles wegwerfen, nur weil man einmal einen Fehler gemacht hat.«

»Er hat seinen Bruder verloren, der gleichzeitig auch sein bester Freund, sein Vertrauter war, der Einzige, der ihm von der Familie geblieben war.«

»Das ist hart, das kann ich verstehen, aber alles aufzugeben hilft in der Situation nicht. Er braucht neue Pläne. Eine verantwortungsvolle Aufgabe, meinetwegen auch harte Arbeit, um über den Verlust hinwegzukommen.«

»Harte Arbeit hat er da oben in Venetien bestimmt. Seine Weinberge und sein Haus sind im Herbst nach einem Gewitter abgebrannt, da muss er mächtig schuften, um die Anlage wieder in Ordnung zu bringen.«

»Auch das noch!«

Theresa war sehr erschrocken. Sie dachte an den netten, höflichen Mann, der ihr gut gefallen hatte und den sie gern näher kennengelernt hätte. Jetzt, da sie wusste, was er alles durchgemacht hatte, verstand sie, weshalb er so übereilt die Geschäfte im Stich gelassen hat. Der Mann wusste in seiner Verzweiflung nicht mehr weiter, das war eindeutig.

»Ich werde Signore Lorenzo erneut die Stellung als Geschäftsführer hier in Venedig anbieten. Ich weiß, mit welchem Balanceakt der Gewürzhandel ständig zu kämpfen hat. Da kommt es immer wieder zu großen Verlusten, aber die müssen überwunden werden. Und das werden wir schaffen. Signore Bernetti und ich. Und jetzt sagen Sie mir bitte, wo ich ihn finde und wie ich zu diesem Weingut komme.«

Nando sah seine Frau Simona an, und als die nickte, nahm er ein Blatt Papier und einen Bleistift und zeichnete eine behelfsmäßige Karte von Venetien, in die er das kleine Weingut um das Castello di Santa Clara und die Namen der angrenzenden Dörfer eintrug.

»Wie weit ist das?«, fragte Theresa.
»Für den Reiter genügt ein Tagesritt, für die Kutsche wird es länger dauern.«
»Sind die Straßen sicher, oder muss man mit Banditen rechnen?«
»Sie sollten einen bewaffneten Mann mitnehmen.«
»Du meine Güte, und wo finde ich den?«
Nando schaute wieder seine Frau an, und als sie abermals nickte, erklärte er: »Ich könnte Sie begleiten. Und ich könnte auch eine Droschke besorgen.«
»Das würden Sie tun?«
Nando nickte. »Lorenzo ist mein Freund.«
»Dann nehme ich Ihr Angebot dankend an. Könnten wir in zwei Tagen aufbrechen? Ich muss noch die neue Übernahme der Lagerhallen klären und den Rest der Pacht bezahlen. Aber dann wäre ich bereit.«
Simona reichte ihr die getrockneten Schuhe. »Darf ich Ihnen raten, sich sehr warm anzukleiden, da oben herrscht noch Winter, es könnte sein, dass noch Schnee liegt.«
»Danke, ich werde mich entsprechend anziehen.«
Theresa bedankte sich für die Gastfreundschaft, das klärende Gespräch und verabredete sich mit Nando Capanni zur Abreise in zwei Tagen am Hotel.

Silvana hatte sich gründlich in der Stadt umgesehen, aber alte Freunde hatte sie noch nicht aufgesucht. Sie wollte erst Klarheit über ihre Zukunft und über ihre Vermögensverhältnisse einholen. Sie wusste, dass ihre Eltern kurz hintereinander gestorben waren und ihr die Villa in Venetien hinterlassen hatten, während sie das Barvermögen einer Stiftung für alleinstehende alte Menschen vererbt hatten – ein stiller Vorwurf an die Tochter, die sich ihrer Meinung nach nicht genug um die Eltern gekümmert und sich stattdessen lieber in einer fernen Hafenstadt ihren Verpflichtungen als trauernde Witwe und fürsorgliche Tochter entzogen hatte.
Silvana ging am zweiten Tag nach ihrer Ankunft zum Munici-

pio, um sich zu melden. Da sie noch keinen festen Wohnsitz hatte, erfasste der Mitarbeiter sie zunächst nur provisorisch und verweigerte ihr auch die Ausgabe der hinterlassenen Papiere ihrer Eltern. »Signora, sobald Sie wieder ein festes Domizil haben, kann ich Ihre Anmeldung protokollieren und Ihnen die von Ihren Eltern hinterlassenen Urkunden übergeben.«

»Aber um meinen Wohnsitz geht es ja gerade. Ich möchte den alten Palazzo der Familie Iserbrook am Rio San Zulian zurückkaufen, dafür brauche ich aber die Einnahmen aus dem Verkauf meines elterlichen Anwesens in Venetien.«

»Das ist ein unglücklicher Kreislauf, in den Sie da hineingeraten sind, aus dem ich Ihnen aber leider nicht heraushelfen kann. Haben Sie keine Freunde in der Stadt, die für Sie bürgen könnten?«

»Ich habe mehr als vierzig Jahre im Ausland gelebt, ich muss erst einmal erkunden, wer von meinen alten Freunden überhaupt noch lebt.«

»Dann, Signora, rate ich Ihnen, diese Erkundungen voranzutreiben.« In Gedanken, wie es nun weitergehen soll, verließ Silvana das Rathaus und ließ sich von einer Gondel zurück ins Hotel ›Danieli‹ bringen.

Als Theresa wenig später eintraf, fand sie eine sehr niedergeschlagene Mutter vor. »Was ist passiert?«

»Ich bin eine Fremde in meiner Heimat. Es ist schrecklich, man kennt mich nicht mehr.«

»Mutter, du warst mehr als vier Jahrzehnte abwesend, wer soll sich an dich erinnern? Du musst Geduld haben und langsam nach deinen alten Bekannten suchen.«

»Man wollte mich nicht einmal in die Registrierlisten aufnehmen. Erst müsste ich eine feste Wohnung oder einen Bürgen vorweisen, bevor man mich anerkennt.«

»Das ist überall so, Mutter, darin ist Venedig keine Ausnahme.«

»Aber was soll ich denn jetzt machen?«

»Du wohnst noch ein paar Tage hier im Hotel, du genießt das wunderbare, elegante Haus, gehst spazieren, frischst alte Er-

innerungen auf, bestellst dir bei einer Schneiderin ein paar hübsche Kleider und bei der Modistin ein paar neue Hüte für den Frühling, der bald da sein wird. Du wirst sehen, die Mode hier ist fröhlicher, bunter und eleganter als in dem kühlen Hamburg, sie wird dir gefallen.«
»Und du? Was machst du?«
»Ich suche Lorenzo Bernetti in Venetien auf. Ich habe seine Adresse. Er lebt auf einem kleinen Weingut in den Hügeln, und ich brauche ihn, damit er die Geschäfte wieder übernimmt.«
»Du willst ihn wieder einstellen, nachdem er …«
»Er ist ein ehrenwerter, fleißiger Mann, auf den immer Verlass war. Ich brauche ihn. Wenn ich einen Fremden einstelle, benötige ich viele Wochen, um ihn einzuarbeiten, und dann weiß ich immer noch nicht, ob er zuverlässig ist.«
»Aber du kannst doch nicht allein …«
»Ich habe seinen Freund gebeten, mich zu begleiten. Wir fahren in zwei Tagen zum Castello di Santa Clara, so heißt sein Weingut.«
»Und wie lange bleibst du dort?«
»Ich komme sofort zurück, und wenn ich Glück habe, bringe ich Herrn Bernetti gleich mit. Dann kannst du auch über unseren alten Palazzo mit ihm sprechen. Er gehört ihm immer noch, und wenn er ihn an dich zurückverkauft, hast du auch deinen festen Wohnsitz wieder.«
An der Salontür klopfte es. Auf das »Herein« der Damen betrat ein Page den Salon, in der Hand ein silbernes Tablett mit einem Briefumschlag. »Gnädige Frau, der Brief wurde soeben von einem Postboten bei uns für Sie abgegeben.« Er reichte Theresa das Kuvert.
»Danke«, verwundert betrachtete Theresa den Umschlag. »Wer weiß denn, dass ich mich in Venedig im Hotel ›Danieli‹ aufhalte?«
Der Page nickte. »Der Bote hat in mehreren größeren Hotels nach Ihnen gefragt, bei uns war er dann an der richtigen Adresse.«
Theresa gab ihm einen Botenlohn und öffnete den Umschlag,

als er den Salon verlassen hatte. Silvana war näher getreten und sah ihre Tochter erwartungsvoll an. »Wer hat diesen Brief geschickt?«

»Der Brief kommt von Alexander aus Hamburg. Da sieht man einmal, wie schnell diese Taxis'sche Briefpost im Vergleich zu einem Schiff ist.«

»Und was schreibt Alexander?«

Theresa las vor:

»Liebe Theresa, verehrte Großmutter,

Ihr wart erst zwei Tage fort, als ich die Nachricht aus Lübeck erhielt, dass Robert Iserbrook verstorben ist. Nach Rücksprache mit meinem Vater haben wir beschlossen, den Verstorbenen nach Hamburg überführen und hier im Familiengrab auf dem Friedhof hinter dem Dammthor beisetzen zu lassen. Ein Totenbestatter hat ihn abgeholt und hier die Beerdigung übernommen. Wir hatten eine kleine Trauerfeier mit Onkel Markus aus Bremen, mit Vater, einem Pastor, Rebekka und mir und haben ihn würdig bestattet. Er ruht nun neben seinem Vater und anderen Familienangehörigen. Wir hoffen, diese Regelung war in Eurem Sinne. Auf dem großen Grabstein ist nun auch sein Name in passenden, goldenen Buchstaben verewigt.

Das Haus in Lübeck, es war ja Dein langjähriges Zuhause, haben wir schließen lassen. Es gehört nach wie vor den Iserbrooks, seine zukünftige Bestimmung möchte ich aber Dir, Theresa, überlassen.

Ich hoffe, Ihr habt Eure Reise gut überstanden und seid wohlbehalten in Venedig angekommen. Euch zu finden, muss ich der Taxis'schen Post überlassen, aber man bestätigte mir, dass dies kein Problem sei. Uns geht es gut. Bei den Geschäften hilft mir unser altbewährter Prokurist Karl Osterbeck. Auch Rebekka ist wohlauf. Wir freuen uns auf unser Kind und rechnen im frühen Sommer mit der Geburt.

In Verehrung und Dankbarkeit grüßt Euch

Alexander Iserbrook.«

Für einen Augenblick schwiegen die beiden Frauen, dann ergriff Theresa das Wort. »Sie haben es richtig gemacht. Er gehörte zur Familie, und man muss auch verzeihen können.«
»Ich habe ihn viele Jahre lang gerngehabt, er war mein Mann.« Silvana wischte sich eine Träne aus den Augen. »Er war nicht immer schlecht. Erst in den letzten Jahren, als ihm die Geschäfte über den Kopf wuchsen, wurde er zu einem Despoten und ungerecht.«
»Er wollte mich enterben, alles fortnehmen, was ich aufgebaut hatte.«
»Um es Alexander zu geben.«
»Ja, aber er war sehr grausam in seiner herrischen Art.«
»Er war ein alter, letztlich hilfloser Mann.«
»Ja, ich verzeihe ihm ja auch, aber vergessen werde ich seine Art nicht.«
»Das musst du auch nicht. Schließlich lernt man aus den Fehlern anderer.«
»Lassen wir ihn in Frieden ruhen.«

Sechsundzwanzigstes Kapitel

Zwei Tage später holte Nando Capanni morgens um neun Uhr Theresa in ihrem Hotel ab. Sie fuhren mit einer kleinen Barke über die Lagune zum Festland, wo sie am Hafen von Mestre der Kutscher mit seiner Droschke erwartete. Die geschlossene Kalesche war gereinigt, mit sauberen Decken ausgelegt und mit einem Proviantkorb von Simona bestückt. Nando stellte ihr den Kutscher vor. »Das ist Luigi, ein Freund von mir, und er ist der verlässlichste Droschkenlenker, den ich kenne.«

Theresa nickte ihm lächelnd zu und stieg ein. Nando reichte ihr die kleine Reisetasche, die er für sie getragen hatte, und schloss die Tür. Dann nahm er neben dem Kutscher Platz, und nach einem kurzen Peitschenknall setzte sich die Droschke in Bewegung. Sie mussten einige Umwege fahren, um aus der Stadt herauszukommen, aber als sie die erste freie Strecke vor sich hatten, zogen die Pferde kräftig an, und dann ging es in zügigem Tempo über das flache Land, bis die ersten Hügel begannen. Theresa war fasziniert von der lieblichen Landschaft. Während sich in der Ebene erste Frühlingsboten mit einem hellen Grün an den Wegrändern zeigten, leuchteten die schneebedeckten Alpen in der Ferne und Theresa dachte beim Anblick der hohen Berge an den Wunsch der Mutter, mit Kutsche oder Eisenbahn in den Süden zu reisen. Nach einigen Ruhepausen erreichten sie gegen Abend eine Poststation, in der auch Privatreisende eine akzeptable Unterkunft fanden. Nach einer unruhigen Nacht, denn ständig trafen Gäste ein oder verließen die Station, ging Theresas Reise am nächsten Morgen weiter. Luigi drängte auf einefrühe Abfahrt, denn er wollte das Ziel spätestens gegen

Mittag erreichen, damit die Pferde bis zur Rückfahrt am nächsten Tag genügend Zeit zur Erholung hätten. Je höher sie in die Hügel von Venetien kamen, umso kälter wurde es. Schnee lag hier allerdings nicht mehr. Sie fuhren an zahlreichen Weinbergen vorbei, durch kleine Dörfer, und endlich rief Nando vom Kutschbock aus: »Jetzt können wir das Castello di Santa Clara sehen. Rechts vor uns im Tal die Ruine, das ist Lorenzos Haus.«
Kurze Zeit später erreichten sie das Gut. In den Hügeln zwischen den Reben arbeiteten ein paar Männer. Der Boden war teilweise von Asche bedeckt, an anderen Stellen hatte der Wind sie schon fortgeweht. Die Männer gruben die Rebenstumpen aus und untersuchten die Wurzeln. Wo sich noch gesunde Triebe zeigten, wurden die Pflanzen in einem Wassereimer getränkt und wieder eingepflanzt. Viele Reben waren aber bis auf den letzten Spross verbrannt und landeten auf einem Eselskarren.
Als die Kutsche auf den Hof einbog, kam einer der Männer, um die Besucher zu begrüßen. Eine Droschke kam hier schließlich nicht jeden Tag an. Nando sprang vom Kutschbock und eilte dem Mann entgegen. Da sich die beiden umarmten und freundschaftlich auf die Schultern klopften, dachte Theresa, dass es sich bei dem Fremden vermutlich um Lorenzo handelte. Erkannt hätte sie den Mann in der Arbeitskleidung nicht. Das Gesicht wurde von einem dunklen Bart verdeckt, er trug graue weite Hosen, eine geflickte Jacke und mit Erde verkrustete Stiefel. Dennoch, der Gang und die Haltung des Mannes, der jetzt auf die Droschke zukam, erinnerten sie an den selbstbewussten Mann, der ihr bereits in Hamburg wegen dieser Haltung imponiert hatte.
Er öffnete die Tür, reichte ihr beide Hände, um ihr beim Aussteigen behilflich zu sein, und schaute sie an. »Sind Sie gekommen, um mir zu sagen, dass ich ein Versager bin? Haben Sie deshalb die weite und beschwerliche Reise unternommen, Madame?«
Theresa löste ihre Hände aus den seinen und steckte sie dann in ihren Muff. »Ich suche einen tüchtigen Geschäftsführer für die

Gewürzniederlassung der Iserbrooks in Venedig. Man hat mir gesagt, dass ich ihn hier fände.« Noch immer begegneten sich ihre Blicke.
»Dann sind Sie hier am falschen Platz, Signora.«
»Das bezweifle ich, denn wenn ich eine Reise unternehme, bin ich auf einem sehr sicheren Weg. Mich täuscht man nicht, und betrügen kann man mich auch nicht, Signore Bernetti.«
»Dann wissen Sie mehr als ich. Es gab einen Lebensabschnitt, den ich abgeschlossen habe, in meinem neuen Leben ist kein Platz mehr für Geschäfte.«
»Da wäre ich nicht so sicher, Signore, denn Geschäfte waren und sind Ihr Leben. Ich gönne Ihnen den Freiraum, den Sie hier genießen, aber danach brauche ich Sie, und Sie werden mich nicht im Stich lassen.«
»Und was verschafft Ihnen diese Sicherheit?«
»Meine Menschenkenntnis, ich habe mich noch nie getäuscht.«
»Es gibt immer ein erstes Mal, Madame.«
»Nicht für mich. Hinter dieser Verkleidung«, sie sah ihn mit einem abschätzenden Blick von oben bis unten an, »hinter dieser Verkleidung können Sie sich nicht verstecken, Signore Bernetti, Ihre Haltung verrät Sie.«
»Meine Haltung?«, fragte er verblüfft.
»Ja, es ist die Haltung eines ehrbaren Menschen, der zu seinen Taten steht, selbst wenn sie manchmal absonderlich und schwer verständlich sind.«
»Sie meinen den Weihrauchhandel?«
»Ich meine dieses Versteckspiel.«
»Ich habe meinen Bruder verloren.«
»Ich weiß, und ich bedaure dieses Unglück zutiefst, aber es berechtigt nicht dazu, alles das aufzugeben, was man sich jahrelang erarbeitet hat.«
»Ich habe alles Recht der Welt dazu, das zu tun und mich auf mein Gut zurückzuziehen.«
»Das mag sein, aber Sie haben nicht alles Recht der Welt dazu, mich einfach im Stich zu lassen. So, und jetzt zeigen Sie mir, wo

ich mich aufwärmen kann. Ich habe außerdem Hunger und ich wüsste gern, wo ich heute übernachte.«
Sprachlos sah Lorenzo Bernetti die Frau an. »Hier gibt es keine Logiermöglichkeit«, meinte er schließlich.
»Nun«, lachte Theresa, »irgendwo werden Sie doch wohnen und essen und schlafen. Ich bin bescheiden, wenn es um meine Unterbringung geht.«
Er zeigte auf einen Schuppen. In der Tür stand eine ältere Frau und sah zu ihnen herüber. »Das ist der einzige Wohnraum auf diesem Hof. Und dort schlafen vier Männer und eine Frau in einem Raum, der nicht größer ist als die Gästetoilette in Ihrem Herrengraben-Palais, Madame.«
Verblüfft sah ihn Theresa an. »Vier Männer und eine Frau?«
»Jawohl, aber zu Ihrer Beruhigung: Es ist die Familie meines Verwalters – drei Söhne, der Hausherr und seine Frau. Wie Sie vielleicht erkennen können, hat hier ein Sturm gewütet.«
»Man sieht es. Und wo schlafen Sie?«
»In den Gewölben der Ruine, in denen der Wein lagert.«
»Na, die scheinen doch groß genug zu sein. Zwischen den Weinfässern ist sicherlich noch Platz für mich.«
Fassungslos schüttelte Lorenzo den Kopf. »Sie wollen doch nicht im Weinkeller schlafen?«
»Und warum nicht? Es duftet dort sicherlich köstlich.«
»Ich habe nur eine selbst gebaute Holzpritsche mit einem Strohsack darauf.«
»Na, wunderbar. Ich bin ein bescheidener Mensch. Wichtiger ist, wo können meine Begleiter und die Pferde nächtigen?«
»Nicht weit entfernt gibt es ein Dorf, dort wird Platz in einer Scheune sein.«
»Nun, dann wären wir ja alle untergebracht. Gibt es auch etwas zu essen hier?«
Lorenzo dachte nach. »Wir sind zwar nicht auf Gäste eingestellt, aber Flora wird schon etwas finden.« Er winkte die Frau an seine Seite. »Flora, das ist Besuch aus Hamburg. Die Dame bleibt über Nacht. Könntest du etwas für uns kochen?«

»Ich habe Risotto e Salsiciotti im Topf. Aber über Nacht … hier … bei uns?«
Unwillig nickte Lorenzo. »Sie besteht darauf. Ich werde meine Pritsche für sie räumen müssen.«
»Und wo willst du schlafen?«
»Irgendwo zwischen den Fässern.«
Jetzt lachte Flora. »Du meine Güte. Ich werde noch einen Strohsack füllen müssen.«
Die anderen Männer kamen aus dem Weinberg und begrüßten Nando und den Kutscher. Drei gingen zur Pumpe, zogen sich bis auf die Unterhosen aus und wuschen sich trotz des kalten Windes. Einer kam zur Droschke. »Wir haben Besuch?«, fragte Flavio und nickte Theresa zu. »Feinen Besuch aus der Stadt, was verschafft uns die Ehre?«
Lorenzo stellte sie einander vor. »Das ist Flavio, mein Verwalter und der Vater der drei Burschen dort drüben an der Pumpe. Und das ist meine frühere Patrona, Signora Theresa Iserbrook aus Hamburg.«
»Donnerwetter. Von so weit her?«
»Die Dame wohnt in Venedig und möchte mich als Geschäftsführer zurückhaben.«
Überrascht sah Flavio von einem zum anderen. »Und? Lässt du dich wieder einfangen?«
»Sie ist eine sehr eigenwillige Person, und hartnäckig ist sie auch.«
»Dann könnt ihr euch die Hände reichen.«
Flavio drehte sich um und folgte seinen Söhnen an die Pumpe, wo er sich ebenfalls auszog.
Theresa schaute von einem zum anderen. »Wie reden Sie denn über mich?«
»Habe ich nicht die Wahrheit gesagt?«
»Ich bin eine Geschäftsfrau und als solche muss ich hartnäckig und eigenwillig sein.«
»Dies hier ist kein Geschäftshaus.«
»Nein, das ist es nicht, sondern ein kalter, zugiger Hof, auf dem

ich mir die Beine abfriere. Ich habe immer die Höflichkeit und die Gastfreundschaft der Italiener bewundert, von denen meine Mutter mir so oft erzählte, aber die scheint nicht überall vorzuherrschen.«

»Verzeihung«, murmelte Lorenzo, nun doch etwas erschrocken wegen seiner Unfreundlichkeit. »Bitte kommen Sie mit. Bei Flora in der Hütte wird es warm sein.« Er selbst ging zu Nando und erklärte ihm, wo er, der Kutscher und die Pferde eine Unterkunft finden würden.

Es roch gut in dem kleinen Raum. Hoch oben über dem offenen Feuer hingen mehrere Reihen von Schweinswürsten, von denen Flora nun einige abschnitt und in die Pfanne legte, um sie knusprig zu braten. Daneben brodelte in einem Topf Reis mit Zwiebeln, Salz und Pfeffer in einer kräftigen Brühe. Während Lorenzo seinem Gast aus dem Mantel half und einen Stuhl in die Nähe vom Feuer rückte, goss Flora heißen Kaffee in zwei Becher und reichte sie ihren Gästen. Dann stellte sie Teller auf den großen Holztisch, der in dem kleinen Raum den meisten Platz einnahm, legte Messer und Gabeln dazu und entschuldigte sich. »Es ist alles sehr einfach bei uns, aber wir haben bei einem schrecklichen Feuer alles verloren, und die Zeit hat noch nicht für einen Neuanfang gereicht.«

»Sie haben alles verloren? Wie schrecklich«, Theresa verspürte tiefes Mitgefühl mit der Frau, die offensichtlich aus besseren Verhältnissen kam. »Auch ich habe einmal alles verloren, aber nicht durch ein Unwetter, sondern durch die Intrigen von Menschen, das war auch sehr schmerzhaft.«

»Erst hat uns ein Erdbeben in Piemont alles genommen, und nun hatten wir hier mithilfe von Signore Bernetti ein neues Zuhause gefunden, und dann kam dieses Unwetter mit dem großen Feuer.«

»Und Sie konnten gar nichts retten?«

»Nur die Tiere und was wir am Leibe hatten. Na ja, und die Sachen, die nicht brennbar sind, ein paar Töpfe, Bestecke, Werkzeuge und solche Dinge eben.«

Lorenzo war nach draußen gegangen, um sich ebenfalls zu waschen. Neugierig versuchte Theresa mehr über den Mann zu erfahren, der anscheinend auf diesem abgelegenen Weingut eine neue Bleibe gefunden hatte. »Und dann hat Ihnen Signore Bernetti hier sein Haus angeboten?«

»Nicht jetzt, sondern vor vielen Jahren. Er hat meinen Mann in Turin kennengelernt, gerade als der Erdrutsch nach dem Beben unser ganzes schönes Anwesen vernichtet hatte. Da sind die Männer ins Gespräch gekommen, und Signore Bernetti hat meinem Mann angeboten, sein neu gekauftes Weingut zu verwalten. Wir Piemonteser verstehen was von gutem Wein, und die Männer waren sich schnell einig.«

»Wie nett von Signore Bernetti.«

»Ja, er war unsere Rettung. Wir haben hier ein neues Zuhause, und er hat verlässliche Verwalter. Er kommt nämlich gern hierher. Er ist ein richtiger Landmann, einfach, schlicht, erdverbunden, und er liebt Tiere über alles.«

»Warum hat er dann in Venedig gearbeitet? Da gibt es ja nun wirklich wenig Land und Tiere.«

»Er musste Geld verdienen, um das hier bezahlen zu können, und sein Bruder lebte in Venedig. Der war genau das Gegenteil von Lorenzo. Er liebte die Stadt und die Kultur und die feine Kleidung.

Die Brüder waren zwar überaus unterschiedlich, aber sie liebten sich sehr, da war immer einer für den anderen da. Aber sobald Lorenzo ein paar Tage Zeit hatte, kam er hierher, half beim Wein, jagte mit seinen Hunden, damit wir Fleisch in den Keller bekamen, und ritt mit seinem Hengst in die Berge, das tat er am allerliebsten.«

»Hat er denn keine Frau, die irgendwo auf ihn wartet?«

»Hm, er hat wohl mal eine Frau gemocht, aber die hat dann seinen Bruder geheiratet, weil sie auch lieber in der Stadt wohnte und die Vorzüge des Lebens dort genießen wollte.«

»Ich wundere mich, wie er die Arbeit hier auf dem Lande mit der Arbeit in der Stadt vereinen konnte.«

»Er ist der gewissenhafteste Mann, den ich kenne. Er hat seine Geschäfte sehr ernst genommen, weil sie eben die Grundlage für sein Landleben waren.«
»Und wo sind die Tiere jetzt, die Hunde und der Hengst?«
»Im Dorf sind sie gut versorgt, hier hatten wir ja keinen Platz. Den Hengst hatte er erst mit im Kellergewölbe untergebracht, aber das Pferd rebellierte, es war zu dunkel und es hatte sonst auch kaum Auslauf. Da musste er Titus ins Dorf bringen.«
»Das mit dem Unwetter ist wirklich eine Katastrophe, es tut mir schrecklich leid, dass Sie alles verloren haben. Und nun komme ich auch noch und will Ihnen den Signore wieder wegnehmen.«
Die alte Frau lächelte. »Das ist nicht so schlimm, mein Mann und meine Söhne schaffen das schon. Hauptsache, Lorenzo bekommt wieder festen Boden unter den Füßen. Mit dem Tod des Bruders kommt er immer noch nicht zurecht.«
Draußen näherten sich die Männer. Dann kamen sie einer nach dem anderen in die Hütte, durchgefroren, aber mit sauberen Hemden und Hosen, und die Stiefel ließen sie einfach vor der Tür stehen.
Flora goss allen frischen Kaffee in die Becher, dann stellte sie den Topf mit dem dampfenden Risotto mitten auf den Tisch, verteilte die Schweinswürste auf die Teller und wünschte guten Appetit. Da nicht für alle Männer Sitzgelegenheiten vorhanden waren, nahmen die Söhne ihre Teller und setzten sich auf ihre Liegen, sodass nur Flora, Theresa, Flavio und Lorenzo am Tisch aßen. Flavio holte einen Krug Wein aus einer Nische und schenkte den Erwachsenen ein. Die beiden Frauen sprachen über Kochrezepte, und Theresa erinnerte sich plötzlich an Düfte, die sie seit ihrer Kindheit im Palazzo kannte. Flora erzählte von den Kräutern, die hier in den Wäldern und an den Feldrändern wuchsen und die sie im Sommer sammelte, um sie im Winter zu verwerten, und Theresa berichtete von den feinen Gewürzen, die, aus aller Welt kommend, in ihren Lagern eintrafen.
Flavio und Lorenzo schwiegen. Jeder hing seinen eigenen Gedanken nach. Flavio befürchtete, Lorenzo zu verlieren und mit

der Verantwortung des erneuten Aufbaues alleingelassen zu werden, und Lorenzo haderte im Stillen mit sich selbst und seinen Wünschen. Sollte er wieder nach Venedig gehen und das Geschäft übernehmen oder sollte er bleiben und die Freiheit in den Hügeln Venetiens genießen? Aber der Wiederaufbau des Weines erforderte Geld. Sie mussten Hunderte von neuen Reben kaufen, sollten sie irgendwann in ferner Zukunft wieder einen guten Wein produzieren. Konnte er Flavio damit alleinlassen oder sollte er hierbleiben und helfen. Woher aber wollte er das Geld für den Kauf der Reben nehmen, wenn er nicht in Venedig gute Geschäfte abschloss und seinen Gewinn in den Aufbau steckte?
Flavio beobachtete Lorenzo, er wusste, was in seinem Kopf vorging. Schließlich stand er auf und nickte Lorenzo zu. »Wir müssen ein Bett für die Signora richten.«
Lorenzo folgte ihm. »Wie stellt sie sich das vor, plötzlich herzukommen und dann auch noch hier zu übernachten?«
»Sie kannte die Zustände nicht.«
»Und was machen wir nun?«
»Wir richten für dich ein neues Lager weiter hinten in dem Gewölbe ein, und du überlässt ihr deine Pritsche. Einen neuen Strohsack müssten wir aber für sie stopfen, dann kannst du deinen mit nach hinten nehmen.« Nach wenigen Minuten hatten sie aus Kisten eine neue Liege für Lorenzo zusammengebaut und einen Strohsack für Theresa gefüllt. Dann setzten sie sich auf die Kisten, holten sich zwei Becher Wein aus einem Fass und stießen an. »Wirst du gehen?«, fragte Flavio geradeheraus.
»Ich weiß es nicht. Ich müsste dich im Stich lassen.«
»Wir kommen schon zurecht, du musst tun, was du für wichtig hältst.«
»Sie braucht mich.«
»Sie hat dich schon immer gebraucht, auch vor acht Wochen, als du hier angekommen bist.«
»Ich weiß, aber ich war sehr durcheinander.«
»Und jetzt bist du es nicht mehr?«

»Ich kann wieder klar denken. Ich weiß zum Beispiel, dass wir hier für den Aufbau eine Menge Geld brauchen.«
»Das stimmt.«
»Ich muss dieses Geld verdienen, und das kann ich nur in Venedig.«
»Dann geh nach Venedig. Wir kommen hier schon klar. Aber im Frühjahr müssen wir neue Reben pflanzen, sonst verschenken wir ein Jahr.«
»Ich weiß.«
Draußen näherten sich die beiden Frauen. Mit Decken und Theresas kleiner Reisetasche bepackt kamen sie in das Gewölbe. »Seid ihr hier fertig?«, wollte Flora wissen und stellte eine brennende Kerze auf einem der Fässer ab.
»Wir sind fertig«, brummte Flavio, stand auf und verließ das Gewölbe.
»Was hat der Brummbär?«, wollte Flora wissen.
»Wir überlegen, wie es weitergehen soll.« Lorenzo nahm seinen Strohsack und brachte ihn tiefer in das Gewölbe.
»Was gibt es da zu überlegen?«, fragte Flora, übergab Theresa die Decken und die Tasche und verließ sie.

Siebenundzwanzigstes Kapitel

Theresa fühlte sich sehr unwohl auf dem primitiven Lager. Die Pritsche war steinhart, der Strohsack knisterte und konnte die Härte kaum mindern, die beiden Wolldecken waren steif und kratzten, und es war kalt. Da sie aber schon in der vergangenen Nacht kaum geschlafen hatte, überkam sie die Müdigkeit, und sie schlief schließlich ein. Sie träumte von einem Unwetter mit grellen Blitzen, von Menschen, die ein Feuer mit Zweigen ausschlugen, von Männern, die fluchten – und plötzlich war sie hellwach. Sie schaute in helles Kerzenlicht direkt vor ihren Augen, hörte einen Mann fluchen und das Schlagen von Zweigen. Entsetzt fuhr sie in die Höhe. Neben ihr auf einer Kiste saß Lorenzo und peitschte mit einem dicken Ast auf den Boden.

»Oh, Gott, was ist denn los?«, entfuhr es Theresa.

»Ich versuche, die Ratten zu verjagen. Ich hatte ganz vergessen, dass es hier nachts von den Viechern nur so wimmelt.«

Theresa schüttelte sich und zog die Decke bis unter ihr Kinn. »Wie schrecklich, ich hasse Ratten.«

»Wer tut das nicht? Versuchen Sie mal weiterzuschlafen, ich passe auf.«

»Auf keinen Fall. Ich kann doch nicht schlafen, wenn die Biester womöglich unter meine Decke kriechen.«

»Ich passe schon auf.«

»Unter meiner Decke? Unmöglich.« Sie schlüpfte unter der Decke hervor und wollte die Stiefel anziehen, aber Lorenzo hielt sie fest. »Augenblick, erst mal schauen, ob sich keine Ratte hineinverirrt hat.« Lorenzo nahm die Stiefel und schüttelte sie aus, aber sie waren leer. Dann nahm er den Mantel und das

Kleid, beides hatte Theresa auf einem Hocker neben der Pritsche abgelegt, und klopfte die Sachen gewissenhaft aus. Dann erst reichte er ihr die Kleidung zum Anziehen. Theresa zitterte vor Angst, als sie sich anzog, und Lorenzo musste ihr helfen, die Knöpfe zu schließen, weil ihre Finger bebten. Zwischendurch musste er immer wieder Ratten verjagen, die nun die Wärme des verlassenen Lagers suchten. Als Theresa fertig angezogen war, ging sie nach draußen.

»Wo wollen Sie denn hin?«

»An die frische Luft, hier drinnen ersticke ich.«

»Gut, warten Sie.« Lorenzo nahm die beiden Decken und ging mit ihr hinaus in die Nacht. Auf der anderen Seite des Hofes stand der Eselskarren, mit dem sie tagsüber die verkohlten Reben abgefahren hatten. Er legte die beiden Decken auf die Bretter. »Kommen Sie, setzen Sie sich hierhin.«

Theresa folgte ihm. Als er vor ihr stehen blieb, reichte sie ihm die Hand. »Kommen Sie, hier ist Platz für uns beide.«

Eine Zeit lang saßen sie schweigend nebeneinander. Dann fragte Theresa: »Werden Sie mir helfen?«

»Ich weiß es nicht. Alles in Venedig erinnert mich an Ernesto und an den Konkurs im Geschäft. So eine Niederlage verkraftet ein Mann nur schwer.«

»Dann wird es höchste Zeit, die Niederlage in einen Erfolg zu verwandeln.«

»Mein Ruf ist ruiniert, wer wird denn jetzt noch mit mir handeln wollen?«

»Ihr Ruf ist nicht ruiniert. Ein Mann, der mit allen Mitteln versucht, sein Geschäft zu retten, verliert doch deshalb nicht seinen guten Ruf.«

»Ich bin eine Verpflichtung eingegangen, die ich nicht halten konnte.«

»Erzählen Sie mir von dem Geschäft mit dem Meersalzpfeffer.«

Und Lorenzo berichtete von dem verdorbenen Gewürz, von dem Versuch, den Pfeffer auf der Insel zu trocknen, von dem erneuten Verlust und von dem Bäcker, der dann zwar den Pfeffer rettete, aber danach diesen unerfüllbaren Wunsch nach dem Weihrauch stellte.

Und je länger er erzählte, umso deutlicher spürte Theresa, mit wie viel Liebe und Verantwortungsgefühl dieser Mann an seiner Arbeit hing. Und: Sie erkannte, dass die beiden Brüder einem Schurken zum Opfer gefallen waren. Als er mit seinem Bericht fertig war, erklärte sie: »Lorenzo, dieser Bäcker ist ein Betrüger. Er wollte Ihre Gewürze, und als ihm die nicht mehr reichten, wollte er das ›Gold des Orients‹. Er wollte Weihrauch für eine große Lüge, die er Ihnen erzählte.«

»Aber er hat den Pfeffer geliefert, wir konnten die Ladung nach Hamburg auf den Weg bringen. Mein Gott, ich habe die trockenen Körner in den eigenen Händen gehabt.«

»Kein Mensch kann in wenigen Tagen eine ganze Schiffsladung voller Pfeffersäcke trocknen. Da mag die sogenannte Erfindung ein Riesenmonstrum sein, auf einer Insel, wie Venedig, ist im Dezember, dem kältesten und feuchtesten Monat des Jahres, das Trocknen einfach unmöglich. Er hat Sie ganz einfach betrogen, eine Ladung billiger Pfeffersäcke von irgendeinem Händler gekauft und an Sie weitergegeben.«

Sprachlos hörte Lorenzo ihr zu. Nach einer Weile flüsterte er: »Das kann nicht sein. Er ist ein ehrenwerter Mann, er ist in der ganzen Stadt bekannt und geschätzt, ich habe ihm immer vertraut.«

»Eben, genau mit diesem Vertrauen hat er sich diesen dreisten Betrug leisten können.«

Lorenzo sprang aufgeregt vom Wagen und ging hin und her. »Und damit hat er das Leben meines Bruders auf dem Gewissen.«

»Das dürfen Sie nicht sagen, Lorenzo. Der Tod Ihres Bruders war ein schwerer Schicksalsschlag, ein Unglücksfall, aber ihn mit diesem Betrug in Verbindung zu bringen, ist nicht fair.«

»Nur wegen des verdammten Weihrauchs ist Ernesto weggefahren.«

»Er wäre auch ohne den Wunsch, Weihrauch zu besorgen, gefahren. Ihre Lager waren leer, Sie mussten neue Gewürze beschaffen, um den Handel zu erhalten.«

»Wir waren am Ende, wir haben alles verkauft, um das Geld für Weihrauch zu bekommen. Ernesto sagte, wir machen das Geschäft unseres Lebens, wir haben ausgesorgt, wenn es klappt.«

»Und, waren das auch Ihre Gedanken?«

»Ich war dagegen, aber am Ende sah ich auch keinen anderen Ausweg mehr.«

Theresa zog die harte Decke enger um ihre Schultern. Die Nacht war schwarz und dunkel. Nur schattenhaft sah sie den Mann, der jetzt vor ihr auf und ab ging. Irgendwo schrie ein Käuzchen, weit entfernt bellte ein Hund. Sie seufzte. Lorenzo blieb stehen, als sie sagte: »Ich habe viele ausweglose Situationen kennengelernt, geschäftlich und privat, aber ich habe festgestellt, dass es immer eine Lösung gibt. Man muss sie suchen, auch wenn es hart und aussichtslos erscheint. Ich habe meine Heimat verloren, als man meine Mutter zwang, Venedig zu verlassen, ich habe meine Kindheit verloren, als man mich zwang, die Geschäftsführung zu erlernen, ich habe meine große Liebe verloren, als man meinen Verlobten umbrachte, und ich habe mein Geschäft verloren, weil man es mir weggenommen hat – aber ich habe gekämpft, mit Tränen und Verzweiflung und mit eisernem Willen, und ich habe immer einen Ausweg gefunden.«

»Hört der Kampf denn nie auf?« Lorenzo war neben ihr stehen geblieben. Sie sah ihn nicht, aber sie spürte seine Nähe.

»Ich fürchte, nein.«

»Aber dann ist doch das ganze Leben aussichtslos.«

»Nicht, wenn man siegt.«

Er setzte sich wieder neben sie auf den Karren. »Sie haben recht. Ich kämpfe ja auch um meine Reben, obwohl ich weiß, dass es ein aussichtsloser Kampf ist. Ich habe kein Geld für einen Neuanfang, aber ich kann den Gedanken an einen Verlust nicht ertragen.«

»Ich sagte doch, es gibt immer einen Weg, man muss ihn nur

finden. Ich biete Ihnen diesen Weg an, warum greifen Sie nicht zu?«

»Ich werde es mir überlegen.«

»Wie lange?«

»Bis morgen Mittag.«

Im fernen Dorf krähten ein paar Hähne. In der Hütte wurde es lebendig. Ein Kerzenlicht erhellte plötzlich den Raum hinter der beschlagenen Fensterscheibe. Aus dem Ofenrohr an der Wand stieg leichter Rauch. Lorenzo sprang vom Karren und ging zum Brunnen, um sich zu waschen. Die Männer kamen heraus und verschwanden hinter einem kleinen Wäldchen, wo sie einen provisorischen Abort gebaut hatten. Flora wollte zur Ruine laufen, aber Theresa rief ihr zu: »Hier bin ich« und winkte. Dann verließ auch sie die Karre und ging zur Hütte. »In dem Gewölbe konnte man es vor Ratten nicht aushalten«, erklärte sie, »wir haben hier draußen gesessen und geredet, Lorenzo und ich.«

»Ach Gott, die Ratten, ja, daran haben wir gar nicht gedacht.«

Es fing leicht an zu regnen. »Kommen Sie mit in die Hütte, da ist es wenigstens trocken.« Drinnen war es angenehm warm. Flora bot Theresa an, sich zu waschen, während die Männer draußen am Brunnen standen. »Na ja«, lachte Theresa, »wenigstens das Gesicht und die Hände.«

Sie nahm Seife und ein Tuch aus ihrer Reisetasche, wusch sich Gesicht und Hände, bürstete ihr Haar und packte alles wieder ein, als die Männer zurückkehrten. Flora hatte Kaffee gekocht und altes Brot vom Vortag geröstet. Dazu gab es Ziegenbutter, Holunderbeergelee und Honig von wilden Bienen. Nachdem die jungen Männer versorgt und wieder nach draußen gegangen waren, saßen die Erwachsenen allein am Tisch. Flavio sah Theresa lächelnd an. »Sie hatten keine gute Nacht, habe ich gehört.«

Theresa schüttelte sich bei dem Gedanken an die Ratten. »Nein, diese Gäste waren sehr unangenehm.«

»Wir müssen uns etwas anderes einfallen lassen«, Flavio sah

Lorenzo erwartungsvoll an. »Vielleicht solltest du im Dorf nach einem Zimmer suchen.«
Theresa unterbrach ihn. »Das ist nicht nötig, ich fahre heute nach Venedig zurück.«
»Dann haben Sie hier alles erledigt?«
»Ja, ich habe alles erledigt. Was daraus wird, liegt nicht mehr in meinen Händen.«
Flavio sah von einem zum anderen. »Lorenzo, wie hast du dich entschieden?«
»Ich werde die Signora begleiten.« Er legte Flavio die Hand auf die Schulter und bat damit um Verständnis. »Wenn wir hier aufbauen wollen, muss ich in Venedig arbeiten. Ich hoffe, ihr versteht mich.« Flavio nickte, und Flora schenkte neuen Kaffee ein. »Ich wusste, dass du nicht aufgibst, weder hier oben noch dort unten. Signora, Sie sind zur rechten Zeit gekommen.«
Theresa lächelte, sie hatte damit gerechnet. Lorenzo war kein Mann, der kapitulierte. »Wir werden einen Handel aufbauen, der alles in den Schatten stellen wird. Und wir werden genug Leute einstellen, damit Signore Lorenzo Zeit hat, hier zu helfen.« Dann legte sie einen Beutel mit Goldmünzen auf den Tisch. »Und das ist eine Anzahlung auf guten Wein, denn jedes Schiff, das mit Gewürzen von Venedig zu uns nach Hamburg kommt, soll ein Fass von Ihrem besten Wein mitbringen.«
Flavio nickte erfreut. »Das ist eine gute Idee. Bis die neuen Reben Früchte tragen, werden ein paar Jahre vergehen, aber wir haben noch ein paar gute Tropfen im Gewölbe, die werden beim Überbrücken der Zeit aushelfen.« Er nahm eine Flasche Grappa vom Regal. »Darauf müssen wir anstoßen.«
Nach dem Frühstück schickte Flavio einen seiner Söhne zum Dorf, um Nando und dem Kutscher Bescheid zu sagen, dass man am Castello zur Abreise bereit sei. Außerdem holte er Titus, denn Lorenzo wollte den Hengst in seiner Nähe haben.
Als sich die Droschke gegen Mittag in Bewegung setzte, regnete es noch immer. Die Reisetasche war ganz leicht geworden, denn Theresa hatte alle entbehrlichen Sachen für Flora in der Hütte

zurückgelassen. Seife und Cremes, Haarbürste und Kämme, Tücher und Wäsche, und ihr Reservekleid ließ sie auch zurück. Es waren alles Dinge, die Flora bei dem Brand verloren hatte und die noch nicht wieder angeschafft werden konnten. Dinge, die jede Frau vermisste und mit denen sie Flora eine große Freude machte.

Als die Reisenden am nächsten Tag die Küste erreichten, hatte die Sonne, von leichten Nebelschleiern verdeckt, wieder ihre ganze Kraft. Theresa bezahlte Luigi, lobte die Pferde und die umsichtige Fahrweise und folgte Lorenzo und Nando zum Fährschiff, um nach Venedig zurückzukehren. Titus blieb bei Luigi im Stall. »Ein Pferd braucht man hier wirklich nicht«, erklärte Lorenzo, »aber um zum Castello zu gelangen, ist es unverzichtbar.«

Als sie die Lagune überquert hatten und in eine Gondel umsteigen mussten, bat Theresa die beiden Männer, sie ins Hotel zu begleiten, um sich von der anstrengenden Reise zu erholen. Aber Nando winkte ab, er wollte so schnell wie möglich zurück auf seine Insel, und Lorenzo wollte in den Palazzo. »Ich war schon viel zu lange fort, ich muss dort nach dem Rechten sehen«, entschuldigte er sich und versprach, am Abend ins Hotel zu kommen, um mit den Damen Iserbrook die nächsten Schritte zu besprechen.

Theresa war das sehr recht. Sie wollte ein Bad nehmen, sich ausruhen und dann Erkundigungen einziehen, bei wem der Bäcker Tommaso im Dezember eine Schiffsladung Pfeffersäcke gekauft hatte, denn eine Schiffsladung voller Pfeffer zu bekommen, war außerordentlich ungewöhnlich. Sie würde den Hafenmeister und den Lagerverwalter befragen, Lorenzo musste dann mit befreundeten Händlern und Kapitänen sprechen. Irgendjemand würde Auskunft geben können.

Silvana war sehr erfreut, die Tochter wieder in der Nähe zu wissen. Sie hatte sich im Hotel nach talentierten Schneiderinnen

und Hutmacherinnen erkundigt, mochte aber die Frauen nicht allein aufsuchen. Elsa hatte sich zwar angeboten, die alte Dame zu begleiten, aber Silvana wollte bei ihren Entscheidungen lieber ihre Tochter an der Seite haben. Zwar war die Zeit der Einladungen zu Bällen und Festen für sie vorbei, aber sollte sie Besucherinnen haben oder alte Freundinnen treffen, wollte sie entsprechend gekleidet sein.
Und dann der Carnevale! Heute noch so aufregend und wunderschön wie früher. Mit Wehmut dachte sie an die vielen vergnüglichen Feste dieser Stadt. Auch damals, vor dem großen Fiasko, hatte sie sich auf die Festivitäten gefreut, die schönsten Roben und kostbare Masken bestellt, und dann nahm alles ein jähes Ende mit dem Tod ihres Ehemannes. Sie musste mit den Kindern die fröhliche, festliche Stadt verlassen und in den kühlen Norden nach Hamburg reisen.
Silvana lächelte still vor sich hin. Damals dachte ich, der Umzug sei für immer, heute weiß ich, es gibt die Rückkehr. Ich bin wieder hier, gerade in der Zeit des Carnevale, der mir damals den Abschied so schwer gemacht hat.

Achtundzwanzigstes Kapitel

Als ein Page abends an Theresas Salontür klopfte und den Besuch des Signore Bernetti meldete, hätte Theresa ihren Gast beinahe nicht erkannt. Welch ein Unterschied gab es zu dem Mann, den sie gerade auf seinem Gut angetroffen hatte. Nun zeigte er sich wie ein Mann von Welt. Der Bart war verschwunden, das Haar geschnitten, ein weißes Hemd schaute unter dem schwarzen Gehrock hervor, die gestreiften Beinkleider mit dem Steg saßen perfekt, und die Schuhe waren spiegelblank. Er hielt einen Maiglöckchenstrauß in den Händen, und die Verbeugung war formvollendet.

»Ich möchte Sie, gnädige Frau, auf das Herzlichste in Venedig begrüßen und Ihnen in unserer Stadt einen angenehmen Aufenthalt wünschen.«

Verblüfft bat Theresa ihn einzutreten. War das wirklich derselbe Mann, der vor zwei Nächten noch neben ihrer Pritsche Ratten vertrieben und sich bei eisigem Wind draußen an einem Brunnen gewaschen hatte? Für einen Augenblick machte ihr Herz ein paar Sprünge, dann hatte sie sich wieder gefangen und sagte erfreut: »Danke für die Begrüßung in meiner Geburtsstadt. Kommen Sie, nehmen Sie Platz, meine Mutter wird erfreut sein, Sie kennenzulernen. Als Sie im Herbst bei uns waren, hatte sie vor lauter Arbeit keine Gelegenheit dazu.«

»Die gnädige Frau war sehr beschäftigt – mit der Entwicklung von Heilmitteln aus unseren Gewürzen, wenn ich mich recht erinnere.«

»Ja, sie hat inzwischen ein Buch verfasst und wird es nun hier auch in die Landessprache Venetiens übersetzen.«

»Eine wunderbare Idee. Ich habe schon oft gedacht, die Gewürze sind viel zu kostbar, um nur in der Küche verwendet zu werden.«

Theresa lachte: »Ja, aber ohne sie wäre unsere Küche sehr arm dran.« Dann besann sie sich auf ihre Gastgeberrolle. »Ich würde mich freuen, wenn Sie heute Abend mit uns speisen würden. Ich habe das Essen hierher in den Salon bestellt und hoffe, dass es Ihrem Geschmack entspricht.«

Lorenzo lächelte zurück. »Da brauchen Sie nicht in Sorge zu sein, Sie haben ja erlebt, an welche Küche ich mich in den letzten Wochen gewöhnt habe.«

»Das Risotto mit den Pilzen und den Würsten war sehr gut.«

»Es waren Wildschweinwürste, die haben ein sehr delikates Aroma.«

»Ich habe sie mit Genuss probiert, aber ich hatte gleich den Eindruck, dass sie etwas ganz Besonderes waren«, erwiderte Theresa höflich.

»Wir haben zu viele Wildschweine in der Gegend um das Castello. Wenn man sie nicht jagt, werden sie zur Plage und fallen über die jungen Reben her.«

»In Hamburg muss man die Bekanntschaft eines Försters machen, um an solche Delikatessen zu gelangen.«

Eine Seitentür öffnete sich, und Silvana trat ein. Lorenzo und Theresa erhoben sich, und Theresa stellte ihren Gast vor.

Silvana nickte ihm höflich zu, die Hand reichte sie ihm nicht.

»Wir hatten noch nicht die Gelegenheit, uns kennenzulernen, buona sera, Signore Bernetti.«

»Ich bin erfreut, Ihre Bekanntschaft zu machen, gnädige Frau, ich habe soeben von Ihrem Buch erfahren und beglückwünsche Sie dazu.«

»Danke«, und an Theresa gewandt sagte Silvana: »Ich würde jetzt gerne essen.«

Theresa, etwas erstaunt, die Mutter so distanziert und kühl zu erleben, klingelte nach dem Pagen, und als er erschien, bat sie: »Wir würden jetzt gern speisen.« Die drei nahmen an einem dezent gedeckten Tisch Platz, und auf einem Rollwagen wurden

die Speisen hereingefahren. Ein Ober öffnete eine Flasche »Verdicchio« der zu Fisch und Geflügel passte, und zwei Gehilfen füllten die Teller. Es gab eine Zuppa pavese mit geröstetem Brot, Eiern und frischem Gemüse in köstlicher Bouillon, Seezunge auf venezianische Art und zu einem gefüllten Huhn Kastanienpüree und Artischocken cavour. Zabaione und einen Dessertwein gab es am Schluss.
Theresa freute sich, dass es ihrem Gast so schmeckte. Gleichzeitig aber wunderte sie sich, dass die Mutter so wenig aß. Hatte sie Probleme mit dem Magen? Oder hatte sie einen schlechten Tag? Nun ja, dachte Theresa. Ich werde es erfahren, wenn unser Gast fort ist. Gesprochen wurde nicht bei Tisch. Außer einigen Höflichkeitsfloskeln war es nicht angebracht, im Beisein von Angestellten über geschäftliche Probleme zu sprechen.
Gleich nach dem Essen verabschiedete sich Silvana wieder. Dem Gast nickte sie reserviert zu, und zu Theresa sagte sie nur: »Wir sehen uns später.« Dann verließ sie den Salon. Auch Lorenzo hatte die Distanz bemerkt, mit der die Venezianerin ihm begegnete, sagte aber nichts. Theresa, peinlich berührt, versuchte das Benehmen der Mutter mit Freundlichkeit zu überspielen. »Kommen Sie, machen wir es uns ein bisschen gemütlich. Geschäfte kann man auch in einer angenehmen Atmosphäre besprechen.« Sie setzten sich wieder in die Sessel neben dem Kamin, und Theresa begann mit ihren Fragen. »Als Erstes muss ich wissen, ob Sie wieder für mich arbeiten wollen, Signore Bernetti.«
»Ich habe es mir gründlich überlegt, ich denke, es ist eine Arbeit, die ich beherrsche und die mir auch Spaß macht, warum soll ich drum herumreden. Ja, ich würde wieder für die Iserbrooks arbeiten.«
»Dann wollen wir gleich zur Sache kommen. Wie sieht es in den Lagerhäusern aus?«
»Wir haben keine Häuser mehr, wir haben nur noch gepachtete Hallen.«
»Warum?«

»Signore Robert Iserbrook hat das angeordnet, als er uns zuletzt besuchte. Die Geschäfte liefen schlecht, und wir sollten uns nur noch auf einige wenige, aber besonders wertvolle Gewürze konzentrieren. Um Kostbarkeiten zu lagern, wären keine großen Häuser notwendig, erklärte er. Außerdem lagen sie in einem abgelegenen Gebiet, und die Schuten hatten Probleme, uns zu erreichen. Vorn, an der modernen Hafenkante, aber gab es keine Häuser mehr zu mieten, sondern nur noch Hallen.«

»Und? Hat es geklappt mit den kostbaren Gewürzen?«

»Nein, eigentlich nicht, und da haben wir ganz schnell zu den altbewährten Methoden gegriffen und wieder mit allen erhältlichen Gewürzen gehandelt.«

»Sehr vernünftig.«

»Ja, und dann kam das Unglück mit der gesamten Pfefferladung.«

»Es tut mir leid, dass Sie das erleben mussten, aber so ist es beim Handel, es geht immer auf und ab. Doch jetzt bin ich der Meinung, es geht wieder aufwärts.«

»Ich bin bereit.«

»Danke, allein könnte ich das auch nicht. Man braucht schon Beziehungen und das Wissen, das nur durch lange, intensive Arbeit erreicht werden kann. Wie ist das nun mit den leeren Hallen?«

»Ich habe sie noch, aber wir müssten sehr schnell die letzten Pachtbeträge nachzahlen.«

»Das habe ich bereits veranlasst.«

»Dann müsste ich nach Indien, China und Afrika reisen, um Gewürze zu kaufen.«

»Das kommt nicht infrage, ich brauche Sie hier. Suchen Sie einen Mann Ihres Vertrauens, der das übernehmen kann.«

»Ich werde es versuchen. Aber es ist wirklich eine Vertrauensfrage, gute Gewürze zu kaufen.«

»Wir müssen es versuchen. Klappt es nicht, suchen wir einen anderen Aufkäufer, mit Verlusten muss man immer rechnen.«

»Wir konnten uns nie Verluste leisten.«

»Sie und Ihr Bruder waren ein eingespieltes Team und Sie hatten langjährige Erfahrungen und Beziehungen, die Ihnen den Weg ebneten.«
»Jetzt müssen wir ganz von vorn anfangen.«
»Nicht ganz, die Erfahrungen und die Beziehungen kann Ihnen keiner nehmen. Nur den richtigen Mann für den Einkauf, den müssen Sie natürlich finden.«
»Ich werde es versuchen. Ich kenne Einkäufer, ich weiß nur nicht, ob sie frei und bereit sind, für mich zu arbeiten.«
»Am Lohn soll es nicht liegen.«
»Danke, das ist gut zu wissen.«
»Dann wäre das geklärt. Nun etwas ganz anderes: Meine Mutter träumt davon, den alten Palazzo zurückzukaufen. Wäre das möglich?«
Lorenzo sah sie verblüfft an. »Den alten Palazzo?«
»Sie gedenkt hierzubleiben und sie hat viele glückliche Jahre darin verbracht. Können Sie das nicht verstehen?«
»Natürlich, aber sie wird ein Haus vorfinden, das ihr nicht mehr sehr vertraut ist. Es ist sicher nicht mehr so, wie es mal war. Mein Bruder und ich haben darin gewohnt und in den letzten Jahren auch die Frau meines Bruders, aber wir haben nur wenige Räume benutzt und uns nicht sehr um das Haus kümmern können. Wenn mein Bruder auf Reisen war, und das war er fast immer, lebte seine Frau in Murano bei ihren Eltern, und ich habe wirklich nur zwei, drei Räume bewohnt.«
»Das Haus hat eine solide Basis, sonst hätte mein Vater es niemals gekauft, diese Basis wird es noch immer haben, und darauf können wir aufbauen.«
»Dann würde ich Ihnen den Palazzo gern überlassen. Als Ersatz für die Verluste, die wir Ihnen zugefügt haben.«
»Danke, das ist sehr großzügig. Aber den Kaufpreis, den Sie damals bezahlt haben, sollten Sie schon zurückbekommen.«
»Gut, dann nehme ich das Geld und investiere es in den neuen Handel, wenn es Ihnen recht ist.«
»Ja, wunderbar, das ist eine sehr großzügige Lösung.«

»Danke, dann stehe ich wenigstens nicht mehr ganz so tief in Ihrer Schuld.«
»Sie stehen nicht in meiner Schuld. Es ist das Geschäft, das einmal gut und einmal schlecht läuft, damit muss man rechnen, und wenn man dann aus alledem herausfindet, dann ist es ein wunderbares Gefühl. Darauf sollten wir anstoßen.«
Theresa klingelte nach dem Zimmerservice und bestellte eine Flasche Dom Perignon, und als der Kellner die Flasche serviert und die Gläser gefüllt hatte, erklärte Theresa: »Auf eine gute, vertrauensvolle Zusammenarbeit, Signore Bernetti.«

Wenig später verließ Lorenzo das Hotel, und Theresa ging hinüber in das Zimmer ihrer Mutter. Sie wollte über die neuen Vereinbarungen berichten und gleichzeitig erfahren, warum Silvana dem Venezianer gegenüber so reserviert war.
Die Mutter saß in einem Sessel, studierte in ihrem Buch und machte sich Notizen.
»Hallo, Mutter, geht es dir gut?«
»Danke der Nachfrage. Weshalb sollte es mir nicht gut gehen?«
»Du warst so reserviert beim Abendessen, hat dir der Gast nicht zugesagt?«
»Erhofftest du Freundlichkeiten gegenüber einem Menschen, der unser Geschäft hier ruiniert hat? Ich hätte von dir mehr Distanz erwartet.«
»Er ist unverschuldet in das Dilemma geraten.«
»Unsinn, er ist in dieses Dilemma geraten, weil er die ausdrücklichen Bestimmungen der Geschäftsleitung missachtet hat.«
»Welche ausdrücklichen Bestimmungen, Mutter?«
»Das Verbot von dem Weihrauchhandel mit Oman. Du weißt, wie wichtig dieses Verbot für uns war.«
»Es ist ein überfälliges Verbot und es liegt mehr als zwanzig Jahre zurück.«
»Alinia und ihre Brüder gefährden noch immer unsere Familie. Müssen wir diesen Konflikt auffrischen?«
»Nein, natürlich nicht. Aber Ernesto Bernetti hätte seine Ge-

schäfte anonym getätigt, unser Name wäre gar nicht aufgetaucht.«

»Jeder Gewürzhändler weiß, dass die Bernettis für uns arbeiten.«

»Die Brüder haben keinen anderen Ausweg gesehen, um den Umschlagplatz hier zu retten.«

»Unsinn, sie wollten sich bereichern und den Handelsplatz hier schließen.«

»Nein, das glaube ich nicht. Sie sind ehrenwerte Männer, die immer zu unserer Zufriedenheit gearbeitet haben.«

»Man sieht, wohin die Ehrenhaftigkeit sie geführt hat. Der eine ist beim Versuch, uns zu betrügen, umgekommen, der andere ist in den Hügeln von Venetien untergetaucht. Wie konntest du ihn einladen, hier mit uns zu speisen?«

»Er wird wieder für uns arbeiten, ich musste mit ihm die neuen Pläne durchsprechen und ich hatte gehofft, dich an meiner Seite zu wissen.«

»Ich setze mich nicht gern mit einem Betrüger an einen Tisch.«

»Mutter, ich verbitte mir diese Worte. Ich versuche alles, um den Handel hier wieder zu ermöglichen, und du fällst mir mit alten Vorurteilen in den Rücken. Lorenzo Bernetti hat mich um Verzeihung gebeten, und ich habe ihm verziehen. Ich brauche ihn, und er wird wieder für uns arbeiten.«

»Und der Palazzo, hast du ihn gesehen? Hast du bemerkt, wie heruntergekommen unser schönes Heim ist? Diese Brüder haben es verkommen lassen.«

»Ich habe ihn nicht gesehen, aber ich weiß, dass Häuser, die kaum bewohnt werden, in dieser Stadt sehr schnell verwittern und der Feuchtigkeit zum Opfer fallen.«

»Und ich hatte gehofft, ich könnte den Palazzo erwerben und zu neuem Leben erwecken. Ihn in seiner alten Herrlichkeit vielleicht selbst bewohnen. Aber wie soll ich ein Haus retten, das schon so baufällig geworden ist.«

»Mutter, du übertreibst. Du weißt sehr gut, dass viele Häuser nach außen hin verrottet aussehen und innen eine Herrlichkeit offenbaren, die keiner von außen für möglich gehalten hätte.«

»Ich wollte unseren Palazzo zurückkaufen und viel Geld investieren, um ihm seinen alten Glanz zurückzugeben.«

»Das kannst du, Mutter, Signore Bernetti gibt ihn uns zurück. Den Kaufpreis allerdings, den du dafür berechnet hast, brauche ich für den neuen Handelsposten.«

»Ein Geschenk, für das ich bezahlen soll?«

»Möchtest du einen florierenden Handel mit Iserbrook-Gewürzen oder möchtest du als Besitzerin einer bankrotten Firma hier in aller Herrlichkeit residieren?«

»Du stellst mir Bedingungen?«

»Ich kämpfe um den Erhalt unserer renommierten Firma, Mutter, und du bist ein Teil davon, vergiss das bitte nicht.«

»Du kämpfst um den Erhalt einer Firma, deren Niedergang dieser ehrlose Bernetti verursacht hat.«

»Mutter, er hat sich entschuldigt.«

»Und damit sind für ihn alle Betrügereien vorbei?«

»Er arbeitet wieder für uns, und er wird alles tun, um den Schaden, den er angerichtet hat, wieder gutzumachen.«

»Bis zum nächsten Bankrott.«

»Nein, Mutter, er wird mir helfen, die Firma neu aufzubauen.«

»Ich mag ihn nicht.«

»Aha, das ist es also? Und warum magst du ihn nicht?«

»Er ist ein richtiger Schmeichler. Er bringt dir Maiglöckchen mit und spielt den Kavalier. Mit einem Blumenstrauß hätte er eigentlich mich begrüßen müssen, ich bin die Seniorin der Familie. Aber er hielt es schon in Hamburg nicht für nötig, mich zu sehen.«

»Er hatte keine Zeit und dann musste er sehr plötzlich zurückreisen.«

»Dumme Ausreden. Ich hatte erwartet, ein geborener Venezianer weiß, was sich gehört. Aber ich habe mich getäuscht. Und nun soll ich hier mit ihm an einem Tisch essen und mit ihm plaudern?«

»Mutter, willst du deinen Palazzo zurückhaben oder nicht?«

»Selbstverständlich will ich das.«

»Dann richte dich danach. Du bekommst den Palazzo, aber ich erbitte mir den notwendigen Respekt für einen Mann, der ihn dir zum Geschenk macht.«
»Ein Geschenk, für das ich zahlen muss!«
»Ja, aber nicht an ihn, sondern an unsere gemeinsame Firma.«
Silvana war immer noch ungehalten. »Ich bin müde. Ich möchte jetzt meine Ruhe haben.«
»Selbstverständlich, Mutter, gute Nacht.«
Verärgert verließ Theresa die Suite der Mutter. Wie uneinsichtig sie ist, wie intolerant, dachte sie, als sie wieder in ihrem Salon war. Sie nahm sich noch ein Glas von dem Champagner und blickte aus dem Fenster auf die dunkle Stadt. An der Riva degli Schiavoni warf eine Laterne ihren schwachen Schein auf das Wasser der Lagune. Auch der Gondelverkehr ruhte inzwischen, und nur hin und wieder hörte sie Stimmen von Menschen, die die Abendstunden genossen und über die Straße flanierten.
Sie stellte das Glas wieder ab und betrachtete den kleinen Strauß mit den Maiglöckchen. Sie müssen eine weite Reise hinter sich haben, überlegte sie, vielleicht kommen sie aus Sizilien, vielleicht sogar aus Afrika? Wie nett von Lorenzo, mich mit dieser kleinen Aufmerksamkeit zu überraschen. Und dann war es ihr auf einmal klar: Die Mutter ist eifersüchtig auf einen Mann, der Blumen schenkt, aber nicht ihr. Ja, das ist es. Sie fühlt sich übergangen, nicht mehr beachtet, alt geworden und unattraktiv. Dabei ist sie eine so kluge Frau. Sie hat so viele, so bewundernswerte andere Vorzüge, weiß sie das denn nicht?
Theresa setzte sich in ihren Sessel. Kann es sein, dass Mutter an ihrem Alter leidet, dass sie noch jung und attraktiv sein möchte und begehrenswert? Es gab eine Zeit, da hatte sie die Lebensfreude aufgegeben, wurde zusehends alt und achtete nicht mehr auf ihr Äußeres, überlegte Theresa. Das war damals, als Robert sie verlassen hatte. Aber dann hat sie sich plötzlich wieder gefangen, wurde wieder lebhaft und fröhlich. Waren es die köstlichen Düfte, die sie entdeckte und entwickelte, oder war es die enge Zusammenarbeit mit dem Apotheker Borgemann, der sie

hofierte, weil er sich persönliche Vorteile von der Arbeit erhoffte und neue Kunden für seine Apotheke? Ist eine Frau in ihrem Alter so abhängig von den Sympathiebekundungen eines Mannes? Wie schrecklich!
Theresa wurde müde. Zu viele Gedanken, dachte sie, zu viele Sorgen, zu viele Probleme und so ein langer Tag. Dankbar, die letzten Tage so gut überstanden zu haben, kleidete sie sich aus, schlüpfte zwischen die frische Wäsche in diesem bequemen Hotelbett und erinnerte sich an die vergangenen Nächte in der Poststation und in der Kellerei mit dem Weingeruch. Und dann dachte sie an den Mann, der neben ihrer Pritsche gewacht und die Ratten verjagt hatte.

Neunundzwanzigstes Kapitel

Die Suche nach dem trockenen Pfeffer war sehr schnell geklärt. Als Theresa den Hafenmeister fragte, erinnerte er sich sofort an den alten Tommaso, der zur Verwunderung aller Hafenarbeiter die gesamte Pfefferladung einer kleinen Schute gekauft und abtransportiert hatte. »Es hat eine Menge Witze darüber gegeben, und wir haben noch tagelang gelacht, weil er so geheimnisvoll tat«, erklärte er und zeigte auf eine kleine Bucht mit alten Bretterbuden. »Da hinten hat er den Pfeffer aufbewahrt und dann bei Nacht und Nebel irgendwohin verfrachtet.«

»Aber Sie wissen nicht, wohin und an wen?«

»Nein, die Bucht gehört nicht mehr zu meinem Hafengebiet. Außerdem treibt sich da eine Menge Pöbel herum, und ich bin froh, dass ich damit nichts zu tun habe.«

Theresa bedankte sich für die Auskunft. »Würden Sie Ihre Beobachtung auch vor den Carabinieri wiederholen, wenn es nötig wird?«

»Ja sicher, jeder Arbeiter kann das bestätigen. Schon wegen der Witze wird sich jeder daran erinnern. Aber wollen Sie sagen, dass das nicht nur ein grober Scherz gewesen ist?«

»Ja, ich würde sogar sagen, dass es ein versuchter Betrug war.«

»Hm, der alte Tommaso und ein Betrüger? Das kann ich mir nicht vorstellen.«

»Ich sagte, es könnte sein, dass es ein versuchter Betrug war.«

»Und was ist der Unterschied zwischen einem Betrug und einem versuchten?« Der Hafenmeister war unsicher geworden, nahm seine Mütze ab und kratzte sich am Kopf.

»Na ja, ein Betrug ist einer, der ausgeführt wurde und gelungen ist. Ein versuchter ist eben noch nicht abgeschlossen.«
»Nicht abgeschlossen? Was heißt das?«
»Man hat noch nichts dafür kassiert oder bekommen, alles ist noch in der Schwebe.«
»Aha. Sie meinen, der Pfeffer hängt noch irgendwo herum?«
»Nein«, lachte Theresa, »der Pfeffer ist längst da, wo er hingehört, nur der Preis wurde dafür noch nicht bezahlt.«
»Hm, das klingt plausibel.«
»Ja, und wenn es bei dem Bezahlen Schwierigkeiten gibt, dann muss man von einem Betrug ausgehen.«
»Und? Wird es Schwierigkeiten geben?«
»Ich glaube nicht, und dann brauchen wir auch keine Carabinieri, und Ihre Aussage brauchen wir dann auch nicht.«
»Das beruhigt mich. Ich möchte ja nicht gerne als Verräter dastehen.«
»Es wird nicht nötig werden, das verspreche ich Ihnen.«
»Dann ist das in Ordnung.« Beruhigt setzte er seine Mütze wieder auf und fuhr mit den Eintragungen in sein Hafenmeisterbuch fort.

Theresa ließ sich mit einer Gondel zu den Lagerhallen bringen. Lorenzo hatte eine Gruppe Hilfsarbeiter beauftragt, die die Hallen reinigten und lüfteten. »Kommen Sie, Signore Bernetti, wir müssen mit dem alten Bäcker abrechnen, und ich habe keine Ahnung, wo ich den finden könnte.«
Lorenzo, sichtlich berührt, dass sie ihn wieder in Arbeitskleidung sah, zögerte einen Augenblick. »Glauben Sie wirklich, dass er uns betrogen hat, es ist eine gewaltige Anschuldigung für einen ehrenhaften Mann.«
»Sagen wir einmal so: Er hat sich einen Scherz mit Ihnen erlaubt.«
»Das wäre eine infame Beleidigung, die ganze Stadt würde darüber reden.«
»Das müssen wir in Kauf nehmen. Es wäre schlechter, als

Schuldner bezeichnet zu werden. Deshalb muss die Angelegenheit endgültig bereinigt werden.«

»Sie haben recht. Ich ziehe mich nur schnell um.«

»Wohnen Sie jetzt hier und nicht im Palazzo?«

»Nach dem Tod von Ernesto habe ich es dort nicht mehr ausgehalten. Ich habe hier zwei kleine Zimmer im Anbau, die ich früher schon genutzt habe, wenn es nachts viel Arbeit mit ankommenden Ladungen gab.«

»Gut, ich schaue mir inzwischen die Ladeflächen und die Kontore an, dann warte ich draußen.« Theresa schlenderte langsam durch die Hallen. Die sauberen gefielen ihr, sie waren hell und luftig, und ihre Gewürze würden gut und trocken lagern können. Die staubigen Hallen, die noch gereinigt wurden, ersparte sie sich.

Auch die drei Kontorräume sahen sauber und ordentlich aus. Hier müssen noch ein paar Möbel hinein, überlegte sie und machte sich Notizen. Ärgerlich, dass die Brüder alles verkauft haben, um das Geld für den Weihrauch zusammenzubekommen. Aber das ist jetzt Vergangenheit, wir müssen nach vorn schauen, nahm sie sich vor.

Sie ging nach draußen und setzte sich auf eine kleine Mauer. Die Sonne schien und hatte die Steine erwärmt. Sie sah sich um, der Ort mit den Lagerräumen gefiel ihr, er hatte eine gute Anbindung an den Hafen, selbst Überseefrachter konnten hier bis an die Kaimauer fahren. Das erspart das teure Umladen auf kleine Schuten oder Karren, wie es in Hamburg nötig ist, überlegte sie. Das hat Robert gut gemacht. Das Umladen der Frachten in Hamburg ist einfach wegen der Flut notwendig, die gibt es hier natürlich nicht. Ja, damals war Robert noch ein tüchtiger Geschäftsmann, schade, dass er danach der Firma nur geschadet hat.

Dann kam Lorenzo, und wieder spürte sie ihr Herz höher schlagen. Er sah gut aus in seinem Straßenanzug, und einen Augenblick lang fragte sie sich, wie gefällt er mir eigentlich besser? Als einfacher Landmann oder als Kavalier? Und dann stellte sie zu ihrem eigenen Erstaunen fest, dass ihr beide gefielen. So ein Unsinn, schalt sie sich selbst, in ein paar Wochen bin ich in Hamburg und hab ihn vergessen, warum zerbreche ich mir hier und jetzt den Kopf?

Sie gingen nebeneinander am Kanal entlang, dann mussten sie eine Brücke überqueren. Auf den Stufen stolperte Theresa leicht über den Saum ihres langen Mantels. Lorenzo ergriff sofort ihren Arm und führte sie über die Brücke, und Theresa wurde von einer Welle der Freude erfasst. Ein warmes Gefühl durchströmte sie für einen Augenblick, und sie merkte, wie sich ihre Wangen röteten. Hoffentlich merkt er es nicht, dachte sie und versuchte ihren Arm aus seiner Hand zu lösen. Aber Lorenzo hielt sie fest. »Es ist besser, ich führe Sie, Signora, die Stufen sind steil und manche sind uneben, hier draußen ist die Kommune sparsam mit den Reparaturen. Und wir müssen noch zwei weitere Brücken überqueren.« Also ließ Theresa sich von ihm führen, und versuchte, ihre Schritte den seinen anzupassen. Dann spürte sie, wie er mit kleineren Schritten neben ihr herging, und das nahm sie im Stillen wahr. So gingen sie im Gleichschritt nebeneinander, und hin und wieder berührten sie sich und spürten den anderen. Sie kamen an Kanälen vorbei, überquerten Brücken, und Theresa lernte eine neue Seite der alten Stadt kennen.

Hier herrschte die Armut, hier stanken die Kanäle nach Meer und Müll, die Fassaden der armseligen Häuser bröckelten, aus den Fenstern hingen Wäschestücke, vor den Türen spielten kleine Kinder, und der Geruch nach Mais, Rüben und Fisch drang aus den Fenstern. Das war ein Venedig, wie sie es nicht kannte. Das hatte nichts mehr zu tun mit den Palazzi an der Piazza San Marco, nichts mit den gepflegten Hotels an der Lagune, und die eleganten Gondeln vom Canal Grande gab es hier auch nicht.

Dann hatten sie die versteckte Bäckerei im Hinterhof erreicht. Lorenzo gab ihren Arm frei und öffnete die Tür zu einer Backstube. Drinnen arbeiteten zwei Gehilfen und formten Fladenbrote. Lorenzo sah sich um. »Wo ist der Meister?«, fragte er

schließlich und wandte sich dem hinteren Raum der Bäckerei zu, in dem die Vorräte lagerten. Einer der Gehilfen zeigte mit einer Kopfbewegung auf die Tür, Lorenzo öffnete sie, ließ Theresa den Vortritt und schloss die Tür dann wieder. Es war nicht nötig, dass die Gehilfen zuhörten.
»Buon giorno, Meister«, begrüße Lorenzo den alten Mann, der an einem Schreibpult stand und Eintragungen in ein Buch machte. »Ah, der Bernetti kommt, um seine Schulden zu begleichen«, grinste Tommaso. »Wird nun auch langsam Zeit. Und in Begleitung ist er auch. Willst du mir die Signora nicht vorstellen?«
Lorenzo nickte, machte die beiden miteinander bekannt und erklärte: »Mit dem Schuldenbezahlen ist das so eine Sache, Tommaso. Wir hätten gern zuerst einmal deine Maschine bewundert, mit der du in kürzester Zeit meinen Pfeffer getrocknet hast.«
»Sie ist mein Geheimnis, kein Mensch darf sie sehen, sonst wird diese Erfindung sofort nachgebaut.«
Jetzt griff Theresa in das Gespräch ein. »Signore Tommaso, Ihre Erfindung und Ihre Geheimnisse in allen Ehren, aber wir sind nicht bereit, für den getrockneten Pfeffer ein Vermögen an Weihrauch zu bezahlen, wenn wir diese Maschine nicht persönlich gesehen haben. Man weiß doch gar nicht, ob die Prozedur des Trocknens unserem Pfeffer nicht geschadet hat. Wer weiß, wie er da drinnen behandelt wurde? Aber wir versprechen Ihnen, dass kein Mensch von uns etwas über diese Erfindung erfährt.«
Tommaso nahm seine Bäckermütze vom Kopf und fuhr sich mit beiden Händen durch das schüttere weiße Haar. »Ich habe mit den Bernetti-Brüdern ausgemacht, dass die Maschine mein Geheimnis ist, und sie haben mir vertraut. Zu ihrem Glück, wie ich betonen möchte, sonst hätten sie eine verlorene Pfefferladung vor ihren Herrschaften in Hamburg verantworten müssen. Sie waren damit einverstanden und sie haben ihren getrockneten Pfeffer in einwandfreiem Zustand bekommen. Was wollen Sie also jetzt noch?«
»Wir möchten diese Maschine sehen. Ohne Maschine kein Weihrauch, Signore Tommaso.« Theresa wurde energisch.

»Die Signora hat recht«, bestätigte Lorenzo. »Ich weiß gar nicht, warum du dich so anstellst. Du hast unser Wort, dass wir nichts verraten werden, aber bei dem unerhörten Preis, den du verlangt hast, können wir unsere Bedingungen stellen.«
Tommaso wurde unruhig. »Du weißt, Bernetti, dass ich ein ehrenwerter Mann bin. Ich habe mein Wort gehalten, und du hast deinen Pfeffer bekommen. Nun halte du auch dein Wort und bezahle deine Schulden.«
»Das habe ich nicht allein zu entscheiden. Die Signora ist extra aus Hamburg angereist, um mir bei der Bezahlung zu helfen, sie hat ein Recht, bei deinem Preis ihre Bedingungen zu stellen.«
Theresa unterbrach die Diskussion. »Signore Tommaso, sehen wir diese Maschine oder nicht?«
»Hm, na ja, so einfach ist das nicht mit der Maschine.«
»Könnte es sein, dass es gar keine Maschine gibt?«
»Ach, also, das ist so ...«
Theresa unterbrach sein Gestotter. »Sie haben eine Schute voller Pfeffer gekauft, umgeladen und an Herrn Bernetti verkauft – aber nicht für Weihrauch, mein verehrter Signore Tommaso, den Weihrauch können Sie vergessen. Wir sind bereit, Ihre Auslagen für den Pfeffer zu bezahlen, aber kein einziges Goldstück mehr.«
Verärgert gab Tommaso schließlich nach. Er bekam die Kosten für den Kauf des Pfeffers zurück, und auch die Löhne für die Hilfsarbeiter, die das Umladen besorgt hatten, erstattete ihm Theresa. Als sie sich verabschiedeten, sagte Lorenzo in aller Deutlichkeit: »Tommaso, du hast mich einmal betrogen, das passiert kein zweites Mal, sonst macht die Geschichte deiner Erfindung die Runde durch die ganze Stadt, vergiss das nicht.«
Dann winkte er eine Gondel herbei und half Theresa beim Einsteigen.
Eng nebeneinander sitzend fuhren sie durch ein paar Kanäle, und Lorenzo erzählte Theresa die Geschichte der Gondoliere, die sich einer harten Prüfung unterziehen und besonders kleiden mussten, bevor sie die Erlaubnis zum Betreiben einer Gondel, die nach ihren Maßen angefertigt wurde, bekamen. Auch für die

Gondeln gab es ganz bestimmt Auflagen, die es zu beachten galt, und die auffälligste war die Farbe Schwarz. »Alle Gondeln tragen Trauer«, lachte Lorenzo, »aber so ist die Vorschrift.«
Als sie die Anlegestelle eines kleinen Platzes erreichten, hielt der Gondoliere und seine beiden Gäste stiegen aus. Sie gingen über den Campo, auf dem zwei kleine Jungen Fußball spielten und ein paar Mädchen mit dem Seil auf dem harten Lehmboden sprangen.
Theresa stellte fest, dass sie den ärmlichen Teil der Stadt verlassen hatten. Hier gab es kleine Geschäfte, ein paar Marktbudenhändler verkauften Unterwäsche, Schuhe, Fische, Wintergemüse und viele verschiedene Sorten von Pasta. Am Ende des Platzes zeigte Lorenzo auf eine kleine Trattoria. »Darf ich Sie zum Essen einladen, Signora? Hier gibt es die besten Gnocchi der ganzen Stadt.«
»Gerne«, Theresa freute sich, dass er sie nicht auf kürzestem Wege zurück in ihr Hotel brachte. »Was ist das, Gnocchi?«
»Es sind kleine, aus Mehl und gekochten Kartoffeln, Wasser, Eiern, Pfeffer und Salz hergestellte Kugeln, die mit einer Gabel breit gedrückt und in Salzwasser gekocht werden.«
»Mit einer Gabel breit gedrückt?«, kicherte Theresa, »warum denn das?«
»Sie erhalten damit eine besondere Form, und jeder Koch hat da so seine speziellen Muster.«
Die Trattoria sah von außen unscheinbar aus. Ein kleines Schaufenster mit zwei Blumentöpfen und eine Tür mit einem Vorhang hinter der Glasscheibe verrieten nicht, dass sich hinter diesem Eingang ein großes Gewölbe verbarg, in dem sich zahlreiche Tische, mit feinstem Leinen, blanken Silberbestecken, mit Kerzen und Blumenvasen gedeckt, befanden. Als Theresa sich bewundernd umsah, erklärte ihr Lorenzo, dass es sich um das Kellergewölbe eines großen, vor Jahren abgebrannten Palazzos handelte. Obwohl fast alle Tische besetzt waren, kam der Wirt persönlich zu ihnen und führte sie an einen etwas abgelegenen Tisch im hinteren Teil des Gewölbes.

»Lorenzo, wie schön, dich zu sehen, du warst ja lange nicht mehr hier.«
»Luciano, das ist Signora Iserbrook aus Hamburg, ich wollte, dass sie die alten, wohlgehüteten Geheimnisse Venedigs kennenlernt, und dazu gehört deine Trattoria.«
»Ja, ja, der alte Charmeur, immer muss er sich über mich lustig machen. Jetzt bin ich also schon museumsreif für ihn.« Er reichte Theresa die Hand, die sie gern ergriff. Ihr gefiel der rundliche Mann in der weißen Küchenjacke mit der bodenlangen Schürze und der Kochmütze auf dem Kopf. »Ich freue mich, die besten Gnocchi der Stadt kosten zu dürfen.«
»Das höre ich gern. Heute gibt es sie mit einer Kräuter-Hackfleisch-Soße. Und ich verrate Ihnen ein Geheimnis: Meine Klößchen sind so beliebt, weil ich in den Teig eine Prise ganz feinen Parmigiano hineinreibe. Aber verraten Sie mich nicht.«
Theresa lachte. »Sie können sich auf mich verlassen.« Dann nahmen sie Platz. Luciano winkte einen Kellner herbei und bat ihn, eine Flasche Sangiovese zu holen, stieß mit seinen beiden Gästen an und verabschiedete sich. »Buon appetito, ich muss zurück in die Küche, sonst misslingt mein Dessert, und wenn man schon meine Trattoria aufsucht, dann sollen meine Gäste auch das beste Tiramisù der Stadt bekommen.«
Nach dem Essen fragte Lorenzo: »Wie lange bleiben Sie in Venedig, Signora Iserbrook?«
»Ich weiß es noch nicht genau. Ich muss mich nach dem Schiffsverkehr richten, ich muss wissen, welche Pläne meine Mutter hat, und ich möchte, dass die Geschäfte wieder laufen.«
»Für die Geschäfte garantiere ich Ihnen. Sie funktionieren ab morgen. Die Lagerhallen sind bis heute Abend gereinigt, ich kann morgen die ersten Gewürze kaufen und lagern. Und ich habe auch einen Einkäufer gefunden. Paolo hat früher schon mit meinem Bruder zusammengearbeitet, er wäre bereit, Ernestos Aufgaben zu übernehmen.«
»Das hört sich gut an. Wie steht es um den Palazzo?«
»Ich schicke die Hilfsarbeiter von der Reinigungsfirma morgen

an den Rio San Zulian, sie brauchen zwei Tage für die Reinigung und für eventuelle Reparaturen, Sie könnten ihn danach besichtigen.«

»Danke, meine Mutter wird sich freuen, aber sie wird sicherlich ihre eigenen Vorstellungen über Renovierungen haben, da brauchen Sie sich nicht zu bemühen.«

»Es liegt mir aber viel daran, das Haus in einem guten Zustand zu übergeben.«

»Das weiß ich. Wie lange haben Sie eigentlich darin gewohnt?«

»Mein Vater hat es übernommen, als Ihre Familie nach Hamburg übersiedeln musste. Ihre Frau Mutter wollte, dass es weiterhin bewohnt wird, denn ein unbewohnter Palazzo in Venedig ist ein toter Palazzo, das Wasser frisst ihn auf, wenn man sich nicht darum kümmert.«

»Ja, das ist mir bekannt. Und dann?«

»Später, als die Firma finanzielle Schwierigkeiten hatte, kam Signore Robert Iserbrook und hat ihn verkauft, von dem Geld hat er neue Hallen am vorderen Hafenrand erworben, die waren damals dringend nötig.«

»Und Ihre Familie?«

»Meine Eltern sind mit Ernesto und mir in einen Anbau der Hallen gezogen, und ein begüterter Venezianer hat den Palazzo gekauft.«

»Aber jetzt gehört er wieder Ihnen?«

»Ja, nach dem Tod der Eltern, als wir Brüder den Umschlagplatz führten, brauchten wir wieder ein repräsentables Haus. Außerdem wollte Ernesto heiraten und eine Familie gründen. Da haben wir den Palazzo zurückgekauft.«

»Und nun wollen Sie ihn wieder verlassen.«

»Ich lebe allein, ich brauche dieses große Haus nicht.«

»Aber vielleicht wollen Sie eines Tages auch eine Familie gründen?«

»Signora Iserbrook, aus dem Alter bin ich heraus. Ich glaube nicht, dass ich mich noch auf Kinder einstellen könnte.«

»Das tut mir leid für Sie.«

»Warum? Sie leben doch auch allein.«
Theresa lächelte. »Ja, aber ich hätte schon gern Kinder gehabt und eine Familie gegründet.«
»Und einen Mann? Hätten Sie den auch gern gehabt?«
Theresa sah ihn an, dann sagte sie leise: »Es sollte anscheinend nicht sein.«
Lorenzo stand auf. »Ich muss mich um die Reinigungsmänner kümmern, wenn ich zu spät komme, sind sie fort, und ich kann ihre Arbeit nicht mehr kontrollieren.«
Auch Theresa stand auf. »Ich verstehe«, sagte sie enttäuscht, denn sie glaubte nicht, dass er das Gespräch abbrach, weil ihn diese Männer interessierten, sondern weil ihm das Gespräch unangenehm war. Schade, dachte sie und ließ sich in den Mantel helfen. Draußen winkte Lorenzo eine Gondel heran, gab dem Gondoliere zwei Münzen und küsste ihr die Hand. »Ich werde mich morgen um Gewürzeinkäufe kümmern müssen, Signora.«
»Ich weiß, vielleicht suche ich Sie in Ihrem Kontor auf, ich habe festgestellt, da fehlen noch einige Möbel.«
»Ja, wir haben damals alles verkauft. Jetzt tut es mir leid, aber ich kann mich sehr gut beschränken.«
»Wir sollten aber auch an den Eindruck denken, den Besucher von unserer Geschäftsstelle bekommen. Also, vielleicht bis morgen.«
Sie bedauerte den kühlen Abschied, ließ sich aber die Enttäuschung nicht anmerken. Als sie allein auf der gepolsterten Gondelbank saß, dachte sie an die Fahrt vor dem Essen, als sie die Nähe dieses Mannes so intensiv gespürt und sich dabei so wohlgefühlt hatte. Und dann gestand sie sich ein, dass sie sich nach diesem Mann sehnte, dass sie seine Nähe suchte, dass es wehtat, von ihm getrennt zu sein. Mein Gott, wie soll das werden, wenn ich wieder in Hamburg bin, dachte sie. Muss ich wirklich bis an mein Lebensende auf die Liebe eines Mannes verzichten?
Traurig verließ sie vor dem Hotel die Gondel, ging in ihre Suite und schloss sich ein. Sie wollte mit ihren Gedanken, mit ihren Träumen und ihren Tränen allein sein.

Dreißigstes Kapitel

Ganz in Gedanken lief Lorenzo zurück zu seinen Lagerhallen. Gondelfahrten kosteten Geld, und Geld hatte er nicht. Zum Glück hatte die Signora nicht bemerkt, dass er seine letzten beiden Silberstücke ihrem Gondoliere gegeben hatte. Und außerdem musste er noch über anderes nachdenken, und das konnte er am besten, wenn er zu Fuß unterwegs war.
Geld war sein größtes Problem. Wovon sollte er die Putzkolonne bezahlen, wenn er jetzt in die Lagerhallen zurückkam? Wovon Tinte, Federn und Papier, wenn er morgen die Handelspapiere einrichten musste. Die Waren konnten später bezahlt werden, aber nicht die Träger, die die Gewürze lieferten und stapelten. Und er brauchte Arbeiter für die Lagerhallen.
Die Signora hatte Geld, das wusste er, und sie würde ihm auch helfen, schließlich waren es ihre Gewürze, um die er sich kümmerte, aber er konnte unmöglich zu ihr gehen und erklären: »Ich brauche Geld für Schreibpapier und Tinte und für die Löhne.«
Er konnte sie auch nicht mehr einladen, um mit ihm zu speisen. Heute, das war nur möglich gewesen, weil Luciano sein Freund war und wusste, dass er zahlen würde, sobald er dazu in der Lage wäre. Aber er konnte die Signora nicht ein zweites Mal in die gleiche Trattoria führen. Und dabei war es ein so nettes Gespräch gewesen. Zum ersten Mal hatte sie Interesse an seinem Leben gezeigt, zum ersten Mal waren es persönliche Worte, die sie gewechselt hatten.
Andererseits, zu viel Persönliches war auch nicht gut. Sie war seine Chefin, sie war sechs Jahre älter als er, sie war eine Dame der feinen Gesellschaft, er war nur ein Angestellter, ein Arbeiter, ein Untergebener. Er wusste, wohin er gehörte, und das bedeu-

tete: In ihren Kreisen hatte er nichts zu suchen. Ihre Mutter, die Patriarchin, hatte ihn das sehr deutlich spüren lassen. Nein, dachte er, in diesen Kreisen habe ich nichts zu suchen. Was soll ich auch dort? Ich habe meine Arbeit hier und meinen Weinberg in Venetien, irgendwann werde ich auch dort wieder genug verdienen, um auf meinem Gut zu leben wie früher. Was wünsche ich mir mehr?

Dann wiederum dachte er an die schöne Frau an seiner Seite, die er soeben in einer Gondel fortgeschickt hatte, weil er ihre Nähe nicht mehr ertragen konnte. Sie ist so vollkommen, so anziehend, jeder Mann schaut sich nach ihr um, dachte er enttäuscht, sie ist würdevoll und liebreizend, lebhaft und elegant, zielstrebig und interessant, sie ist genau die Frau, die ein Mann sich an seiner Seite wünscht, und die ich niemals haben kann, weil uns Welten trennen. Sie gehört zu den Reichen und Schönen und Angesehenen, ich gehöre zu denen, die sich unterordnen müssen und die unbemerkt bleiben. Ich hätte ihr Rosen schenken müssen, aber mein Geld reichte nur für Maiglöckchen. Kann es größere Gegensätze zwischen uns geben? Und dann meine Arbeit: Mit Sicherheit habe ich ihr den größten Verlust ihres Unternehmens zugefügt. Ich habe nicht nur den venezianischen Umschlagplatz der Gewürzdynastie Iserbrook in den Bankrott geführt, ich habe ihr auch noch die unnötigen Reisekosten hierher zugemutet. Kann ich jemals so viel Geld verdienen, um diese Schäden zu begleichen? Ich bin jetzt vierzig Jahre alt, ein Alter, in dem ein Mann sein Leben im Griff haben muss, in dem er weiß, dass er Ziele erreicht und Erfolge zu verzeichnen hat. Und ich?

Unbewusst richtete er sich zu seiner ganzen Größe auf und überlegte trotzig: Ich habe zwar im Augenblick nur Misserfolge zu verzeichnen, aber ich werde kämpfen, ich setze mir neue Ziele und ich will keine Abhängigkeit. Ich werde arbeiten, bis ich meine Schulden begleichen kann, ich werde um mein Ansehen und um meine Ehrenhaftigkeit kämpfen, jawohl, aufgeben werde ich nicht.

Kurz bevor Lorenzo die Lagerhallen erreichte, kam er an einem Geldverleihgeschäft vorbei. Er zögerte einen Augenblick, dann ging er, mit neuer Energie versehen, hinein. Beim Öffnen der Tür erklang eine Glocke, und aus dem Hintergrund trat ein Mann mit einer Lupe im Auge nach vorn an den Tresen. »Womit kann ich dienen, mein Herr?« Lorenzo zog die goldene Uhr seines Vaters, die er als Ältester geerbt hatte, aus der Westentasche. »Ich möchte diese Uhr beleihen.«
»Zeigen Sie her.« Der Mann betrachtete sie von allen Seiten, dann öffnete er den Deckel. »Eine Schweizer Uhr.«
»Jawohl, ich habe sie geerbt, und mein Vater legte Wert auf gute Qualität.«
Der Geldverleiher kontrollierte noch einmal alle Einzelheiten mit der Lupe und bot Lorenzo eine kleine Summe an.
Lorenzo schüttelte energisch den Kopf. »Das ist nicht genug, ich brauche mehr Geld.«
Der Alte zuckte mit den Schultern. »Nur wenn Sie mir die Uhr verkaufen.«
»Nein, das kann ich nicht.«
»Dann müssen Sie mein Angebot annehmen.«
Schließlich gab Lorenzo nach. Das Geld würde für die Putzkolonne reichen, und darauf kam es jetzt an. Die Leute mussten noch den Palazzo in einen einwandfreien Zustand versetzen, dann bekamen die vier Männer ihren Lohn. Und wenn die alte Signora zufrieden wäre, würde er Geld für den Palazzo bekommen und konnte seine Uhr zurückkaufen.

Die Arbeiter waren fertig, als er die Hallen erreichte. Sie standen mürrisch vor dem Eingang zum Kontor und warteten auf ihr Geld. »Wird aber auch Zeit, Chef, wie lange sollen wir denn noch warten«, monierte ihr Sprecher.
»Ich brauche euch noch zwei Tage, dann bekommt ihr euren Lohn.«
»Kommt nicht infrage, ausgemacht war jetzt und keine Minute später.«

»Ich habe aber noch mehr Arbeit für euch, ihr solltet froh sein, dass ihr eine Beschäftigung findet.«
»Quatsch, Arbeit finden wir schon, aber jetzt haben wir Hunger.«
»Meine Frau wartet seit gestern, dass ich Geld mitbringe, damit sie Pasta und Piadine kaufen kann.«
Lorenzo sah, dass es den Männern schlecht ging und dass sie ihren Lohn brauchten. »Also gut, ihr bekommt jetzt die Hälfte und in zwei Tagen, wenn der Palazzo geputzt ist, die andere Hälfte.«
Mürrisch nickten die Männer. »Na gut, wo sollen wir morgen früh anfangen?«
»Im Palazzo Bernetti am Rio San Zulian. Ich bin um sieben Uhr dort und lasse euch rein.«
Noch immer mürrisch machten sich die Männer auf den Heimweg, und Lorenzo ging in den Anbau, um seinen einzigen guten Anzug auszuziehen und die Arbeitskleidung wieder anzulegen. Er musste in den Lagerhallen noch einige Stellagen umsetzen, Regale etikettieren und die Fenster für die Nacht schließen. Als er fertig war, war es dunkel, und er zog sich in seine beiden Kammern zurück. Müde und hungrig öffnete er eine Flasche Wein und legte sich auf sein Bett. Und als er dort so dalag, überfiel ihn die Sehnsucht nach einem Menschen an seiner Seite, nach einer Frau, die liebevoll für ihn sorgte, die er in die Arme schließen durfte und die zu ihm gehörte, auf immer und ewig.

Lorenzo war gerade eingeschlafen, als es heftig an seine Tür klopfte. Erschrocken sprang er auf. Nicht schon wieder eine Katastrophe, dachte er, kein Feuer, keine Flut, kein Überfall, kein Erdbeben, keine Todesnachricht – ich kann einfach keine weitere Tragödie ertragen. Er riss die Tür auf und stand vor Flavio, der seinen Freund und Arbeitgeber anlachte. »Hast einen Schrecken gekriegt, was?«
»Mann, wie kannst du mir das antun. Ich habe an die nächste Katastrophe gedacht, als du mich so ungestüm aus dem ersten Schlaf geholt hast.«

»Brauchst keine Angst zu haben, ich hab dir was Gutes mitgebracht.«

»Was kann das schon sein, nach all dem Schrecklichen, was hinter mir liegt.«

»Vergiss das alles und freu dich, ich habe dir sechs Fässer von deinem besten Wein mitgebracht, mehr hatten auf dem Eselskarren keinen Platz.«

»Wein? Wieso haben wir plötzlich Wein im Überfluss?«

»Ich habe alle Fässer im Keller kontrolliert, und dabei bin ich auf zehn Fässer ganz hinten in den Höhlen gestoßen, die wir schon lange nicht mehr benutzen. Zehn Fässer vom besten Wein, den du dir vorstellen kannst, und weil wir Geld brauchen, du hier für deine Gewürze und ich oben für neue Reben, hab ich sechs der Fässer auf den Karren geladen und bin damit hergekommen.«

»Ich kann es nicht glauben. Ich war mindestens seit zwei Jahren nicht mehr in diesem hintersten Gewölbe, wir haben doch schon so lange dort nichts mehr gelagert.«

»Aber als die Franzosen hier durchgezogen sind, haben Flora und ich ein paar von den ganz guten Fässern dahinten versteckt, und jetzt ist mir das wieder eingefallen.«

»Mann, du bist der Retter in der Not, ich habe heute meine Uhr versetzt, damit ich die dringendsten Löhne auszahlen konnte.«

»Dann hol sie dir schnell zurück, deine Uhr, in den Fässern steckt das pure Geld.«

»Und wo sind sie jetzt?«

»Drüben im Stall vom Luigi, ich konnte ja mit dem Esel und dem Karren voller Fässer nicht über die Lagune fahren.«

»Nein«, lachte Lorenzo erleichtert, »das konntest du nicht. Aber sind sie auch gut bewacht, dort in dem Mietstall?«

»Luigi hat mir versprochen, sie höchstpersönlich zu bewachen. Und für Luigi lege ich meine Hand ins Feuer.«

»Dann bin ich beruhigt.«

»Und was machen wir jetzt damit? Ich meine, wie verwandeln wir den Wein so schnell wie möglich in Geld?«

»Morgen verlädst du die Fässer auf ein Boot und bringst sie her. Ich besorge Flaschen, und du füllst den Wein ab.«
»Dann musst du noch einen Schlauch zum Abfüllen besorgen und am besten auch noch einen Mann, der mir hilft, denn ich weiß aus Erfahrung, nach dem ersten Fass bin ich betrunken.«
»Ach was, du musst den Wein nur ansaugen, dann den Schlauch zuhalten und erst über den Flaschen wieder öffnen, dann läuft der Wein von ganz allein hinein.«
Flavio lachte. »Weiß ich doch. Aber ich brauche trotzdem einen Gehilfen, der mir die Flaschen zureicht, sonst geht zu viel daneben.«
»Ja, ja, ich weiß. Ich muss morgen um sieben beim alten Palazzo sein, um die Putzkolonne hineinzulassen, dann komme ich mit einem der Männer zurück. Auf dem Weg kaufen wir den Schlauch und die Flaschen und lassen sie herbringen, während du nach Mestre fährst, die Fässer holst und hier im Lager aufstellst.«
»Und das Geld? Ich brauche Bares für das Boot und die Gehilfen.«
Lorenzo kramte in seiner Jacke, holte die verbliebenen Münzen aus einer Tasche und teilte sie in zwei Stapel. »Das muss reichen. Du bezahlst den Transport, ich bezahle die Flaschen.«
»Ist in Ordnung, es wird reichen, Luigi bekommt später seine Stallmiete, das weiß er schon. Kann ich jetzt hier irgendwo schlafen?«
»Ja, natürlich, nebenan steht Ernestos Bett. Aber erst trinken wir einen Schluck, meine Flasche ist noch zur Hälfte voll, das muss für heute reichen, morgen schöpfen wir dann aus dem Vollen.«
Flavio schüttelte den Kopf: »Ich glaube kaum, dass ich morgen noch Wein sehen kann. Sechs Fässer umzufüllen, weißt du, was das bedeutet?«
»Ja, mein Lieber, aber ich verspreche dir, wenn ich Zeit habe, helfe ich dir. Trotzdem, jetzt trinken wir auf den neuen alten Wein, auf unsere Freundschaft und auf die Zukunft: Salute, mein Freund.«
Die nächsten beiden Tage waren angefüllt mit Arbeit.

Zwischendurch fuhr Lorenzo hinaus zur Isola Frutteto, um Nando und Simona um Hilfe zu bitten. Er hatte festgestellt, dass die Arbeiter zwar Lagerhallen reinigen konnten, aber keinen Palazzo mit all seinen Besonderheiten. »Simona«, bat er, »ich brauche die Hilfe einer Frau, die Männer sind zu grob für die diffizilen Arbeiten, die da anfallen. Ich möchte gar nicht, dass du selbst dort Hand anlegst, aber die Männer müssen beaufsichtigt werden.«

»Natürlich helfe ich dir und ich packe auch mit an, wenn es sein muss, aber was wird aus den Kindern, wenn Nando bei dir im Lager gebraucht wird?«

»Die Kinder können in den Lagerhallen spielen, da ist Platz genug, und für das Mittagessen sorge ich.«

»Dann bin ich beruhigt. Nando kann sie beaufsichtigen?«

»Ja, ich könnte ihn dort gut gebrauchen. Im Augenblick kann er auf euren Feldern sowieso nichts machen, da wäre er mir eine große Hilfe, wenn die ersten Ladungen eintreffen.«

»Gut«, erklärte Nando, »wir packen nur ein paar Sachen für die Kinder ein, dann gehen wir zum Boot, und du kannst uns gleich mit zurücknehmen.«

In der Stadt angekommen, setzte der Bootsführer Nando und die Kinder im Hafen bei den Lagerhallen ab, wo Flavio schon auf ihn wartete, um mit der Weinabfüllung zu beginnen. Lorenzo fuhr mit Simona weiter zum Rio San Zulian. Unterwegs fragte Simona nach Einzelheiten ihrer Arbeit im Palazzo. »Weißt du«, erklärte Lorenzo, »ich gebe das Haus an die Damen der Familie Iserbrook zurück. Ich fühle mich allein nicht wohl in dem großen Haus, und es war früher in ihrem Besitz. Nun ist die alte Patriarchin aus Hamburg zurückgekehrt und würde gern wieder darin wohnen, aber es ist in einem sehr schlechten Zustand. Ich habe mich in den letzten Wochen nicht darum gekümmert, und als Ernesto noch lebte, haben er und seine Frau nur die unterste Etage bewohnt.«

»Nun ja«, lächelte Simona, »ich kann mir vorstellen, wie ein unbewohntes Haus aussieht.«

»Ich fürchte, die Männer gehen mit Schmierseife und harten Besen zu Werke und verderben vielleicht mehr, als sie sauber machen. Die Holzböden müssen mit Wachs behandelt werden und die Buntglasfenster mit sehr weichen Tüchern. Wie soll ich das einem Arbeiter beibringen, der vorher nur Lagerhallen gereinigt hat?«

»Da hast du recht. Hast du alles vorrätig, was wir brauchen werden?«

»Ja, Ernestos Frau hatte noch Reserven, die könnt ihr verbrauchen.«

»Was sind das für Reserven?«

»Nun, Schmierseife und Wachs, Scheuersand, Späne und natürlich Spiritus für die groben Flecken.«

»Gut, das reicht. Wie viel Zeit haben wir?«

»Zwei Tage.«

»Na, dann fangen wir mal an!«

»Heute abend hole ich dich ab, damit du mit Nando und den Kindern auf die Insel fahren kannst, und morgen brauche ich dich dann noch einmal.«

»Was ist mit Vorhängen und Teppichen?«

»Die sind alle alt und zerschlissen, die muss man ersetzen. Die Signora wird bestimmt nicht die verstaubten Vorhänge und die abgetretenen Teppiche haben wollen.«

»Wenn es dir recht ist, nehme ich sie für mich. Man kann eine Menge mit den Sachen machen. Und sauber werden die bei mir, dafür garantiere ich.«

»Vielleicht sind sie aber schon ganz zerrissen.«

»Das sehe ich dann schon.«

»Na gut, wenn du meinst.«

Dann hatten sie den Palazzo erreicht. Alle Fenster und Türen standen offen. Drinnen arbeiteten die vier Männer. Lorenzo machte sie mit Simona bekannt, zeigte der Frau seines Freundes die Kammer mit den Putzvorräten und ging zurück zum Boot.

Als Erstes brauche ich ein eigenes Boot mit einem Bootsführer, überlegte er und nahm sich vor, mit Nando darüber zu reden. Vielleicht hat der einen Freund, der einen anderen Freund kennt, dem vielleicht ein Bootsführer mit Boot bekannt ist, der zu einem Freundschaftspreis seine Arbeit anbietet. Lorenzo lächelte, nichts geht ohne Freunde und Beziehungen, das ist schon immer so gewesen.

Einunddreißigstes Kapitel

Auch Theresa hatte schwer gearbeitet. Als Erstes hatte sie einen Gondoliere mit Boot gemietet, der ihr täglich zur Verfügung stand. Dann hatte sie alte Handelsbeziehungen aufgefrischt, mit Händlern gesprochen, die sie aus den Auftragsbüchern der Bernettis herausgesucht hatte. Außerdem hatte sie neue Beziehungen zu Händlern geknüpft, die es erst seit Kurzem in der Stadt gab, die aber mit Waren handelten, die die Iserbrooks bisher nicht im Sortiment hatten. Da standen Kaffee und Kakao aus Ostafrika und Tee aus Ostindien an vorderster Stelle.

Sie konferierte und diskutierte, probierte und bestellte, kaufte und verkaufte und hatte einen sehr schweren Stand mit all den Männern, die sich ihr erst überlegen fühlten und nicht gewohnt waren, einer Frau Rede und Antwort zu stehen.

Aber Theresa war eine Kämpferin, davon zeugten ihre Erfolge in Hamburg, die allerdings in Venedig nicht unbedingt bekannt waren. Aber sie setzte sich durch, weil sie kompetent, klug und konsequent war. Sie wusste, wann sie nachgeben musste, sie wusste aber auch, wann der Sieg auf ihrer Seite war.

So kam es, dass Lorenzo plötzlich Platz für Kaffeesäcke und Teekisten in seinen Lagerhallen schaffen, Nelken, Pfeffer und andere stark duftende Gewürze dagegen fernab platzieren musste, was zu Veränderungen in seinen wohlsortierten Stellagen und Regalen führte. Es gab Unruhe und Mehrarbeit, und Lorenzo war verärgert, dass die Signora ohne sein Wissen die Käufe arrangiert hatte. »Wenn wir von Gewürzen plötzlich zu Genussmitteln übergehen, dann sollte sie das wenigstens vorher mit mir absprechen«, monierte er Nando gegenüber und ließ eine

Schute voller Kakaosäcke erst einmal im Kanal liegen, weil er Platz schaffen musste.
»Sie wird schon wissen, was sie kauft«, versuchte Nando den Freund zu beruhigen. »Ihr müsst erst einmal wieder auf die Beine kommen, vielleicht ist das nur ein Übergangsgeschäft, an dem man schnell Geld verdient.«
»Kann schon sein«, murrte Lorenzo, »trotzdem hätte sie mir das sagen müssen.«
»Ihr habt beide viel zu tun in diesen Tagen, ihr seid beide viel unterwegs, da bleibt kaum Zeit für Besprechungen.«
»Kann schon sein. Aber heute Nachmittag treffe ich sie, dann werde ich ihr sagen, was ich unter Zusammenarbeit verstehe.«
»Halte dich zurück«, warnte der Freund, »du bist nicht ganz unschuldig an der Mehrarbeit, die ihr beide jetzt zu bewältigen habt.«
Lorenzo fühlte sich übergangen, und das störte den stolzen Venezianer. Außerdem fühlte er sich in seinem Selbstbewusstsein wieder gestärkt, seitdem er diesen köstlichen, alten Wein besaß. Flavio konnte kaum so viel Flaschen abfüllen, wie er verkaufte. Es hatte sich in Windeseile herumgesprochen, dass da am Kai von der Piazzale Roma ein exquisiter Wein angeboten wurde. Wirte, Privatiers, Kaufleute und Händler schickten ihre Bediensteten, um diesen kostbaren alten Wein zu besorgen.

Am Mittag des zweiten Tages im Palazzo war Simona mit der Arbeit der Putztruppe zufrieden. Sie hatte selbst kräftig mitgeholfen und sah jetzt mit Befriedigung den Glanz der Böden und die Reinlichkeit der Fenster und schickte einen der Arbeiter zu Lorenzo, um ihm mitzuteilen, dass das Haus übergeben werden könne.
Lorenzo legte sofort die Arbeitskleidung ab, zog ein frisches Hemd, die gestreiften Beinkleider und den Gehrock an und machte sich auf den Weg zum Hotel ›Danieli‹, um die Damen Iserbrook abzuholen.
Er brauchte nicht lange im Foyer zu warten, Silvana und

Theresa, beide elegant gekleidet, kamen erwartungsvoll die Treppe herunter und begrüßten ihn, Theresa fröhlich und ungeduldig, Silvana reserviert und kühl. Lorenzo begrüßte sie mit einer Verbeugung. »Ich erlaube mir, Sie zur Besichtigung des Palazzo Bernetti abzuholen«, sagte er höflich.
»Sie meinen, des Palazzo Iserbrook«, korrigierte ihn Silvana. Aber Theresa unterbrach sie sofort: »Mutter, der Palazzo ist noch im Besitz von Herrn Bernetti, bitte gedulde dich, bis wir die Übergabe besiegelt haben.«
Wortlos ging Silvana durch die Hotelhalle zu der wartenden Gondel. Theresa und Lorenzo folgten ihr. Sie stiegen ein, der Gondoliere half ihnen dabei, und als alle Platz genommen hatten, sagte Lorenzo dem Mann, wohin er sie bringe sollte.
Der Steg, an dem sie anlegten, war alt und verwittert, und Lorenzo betrat ihn zuerst, um den Damen die Hand zu reichen und beim Aussteigen zu helfen. Aber Silvana lehnte die Hilfe ab und betrat zum ersten Mal seit mehr als vierzig Jahren wieder den Eingang zu ihrem alten, geliebten Haus. Von der Haustür aus führte eine breite Treppe in die oberen Etagen, links ging es durch ein offen stehendes Portal in die Parterrewohnung mit sechs großen Zimmern, einigen kleineren Räumen und dem Ausgang zu einem kleinen Innenhof, in dem verdorrte Palmen in Kübeln und ein paar abgeblühte Rosensträucher übrig geblieben waren.

Silvana schritt langsam und aufmerksam von Raum zu Raum, sah aus den Fenstern, die zum Canale oder auf der anderen Seite zum Innenhof hinausgingen, überprüfte die hohen Kachelöfen und die offenen Kamine, die Treppe in die Wirtschaftsräume, die sich im Souterrain befanden, und erklärte schließlich: »Ich denke, man kann das Haus noch bewohnen. Ich werde mich im Erdgeschoss einrichten, die Treppe nach oben und die Besichtigung dort erspare ich mir.« Sie sagte nicht »Es gefällt mir« oder »Es ist sehr sauber hier« oder »Wie schön, dass ich wieder hier sein kann«, sie sagte nur »Man kann das Haus noch bewohnen.« Dann nickte sie Theresa und Lorenzo zu, die am Eingang gewartet hatten, um ihr einen ungestörten Eindruck zu ermöglichen. »Wir werden den Palazzo übernehmen, Theresa, du kannst die Übernahme in die Wege leiten. Ich möchte jetzt zurück in mein Hotel fahren.«

Lorenzo half ihr beim Einsteigen, und dann legte die Gondel ab und brachte die Venezianerin zurück ins ›Danieli‹.

Theresa war bestürzt, dass Silvana überhaupt keine Freude oder Anerkennung gezeigt hatte. »Es tut mir leid, dass meine Mutter so distanziert ist. Aber ich glaube, sie ist innerlich sehr aufgewühlt und will das auf keinen Fall zeigen. Ich finde, das Haus ist sehr gut erhalten und durchaus bewohnbar. Ich möchte mir jetzt auch die oberen beiden Etagen ansehen.«

Lorenzo begleitete sie die breite Treppe mit den weißen Marmorstufen hinauf und durch die zahlreichen Räume, die ohne Möbel noch größer wirkten.

Langsam gingen sie durch die Zimmer, sahen hin und wieder aus den Fenstern, und Theresa erinnerte sich. »Das war das Kinderzimmer, da in der Ecke stand meine Puppenwiege, und hier an der Wand waren die Schaukelpferde, Markus hatte ein weißes und Lukas ein schwarzes. Da drüben hat die Gouvernante gewohnt und da hinten am Ende der Hauslehrer meiner Brüder. Dort vorne waren Mutters Zimmer, und Vater hatte sein Schlafzimmer daneben. Unten, im Erdgeschoss, waren die Gesellschaftsräume und das Kontor meines Vaters.«

Plötzlich war die Erinnerung wieder da, und aufgeregt lief Theresa von einem Raum in den anderen, erzählte von Möbeln und Gewohnheiten, von den Bediensteten, die im Dachgeschoss logierten, und von der Sehnsucht der Kinder, im Freien spielen zu dürfen. »Aber das war nicht erlaubt, wir hätten in den Canale fallen und ertrinken können. Nur im Sommer, auf dem Lido, hatten wir die weite Welt für uns.«

Lorenzo, der ihr wortlos gefolgt war, fragte plötzlich: »Würden Sie gern wieder hier wohnen?«

Theresa überlegte sich die Antwort einen Augenblick, dann sag-

te sie leise: »Ich weiß es nicht. Es war schön hier, aber es ist so lange her.«
»Aber Ihre Frau Mutter möchte bleiben.«
»Sie ist eine geborene Venezianerin, ihre Eltern stammen aus Venetien und die ganze Familie war hier in der Gegend wohnhaft. Sie ist hier zu Hause.«
»Und Sie? Sie sind doch auch hier geboren.«
»Ja, schon, aber mein Vater war Hamburger und ich gehöre nur zur Hälfte hierher.« Sie lächelte ihn an. »Ich bin zerrissen, wie Sie sehen.«
»Und wenn Sie die Vergangenheit außer Acht und nur Ihr Herz sprechen lassen?«
Theresa wartete mit der Antwort, dann zuckte sie mit den Schultern. »Ich höre nichts, es schweigt.«
Wortlos drehte sich Lorenzo um und ging die Treppe hinunter. Was hatte er sich bloß bei diesem Gespräch gedacht? Wie kam er dazu, die Signora nach ihren Zukunftsplänen zu fragen? War da ein Wunsch, ein Traum in ihm selbst?
Verrückt, dachte er, ich habe mich über ihre Kaffeeeinkäufe geärgert und wollte ihr die Meinung sagen, stattdessen fordere ich sie auf hierzubleiben. Wo ist mein Verstand?
Verblüfft folgte ihm Theresa. Habe ich etwas Falsches gesagt? Hat er erwartet, dass ich mich für Venedig entscheide? Warum ist er beleidigt, weil ich mich nicht spontan für seine Heimat entschieden habe? So ein Unsinn. Hamburg oder Venedig, und was hat das mit meinem Herzen zu tun? Das frage ich schon lange nicht mehr. Ich bin Geschäftsfrau, eine Händlerin, da zerrinnen Wünsche und Träume und Herzensangelegenheiten von ganz allein.
Unten angekommen, half ihr Lorenzo in eine herbeigerufene Gondel. »Wie geht es jetzt weiter, Signora Iserbrook?«
»Ich werde morgen Vormittag einen Anwalt in das Hotel bitten, der den Kaufvertrag zwischen uns aufsetzt. Es wäre sehr nett, wenn Sie dazukommen könnten, damit alles besiegelt werden kann.«

»Selbstverständlich. Die Signora Iserbrook hat es sehr eilig, nicht wahr?«

»Ja, sie möchte unbedingt so schnell wie möglich mit der Übersetzung ihres Buches anfangen, und dafür braucht sie die Ruhe eines eigenen Heimes, und sie benötigt die rechtmäßige Wohnanmeldung, damit sie als Venezianerin wieder anerkannt wird und das Erbe ihrer Eltern antreten kann.«

»Ich verstehe. Ich werde morgen pünktlich im Hotel erscheinen.«

Er verabschiedete sich vor dem Hotel und fuhr weiter zu einem Bootsbauer, um ein eigenes Boot zu bestellen. Als er schließlich müde bei den Lagerhallen eintraf, waren die Freunde zum Abschied versammelt. Nando wollte mit Simona und den Kindern noch vor Eintreffen der Dunkelheit auf seine Insel zurückfahren, und Flavio wollte zum Festland hinüber, um am nächsten Morgen so früh wie möglich zurück in die Hügel zu fahren. »Ich komme in der nächsten Woche mit den restlichen Weinfässern zurück. Ich habe mehr Bestellungen, als wir beliefern können.« Er überreichte Lorenzo einen Beutel mit Gold- und Silberstücken. »Ein ganz schönes Sümmchen, was da zusammengekommen ist. Bist du zufrieden?«

»Ja, doch, du hast das großartig gemacht.«

»Aber du siehst nicht sehr nach Freude und Zufriedenheit aus. Hattest du Ärger?«

Lorenzo seufzte. »Es läuft nicht immer alles so, wie man es sich wünscht.«

»Nein, bestimmt nicht, davon kann ich auch ein Lied singen. Was bedrückt dich denn?«

»Ach, ich weiß nicht, ich hab mir da wohl etwas eingebildet, und das hat sich zerschlagen.«

»Etwas, das mit der Signora zu tun hat? Hat die alte Dame den Palazzo nicht gewollt?«

»Doch, doch, morgen unterschreiben wir den Vertrag.«

»Dann hat es etwas mit der jungen Signora zu tun? Ich hatte auf dem Weingut schon den Eindruck, dass sie dir nicht gleichgültig ist.«

Lorenzo schüttelte den Kopf. »Nicht wirklich, ich wollte ihr einen Vorschlag machen, aber sie hat abgelehnt, bevor ich etwas sagen konnte.«
»Dann lass mal schön die Finger davon, die Damen Iserbrook sind eine Klasse für sich.«
»Weiß ich doch«, murrte Lorenzo und klopfte dem Freund auf die Schulter. »Aber irgendwann werden sie auch vor uns Respekt haben.«
»Wenn du meinst? Mich interessiert diese Gesellschaft nicht.«
»Mich schon«, jetzt lachte Lorenzo endlich. »Mich schon.«
»Dann wünsche ich dir viel Glück, und pass auf, dass du nicht auf der Strecke bleibst bei diesem Wettrennen.«
»Mach ich«, er winkte dem Freund nach, der eine Fähre zum Festland bestieg und davonfuhr.

Lorenzo ging in die Lagerhallen. Es duftete verführerisch nach den vielen Gewürzen. Ganz wie in den alten Zeiten, dachte er und kontrollierte die verschlossenen Fenster, denn in diesen kalten und feuchten Winterwochen musste er darauf achten, dass die Gewürze trocken blieben. Dann ging er in seine Kammern und zog sich wieder um. Diesen einen guten Anzug muss ich sauber halten, ich brauche ihn morgen zur Vertragsunterzeichnung und wer weiß, wie oft noch in den nächsten Tagen. So lange, wie Signora Theresa in der Stadt ist, muss ich mich entsprechend kleiden. Das darf sie von ihrem Mitarbeiter erwarten.
Schade, dass sie nicht bleiben will, dachte er enttäuscht. Ich glaube, wir hätten zu zweit hier eine mächtige Filiale einrichten können. Dann könnten die Niederländer mit ihrem neumodischen Konkurrenzgetue bestimmt nicht mithalten.
Er sah sich in der fast dunklen Kammer um. Eigentlich könnte ich zu Luciano gehen, meine Schuld von neulich bezahlen und ein gutes Abendessen einnehmen. Ja, genau das werde ich tun.
Er verschloss die Lager, zog seinen Pelerinenmantel an und machte sich auf den Weg. Es war dunkel in der Stadt, nur selten beleuchteten Laternen die Brücken, die Winkel und die Gassen.

Aber Lorenzo kannte jeden Stein, er war in diesem Viertel groß geworden und wusste, worauf er achten musste.
In der Trattoria angekommen, begrüßte er den Freund und ließ sich einen Tisch zuweisen. Es war nicht viel Betrieb um diese Zeit. Die meisten Leute, die hier in der Umgebung wohnten, aßen abends zu Hause, und die Geschäftsleute, die mittags gern hierherkamen, hatten ihre Geschäfte und Kontore längst verlassen.
So hatte Luciano Zeit, sich zu seinem Gast zu setzen und eine Flasche Wein mit ihm zu trinken. »Was willst du essen, Lorenzo? Wir haben frisches Wild hereinbekommen.«
»Was schlägst du vor? Ich habe einen Mordshunger.«
»Ich hätte da noch eine wunderbare Hirschkeule im Rohr. Sie hat drei Tage in einer delikaten Marinade gelegen und ist perfekt.«
»Was gibt es dazu?«
»Kastanienpüree.«
»Worauf wartest du dann noch?«, meinte Lorenzo lachend und legte seinen Geldbeutel auf den Tisch. »Außerdem will ich meine Schulden bezahlen.«
Luciano gab dem Koch einen Wink, dann wandte er sich wieder seinem Gast zu. »War ja eine schöne Begleiterin, die da neulich bei dir war.«
»Hm.«
»Kennst du sie gut?«
»Hm.«
»Na, komm schon, lass dich nicht so sehr bitten.«
»Sie ist die Besitzerin des Gewürzhandels, für den ich hier arbeitete.«
»Eine sehr schöne Frau, hast du etwas mit ihr?«
Entrüstet sah Lorenzo den Freund an. »Nein, natürlich nicht. Sie ist eine Klasse für sich.«
»Na, na, du alter Schwerenöter. Wird's nicht langsam Zeit für dich, eine eigene Familie zu haben?«
»Die Familie müsste erst einmal erfunden werden.«

»Na und? Worauf wartest du dann? Das mit der ›Klasse für sich‹ kannst du dir mal ganz schnell abgewöhnen. Da, wo die Liebe hinfällt, fragt kein Mensch mehr nach Klasse.«
»Na ja, wenn sie denn irgendwo hinfällt. In meiner Nähe auf alle Fälle nicht. Im Gegenteil, die Signora hat mir gerade heute zu verstehen gegeben, dass sie nicht in Venedig bleiben wird.«
»Hast du sie denn gefragt?«
»Nicht direkt.«
»Was heißt das, ja oder nein? Hast du oder hast du nicht?«
»Na, ich habe so eine Frage angedeutet.«
»Angedeutet! Lorenzo, ein Mann wie du muss doch nicht mit Andeutungen herumexperimentieren. Muss ich dir etwa auf die Sprünge helfen?«
»Um Gottes willen, nein. So eine Frau ist sensibel und leicht zu verletzen, da muss man mit Vorsicht agieren.«
»Unsinn, nimm sie in die Arme, und du weißt, woran du bist.«
»Das kommt nicht infrage.«
»Dann ist dir nicht zu helfen.«
»Nein, vermutlich nicht.«
»Aber du möchtest schon?«
»Luciano, ich bin ein Mann, aber ich kenne auch meine Grenzen.«
Endlich wurde das Essen serviert. Die Hirschkeule war zart und delikat, das Püree aus den Maronen und die Soße mit dem Geschmack von Wild und Rotweinmarinade schmeckten köstlich, und Lorenzo aß mit großem Appetit. Luciano hatte sich zurückgezogen, beobachtete seinen Gast aber aus der Ferne. So ein Mann, dachte er. Und dann ist er zu feige, eine Frau in die Arme zu nehmen. Dabei wird es wirklich Zeit, dass er ein eigenes Heim bekommt. Jetzt, nach dem Tod des Bruders, ist er viel zu viel allein, da helfen auch Freunde nicht, die Einsamkeit zu vertreiben. Gleich geht er zurück in seine kümmerliche Kammer, auf seine primitive Pritsche und weiß gar nicht, wie schön es sein kann, von einer geliebten Frau empfangen und umarmt zu werden. Er hat, verdammt noch mal, etwas Besseres verdient.

Zweiunddreißigstes Kapitel

Eine Woche später, der Vertrag war unterzeichnet und der Palazzo wieder Eigentum der Iserbrooks, war Silvana wieder eine rechtmäßig eingebürgerte Bewohnerin Venedigs und konnte über das Erbe ihrer verstorbenen Eltern verfügen. Sie verkaufte das Anwesen in Venetien und wurde dadurch eine vermögende, von der feinen Gesellschaft akzeptierte Venezianerin. Die wertvollen Möbel der Villa allerdings ließ sie in den Palazzo bringen, denn ihr Vater war ein anerkannter Sammler ausgesuchtester Antiquitäten. Außerdem ließ sie die Fassade des Palazzos am Rio San Zulian renovieren, den Anlegesteg reparieren und den kleinen Innenhof neu bepflanzen. Beglückt und zufrieden verließ sie fünfzehn Tage nach ihrer Ankunft in Venedig das Hotel ›Danieli‹ am Bacino San Marco und zog mit ihrem Reisegepäck und mit der neu engagierten Zofe Anna in ihr altes, geliebtes Zuhause.

Theresa begleitete die Mutter, half ihr beim Einrichten, engagierte eine Haushälterin und eine Köchin und beglückwünschte die Mutter zu ihrem neuen Heim.

»Du könntest doch hier bei mir wohnen, Theresa. Platz genug ist da, und eingerichtet sind die Zimmer auch.«

»Danke, Mutter, aber ich habe sehr viel zu tun, ich bin ständig unterwegs, ich würde dich nur stören. Du willst jetzt dein Buch, dein wertvolles Vermächtnis, übersetzen, dazu brauchst du Ruhe. Aber solange ich in Venedig bin, komme ich gern öfter vorbei, um zu sehen, wie es dir geht und ob du alles hast, was du brauchst.«

»Nun ja, an dem Buch liegt mir sehr viel, ich könnte mit meinen Heilmitteln und Ratschlägen vielen Menschen helfen, aber sie müssen verstehen, was ich geschrieben habe, und deshalb hat die Übersetzung des Buches jetzt erst einmal Vorrang bei allem, was ich mache. Ich will es zu Ostern den Venezianern präsentieren.«

»Das wäre wunderbar, Mutter, und ich verstehe dich sehr gut. Deshalb wird dir die Ruhe hier in deinem eigenen Heim auch guttun.«

»Trotzdem, es fällt mir schwer, daran zu denken, dass keines meiner Kinder diesen Palazzo bewohnen und einmal weiterführen wird.«

»Mutter, die Zeiten haben sich geändert, und die Welt hat sich geöffnet. Es ist nicht mehr so, dass viele Generationen der gleichen Familie so ein Haus bewohnen. Die Menschen reisen, sie lernen andere Länder kennen und lieben, und sie bleiben da, wo sie sich wohlfühlen. Denk doch an das Herrengraben-Palais, das du für uns zu einem Zuhause gemacht hast.«

»Du hast recht, Theresa, die alten Gepflogenheiten werden durch neue ersetzt. Dennoch würde ich meinen Palazzo gern einmal an meine Kinder weitergeben.«

»Danke, Mutter, wir werden sehen, was die Zeit mit uns vorhat.«

Theresa fuhr mit der Gondel zurück in ihr Hotel, bestaunte unterwegs die Palazzi rechts und links vom Canale Grande und dachte an die elegante Ausstattung dieser Häuser, die ihre Schönheit hinter den verwitterten Fassaden versteckten.

Als sie zurück ins Hotel ›Danieli‹ kam, war sie wie immer überwältigt von den pompösen maurischen Bögen, von den marmornen Säulen, der mit Gold verzierten Kassettendecke und den imposanten Treppenaufgängen dieses alten, aus dem 14. Jahrhundert stammenden Palazzos. Als der Empfangschef sie sah, überreichte er ihr einen Brief aus Hamburg. »Er ist gerade erst angekommen, Signora Iserbrook, sonst hätte ich einen Boten damit an den Rio San Zulian geschickt.«

»Grazie, Signore«, bedankte sich Theresa und eilte mit dem Brief nach oben in ihre Suite. Wie sie auf dem Umschlag lesen konnte, kam der Brief von Karl Osterbeck. Hoffentlich gibt es keine Katastrophenmeldungen, dachte sie erschrocken, denn eigentlich war es unüblich, ohne triftigen Grund einen Brief auf eine so weite Reise zu schicken. Sie legte Mantel, Hut und Handschuhe ab, zog die Stiefeletten aus und setze sich mit dem Brief vor den Kamin. Die Flammen warfen Licht und Schatten auf das Papier, und Theresa zündete ein paar Kerzen an, um ungestört lesen zu können.

»Sehr verehrte, gnädige Frau, liebe Theresa«, schrieb der treue Prokurist, »ich möchte Ihnen mitteilen, dass es uns allen gut geht. Auch die Geschäfte machen weiter Fortschritte, und ich bin mit der Entwicklung unseres Handels sehr zufrieden. Zu Weihnachten und zum Jahreswechsel haben wir einträgliche Ergebnisse erzielt, und auch das neue Jahr beginnt vorteilhaft für unseren Umsatz.«

Theresa lächelte dankbar. Wie gut und vertrauensvoll der alte Karl meine Geschäfte führt, dachte sie dankbar und amüsierte sich über seinen umständlichen Stil. Dann las sie weiter:

»Mit dem Herrn Alexander Iserbrook habe ich ein gutes Verhältnis, wir arbeiten eng zusammen, und wenn er seine Visionen hat, dann bin ich nachsichtig, denn Visionen gibt es eine Menge. Er ist ein junger Mann und er will moderne Wege einschlagen. Da die auch meist erfolgreich sind, habe ich keine Bedenken, seinen Plänen nachzugeben.
Nun werden Sie wissen wollen, was das für Pläne sind, und ich muss zugestehen, dass aus den Plänen bereits Realitäten geworden sind. So hat Herr Alexander die Idee gehabt, am Jungfernstieg in einem neu eröffneten Warenhaus einen Gewürzladen einzurichten, in dem Hausfrauen und Köchinnen direkt bei uns ihre Gewürze einkaufen können. Und ich muss sagen, dieser Laden mit seinem umfassenden Angebot macht einen großen Umsatz. Die Frauen kommen von weit her, um direkt bei uns

kaufen zu können. Und Herr Alexander plant einen weiteren Laden am neuen Bahnhof, damit Reisende ebenfalls Gelegenheit zum Kauf von frischen Gewürzen haben, denn viele Köchinnen klagen darüber, dass sie, bei den üblichen Umwegen über die Händler, oft alte und unaromatische Waren bekommen. In unseren neuen Läden arbeiten Frauen, die Frau Rebekka oder Herr Knut kennen und die sie für vertrauensvoll halten.«

Du meine Güte, dachte Theresa überrascht, jetzt betreibt die Iserbrook-Dynastie schon Ladengeschäfte. Ob das der Tradition entspricht? Aber Karl hat recht, man muss den jungen Leuten eigene Ideen zugestehen.

»Auch Frau Rebekka ist sehr eifrig im Geschäft. Sie ist, trotz ihrer körperlichen Umstände, im Begriff, einen kleinen Luxusbasar in der sehr belebten Poststraße einzurichten, in dem ihre Parfüms, Cremes und Öle angeboten werden sollen. Und wenn wir, wie Sie uns avisierten, bald auch mit Kaffee, Kakao und Tee handeln, dann soll in dem kleinen Basar auch ein Ausschank von diesen edlen Getränken stattfinden.
Das alles, gnädige Frau, hört sich sehr abwechslungsreich und untraditionell an, aber ich hätte dem nicht zugestimmt, wenn unsere eigentlichen Handelsgeschäfte nicht vortrefflich verliefen. Sie dürfen mir glauben, den Geschäften der Familie Iserbrook geht es sehr gut.

Hochachtungsvoll, Karl Osterbeck, Prokurist.«

Beglückt legte Theresa den Brief zur Seite. Überrascht von den Neuigkeiten und dankbar für die guten Nachrichten, schloss sie für einen Augenblick die Augen und dachte an Alexander und Rebekka. Wie mochte sich ihre Liebe entwickeln? Wann erwarteten sie das Baby? Was planten sie für die Zukunft? Fragen, Gedanken, Sorgen – nein, dachte Theresa, Sorgen brauche ich mir nicht zu machen. Die beiden packen ihr Leben richtig an, sie werden alles schaffen, was sie sich vornehmen, denn Rebekka ist

eine kluge, umsichtige und energische Frau, und Alex liebt sie über alle Maßen.
Die Hamburger brauchen mich nicht mehr, überlegte Theresa überrascht und auch enttäuscht. Mit keinem Wort hat Karl angedeutet, dass ich fehle, dass man mich benötigt, mich um Rat fragen müsse. Im Gegenteil, es hört sich an, als liefe alles ohne mich besonders gut. Habe ich sie etwa durch meine Anwesenheit behindert? Ihnen nicht genug Freiraum gegeben? Unsinn, schalt sie sich, sie mussten zuerst einmal lernen, und nun ist die Lehrzeit zu Ende und sie dürfen zeigen, was sie können. Das ist genau die richtige Reihenfolge.

Sie klingelte nach dem Zimmerservice und ließ sich ein kleines Abendessen in die Suite bringen. Dann zog sie sich aus, nahm ein Bad und legte sich zu Bett. Draußen war eine klare Nacht heraufgezogen. Die Sterne funkelten, der zunehmende Mond versprach gutes Wetter, und in der Ferne schlugen leichte Wellen an die Kaimauern der Stadt. Wie schön es hier sein muss, wenn der Frühling kommt, wenn es warm und sonnig wird und wenn man die Winterkleidung ablegen kann. In Hamburg wird es noch viele Wochen dauern, bis erste Frühlingsanzeichen zu erkennen sind, überlegte sie, dann schüttelte sie den Kopf. Ich muss an meine Arbeit denken und nicht an Frühlingsträume. Morgen werde ich mit Lorenzo die Bestellungen für die Ostergewürze besprechen. Wir brauchen dringend Ingwer, Zimt, Muskatnuss und Vanille für die Osterbäckerei. Vielleicht verrät uns auch Tommaso noch ein paar geheime Mischungen für die Zubereitung von Osterlämmern, die auch in seinen Backöfen zubereitet werden, denn die werden hier genauso gern gegessen wie in Hamburg. Aber wahrscheinlich ist er beleidigt, weil ich ihm auf die Schliche mit seiner Erfindung gekommen bin. Sie lächelte und dachte an den Mann, der statt mit Weihrauch nur mit Silbermünzen bezahlt wurde. Ja, dachte sie, mit dem Oman haben wir Iserbrooks endgültig abgeschlossen.
Vom Campanile di San Marco läutete es Mitternacht. Theresa

legte sich auf die andere Seite, klopfte das Kopfkissen glatt und schlief, bis sie die Glocken am nächsten Morgen weckten.

Noch waren die Frühnebel da, die vom Meer her sich über die Gassen legten, und doch ahnte man schon den kommenden schönen Tag. Theresa öffnete die Fenster weit und atmete die frische Luft in tiefen Zügen ein. Es riecht nach Frühling, dachte sie, hier riecht es schon nach Sonne und Wärme und lauen Lüften. In Hamburg wird noch alles kalt, grau und winterlich sein. Es muss herrlich sein, einen Frühling so viel eher zu erleben!

Langsam und nachdenklich geworden, kleidete sie sich an. Warum hat Lorenzo mich eigentlich gefragt, wo ich lieber wohnen möchte? Und warum war ich so unentschlossen? Nur, weil ich die Pflichten vor das Angenehme gestellt habe? In Hamburg erwarten mich Arbeit und Verantwortung, und die sind vorrangig. Oder etwa nicht? Aber hat Karl nicht geschrieben, sie kämen wunderbar ohne mich zurecht?

Vielleicht sollte ich es auf einen Versuch ankommen lassen. Was ist schon dabei, wenn ich sie etwas länger allein lasse? Hamburg ist jederzeit erreichbar: Wenn ich gebraucht werde, bin ich in vier oder höchstens in fünf Wochen mit dem Schiff dort. Und die Eisenbahnverbindungen werden auch immer besser, wie Mutter erfahren hat. Vielleicht fährt schon bald so eine Bahn über die Berge, und dann wäre ich in wenigen Tagen an Ort und Stelle.

Aber was wird Lorenzo sagen, wenn ich bleibe? Er wird sich bevormundet fühlen, überwacht, und vielleicht denkt er sogar, ich sei misstrauisch und vertraue ihm nicht mehr? Selbstverständlich müsste ich hier die Verantwortung übernehmen, aber wird er sich das gefallen lassen? Die Venezianer sind stolze Männer, die werden sich niemals unterordnen, das habe ich ja schon bei Kleinigkeiten zu spüren bekommen.

Ich weiß nicht, was ich machen soll, ich weiß es wirklich nicht. Ob ich Mutter frage? Sie kennt die Mentalität dieser Männer hier besser als ich. Aber wird sie mich hier in ihrer Nähe haben wollen. Oder fühlt sie sich dann unfrei und beobachtet? Andererseits hat sie das große Haus mit den vielen leer stehenden Räumen, vielleicht ist sie sogar glücklich, wenn ich bleibe – wenigstens für eine gewisse Zeit, es muss ja nicht für immer sein. Theresa schüttelte unschlüssig den Kopf. Es nützt alles nichts, ich muss mit beiden sprechen. Hier helfen nur offene, klare Worte.

Sie kleidete sich an und ging zum Frühstück hinauf zur Terrazza des ›Danieli‹. Das Restaurant mit dem herrlichen Blick auf die Lagune, den Lido und das Meer im Hintergrund bot eine mediterrane Küche, die sie in vielen kleinen Details an die Kochkünste der Köchin im Palazzo erinnerte, obwohl sie dort als kleines Mädchen nicht oft von den Köstlichkeiten probieren durfte, die den Eltern angeboten wurden. Aber heute verzichtete sie auf ein reichhaltiges Essen. Sie bestellte sich ein leichtes Frühstück mit Tee und Toast und überlegte sich den Tagesablauf. Zuerst rede ich mit Lorenzo, ich möchte wissen, was er gemeint hat, als er fragte, für welche Stadt sich mein Herz entscheiden würde. Als ob eine Stadt eine Rolle spielt, wenn ein Herz sich entscheiden muss. Da geht es doch eher um Gefühle, um Träume und um Hoffnungen. Wie kann er erwarten, dass sich mein Herz für Hamburg entscheidet, wenn es hier bereits so wunderbar nach Frühling duftet?

So ein Unsinn, schalt sie sich. Es gibt hier einen Mann, einen selbstbewussten Mann, der vieles durchlebt hat und der sich von alldem erholt. Einen Mann, der es plötzlich wagt, Gefühle zu zeigen. Wie sonst sollte ich seine Frage nach meiner Vorliebe für Venedig oder Hamburg verstehen?

Sie dachte an jene Nacht in den Kellergewölben, in der er neben ihr saß und Ratten verjagte, wie sehr hatte sie sich gewünscht, von diesen Armen umfangen zu werden. Aber nichts geschah, nicht einmal die Andeutung einer Zuneigung war zu spüren.

Und jetzt? Wie komme ich nur zu dieser Annahme, Lorenzo zeige plötzlich Interesse an mir?

Ich werde es feststellen. Ich werde mit ihm reden. Dann lachte sie. So ein Unsinn, ich kann doch nicht einfach hingehen und

fragen: Was fühlst du für mich? Wir sagen ja nicht einmal »du« zueinander. Und warum muss ich diejenige sein, die den Anfang macht? Ich werde es darauf ankommen lassen. Aber worauf eigentlich?
Unschlüssig beendete sie ihr Frühstück, ging zurück in ihre Suite und zog einen leichten Mantel an. Auch den Muff ließ sie zurück, es roch schließlich nach Frühling in diesem Venedig!

Lorenzo ging ganz in seiner Arbeit auf. Hinter den Stapeln von Säcken und Kisten, von Fässern und Tonnen war er kaum mehr zu sehen. Er hatte, nach Absprache mit der Signora, im Großen eingekauft, und wie immer machte ihm der Pfeffer die meiste Arbeit, denn die Pfefferbauern versuchten mit allen Tricks und Raffinessen, den Pfeffer so teuer wie möglich zu verkaufen. Und da der Preis vom Gewicht der Säcke abhing, fanden sich jede Menge Gegenstände in den Jutesäcken, die dort nicht hingehörten.
Um die Verladelasten nach Hamburg zu vermindern, hatten die Brüder Bernetti schon immer den Pfeffer in ihren Hallen gründlich gereinigt. Da mussten Steine, Sand, Rispen, Sackfasern und Hölzer entfernt, da musste nach Ungeziefer und toten Tieren gesucht werden. Sie hatten dafür eigens Apparate angeschafft und Männer eingestellt, die damit verantwortungsvoll umgehen konnten. Wenn Lorenzo aber ihre Arbeit kontrollierte, dann war oft wirklich nur sein Kopf hinter den Säcken zu sehen.
So war es auch an diesem Morgen, als Theresa, die ihn zunächst im Kontor gesucht hatte, die Halle mit dem gelagerten Pfeffer betrat. Betäubt von dem scharfen Geruch, blieb sie am Eingang stehen und alles, was sie von Lorenzo sah, war der schwarze Haarschopf. Einen Augenblick hörte sie zu, wie er Anweisungen und Ratschläge gab, Fragen beantwortete und schlechte Arbeit monierte. Dann rief sie hinüber. »Signore Bernetti, hätten Sie ein paar Minuten Zeit für mich?«
Überrascht blickte der Mann auf, rieb sich mit dem Handrücken den Schweiß von der Stirn und kam um den Stapel Säcke herum.

»Ja, Signora, natürlich.«
Theresa sah wieder jenen Mann auf sich zukommen, der ihr schon damals auf dem Weingut so imponiert hatte, die langen, zielstrebigen Schritte, der hocherhobene Kopf und die Augen, die sie konzentriert anblickten. »Hatten wir eine Verabredung? Dann muss ich mich entschuldigen.«
»Nein, nein, wir waren nicht verabredet, ich möchte nur gern etwas mit Ihnen besprechen, haben Sie einen Augenblick Zeit?«
»Selbstverständlich. Kommen Sie, wir gehen in mein Kontor.« Er ging voraus, hielt ihr die Türen auf und entschuldigte sich für sein Aussehen. »Die Pfefferreinigung ist eine schmutzige und staubige Angelegenheit, da kann man nicht im feinen Zwirn umherlaufen.«
»Das verstehe ich. Ich bin auch nicht wegen des feinen Zwirns hierhergekommen, sondern wegen unserer Arbeit.«
»Ja? Was gibt es?«
»Sie fragten mich neulich, wo ich vielleicht lieber leben möchte, in Venedig oder in Hamburg.«
»Ja, und Sie fühlten sich überfordert und konnten die Frage nicht beantworten. Es war dumm von mir, Ihnen diese Frage zu stellen, ich bitte um Verzeihung.«
»Die Frage hat mich beschäftigt, und ich habe lange darüber nachgedacht.«
»Und haben Sie eine Antwort gefunden?«
»Ich sehne mich nach dem bald beginnenden Frühling in dieser Stadt, nach den heiteren Farben, den aufgeschlossenen Menschen, nach Licht und Luft und Wind und Wolken, nach dem Meer und nach der Sonne, die sich in Hamburg so rar macht.« Er bot ihr einen Stuhl an und setzte sich ihr gegenüber, er wollte nicht den Bürovorsteher hinter dem Schreibtisch spielen, er wollte lieber auf der gleichen Ebene neben ihr sitzen. »Ihre Sehnsucht nach dem Frühling und dieser Stadt, was hat das mit unserer Arbeit zu tun, Signora Iserbrook? Sie wollten doch über die Arbeit mit mir sprechen.«

»Ja, es geht um die Arbeit, um die Zusammenarbeit, wenn ich mich entschließen sollte hierzubleiben.«
Lorenzos Herz begann so wild zu klopfen, dass er erst einmal tief durchatmen musste, bevor er antworten konnte. »Sie wollen ernsthaft zwischen Hamburg und Venedig wählen? Sie denken daran zu bleiben? Für immer?«
»Hm – aber das hängt nicht allein von meinen Wünschen oder Plänen ab. Es hängt vielmehr auch von Ihnen ab, Signore Bernetti.«
Trotz des Herzklopfens versuchte Lorenzo sachlich zu bleiben. »Aber was habe ich mit Ihren Plänen zu tun?«
»Wir müssten zusammenarbeiten, würde das gutgehen?«
»Weshalb nicht? Die Geschäfte laufen wieder, wir sind ein anerkanntes und sogar beliebtes Unternehmen, warum sollten wir nicht zusammenarbeiten? Im Gegenteil, zu zweit könnten die Geschäfte doppelt so gut laufen.«
Theresa nickte, zögerte aber mit der Antwort. »Und wer wird auf dem Stuhl des Geschäftsführers sitzen?« Sie zeigte auf den Stuhl hinter dem Schreibtisch.
Lorenzo lachte. »Wenn es weiter nichts ist, den werfen wir raus und kaufen zwei neue.«
»Ach ja?«
»Natürlich. Wir teilen die Arbeit in zwei Bereiche, dann steht keiner dem anderen im Weg, jeder hat seine Verantwortung und seine Pflichten – und seinen Stuhl.«
»Und wie sieht das dann in der Realität aus?«
»Signora Theresa«, es war das erste Mal, dass er das Wort Theresa aussprach, und es gefiel ihr sehr gut, wie er das R rollte und den Namen mit einem weichen Sssa ausklingen ließ, »Signora Theresa, wenn es Ihnen recht wäre, würden Sie den Verkauf leiten, weil Sie eine kluge Geschäftsfrau sind und sich mit den Methoden des Verkaufs bestens auskennen. Ich selbst würde den Einkauf übernehmen, weil ich die Händler und die Lieferanten und ihre Intrigen und Tricks seit vielen Jahren kenne.«
»Und dann?«

»Dann stellen wir einen zweiten Stuhl dort neben den ersten und arbeiten zusammen.«

»Wird das nicht ein bisschen eng, Lorenzo?« Eine leichte Röte überzog ihr Gesicht, und sie wusste, dass der Mann, der ihr gegenübersaß, das bemerkte. Aber er sagte nichts, er nahm nur ihre Hand und streichelte sie. Verwirrt beobachtete Theresa diese Geste, dann zog er die Hand an seine Lippen und hauchte einen Kuss darüber. »Es wurde aber wirklich Zeit, dass wir uns einig sind.«

»Dann haben wir die Zusammenarbeit damit besiegelt?«, sagte Theresa.

»Ja, und nicht nur die Zusammenarbeit, dass müsstest du doch spüren.« Er sah ihr in die Augen und streichelte auch ihre zweite Hand. »Weißt du denn nicht, dass wir zusammengehören?«

»Du bist dir deiner Sache sehr sicher, Lorenzo.«

»Seit ich dich zum allerersten Mal in Hamburg in dieser Eingangshalle sah, als du mit einem Lächeln einen Streit zwischen Männern beendet hattest, wusste ich: Das ist die Frau, die ich schon lange gesucht habe. Theresa, ich habe dich so gesucht, und als ich dich gefunden hatte, trennten uns Welten.«

Theresa lächelte ihn glücklich an. »Auch ich habe dich vermisst. Ich hatte so sehr gehofft, du könntest noch bleiben, damals in Hamburg, aber ich konnte dich nicht halten, dein Schiffsfahrplan und deine Arbeit hier waren wichtiger als die unausgesprochenen Wünsche einer Frau, die es nicht wagte, deutlicher zu werden und offen zu reden.«

Er stand auf und legte ihr die Hände auf die Schultern. »Wir haben so viel Zeit verloren.«

»Wir haben noch so viel Zeit vor uns.«

Glücklich gab sie sich ihm hin, als er sie zärtlich in die Arme nahm.

Theresa und Lorenzo behandelten ihre Gefühle mit großer Behutsamkeit. Theresa, weil sie wusste, wie zerbrechlich Glück sein konnte, und Lorenzo, weil er die Feinfühligkeit von Theresa nicht verletzen wollte. Sie umarmten sich, sie küssten sich, aber sie ließen sich noch Zeit. Sie näherten sich vorsichtig den Gefühlen des anderen, sie warteten und sie bedrängten den anderen nicht.

Nach dieser ersten gemeinsamen Stunde, in der sie mit Worten ihre Liebe langsam erspürten, waren sie sich sehr nahegekommen. Sie hatten von ihren Wünschen gesprochen, von ihren Träumen und von ihren Ängsten, einander wieder zu verlieren. Theresa freute sich auf die Arbeit an der Seite Lorenzos und sie war froh, dass er seinen Stolz nicht gezeigt hatte und stattdessen mit Einfühlungsvermögen und Liebe antwortete. Wir müssen uns beide zurücknehmen und wir müssen uns gegenseitig akzeptieren, dachte sie. Es darf keinen Wettstreit und keine Konkurrenz zwischen uns geben. Aber mit Verständnis und Vertrauen schaffen wir das, davon bin ich überzeugt. Und ein Gefühl unendlicher Geborgenheit erfüllte sie.

Ein Findelkind zwischen drei Religionen und die gefürchtetste Krankheit aller Zeiten

Ricarda Jordan
DIE PESTÄRZTIN
Historischer Roman
640 Seiten
ISBN 978-3-404-15990-1

Mainz 1348. Der schwarze Tod wütet in der Stadt und eine junge Heilkundige nimmt den Kampf mit ihm auf: Lucia verfügt über außergewöhnliche medizinische Kenntnisse. Als christliches Findelkind wuchs sie in einer jüdischen Familie mit maurischem Kindermädchen auf. Doch auf dem Höhepunkt der Epidemie verliert sie ihren wichtigsten Mitstreiter, ihren Geliebten, den Pestarzt Clemens. Sie flieht nach Süden und findet in Landshut Aufnahme in einer jüdischen Familie, allerdings unter falschen Vorzeichen: Man hält sie für ihre jüdische Ziehschwester Lea. Eines Tages kommt Leas Bruder in die Stadt ...

Bastei Lübbe Taschenbuch

Der zweite große Roman der Autorin des Bestsellers DAS KUPFERNE ZEICHEN

Katia Fox
DER SILBERNE FALKE
Historischer Roman
608 Seiten
ISBN 978-3-404-15987-1

England 1184: Der zwölfjährige William träumt davon, Falkner zu werden, doch er soll die elterliche Schwertschmiede übernehmen. Als eines Tages der Falke des Königs auf der Jagd ausreißt, sieht William seine Chance gekommen: Er findet das wertvolle Tier und beginnt einen Weg, der ebenso aufregend ist wie gefährlich. Aber dann bittet ihn der König zu einer Audienz – und trägt ihm ein ungewöhnliches Anliegen vor ...

Eine Frau kämpft um ihr Erbe und die Zukunft ihrer Kinder

Christa Kanitz
DIE VENEZIANERIN
Roman
320 Seiten
ISBN 978-3-404-15790-7

Hamburg, 1815. Gewürze, oft kostbarer als Gold, haben Justus Iserbrook und seiner Familie zu großem Reichtum verholfen. Als der älteste Sohn, der die Niederlassung in Venedig führt, tödlich verunglückt, zwingt Justus die Witwe, mit ihren drei Kindern nach Hamburg zu kommen. Sie soll sein Lebenswerk fortführen. Sylvana nimmt diese Herausforderung an. Streit, Eifersucht und Missgunst halten sie nicht davon ab, mit den starken Traditionen im Hause zu brechen. Als der Patriarch unerwartet stirbt, ohne ein Testament zu hinterlassen, beginnt Sylvanas bitterer Kampf um ihr Erbe …